Belle journée pour tomber en amour...

roman

www.quebecloisirs.com

UNE ÉDITION DU CLUB QUÉBEC LOISIRS INC.
Avec l'autorisation des Éditions Québec Amérique inc.
© 2010, Éditions Québec Amérique inc.

Dépôt légal – Bibliothèque et Archives nationales du Québec, 2010
ISBN Q.L. : 978-2-89666-026-1
(Publié précédemment sous ISBN: 978-2-7644-0757-8)
Tous droits de traduction, de reproduction et d'adaptation réservés

Imprimé au Canada par Friesens

Marcelyne Claudais

Belle journée pour tomber en amour...

roman

à Léo, Emma,
et Madison

Chapitre 1

Taquiné par les premières lueurs de l'aube, Jocelyn Verdier se lève doucement, enfile un jean et un blouson, chausse ses espadrilles et quitte la chambre à pas de loup pour ne pas contrarier Lydia qui maugrée quand il la réveille.

Rendu dehors, il se sent bien. Il se sent libre. Le printemps s'installe à bas bruit et la journée s'annonce belle, aussi belle que ce matin de mai où… Les années ont passé, mais Jocelyn, lui, n'a rien oublié : il faisait un temps de rêve, les lilas fleurissaient déjà, et la mariée souriait, radieuse. Heureuse ? Oui, sincèrement, ce jour-là, les invités auraient pu jurer que Lydia paraissait heureuse. Quarante ans ! Dieu que le temps passe vite !

Les bras ballants, Jocelyn descend la rue en marchant d'un pas ferme ; un passant attentif l'entendrait siffloter. Puis accélérant le rythme, il emprunte un raccourci, pique à travers le parc et court jusqu'à la fontaine asséchée qui servait autrefois d'abreuvoir pour les chevaux.

Triomphant comme un marathonien qui vient de gagner la course, le vainqueur, essoufflé, s'apprête à toucher la margelle du bout des doigts quand son regard est attiré par un message, griffonné au crayon gras, sur le rebord de béton maculé de gribouillages : *Belle journée pour tomber en amour !* Curieux, Jocelyn s'approche et relit la phrase à voix haute : *Belle journée pour…*

— Allez, Brutus !

Surgissant tout à coup d'un sentier plus à l'ombre, un coureur et son chien contournent la fontaine avant de s'engager sur le chemin de terre battue qui les conduira de l'autre côté du parc. Le chien fringant mène la marche, poursuivi par son maître, un gaillard imposant qui court à pas comptés sans perdre son souffle. De loin, Jocelyn observe la scène et s'amuse de les voir tous les deux si complices et si fous. Autrefois, il possédait un chien, lui aussi, un bâtard mal léché qui le suivait partout et partageait ses moindres secrets. Le temps d'un éclair, Jocelyn oublie ses soixante-sept ans, ses cheveux grisonnants, et se revoit, enfant, étendu sur le dos, mort de fatigue, harcelé par son fidèle Chicot qui voulait encore jouer. Quelle vigueur il avait, ce chien-là ! Quelle endurance ! Quelle fougue !

— Sacré Chicot !

L'inconnu se rapproche de Jocelyn et ralentit sa course, sans arrêter de piétiner.

— Vous m'avez parlé, monsieur ?
— Moi ? Non.
— Excusez-moi, je croyais…
— Vous avez un beau chien !

—Merci! Il s'appelle Brutus!

—Moi, le mien…

Mais le coureur s'éloignait déjà, entraîné par son chien qui tirait sur sa laisse. Rêveur, Jocelyn complète sa phrase pour lui tout seul.

—… moi, le mien s'appelait Chicot!… Chicot!… Chicot!

Juste pour le plaisir de déconner un peu, le voilà qui se met à crier *Chicot* en lançant un bâton invisible à un cabot imaginaire. Cinq fois, dix fois, vingt fois, il recommence le même manège en répétant inlassablement le nom de son chien, d'abord avec ardeur, ensuite avec tendresse, comme on murmure le prénom d'un être aimé pour ne pas l'oublier, ou pour s'en consoler.

Quand le bip de sa montre le rappelle à l'ordre, Jocelyn constate qu'il avait complètement perdu la notion du temps. Résigné à se faire enguirlander par sa femme, il allume son baladeur et reprend docilement le chemin de la maison.

Il est huit heures, et voici les nouvelles…

Bon mari, bon père, Jocelyn Verdier a toujours mené une vie rangée, réglée comme du papier à musique. Jamais un contretemps, jamais une fausse note, à peine un dièse de temps en temps, pour l'illusion d'être un peu libre.

Le cadavre d'une adolescente de douze ans a été découvert la nuit dernière dans un boisé situé à deux pas de l'école qu'elle fréquentait…

—Oh mon Dieu! Quelle folie! Quel gâchis!

Jocelyn retire ses écouteurs. Une longue journée vient de commencer. Pour le docteur Verdier, l'annonce de cette triste nouvelle représente beaucoup plus qu'un fait divers qu'on entend comme ça, par hasard, en écoutant la radio d'une oreille distraite. Cette enfant-là, Jocelyn sait qu'il la retrouvera, tout à l'heure, étendue sur une table froide, quand viendra pour lui le temps de faire l'autopsie.

—Jocelyn Verdier, as-tu vu l'heure ? Allez, grouille-toi, tu vas être en retard !

Pauvre Lydia ! Si elle savait comme il s'en fout, ce matin, d'être en retard. S'il le pouvait, Jocelyn Verdier prendrait sa retraite sur-le-champ et s'enfuirait tout seul sur une île déserte.

—Je te fais une omelette ou des œufs brouillés ? Jocelyn ! Jocelyn, réponds-moi quand je te parle !

Lydia insiste mais Jocelyn ne l'écoute déjà plus. Troublé par la nouvelle qu'il vient d'entendre, il s'est enfermé dans la salle de bains comme il le fait chaque fois qu'il a besoin d'un peu de silence. Douze ans ! Elle n'avait que douze ans ! Jocelyn ouvre tout grand le robinet d'eau chaude et laisse exprès le miroir s'embuer. Puis, se servant de son index comme d'un crayon, il recopie machinalement le graffiti qui le titille : *Belle journée pour tomber en amour !*

Figé devant la glace, il reste là, debout, incapable de faire un geste. Les mains crispées sur le rebord du lavabo, il voit son visage émerger de la brume sans pour autant se reconnaître. Le regard est toujours le même, mais la peau s'est fanée et les traits ont vieilli. Où donc est passé son sourire ?

—Jocelyn, dépêche-toi, ton petit-déjeuner est servi !

L'appel de Lydia le rejoint jusque dans son refuge. Peu à peu, le zombi sort de sa léthargie. Le quotidien reprend ses droits, les gestes se précisent, programmés, automatiques, pareils à ceux d'hier, pareils à ceux des jours d'avant. Allons mon vieux… un peu de courage !

Jocelyn se rase minutieusement puis se rince la figure à l'eau presque brûlante, comme pour occulter ces longues années de pensionnat durant lesquelles on le forçait, chaque matin, à violenter son corps avec de l'eau glacée pour éloigner les mauvaises pensées. *Vade retro, Satana !* Cynique, Jocelyn se met à rire. En avait-il seulement déjà eu, des mauvaises pensées, lui qui ne vivait que pour ses études et passait des nuits blanches le nez plongé dans ses bouquins.

Dernier d'une famille de quatre enfants, dont les trois autres étaient des filles, Jocelyn Verdier avait d'abord connu une enfance fort modeste, certes, mais joyeuse… très joyeuse même. Son père était taquin, sa mère riait tout le temps. Près d'eux la vie semblait facile et le bonheur à portée de main. L'argent ? Ses parents n'en manquaient jamais, du moins en apparence. Ils parlaient de leurs enfants comme d'un précieux trésor et vantaient l'instruction comme l'ultime héritage.

En fait, ce n'est qu'au milieu de l'adolescence que Jocelyn avait brusquement réalisé à quel point ses parents étaient pauvres quand, en sortant du collège, il leur avait annoncé, non sans une certaine arrogance, qu'il désirait faire sa médecine. Humilié, son père lui avait alors avoué que les coffres étaient vides et que toutes les tirelires avaient été brisées. Toutes ! Même celles de ses trois sœurs qui, à son insu, avaient mis leurs études en veilleuse pour permettre à leur frère de compléter son cours classique. Un souvenir éprouvant, douloureux, que Jocelyn évoque encore avec la mort dans l'âme.

Que s'était-il passé ensuite ? Qui donc avait intercédé pour lui ? Une de ses sœurs ? Son père ? Sa mère ? Et par quelle manigance, ou quel *miracle*, le directeur du collège avait-il déniché ce généreux mécène qui allait lui permettre de réaliser son rêve ? Joaillier de grand renom, Edgar Roussel était un homme d'affaires ambitieux et fort riche, prêt à sacrifier une partie de sa fortune pour parrainer un enfant *pauvre* qui lui serait éternellement redevable de son diplôme et de sa réussite. Trop jeune, ou trop naïf, Jocelyn Verdier n'avait pas su flairer le piège. Et même après toutes ces années, il se demande encore si c'était par amour, ou par reconnaissance, qu'il avait accepté d'épouser Lydia, la fille unique de son bienfaiteur.

— Jocelyn, viens déjeuner ! Jocelyn, m'entends-tu ? C'est la dernière fois que je te le dis !

Dans la chambre, au pied du lit, trônent un guéridon de marbre blanc, *sur lequel il ne faut jamais rien déposer*, un fauteuil de velours crème, *dans lequel il ne faut jamais s'asseoir*, et un lévrier de porcelaine, *qu'il ne faut jamais flatter ni déplacer*, sous peine de s'attirer les foudres de la trop belle Lydia qui ne supporte pas qu'on vienne perturber l'harmonie d'un décor.

Glaciale et inutile, cette *nature morte au lévrier* occupe le même espace depuis au moins un quart de siècle. Vingt-cinq longues années durant lesquelles Jocelyn Verdier a contourné ces objets rares sans jamais oser y toucher, peut-être même sans jamais vraiment les regarder. Quand elle cède au snobisme, la bourgeoisie impose des diktats qu'il vaut mieux ignorer.

Belle journée pour tomber en amour ! Jocelyn ressent subitement une folle envie de s'éclater, de bousculer l'ordre établi. Dédaignant les vêtements trop classiques, il décide de porter un pantalon sport et d'étrenner enfin le fameux chandail rouge que son fils et sa bru lui avaient offert au retour d'un voyage au Mexique. Prêt à transgresser tous les interdits, Jocelyn s'empare ensuite de sa cravate à pois et la noue négligemment autour du cou du lévrier. Puis, devenant insolent jusqu'à la délinquance, il jette son cellulaire sur le guéridon et se laisse choir dans le fauteuil sacré pour lacer ses chaussures. En quittant la chambre, Jocelyn Verdier se sent déjà un autre homme.

Tel que prévu, le verdict de Lydia tombe sans appel.

— Non mais, tu es fou ou quoi ?
— Qu'est-ce qu'il y a ?
— Tu ne vas pas aller travailler comme ça ?
— Pourquoi pas ?
— Tu as l'air ridicule, mon pauvre vieux !
— Quelle importance, mes morts s'en fichent !
— Tu t'en sors toujours avec des blagues faciles !
— Voyons, Lydia, ce n'est pas grave. J'avais envie d'un peu de changement.
— Ah ! ça, pour le changement, on peut dire que tu choisis bien ton moment ! Sais-tu au moins quel jour nous sommes ?
— Évidemment.
— Tu pourrais me souhaiter un bon anniversaire !
— Je *nous* souhaite un bon anniversaire, ma chérie !

Jocelyn s'approche pour embrasser Lydia, mais elle détourne volontairement la tête et lui tend sa joue gauche.

—En passant, je te rappelle que les enfants viennent souper ce soir !

—Ce soir ? Je ne le savais pas.

—Je te l'ai répété plusieurs fois, mais, comme toujours, tu n'écoutais pas !

Les lèvres pincées, la tête haute, Lydia fait la navette de la cuisine à la salle à manger en transportant des piles d'assiettes avec l'élégance d'une funambule s'engageant sur un fil de fer. Ses mules de satin rose glissent doucement sur le tapis. À la voir, on la croirait calme, sûre d'elle-même, et pourtant…

—J'ai décidé de mettre la nappe blanche…

Éduquée chez les religieuses, Lydia Verdier, née Roussel, dégage d'instinct cette froideur majestueuse que les Dames de la Congrégation inculquaient autrefois aux *vraies jeunes filles*, à qui elles apprenaient par cœur « Le petit catéchisme du parfait savoir-vivre ».

—Ou plutôt non, je mettrai l'autre, tu sais, celle avec de la dentelle, ce sera d'un plus bel effet !

Enfant gâtée, chouchoutée, adorée, Lydia a toujours affronté la vie avec ce flair, cette assurance, dont semblent avoir hérité de *droit divin* ceux qui sont nés très haut et veulent le faire valoir. Elle était encore vierge lorsqu'elle a épousé le Docteur Jocelyn Verdier, mais elle savait déjà composer un menu, dresser une table et choisir des fleurs…

—À propos, en ton nom, j'ai commandé des roses, ça t'évitera de les oublier.

—Tu es vraiment trop gentille.

—Tu dis ça sur un drôle de ton.

—C'est possible.

—Toi, on sait bien, tu t'en fous, mais moi, je veux que tout soit impeccable, absolument impeccable ! On ne célèbre pas un quarantième anniversaire de mariage comme de vulgaires noces de papier. Au fait, parlant de vulgarité, Shirley ne m'a toujours pas rappelée.

Aussitôt qu'elle prend ce ton méprisant, Lydia devient intransigeante. Et Jocelyn, qui la connaît mieux que personne, donnerait en ce moment n'importe quoi pour la faire taire.

—Shirley est souvent distraite, elle a dû oublier.

—C'est une cervelle d'oiseau, une inconsciente, une cruche… et d'une vulgarité à faire rougir !

—Elle a son franc-parler, d'accord, mais de là à dire qu'elle est vulgaire…

—Ça dépend des critères.

—Selon les miens, c'est une brave fille.

—Peut-être, mais elle n'est pas de notre monde !

—Comment ça, *pas de notre monde* ? C'est la femme de notre fils !

—Un mariage civil, ça ne compte pas.

—Voyons, Lydia, tu ne vas pas recommencer avec ça ?

—Christian méritait mieux !

—Il l'aime.

—Comment peut-on s'amouracher d'une paumée pareille ?

—L'amour prend de ces détours…

—L'amour! L'amour! Qu'est-ce que tu connais à l'amour, toi, Jocelyn Verdier? Non mais, vraiment, faut tout entendre! Elle a enjôlé mon fils, elle l'a marié pour son argent, et tu voudrais que je la trouve gentille, avenante, aimable? Non, crois-moi, cette fille-là est une petite garce, que je reçois par pure bonté!

Le mot *bonté* fait sourire Jocelyn. Vexée, Lydia se choque. Le ton monte. La guerre éclate. Les répliques s'enveniment. Jocelyn, prudent, craint l'escalade. Il voudrait éviter l'esclandre, trouver une échappatoire, mais…

—Oh! pardon, excusez-moi! Je vous dérange?

Aurait-il prié Dieu que l'arrivée d'Arlette n'aurait pu tomber mieux à propos.

—Non, non, pas du tout, ma chérie, je partais justement… mes morts m'attendent.

Trop heureux d'être enfin libéré des jérémiades de Lydia, Jocelyn embrasse Arlette avec tendresse puis s'esquive, la laissant seule avec sa mère qui la reçoit plutôt froidement.

—J'espère que tu n'as pas oublié mes bougies.
—Non, non, pas du tout, les voici!

Arlette sort les bougies de son sac et les dépose délicatement sur la table. Lydia se mord les lèvres en grimaçant.

—Oh! non, ce ne sont pas du tout celles que je t'avais demandées! Je les aurais préférées un peu plus crème… un peu moins beige… à la limite, un peu ambrées… enfin!
—Écoute, maman, j'ai pris celles que j'ai pu trouver! Si la couleur ne te convient pas, la prochaine fois…
—La prochaine fois, j'irai moi-même!

—Mais, maman…

—Inutile d'insister, puisqu'il le faut, je vais faire avec…

Lydia range les bougies dans l'armoire en prenant un air résigné.

—Je ne peux jamais me fier à personne.

—C'est pour moi que tu dis ça ?

—Pour toi, pour ton père, pour tout le monde !

—Excuse-moi, maman, j'ai du mal à comprendre.

—C'est la faute de ton père ! Tu le connais, il m'obstine tout le temps !

—Avec vous deux, on ne sait jamais qui obstine l'autre.

—C'est ça, prends sa part, tant qu'à y être !

—Mais non, maman, je t'assure…

—De toute façon, j'ai toujours tort !

—Maman !

—Non, mais, regarde-moi ça, ton père n'a même pas terminé son petit-déjeuner !

Boudeuse, Lydia dessert la table avec rage, en évitant toutefois d'entrechoquer les trois assiettes dépareillées léguées par son arrière-grand-mère.

—J'en ai assez de cuisiner pour rien !

—Alors, ne cuisine plus.

—Non mais, tu vois comment tu es ? Ma foi, en vieillissant, on dirait que tu lui ressembles !

—Ça m'étonnerait.

Au même moment, on sonne à la porte, au grand soulagement d'Arlette, qui devient folle d'angoisse chaque fois que sa mère l'oblige à servir de tampon entre elle et son père.

—Ça, je te parie que ce sont les fleurs !

—Les fleurs ?

—J'avais demandé qu'on me les livre tôt.

Mettant aussitôt sa colère en veilleuse, Lydia redevient instantanément femme du monde. Le corps souple, le geste large, elle sort de la cuisine en empruntant une démarche majestueuse. Médusée, Arlette observe cette métamorphose avec stupéfaction. Comme elle aimerait parfois ressembler à cette femme fascinante, posséder cette présence, ce charisme, ce raffinement… et cette voix ! Cette voix qui sait se faire mielleuse quand la sirène se veut séduisante.

—C'est trop gentil, merci, monsieur, merci beaucoup !

Belle parmi les belles, Lydia revient vers Arlette les bras chargés de quarante roses blanches à peine teintées de crème ou de pêche.

—Comme tu vois, j'avais raison !

—C'est papa qui… ?

—Ton père ? Si j'avais attendu après ton père pour m'envoyer des fleurs !

—Tu veux dire que c'est toi ?

—Évidemment !

—Chaque année, c'était toi ?

Lydia se contente de sourire. Elle dépose le bouquet dans un vase puis le recompose patiemment en harmonisant les nuances.

—Ah ! le parfum, la douceur, le velouté des roses !

Fleuriste dans l'âme, Lydia manipule le moindre bouton comme si elle devait l'apprivoiser. Se sentant admirée, convoitée, choisie par les soins d'une artiste, chaque rose se rengorge et semble vouloir la remercier en déployant orgueilleusement ses pétales.

— As-tu remarqué comme les fleurs s'épanouissent lorsqu'elles se sentent aimées ?

Arlette voudrait crier « les filles aussi ! », mais elle préfère se taire, car elle connaît trop bien les sentiments de sa mère à son égard. Arlette, l'aînée de la famille. Arlette la *pas belle*, Arlette la rejetée, Arlette la *bâtarde*, abandonnée par sa *vraie* mère, puis adoptée sur un coup de tête par une toute jeune mariée qui se croyait stérile.

Sans doute influencée par les religieuses de la Crèche des Saints-Anges, Lydia espérait découvrir dans cet orphelinat l'enfant bénie, la perle rare, la super magicienne d'amour qui allait cimenter son mariage et combler, du même coup, ses élans maternels. Sans réfléchir, ou par pitié peut-être, elle avait immédiatement jeté son dévolu sur une toute petite fille renfrognée et maigrichonne, en espérant qu'avec le temps, elle finirait par embellir.

Les nouveaux parents venaient à peine d'accueillir leur précieux trésor, quand Lydia a ressenti ses premières nausées. Elle l'ignorait encore mais elle était enceinte… enceinte d'un bébé, bien à elle, qui l'aimerait sans réserve et saurait exaucer tous ses rêves de bonheur. Du coup, la petite Arlette ne l'intéressait plus. Et n'eût été du refus de Jocelyn qui aimait déjà tendrement sa fille, Lydia aurait retourné l'orpheline à la crèche, comme une enfant gâtée se débarrasse d'une poupée défraîchie dont elle n'a plus envie.

Complètement accaparée par ses fleurs, Lydia semble ignorer la présence d'Arlette qui ressent tout à coup une désagréable impression d'abandon.

—Excuse-moi, maman, je dois partir. Si tu as besoin d'autre chose, appelle-moi à la pharmacie.

Renouant avec les bonnes manières, Lydia délaisse un instant son bouquet pour escorter sa fille jusqu'à la porte.

—J'espère que ton père va rentrer tôt.
—Tu sais bien qu'il va faire son possible.
—Avec lui, on ne sait jamais ; quand il travaille, il oublie tout.
—Maman, depuis le temps que vous êtes mariés, papa n'a jamais oublié un anniversaire.
—Si, une fois, mais tu étais trop jeune.
—Et je parie que tu lui en veux encore !

Lydia croise les bras et se mord la lèvre pour signifier que son ressentiment n'était pas sans motif.

—En rentrant, il m'avait raconté une histoire morbide, un drame crapuleux, un rapport d'autopsie à produire de toute urgence…
—Normal, maman, c'est son travail !
—Il avait complètement oublié que nous devions souper ensemble ! Non mais, tu te rends compte ? Il avait oublié ! Il avait oublié… et m'avait remplacée par une morte !

Sans le vouloir, Arlette vient de réveiller une douleur si brûlante que l'éclat de ce jour risque d'en être irrémédiablement terni. Comment changer de sujet ? Comment calmer sa mère ?

— As-tu des nouvelles de Shirley ?

— Surtout, ne me parle pas d'elle !

Au regard que lui lance Lydia, Arlette comprend qu'elle vient de raviver la flamme qu'elle voulait étouffer.

— La petite garce ! Elle avait promis de me rappeler !

— Et alors ?

— Elle ne l'a pas fait ! J'en parlais justement à ton père tout à l'heure. Je lui disais à quel point cette fille-là manquait de savoir-vivre. Évidemment, il a pris sa défense. Tu le connais, il a toujours eu beaucoup d'indulgence pour sa bru. Mais moi, je me dis qu'une femme comme ça…

Arlette regarde fixement sa mère, sans l'écouter. Perdue dans ses pensées, elle paraît subitement distraite. Ses traits se durcissent. Elle se renfrogne et devient presque laide, comme au plus fort de cette dépression dont elle se relève à peine. Lydia connaît bien ce regard qui la glace et l'affole. Elle s'approche de sa fille, la saisit par les épaules et la secoue comme un prunier :

— Arlette Verdier, sors de ta bulle !

Chapitre 2

— *Oui, maman… d'accord, maman… je sais… mais oui, maman… tu as raison… Shirley avait promis… c'est sa faute… mais…*

Souple et fuyant comme une anguille, Christian Verdier se faufile discrètement d'une pièce à l'autre, en chuchotant dans un cellulaire si petit qu'on pourrait croire qu'il converse avec son pouce.

—Faut pas lui en vouloir, maman, Shirley est un peu nerveuse…

Nerveuse, peut-être, oui, mais pas sourde ; de la cuisine elle entend tout.

—La maudite !

Accoudée sur le bout de la table, le menton crispé, les dents serrées, Shirley attise sa rage en frisant des rubans.

—Quand je pense qu'on se force le cul pour lui faire un cadeau !

Son regard cherche volontairement celui de Christian qui l'évite et s'éloigne en baissant le ton.

—*Ça va, maman, j'ai compris… ne t'inquiète pas… je vais lui parler !*

Plus Lydia insiste, plus Christian bafouille et se conduit comme un petit garçon dominé par sa mère.

—Lâche pas, ma vieille, il va craquer !

La tête rentrée dans les épaules, Shirley ne décolère pas. Quand son mari revient vers elle, craintif comme un toutou piteux, elle le fusille du regard avec une insupportable expression de mépris. Troublé, Christian bafouille.

—Maman te fait dire bonjour.

Les yeux verts de Shirley s'assombrissent, ses lèvres tremblent, ses doigts s'empêtrent dans les rubans.

—Qu'elle aille se faire foutre !

Cette réplique déconcerte Christian qui cherche en vain les mots pour apaiser la colère de sa femme.

—Mon pauvre amour…
—Fiche-moi la paix !
—Il n'y a pas de quoi te mettre dans un état pareil !
—Ne m'approche pas, laisse-moi tranquille !
—Maman m'a dit que tu devais la rappeler…
—Ça se peut.
—Alors pourquoi ne l'as-tu pas fait ?
—Parce que je savais trop bien ce qu'elle allait me dire : *Vous comprenez, ma fille, il s'agit d'un souper de famille, d'une*

fête intime… Intime mon cul ! Elle ne voulait pas inviter mes filles parce qu'elles ne sont pas les tiennes !

— Pour moi, elles le sont, tu le sais bien.

— Pour toi, peut-être, mais pas pour elle !

Christian voudrait s'approcher, mais Shirley le défie en brandissant vers lui des ciseaux menaçants.

— J'en ai assez de te voir t'écraser devant ta mère ! Tu lui passes tout ! Tu lui pardonnes tout ! Pire ! Je t'ai même entendu t'excuser à ma place : Faut pas lui en vouloir, maman, Shirley est un peu nerveuse ! Crisse !… de crisse !… de crisse !… Je peux bien être nerveuse, tabarnak ! Elle m'énerve !

Christian se verse un café.

— En veux-tu un ?

Shirley ne répond pas. Christian s'arme de patience. Il déplace délicatement les papiers d'emballage qui encombrent la table et vient s'asseoir juste en face d'elle.

— Maman voulait simplement s'assurer de notre présence.

— Avec les filles ?

Christian toussote en fixant obstinément un bout de ruban qu'il tortille entre ses doigts. Shirley insiste.

— On y va avec les filles ?

— Non, ma chérie…

— On y va tous les quatre… ou tu y vas tout seul !

— Maman a dit *sans les enfants*, on ne peut quand même pas l'obliger.

— Moi non plus, tu ne peux pas m'obliger !

Shirley se retient pour ne pas éclater. Cette décision de Lydia, elle la reçoit comme une insulte personnelle, un rejet de ses deux filles, que sa belle-mère n'a jamais vraiment acceptées.

—Elle me déteste, elle me méprise! Ça fait des années que je la supporte, et tu voudrais que je plie l'échine, encore une fois, pour satisfaire ses petits caprices?

Incapable de répondre, Christian décide d'aller réchauffer son café. Shirley le suit intensément des yeux jusqu'à ce qu'il revienne… Soudain, d'un geste brusque, elle ouvre l'écrin de velours qui traînait sur la table et s'empare du magnifique sautoir de perles que Jocelyn leur a confié pour mieux pré-server la surprise.

—Un bijou de ce prix-là, pour une toquée pareille, c'est débile!
—Papa désirait lui offrir une pièce unique.
—Et moi je te parie qu'elle n'en voudra même pas!
—Pourquoi?
—Comme ça, pour rien, par pur caprice.
—Ça m'étonnerait. Maman a toujours adoré les perles.
—Combien tu gages?
—Je ne gage jamais, tu le sais.
—Moi, je te gage le collier: si ta mère n'en veut pas, je le garde!

Joignant le geste à la parole, Shirley passe le sautoir autour de son cou et déboutonne sa blouse pour agrandir son décolleté.

—Il me va bien, tu ne trouves pas?

Elle se lève, bombe le torse, et se pavane devant Christian en ondulant des hanches. Envoûtante, langoureuse, elle se colle contre lui pour le frôler du bout des seins. Ce petit jeu devient vulgaire. Christian refuse de continuer. Il veut partir. Elle le retient. Roulant les perles entre ses dents, elle les mordille, les suce, et les caresse avec sa langue.

— Shirley, arrête cette comédie !
— As-tu peur que je bouffe les *péperles* à *meuman* ?
— Chérie, je t'en prie !
— Si je ne les gagne pas, au moins je les aurai léchées !
— Shirley, ça suffit ! As-tu compris ? J'ai dit : arrête !

Shirley retire le collier et le lance violemment sur la table. Puis elle se retourne vers Christian et le regarde avec un air de biche repentante.

— Excusez-moi, mon maître !
— Shirley !
— Pardonnez-moi, je ne suis pas digne ! Les perles rares, ce n'est pas pour moi, c'est pour la Reine ! Moi, je ne suis qu'une roturière, une courtisane, une moins que rien !
— Mais non, ma chérie, tu le sais bien…

Christian essaie de lui toucher la main, mais Shirley repousse son geste.

— Lydia me fait chier ! Elle me fait chier, et je l'emmerde !

Aveuglée par la colère, Shirley crache des injures comme d'autres piquent une poupée vaudou avec des aiguilles empoisonnées. Profondément blessée, elle vocifère jusqu'à épuisement, puis s'effondre sur sa chaise en pleurant. Tous les efforts qu'elle a dû s'imposer pour obéir à sa belle-mère lui remontent à la gorge et l'oppressent au point de l'étouffer.

Christian se penche vers Shirley, sans oser la toucher. Il voudrait la calmer, la rassurer, mais il sait que c'est impossible. La douleur qui l'habite est si vive, que rien, pas même un mot d'amour, ne saurait l'apaiser.

Et pourtant, il l'aime ! Depuis le premier jour, la première heure, le tout premier instant, quand cette rouquine échevelée l'a bousculé sur le pont du traversier qui les ramenait de Lévis à Québec, par un soir de pleine lune. Sans un seul mot d'excuse, la jeune femme avait souri puis s'était éloignée… si bien que Christian, médusé, ne distinguait plus qu'une silhouette en mouvement qui l'attirait, le fascinait. Le vent soufflait fort sur le fleuve ce soir-là, et sa longue robe blanche virevoltait autour de ses cuisses, malgré tous les efforts qu'elle déployait pour la rabattre. Il ignorait encore qu'elle s'appelait Shirley Perron mais pressentait qu'il deviendrait amoureux d'elle. À l'arrivée, sans doute guidés par leur destin, ils s'étaient retrouvés face à face dans la foulée des gens pressés qui se précipitaient sur le quai. Obsédé par cette inconnue, et craignant de la perdre, Christian avait osé l'inviter à souper.

Ils étaient à peine attablés à la première terrasse venue qu'ils échangeaient déjà des confidences. La jeune femme, désinvolte, se livrait sans pudeur : non, elle n'avait jamais été mariée, mais elle était mère de jumelles identiques qu'elle élevait toute seule en économisant un à un tous les sous qu'elle gagnait. Délaissée par son amoureux, reniée par ses parents, elle avait abandonné ses études avant même d'avoir terminé son secondaire, et travaillait depuis comme ouvreuse dans un cinéma du Vieux-Québec. Insouciante, tête heureuse, Shirley blaguait, riait, s'animait, tandis que Christian, ébloui, la dévorait des yeux. Il venait, par hasard, de trouver sa princesse. Elle avait le teint pâle, les yeux cernés, et ses cheveux roux sentaient le maïs soufflé.

— Tu sens bon !

Le nez plongé dans la chevelure flamboyante de Shirley, Christian recherche en vain cette odeur particulière qui l'avait tant ému la première fois. Aujourd'hui, le parfum est plus capiteux, la coiffure plus recherchée, et les yeux verts sont moins cernés… moins cernés, mais remplis de larmes.

— Shirley, est-ce qu'on ne pourrait pas faire semblant d'être heureux ?
— Faire semblant d'être heureux ? Non, mais, franchement, Christian Verdier, t'entends-tu ?
— Je te demande simplement d'éviter la chicane.
— C'est parfait ! On ne se chicane pas. On ravale tout, et on se fait des grimaces !

Shirley se tourne vers Christian en lui adressant un sourire forcé.

— Comme ça, mon chéri, ça va ? Mes lèvres vont craquer, est-ce que tu veux que j'en remette encore ?
— Shirley, arrête ! Cette comédie a assez duré.

Shirley s'arrête. Elle ne rit plus. Christian, craintif, se méfie d'elle. Il reste là, en retrait dans son coin, osant à peine la regarder. Shirley le toise, relève la tête, puis, réagissant rapidement, elle s'élance vers lui et le frappe avec ses poings en poussant un cri de rage.

—Je n'en peux plus de me retenir ! Je n'en peux plus de fermer ma gueule ! Ça fait trop longtemps que je me tais pour ne pas déplaire à Lydia ! J'en ai assez ! Je suis tannée ! Comprends-tu bien ce que ça veut dire ? Tannée d'être manipulée par ta mère ! Tannée d'être aimée par un homme qui redevient petit garçon aussitôt que sa maman l'appelle ! Tannée de sourire, de faire semblant, de jouer le jeu…

—Shirley, pour une fois, s'il te plaît !

—Ah ! tu veux que je fasse mon hypocrite, hein ? Parfait ! J'ai compris ! Fais-moi confiance, je vais te montrer jusqu'où je peux aller !

Chapitre 3

La *Pharmacie Arlette Verdier* occupe l'extrémité sud du square Roussel, un grand jardin accueillant entouré de rues piétonnières et bordé sur trois faces de logements et de commerces qui appartenaient tous, autrefois, au joaillier Edgar Roussel.

À la mort de son père, Lydia s'est empressée de tout vendre, à part la pharmacie, léguée spécifiquement à Arlette, deux duplex mitoyens et un grand local vide, dont la façade de briques porte encore l'empreinte, en couleurs délavées, de l'énorme diamant qui annonçait la toute première bijouterie fondée par Edgar Roussel, à une époque bénie où la pérennité d'un amour s'évaluait encore en carats.

Cette vieille enseigne, Arlette Verdier ne la remarque plus depuis longtemps, ni la pancarte « À louer » qui jaunit tranquillement dans un coin de la vitrine…

Enveloppée dans un imper mou, d'un gris morose, Arlette longe les murs en fixant obstinément le bout de ses chaussures. Rien ne l'attire, rien ne l'interpelle. La splendeur du printemps ne l'atteint pas davantage que le parfum délicat des bourgeons qui éclosent. Prisonnière dans sa tête, elle vit dans un «nulle part» nébuleux, inodore et sans forme, ballottée constamment entre les limbes et le néant.

—Veux-tu bien me dire où je l'ai fourrée?

Arlette fouille nerveusement dans son sac à la recherche de sa clé égarée, et la retrouve finalement dans le fond de sa poche.

Il y a des jours comme ça où, pour elle, rien ne va, à commencer par cette visite chez sa mère qui l'a complètement bouleversée. Dans un flash, Arlette revoit Lydia, gracieuse et belle parmi les roses, puis ce regard indifférent posé sur elle. *Les fleurs s'épanouissent lorsqu'elles se sentent aimées…*

Peureuse, Arlette entre dans la pharmacie en jetant un coup d'œil furtif autour d'elle. Elle désamorce le système d'alarme, mais verrouille à nouveau la porte pour s'assurer qu'aucun client ne viendra la déranger avant l'heure. Elle retire son manteau, attache ses cheveux avec un élastique, puis revêt son vieux sarrau, par habitude. Elle se dirige lentement vers l'arrière-boutique, son seul refuge contre l'angoisse, ce sentiment troublant, constant, qui siphonne toute son énergie, la laissant lasse et vulnérable. Parfois, elle craint qu'on la surveille, qu'on l'épie; certains soirs, elle croit même qu'on la suit.

Au début, Félix Miller la rassurait. Il l'aimait. Pas autant qu'elle le croyait, mais il l'aimait quand même, assez pour la caresser, assez pour la mettre enceinte, assez pour l'épouser. C'est après la naissance de Renaud que les choses se sont gâtées. Accaparée par son bébé, délaissée par son mari,

Arlette a sombré. Elle est devenue dépressive. Craignant d'être blâmé par Lydia, Félix s'est alors rapproché de sa femme. Il se montrait plus affectueux, plus présent. Plus présent, mais surtout plus dominant, plus contrôlant. Incapable de lui résister, Arlette le craignait et se soumettait à tous ses caprices. Leur intimité basculait dans un va-et-vient déchirant où les pas de deux succédaient aux corps à corps. Il l'embrassait, puis la repoussait. La prenait puis la rejetait. Et parfois, en jouissant, lui criait : *Tu es folle !*

Arlette s'assoit et se prend la tête à deux mains. Depuis ce matin, elle craint le pire. Après une brève accalmie, les démons qui sommeillaient en elle reprennent à nouveau du service. Omniprésents, ils la surveillent, impatients d'habiter ses pensées, de posséder son être. Le scénario reste toujours le même, elle reconnaît tous les détails : d'abord une insupportable sensation de vertige, un appel du néant, puis cette obsédante fascination pour la mort. La mort envahissante, la mort libératrice… Les pilules ? Oh ! elle y a pensé souvent. Elle a même essayé deux fois. Pas facile. Trop de risques d'être découverte, trop de risques d'être ranimée. La vie qui s'impose et vous reprend de force, c'est horrible ! Non, son rêve de suicide à elle est tout autre : seule, juchée sur un garde-fou, elle regarde couler la rivière… Il y a d'abord un court moment d'hésitation. Les lèvres tremblent. Le corps s'agite. Le pied s'attarde avant de glisser. Puis brusquement la tête chavire. Les bras s'écartent. Le corps bascule. C'est la descente en vol plané. La voluptueuse impression d'être libre. Irréversiblement libre ! L'âme s'abandonne, le corps se brise, et puis, plus rien qu'un interminable voyage au fil de l'eau…

— Arlette ! Arlette, ouvre-moi ! C'est Félix !

Malgré ses états d'âme, Arlette comprend qu'elle n'a pas le choix : ou bien elle ouvre la porte à son mari, ou bien Lydia arrive à la rescousse, et ça, elle ne veut surtout pas que ça se produise.

— Félix, cesse de frapper comme ça… attends un peu… j'arrive !

Arlette entrouvre à peine la porte.

— Qu'est-ce que tu veux ?

Reconnaissant d'abord ce ton, puis cette tristesse dans le regard, Félix insiste.

— Laisse-moi entrer !
— Reviens plus tard, je suis occupée.
— Veux-tu bien me dire ce que tu faisais ?
— Je classais des médicaments.
— Et ça te fait pleurer ?
— Quoi ?
— Les médicaments, ça te fait pleurer ?
— Qu'est-ce que tu veux dire ?
— Ne me prends pas pour un con, tu as les yeux rouges !
— Ce n'est rien, juste un peu d'allergie…
— De l'allergie, toi ? Depuis quand ?

Arlette soupire, exaspérée.

— C'est maman qui t'envoie ?
— Quand tu agis comme ça, forcément, ça l'inquiète.
— Lydia, inquiète ? Tu veux rire ?
— Pas du tout. Elle dit que si tu ne te sens pas bien…
— Mais je me sens bien !
— … tu n'es pas obligée de venir ce soir.

—Ah bon, je vois ! Elle a peur que je gâche son beau souper d'anniversaire !

Arlette revoit le pont, l'envol, la chute… mais s'arrête juste avant le choc.

—Rassure-la, mon chéri, je serai là !

Un lourd silence s'installe entre eux. Félix s'attarde tandis qu'Arlette, les bras croisés, attend impatiemment qu'il parte. Il fait quelques pas en direction de la sortie puis se ravise.

—Au fait, j'ai peut-être enfin trouvé une locataire pour le local.

—Tant mieux.

—Une dame Robin… Iris Robin !

—Elle est jolie ?

—Comment veux-tu que je le sache ?

—Les *Iris* sont jolies d'habitude !

Une première cliente entre dans la pharmacie en brandissant un papier froissé.

—C'est pour mon mari. Faites ça vite, s'il vous plaît !

Arlette chausse ses lunettes, déchiffre l'ordonnance et file derrière le comptoir. La pharmacienne reprend du service.

—N'oubliez pas, un comprimé aux huit heures, pas plus !

Félix observe la scène. Sa femme joue bien son rôle, mais les signes de la dépression se devinent dans ses yeux. Des yeux éteints, sans aucun éclat, sans vie.

Jamais coiffée, pas maquillée, Arlette se lave pour se laver, s'habille pour s'habiller, sans y prendre plaisir, sans la moindre trace de sensualité. Toujours la même robe brune, trop longue et démodée. Toujours les mêmes savates, défraîchies, ravagées ; de vieilles *gougounes* en cuir qui lui salissent les pieds. Détournant son regard, Félix sort son portable.

—Madame Robin, Félix Miller à l'appareil…

Ils se donnent rendez-vous dans quelques minutes. Félix referme son cellulaire et quitte la pharmacie en rêvant déjà… *Les Iris sont jolies d'habitude.*

Chapitre 4

Docteur Jocelyn Verdier, pathologiste… Malgré son titre et ses années d'expérience, Jocelyn Verdier ne peut réprimer un haut-le-cœur en constatant que le cadavre de la fillette retrouvé la veille est maculé de sperme. Incapable de la pénétrer, l'assassin, fou de rage, aurait éjaculé sur sa victime après l'avoir poignardée.

Jusqu'où nous mènera la triste folie des hommes ? Peut-on rester indifférent face à l'absurdité d'une mort sadique ? Devant l'inexorable, Jocelyn Verdier s'incline, mais n'abdique pas. Il veut savoir. Il veut comprendre. Le corps parle ! Chaque cheveu garde l'empreinte du meurtrier. Chaque ecchymose porte sa marque. La moindre blessure le trahit. Témoin muet d'un drame atroce, le cadavre d'une enfant s'apprête à livrer son secret.

Comme il le fait chaque fois qu'il a trop mal à l'âme, le docteur Verdier se recueille un instant avant d'entreprendre sa pénible besogne. Confronté à la froideur de la mort, il se demande encore par quel hasard la vie l'a conduit jusqu'ici, lui qui aurait tant aimé secourir les vivants.

À la fin de ses études, le jeune docteur Verdier désirait simplement devenir un bon médecin de famille, mais l'ambitieuse Lydia caressait pour son mari des espoirs plus valorisants.

Influencée sans doute par la lecture de *Madame Bovary*, elle voulait à tout prix que Jocelyn devienne un grand spécialiste. La spécialité importait peu, pourvu que le titre soit ronflant. Elle l'imaginait chirurgien du cœur, neurochirurgien ou, mieux encore : plasticien... en songeant au prestige que cette profession confère à l'épouse de celui qui, d'un coup de bistouri, peut embellir le pire laideron. Plus Lydia rêvait, plus elle s'emballait. Grâce à ses conseils, l'illustre *Docteur Verdier* allait révolutionner le monde médical. Son rayonnement serait sans bornes et sa réputation rejaillirait inévitablement sur elle. Ils auraient de nombreux amis, donneraient des soirées somptueuses et connaîtraient enfin cette célébrité prestigieuse qui confond les envieux et nourrit les adulateurs.

Quand, encouragé par un professeur qu'il admirait, Jocelyn a choisi de se spécialiser en pathologie, pour devenir ensuite médecin légiste, Lydia a reçu cette décision comme un affront. Profondément blessée dans son orgueil, elle a humilié son mari en le traitant avec mépris de *petit docteur sans envergure*.

Aujourd'hui, en regardant cette enfant morte, étendue sur le marbre froid, Jocelyn comprend que sa décision d'alors avait été la bonne. Il n'aurait vécu que pour cet instant, qu'il remercierait encore le ciel de l'avoir dirigé dans cette voie.

L'autopsie terminée, Jocelyn se recueille une dernière fois par respect pour cette petite fille qu'il connaît désormais mieux que personne. Il a complété son travail, les policiers feront le reste.

On retrouvera peut-être l'assassin, on le jugera, on l'emprisonnera, mais rien ne pourra ressusciter cette enfant qui a sûrement crié sans qu'on l'entende. Quand les hurlements la perturbent, la « bonne société » devient sourde.

Le cœur endeuillé, Jocelyn s'engage dans l'interminable corridor qui mène à la sortie. Il a besoin de se retrouver seul, de méditer sur la vie, sur la mort, sur lui-même. Il ne veut surtout pas penser au long rapport à rédiger, ni à sa comparution prochaine devant des avocats qui chercheront à le confondre. Les procès sont un cirque dont il pourrait facilement se passer.

Un bloc-notes à la main, la secrétaire se précipite à sa rencontre.

— Docteur Verdier! Votre femme a téléphoné, plusieurs fois… pour vous rappeler de ne pas oublier le souper.

Chapitre 5

—Monsieur Miller ?
—C'est moi !
—Iris Robin !

Arlette avait raison, Iris est très jolie. Coiffée d'un ruban jaune qui retient maladroitement quelques mèches indomptables, elle porte un jean moulant et un chandail de soie rose rehaussé d'un foulard aux couleurs du printemps.

—Je peux entrer ?
—Je vous en prie.

Coincé derrière la porte, Félix doit se tasser pour la laisser passer. Elle entre d'un pas ferme puis s'arrête, indécise, visiblement choquée par le délabrement des lieux.

—Ça sent mauvais !

Malgré sa renommée dans le quartier, ce local est resté vacant si longtemps qu'une odeur de renfermé s'est incrustée dans les murs lézardés qui gardent encore l'empreinte des anciens présentoirs, comme des dessins d'enfants tracés par des fantômes.

Plus rien n'existe de ce qui faisait autrefois la fierté d'Edgar Roussel. Rien, à part ces deux comptoirs encombrants, dont les dorures fanées témoignent de l'usure et du temps. Au moindre pas, le plancher craque. Les plafonniers démodés diffusent une lumière blafarde et les vitres sont crasseuses à n'en plus voir le jour.

—C'est un très bel espace, bien chauffé, bien éclairé…

Joignant le geste à la parole, Félix s'empresse d'ouvrir les fenêtres.

—Et vous voulez y faire quoi, au juste ?
—Ouvrir un salon… Je suis coiffeuse.
—Pour un salon ce sera parfait !
—Parfait, peut-être, mais c'est sale, c'est tellement sale !

Son joli nez retroussé humant l'air avec dédain, Iris Robin explore chaque recoin de la boutique tout en prenant des notes dans un petit calepin noir.

—Les murs… le plancher… les vitres… Il va y avoir un gros ménage à faire !
—Ça paraît pire que c'est !
—Il va falloir tout nettoyer !
—C'est sûr !
—Puis tout repeindre…
—Tout ?
—Tout ! Et avec de la peinture de qualité !

Iris s'emballe.

—Je veux que mon salon devienne une oasis de beauté et de paix ! Je veux de la lumière, des plantes et des couleurs... des couleurs chaudes, vibrantes, accueillantes !

Elle se retourne vers Félix.

—Je vous laisse le choix du peintre, évidemment, mais, pour les couleurs, j'exige de les choisir moi-même !

—C'est que...

—Sur ce point-là, je suis intraitable !

Voilà où le bât blesse ! Lydia a beau répéter à cœur de jour que ce vieux local vide lui coûte la peau des fesses, Félix la sait radine et peu encline à répondre aux exigences de ses locataires.

—Habituellement, nous fournissons du blanc...

—Du blanc ? Vous voulez rire ?

—J'ai dit *habituellement*, mais je vais voir ce que je peux faire.

—Je compte sur vous !

Iris s'installe sur le bout d'un comptoir poussiéreux pour griffonner des plans, sans s'occuper de Félix qui appréhende déjà les réprimandes de sa belle-mère.

—Nous construirons une cloison ici... une autre là...

Poursuivant sur sa lancée, Iris attire l'attention de Félix en pointant son crayon comme une baguette magique.

—Il faudra également revernir le plancher, rajeunir l'éclairage... et nous débarrasser de ces vieilles armoires qui tombent en ruine et puent le moisi !

Elle se dirige ensuite vers la vitrine puis s'arrête net en faisant la moue.

—Oh! regardez, la grande vitre est brisée!
—Brisée? Où ça?
—En haut, dans le coin gauche…
—Une petite craque, à peine visible.
—Peut-être, mais il faudra la réparer… et remplacer tout le carrelage!
—Vous voulez remplacer le carrelage de la vitrine?
—Pas moi, vous! Un damier beige et brun, franchement!

Craignant qu'Iris ne se désiste, heurtée par un détail, Félix tente de la distraire en faisant miroiter le beau côté des choses.

—Des boutiques comme celle-là, on n'en trouve pas partout, vous savez!
—Peut-être pas partout, mais ça se trouve!
—Sans compter qu'avec les commerces avoisinants, il y a un très bon achalandage…

Sans perdre une seconde, Félix grimpe dans la vitrine et tend une main invitante vers Iris qui hésite un instant avant de monter le rejoindre.

—Regardez, vous voyez là-bas? Le *Petit Bedon Gourmand*! On y trouve apparemment les meilleures pâtisseries, les meilleurs pâtés et des chocolats à faire damner un saint! Un peu plus loin, il y a la *Garderie Tournicoti*; c'est un endroit renommé et bien tenu… Je connais personnellement la propriétaire.

Félix la connaît, bien sûr, puisque cette « Fanfreluche à lulus » n'est nulle autre que Marianne Verdier, la *vraie* fille de Lydia.

— Et, tout au fond, il y a la pharmacie…

Curieuse, Iris s'avance et Félix en profite pour se glisser derrière son dos, la forçant ainsi à s'appuyer sur lui pour éviter de trébucher.

— J'ai du mal à lire l'enseigne : *Pharmacie Arlette Verdier*… Vous la connaissez ?
— Qui ça ?
— Arlette Verdier ?
— Un peu, oui.

Pour éviter d'être piégé, Félix Miller retire discrètement son alliance et la laisse tomber dans le fond de sa poche. Puis, mine de rien, il passe familièrement son bras autour des épaules d'Iris, sous prétexte de vouloir lui montrer autre chose.

— Comme vous voyez, toutes les boutiques font face au square Roussel qui, le soir venu, devient un petit coin tout à fait romantique avec ses bancs et ses lampadaires d'une autre époque.

Puisque la proximité s'y prête, Iris profite de l'occasion pour aborder l'ultime question.

— Nous n'avons toujours pas discuté du loyer.

Félix se rapproche jusqu'à ce que l'oreille d'Iris soit à portée de lèvres.

— Je suis sûr qu'on pourra s'arranger !

Attiré par sa bouche, grisé par son odeur, Félix se sent subitement étourdi, enivré.

—Quel est votre parfum ?
—Mon parfum ?
—Oui !
—L'Air du temps.

Félix l'aurait parié. Arlette portait cette fragrance-là, autrefois, avant sa maladie, avant cette dépression qui allait la laisser démunie, presque morte.

—Ça va, monsieur Miller ?
—Oui, oui, ça va !

Iris semble inconsciente de l'effet qu'elle produit, du moins Félix le présume, mais il en doute un peu quand elle lui prend le bras, tout charme et tout sourire.

—Ainsi, tous les planchers seront sablés et revernis ?
—Oui, oui !
—Les carreaux réparés ? Et la vitrine aussi ?
—La vitrine aussi !
—Et vous repeindrez partout ?
—Partout, oui !
—À vos frais ?

Iris insiste en regardant Félix avec des yeux si bleus, qu'il se sent défaillir.

—Pourquoi revenir là-dessus puisque c'est entendu ?
—Parce que j'aime bien que les choses soient claires !
—Moi aussi !

Félix saute de son perchoir, tandis qu'Iris prend tout son temps pour redescendre.

—Allons, madame, dépêchons-nous !

—Nous dépêcher ? Pourquoi ?

—Euh… parce que… parce que je suis pressé !

—Je peux revenir demain, si vous préférez ?

—Non, non, finissons-en tout de suite ! Enfin, si le local vous plaît, évidemment.

—Il me plaît, mais…

—Mais quoi ?

—Le loyer… Je vous offre deux mille dollars par mois !

—Deux mille cinq cents !

—Non, pas deux mille cinq cents, j'ai dit deux mille !

Lydia en espérait le double… et sans ménage. Félix sent la couleuvre lui glisser entre les doigts.

—Madame Robin, sérieusement, vous n'y pensez pas ?

—C'est à prendre ou à laisser !

Félix se ressaisit. Aussitôt qu'il est question d'argent, le beau parleur devient filou.

—J'ai reçu d'autres offres, vous savez !

—Je ne vous crois pas !

Iris Robin soutient le regard de Félix avec ironie. Pressé d'en finir, il se retire dans un coin et refait ses calculs avec application.

—D'accord, deux mille dollars par mois, mais vous effectuez vous-même tous les travaux !

—Comment ça, les travaux ?

—La peinture, le plancher… le ménage quoi !

—Monsieur Miller, vous avez promis !

—Moi ? Mais je n'ai rien promis du tout ! C'est vous qui…

—Inutile de nier, j'ai tout enregistré!

Iris sort un magnétophone de sa poche et le brandit fièrement sous le nez de Félix, qui s'apprêtait à protester quand une belle grosse femme fait une entrée majestueuse dans la boutique.

—Excuse-moi, ma chérie, je suis en retard!
—Pas du tout! Juste à temps, au contraire!

Iris se tourne vers Félix.

—Monsieur Miller, je vous présente Géraldine Faguet, ma meilleure amie. Elle sera mon témoin, si vous n'y voyez pas d'inconvénient.

Trop surpris pour réagir, Félix Miller complète le bail sous le regard inquisiteur des deux femmes qui vérifient attentivement chacune des clauses. Géraldine intervient.

—Au fait, monsieur Miller, êtes-vous propriétaire?
—Non, ce local appartient à madame Lydia Roussel.
—La fille du joaillier?
—Exactement! Je suis son homme de confiance.
—Dans ce cas, j'imagine que vous avez une procuration?
—Bien sûr!
—On peut la voir?

Félix fouille dans ses papiers et leur tend une lettre officielle portant la signature de Lydia et attestant qu'elle l'autorise à négocier cette affaire en son nom. Rassurée, Iris Robin s'apprête à signer, mais Géraldine retient son geste.

—Non, attends, ma chérie. Pas tout de suite! Il faut d'abord que le propriétaire inscrive au bas du bail tous les changements sur lesquels vous vous êtes entendus.

—Tu veux dire tous les travaux pour lesquels monsieur Miller s'est engagé?

—Parfaitement. Si vous avez des ajouts ou des retraits, c'est avant de signer qu'il faut les inscrire!

Félix hésite, tiraillé tour à tour par l'Ange et le Démon. Si Iris Robin loue le local, Lydia va lui demander des comptes. Si elle ne le loue pas, jamais il ne retrouvera une proie aussi appétissante. Considérant la mise, Félix tend son stylo à Iris.

—Voilà. Inscrivez-les vous-même, madame!

—Non. Je dicterai et vous écrirez, monsieur!

—Allez-y!

—Nous disons donc que madame Lydia Roussel, aussi nommée «la propriétaire», s'engage par la présente, et à ses frais:

1) à faire nettoyer, puis repeindre tous les plafonds et tous les murs, selon les couleurs spécifiquement choisies par la locataire;

2) à retirer tous les plafonniers pour les remplacer par un éclairage au choix de la locataire;

3) à remplacer toutes les vitres brisées, y compris celles de la vitrine;

4) à faire sabler, nettoyer et revernir tous les planchers, y compris celui de la vitrine.

—Franchement, madame, vous en demandez beaucoup !

—Je ne demande rien de plus que ce qui est enregistré. Voulez-vous l'écouter ?

—Non, non, ce n'est pas la peine.

—Si vous trouvez que c'est trop, je peux aller voir ailleurs.

—Pas du tout, c'est parfait.

—Alors, je signe où ?

—Ici… et là… avec vos initiales au bas de chaque page.

Géraldine s'interpose.

—Les vôtres aussi, monsieur Miller.

—Évidemment.

Félix reprend le bail des mains d'Iris et le contresigne en faisant des efforts pour contenir sa colère.

—Voilà, c'est fait. Vous êtes contentes ?

—Pas si vite, monsieur. C'est à mon tour.

Géraldine Faguet vérifie chaque item puis appose sa signature comme témoin.

—Ça y est, tout est en règle ?

—Oui, ma chérie.

—Parfait ! Voici votre premier chèque, monsieur !

— Voilà vos clés, madame ! Je garde un double pour les travaux.

—Je vous remercie, monsieur Miller.

Iris Robin jette un dernier regard autour d'elle avec des yeux émerveillés. Elle imagine déjà son salon grouillant de vie. Elle entend le ronron des séchoirs et le murmure agité des clientes qui placotent. Son amie Géraldine la prend par le bras.

—Ce local est à toi, ma chérie! Ça va te faire un de ces salons, ma vieille! J'imagine déjà l'enseigne: *Au Plaisir des Belles Dames*!

—*Au Plaisir des Belles Dames*! Ça me plaît! C'est très joli! J'achète!

—Allez, viens, on va aller fêter ça!

—Je t'invite à manger des gâteaux!

—Des gâteaux? Où ça?

—Juste à côté, au *Petit Bedon Gourmand*! Monsieur Miller prétend qu'ils ont les meilleures pâtisseries *au monde*!

Les deux amies quittent la boutique en riant. Taquine, Iris revient sur ses pas.

—Vous venez avec nous, monsieur Miller?

—Non, merci, j'ai encore à faire.

Oscillant entre le dépit et la rage, Félix Miller referme les fenêtres, éteint les lumières, remet son alliance et quitte la place en marmonnant:

—Maudites lesbiennes!

Chapitre 6

Quand Iris Robin et Géraldine Faguet se sont attablées à la terrasse du *Petit Bedon Gourmand*, elles ignoraient qu'elles étrennaient ce coin charmant que le patron, Victor Delcourt, venait tout juste d'aménager sur un bout de trottoir jusque-là inutile, puisque personne n'arrivait chez lui en venant de ce côté.

Un auvent jaune, quelques vieilles tables repeintes en rouge, des chaises de jardin agrémentées de coussins multicolores et des fleurs suspendues devant la vitrine, il n'en fallait pas plus pour que Victor Delcourt se croie propriétaire d'un bistrot parisien.

Bienvenue à la Terrasse du Petit Bedon ! Avec application, Victor trace chaque lettre à la craie sur le magnifique tableau noir surmonté d'un énorme pâtissier, qu'il vient de suspendre à la clôture. *La Terrasse du Petit Bedon !* Victor trouve que ce nom sonne bien.

Iris toussote un peu pour attirer son attention.

—Pardon monsieur, on peut manger ?

—Bien sûr !

Ravi de recevoir si vite ses deux premières clientes, Victor s'approche en bombant le torse, orgueilleux comme un paon se pavanant devant deux paonnes.

—Et que puis-je vous offrir, mes chères dames ?

Victor Delcourt a une bonne tête, de la prestance et un sourire jovial qui invite à la gourmandise. La taille enveloppée dans un long tablier blanc, il vante à qui veut l'entendre le velouté de ses pâtés, la fraîcheur de ses fromages et le parfum délicat de ses pâtisseries à la crème, qu'il fait goûter gracieusement à ses clients pour leur prouver ce qu'il avance. Parfois, pour rire, il ajoute en se tapotant le ventre : le *Petit Bedon Gourmand*, c'est moi !

Géraldine est déjà conquise.

—Un millefeuille et un café, s'il vous plaît !

—La même chose.

—C'est tout ? Surtout ne vous privez pas, aujourd'hui, c'est gratuit ! Vous êtes mes invitées.

—Attention à ce que vous dites, mon amie Géraldine est terriblement gourmande !

—Avec des yeux pareils, madame peut se permettre toutes les gourmandises !

Victor s'incline galamment puis repart en rejetant négligemment sa serviette blanche sur son épaule. Touchée, Géraldine Faguet se penche vers Iris.

—Quel bel homme !

—Géraldine !

—Ben, quoi ? Je n'ai pas le droit d'aimer les gros ?

—Bof ! Gros ou maigres, l'important, c'est qu'ils soient là !

—Qu'est-ce qui t'arrive, Iris ? Quelque chose ne va pas ?

—Non, rien, je t'assure. Un coup de cafard ; ça me prend parfois quand je suis heureuse.

—L'Homme te manque ?

—Disons que j'essaie d'y penser le moins possible.

Iris sourit pour masquer sa tristesse.

—Autrefois, quand il voyageait par affaires, au Maroc ou au Sénégal, ses séjours étaient de courte durée, quelques semaines, un mois au plus…

L'Homme écrivait peu, mais il téléphonait parfois, pour rassurer Iris, lui rappeler qu'il l'aimait, et pour embrasser Maëlle, qui grandissait et devenait femme sans que son père s'en aperçoive.

—J'attendais impatiemment son retour et l'accueillais chaque fois avec la fébrilité d'une femme éperdument amoureuse. Je ne lui posais aucune question, ne lui faisais aucun reproche.

—Pour ça, tu as toujours été une Pénélope exemplaire !

Avec le temps, les absences de l'Homme se sont prolongées : six mois, un an… Puis ses lettres, déjà rares, ont été subitement remplacées par des *courriels express* expédiés d'un cybercafé.

—La dernière fois, tu te rappelles, j'avais même loué un chalet au bord d'un lac pour célébrer nos retrouvailles !

—Maudit que je t'avais trouvée folle !

— Quelle belle folie ! Un week-end merveilleux, tous les deux, seuls, en amoureux…

— Arrête, Iris, tu vas me faire pleurer !

— Le surlendemain, l'Homme repartait en me jurant que c'était son dernier voyage…

— Et tu l'attends depuis combien de temps déjà ?

— Deux ans !

— Comme c'est romantique !

— C'est ça, fous-toi de ma gueule !

— Avoue que tu te l'attires un peu.

— Excuse-moi, Géraldine. Je ressasse encore cette vieille histoire que tu as dû entendre au moins mille fois !

— Je dirais même un petit peu plus !

— Ça t'ennuie ?

— Penses-tu ? Moi, si j'avais épousé un beau globe-trotter comme le tien, je t'en parlerais sans arrêt, mais…

— Tu aurais dû te marier.

— Avec qui ?

— Je ne sais pas, moi, il y avait bien quelques beaux garçons…

— Qui tournaient tous autour de toi !

— Allons donc !

— Je n'ai même jamais été embrassée !

— Quoi ? Tu n'as jamais été…

— Non ! Plus jeune, j'avais des broches… Après, j'étais trop grosse !

— Tu exagères !

— Pas du tout ! Rappelle-toi, à l'école, on m'appelait « *Hypopo* » !

— C'était pour rire !

— Je n'ai jamais trouvé ça drôle.

—N'empêche, tu aurais fait une bonne épouse, une bonne mère…

—J'ai materné la mienne jusqu'à sa mort, ça m'a suffi.

—Quand je pense que tu as abandonné ta carrière de professeur pour aller travailler au centre d'accueil, faire la cuisine, servir les repas…

—Ça me permettait de vivre auprès d'elle, de la surveiller, de la rassurer. Elle était veuve, elle n'avait que moi…

Soudain, Géraldine voit Victor s'approcher. Elle tape un clin d'œil à Iris et fait dévier la conversation dans un éclat de rire.

—Je ne suis pas riche, mais je me débrouille… et comme je n'ai jamais eu de mari…

—Tu te consoles en te bourrant de pâtisseries !

—Toi, au moins, tu me comprends, ma vieille !

Victor intervient joyeusement.

—Et vous ne le regretterez pas, mesdames ! Deux mille-feuilles… et deux cafés ! Tenez, goûtez-moi ça, vous m'en donnerez des nouvelles !

Droit comme un pion, Victor s'attarde et les observe avec une telle lueur de gourmandise dans le regard, qu'on pourrait croire qu'il n'attend qu'une invitation pour venir partager leurs millefeuilles avec elles. Géraldine lui tend gentiment sa fourchette.

—En voulez-vous une petite bouchée ?

—Non, merci, j'ai des tartes au citron qui m'attendent !

—Hum ! Des tartes au citron, ça me rend folle !

—Je vous en donnerai une pointe en partant !

Au même moment, une jeune femme déguisée en poupée de chiffon s'attable à l'autre bout de la terrasse. En l'apercevant, Iris et Géraldine ont du mal à réprimer un fou rire.

Intrigué, Victor suit leur regard, reconnaît la jeune femme et se précipite vers elle.

—Ah! ma chère Marianne!

—Je vous félicite, monsieur Delcourt, votre terrasse est attrayante… J'aime le décor.

—Merci beaucoup, ma fille. Et que puis-je faire pour toi?

—Je viens chercher des langues-de-chat.

—Combien?

—Deux douzaines, comme d'habitude.

Aussitôt que les enfants se reposent, Marianne Verdier confie la garderie à sa collègue et se rend au *Petit Bedon Gourmand* pour acheter des langues-de-chat ou des biscuits à la vanille qu'elle partage avec toute sa marmaille quand vient l'heure de la collation.

Marianne Verdier adore les enfants. La *Garderie Tournicoti*, c'était son rêve. Un rêve que Lydia ne partageait pas, puisqu'elle aurait préféré que sa *vraie* fille choisisse une profession plus honorable, qui lui aurait permis de s'élever dans la société. Or, Marianne est une originale, une anticonformiste qui adhère aux idées nouvelles sans réserve et sans préjugés. Elle aime porter des vêtements fous, des chapeaux drôles, des boas, des costumes de théâtre, et se donne souvent des allures de clown pour camoufler sa timidité.

Amusées par l'accoutrement de leur jeune voisine, Iris et Géraldine ne cessent de l'observer. Elles tentent de lui sourire, mais Marianne fait semblant de ne pas les voir.

— Attention, Géraldine, tu as de la crème fouettée sur le menton !

Géraldine essuie la crème et lèche ensuite le bout de son doigt.

— C'est tellement bon, je ne veux rien perdre !
— Il y a longtemps que je n'avais mangé un millefeuille aussi onctueux.
— Moi, je goûterais bien un baba au rhum.
— Pourquoi se priver ? C'est le temps de fêter !
— Tu ne regrettes pas ta décision ?
— Non, je pense que j'ai fait une bonne affaire. Au début, monsieur Miller ne voulait rien payer, mais j'ai finalement réussi à lui arracher un gros ménage et une vitrine neuve.
— Heureusement que tu avais tout enregistré !
— Moi ? Mais je n'avais rien enregistré du tout ! Qu'est-ce que tu crois ? Je l'ai fait marcher !
— Oh ! Toi, vraiment, tu m'impressionnes !
— Je m'impressionne aussi, parfois.
— Raison de plus pour célébrer !

Géraldine interpelle Victor qui revenait avec les langues-de-chat.

— Monsieur, s'il vous plaît, apportez-nous deux babas au rhum.
— Hein ? Qu'est-ce que je vous disais ? Quand on goûte à mes pâtisseries, on ne peut plus s'en passer !
— Mais cette fois, j'insiste, nous allons les payer.
— Il n'en est pas question, vous êtes mes invitées ! Ce n'est pas tous les jours que j'inaugure une terrasse.
— C'est très gentil, merci beaucoup, monsieur.
— Je vous en prie, appelez-moi Victor !

—Moi, c'est Iris…

—Et moi, Géraldine !

Marianne attend toujours que Victor lui remette ses gâteaux.

—Oh ! mon Dieu ! Excusez-moi, je bavarde, je bavarde et j'en oublie les langues-de-chat !… Tenez, ma belle, prenez-les, je vous les offre !

—Vous me…

—Oui, oui, je vous en prie, c'est un cadeau !

—Merci beaucoup.

Marianne ramasse ses affaires et s'apprête à partir discrètement. Puis, surmontant sa timidité, elle se ravise et revient sur ses pas.

—Monsieur Delcourt…

—Oui, ma belle ?

—Est-ce que votre fils est là ?

—Bien sûr, attendez, je vais l'appeler !

Victor retourne dans la boutique en s'écriant :

—Antonin ! Antonin ! Une belle fille demande à te voir !

Marianne regrette déjà d'avoir osé. S'il allait la rabrouer, la trouver ridicule ? Bien sûr, elle pourrait se sauver, prétexter une urgence… mais Antonin s'avance déjà vers elle.

—Mademoiselle Verdier ? Que puis-je faire pour vous ?

Vêtu d'un t-shirt blanc, le crâne rasé pour ne pas retrouver de cheveux dans la soupe, l'objet de son fantasme lui paraît encore plus beau, encore plus grand que le garçon qu'elle aperçoit chaque jour derrière le comptoir.

—Mon père m'a dit que vous vouliez me parler.

—Oui… enfin… je…

Toute petite devant ce géant, Marianne hésite. Sa timidité l'emporte. Son courage l'abandonne et sa belle assurance fond comme glace au soleil quand elle constate que les deux avant-bras d'Antonin sont couverts de tatouages artistiques. Un détail évident qu'elle n'avait pourtant jamais remarqué.

—Allez-y, Marianne, je vous écoute.

—C'est que…

Une petite voix lui souffle « Arrête, Marianne ! », mais une autre lui dit : « Vas-y, n'aie pas peur ! »

—C'est un peu délicat.

—Délicat ?

—Je vous… je te… enfin… on ne se connaît pas vraiment…

Antonin décide de briser la glace en blaguant.

—Bon, si ce n'est que ça, je me présente : je m'appelle Antonin Delcourt, j'ai vingt-neuf ans… Et toi ?

—Marianne Verdier… J'en ai vingt-quatre !

—Tu ne les fais pas, je t'en donnais seize !

—Tu te moques de moi !

—Je ne me moque pas, mais j'attends toujours ta question.

Marianne respire un bon coup avant de se lancer dans le vide.

—Accepterais-tu de m'accompagner à un souper chez mes parents ?

La demande est sortie d'un coup, et avec un tel aplomb, qu'Antonin Delcourt en reste bouche bée.

—Un souper ? Chez tes parents ? Quand ça ?
—Ce soir !
—Ce soir ?

La proposition de Marianne demande réflexion. C'est la première fois qu'une poupée de chiffon invite Antonin à souper, et chez ses parents en plus.

Incapable de supporter cette attente, Marianne meuble le silence en jacassant sans arrêt.

—Je sais, je m'y prends tard, mais ça fait très longtemps que j'y pense. Au départ, je n'osais pas te le demander, et puis je me suis dit que, si je ne te le demandais pas, c'est bien certain que tu ne viendrais pas ! Mais, si tu ne veux pas venir, oublie ça, je vais comprendre.
—C'est que…
—Il ne faut pas te sentir obligé.
—J'avoue que ça me gêne un peu…
— Ça va, j'ai compris, laisse tomber.

Marianne veut partir. Antonin la retient.

—Hé là ! pas si vite ! Ça me gêne un peu… mais ça me tente !

Quand Marianne est heureuse, le rouge lui monte aux joues, accentuant davantage ses allures de poupée. Surpris par son audace, Antonin la regarde avec admiration, sans se soucier de la présence d'Iris et de Géraldine, qui ont tout à coup l'impression d'assister à un moment magique.

— Crois-moi, Géraldine, cette lueur-là, quand on l'a vue, ne serait-ce qu'une seule fois, dans le regard d'un homme, on ne l'oublie jamais.

Victor revient sur la terrasse.

— Et deux babas bien arrosés !… J'ai ajouté un peu de crème glacée, c'est meilleur !

Il se retourne vers Antonin et lui lance sur un ton presque grave :

— Parlant de crème glacée, la tienne est en train de fondre !

— Ça va, papa, j'arrive tout de suite !

Le clin d'œil de Victor rassure Marianne, peu habituée aux taquineries sans importance.

— J'irai te chercher à dix-huit heures.

— Tu n'auras qu'à sonner chez moi, j'habite en haut de la garderie.

— Je le sais.

— En passant, j'apprécierais que tu portes une chemise à manches longues… et une cravate.

— Une cravate ?

— Ma mère attache beaucoup d'importance aux convenances.

— Je vois.

Ils restent un long moment à s'observer l'un, l'autre.

— Et maintenant, il faut que je rentre…

—Moi aussi…

—Les enfants vont m'attendre…

—La crème glacée va fondre…

—À ce soir !

—À ce soir !

Antonin et Marianne se quittent à regret, sans se douter que leur rencontre vient de raviver chez les deux clientes de la table à côté des émotions à fleur de peau. Iris relève la tête et ferme les yeux pour mieux goûter la chaleur du soleil.

—Mon Dieu que c'est beau, l'amour !

Géraldine acquiesce avec extase, en sucrant son café… pour la quatrième fois.

Chapitre 7

Habituellement, les visites de Marianne Verdier à la pharmacie sont plutôt brèves. Elle arrive en coup de vent, s'empare du produit désiré, puis repart aussi vite en criant : « Bye, Arlette ! Je te payerai ça la prochaine fois ! » Une prochaine fois qui n'arrive évidemment jamais, la négligence de l'une se nourrissant depuis toujours de l'insouciance de l'autre.

— Bonjour, tout le monde ! Belle journée, n'est-ce pas ?

Or, voilà qu'aujourd'hui tout semble différent : une musique dans la voix, un éclat dans les yeux… Sans prendre quoi que ce soit, sans bousculer personne, Marianne s'avance vers le comptoir en affichant cet air béat réservé aux élus qui viennent d'être touchés par la grâce.

— Comment vas-tu, Arlette ?

Surprise de cet intérêt soudain, Arlette regarde sa sœur avec un air méfiant.

— C'est maman qui t'envoie ?

—Maman ? Pourquoi ?

—Pour rien, je croyais…

Marianne se fout de ce que sa sœur croyait, elle ne peut plus contenir sa joie.

—Arlette, ça y est, j'ai osé !

—Tu as osé quoi ?

—Je viens de lui parler !

—À qui ?

—Antonin Delcourt !

—Et qui est Antonin Delcourt ?

—Voyons donc, tu sais bien, le fils de Victor Delcourt, le propriétaire du *Petit Bedon Gourmand* !

—Le grand gars qui a la tête rasée ?

— Attends de le voir de près, il est tellement beau !

Marianne s'emballe et gesticule sans égard pour les clients de la pharmacie qui l'observent et s'interrogent. Consciente de l'effet qu'elle produit, Arlette invite discrètement sa sœur à baisser le ton.

—Alors tu as parlé à ce jeune homme, et après ?

—Après ? Après, il a dit oui ! Te rends-tu compte ? Il a dit oui !

—Oui à quoi ?

—À mon invitation !

—Quelle invitation ?

Marianne hésite, redevient timide et murmure presque.

—Je l'ai invité à souper chez nos parents… ce soir !

Arlette n'en croit pas ses oreilles. Inviter un étranger à la table de Lydia équivaut à porter un manteau de fourrure pour aller souper chez Brigitte Bardot.

—En as-tu au moins parlé à maman?
—Euh… non, pas encore…
—Qu'est-ce que tu attends?
—En fait, je comptais un petit peu sur toi pour le faire.
—Quoi? Pour que je subisse sa colère à ta place? Pas question, ma petite sœur. Oublie ça!

Déçue, Marianne se renfrogne. L'enfant gâtée devient boudeuse.

—Je suis bien assez vieille pour inviter qui je veux, non?
—Comme si c'était une question d'âge.

Marianne réfléchit puis se ravise.

—Bon! Puisque c'est comme ça, je ne lui en parlerai pas. Je vais m'arranger pour arriver un peu en retard et je lui présenterai Antonin simplement, comme si de rien n'était.
—À ta place, j'envisagerais un scénario de rechange.
—Maman n'osera quand même pas me faire une scène devant tout le monde en présence d'un étranger?
—Je ne compterais pas trop là-dessus.
—Merci de m'encourager!
—Disons que je suis réaliste… Excuse-moi!

Interpellée par un fournisseur qui exigeait sa signature, Arlette disparaît dans l'arrière-boutique, laissant sa sœur abandonnée, le cœur brisé, disloquée comme une marionnette dont on aurait coupé les cordes…

Puis, repensant à Antonin, Marianne se ressaisit et se raccroche à son bonheur. Quelle que soit la réaction de Lydia, elle se sent prête à l'affronter. Encore un sourire, encore une pirouette et la voilà qui retrouve ses allures de gamine. Elle attrape au passage une boîte de préservatifs et un sac de bonbons, puis s'écrie avant de refermer la porte :

—Bye, Arlette ! Je te payerai ça la prochaine fois !

Chapitre 8

Lydia pousse un soupir agacé en entendant le carillon tinter à répétition. Inutile de lorgner par le judas, personne d'autre qu'*elle* ne sonne avec autant d'impertinence.

— Ah ! bon, c'est déjà vous...

Bien qu'ils viennent de Québec, Christian et Shirley se pointent toujours un peu trop tôt, bousculant Lydia dans ses derniers préparatifs, telle une Diva que des spectateurs indiscrets viendraient surprendre dans sa loge juste avant le lever du rideau.

— Je ne vous attendais pas si tôt.

Lydia embrasse froidement son fils sans porter la moindre attention à Shirley qui doit se frayer un passage pour ne pas être rejetée sur le perron, comme ces prêcheurs du dimanche qu'on rabroue grossièrement en leur fermant la porte au nez.

Shirley rejoint Christian et marmonne d'une voix doucereuse.

—Tu vois, mon chéri, on arrive encore les premiers! Chaque fois, c'est pareil, on part trop tôt et…

Agacée, Lydia interrompt sa bru d'une voix cassante.

—Qu'importe, puisque vous êtes là!

À la tête qu'elle fait, Shirley devine que sa belle-mère réprime une colère qui risque d'éclater pour la moindre vétille. Elle se retourne alors vers Lydia en jouant la bru gentille.

—C'est la faute de votre fils, il conduit trop vite!
—Ça va, ma chérie, laisse tomber!

Mais Shirley n'en démord pas. Furieuse contre Christian, qui conduisait pédale au fond sans écouter ses directives, elle prend Lydia à témoin en insistant pour mettre les choses au clair.

—Je lui ai dit: Christian, ralentis, tu conduis trop vite! Si on arrive avant tout le monde, ta mère va encore avoir le feu…
—Shirley, je t'en prie!
—Ben quoi? C'est vrai! Ne me dis pas qu'elle a l'air contente!

Lydia préfère ne rien entendre. Les précédant de quelques pas, elle invite son fils et sa bru à prendre place au salon, puis quitte la pièce sans dire un mot.

Choquée, Shirley s'en prend à Christian.

—Je te l'avais dit qu'elle me ferait une face de *beu*!
—Voyons donc!
—Non mais, t'as pas vu comme elle a l'air bête?

—Non, moi je l'ai trouvée normale.

—Normale, mon cul ! Elle me regardait avec un petit air méprisant, on aurait dit que j'étais de la crotte !

—Tu ne trouves pas que tu exagères ?

—Avec toi, on sait bien, j'exagère toujours !

—Pas toujours, ma chérie, mais souvent.

—Qu'est-ce que tu veux dire ?

—Je veux dire que tu t'en fais pour rien.

Craignant que Lydia n'écoute aux portes, Shirley se ravise et baisse le ton.

—Tu le sais que j'haïs ça quand on arrive avant tout le monde !

—D'accord, d'accord, nous sommes arrivés les premiers, puis après ?

—Après ? Après elle nous laisse plantés là comme deux potiches !

—T'inquiète pas, elle va revenir.

—Elle revient toujours, je sais !

Pour éviter de se disputer, ils s'éloignent l'un de l'autre en s'observant comme chiens de faïence. L'atmosphère est glaciale. Aucune musique, aucun bruit. Lydia adore le silence et se réserve le privilège de le briser quand ça lui plaît.

—Maudit que c'est plate ! J'en reviens pas comme c'est plate !

La tête appuyée sur sa main, Christian ferme les yeux pour ne plus voir virevolter Shirley, qui se trémousse et s'impatiente.

—J'ai envie de m'éclater, de rire, de danser, de chanter… juste pour voir ce qui se passerait !

—Calme-toi, ma chérie.

—Me calmer ? Je suis en train de mourir d'ennui et tu m'ordonnes de me calmer ?

—Tais-toi, maman pourrait t'entendre.

—Je m'en sacre !

Au même moment, Lydia revient, hautaine, élégante, comme si tout était normal.

—Je devais donner des ordres au traiteur. Et voilà, c'est réglé !

Donner des ordres, c'est vraiment ce que Lydia sait faire de mieux. Elle allume les bougies qui décorent le foyer, s'attarde un instant devant la glace, pose ses doigts sur ses tempes, en étirant discrètement la peau pour estomper quelques rides, puis retouche une mèche rebelle.

—Veux-tu bien me dire ce que fait ton père ? Et les autres ? Veux-tu bien me dire ce que font les autres ?

—T'inquiète pas, maman, relaxe un peu, tu en fais trop !

—Je n'ai pas le choix ! J'aimerais bien avoir une bonne, mais…

—Tu as déjà une femme de ménage.

—Je sais, mais quand je reçois…

Lydia va s'asseoir sur une chaise d'appoint, située exprès à deux pas de la porte, prête à se relever à la première occasion. Cette attitude guindée fait sourire Shirley qui s'amuse à imaginer que sa belle-mère est née *avec un spring dans le cul* !

Pour éviter que Lydia la surprenne à sourire, Shirley se lève et va chercher les deux cadeaux enrubannés qu'elle cachait soigneusement depuis son arrivée.

—Celui-là, ouvrez-le pas tout de suite, attendez que votre mari arrive !

Lydia prend le paquet et le dépose sur la table à café avec l'air indifférent de celle qui n'espère plus rien d'un homme qui n'a jamais su la surprendre.

—Puis celui-là, c'est de nous deux… c'est un foulard de soie… on l'a acheté chez Holt Renfrew ! Si vous ne l'aimez pas, vous pourrez l'échanger, la facture est dans le fond.

Lydia dénoue les rubans, ouvre la boîte, sort le foulard, puis le replie délicatement en les remerciant du bout des lèvres. Shirley avait vu juste : sa belle-mère ira l'échanger, comme elle échange d'ailleurs systématiquement tous les cadeaux qu'on lui offre. Incapable d'accepter un présent pour ce qu'il est, elle impose ses exigences, au risque de se brouiller avec tous ceux qui se donnent du mal pour lui dénicher quelque chose d'unique. Quand elle ne l'échange pas, elle le range soigneusement dans un placard puis s'en débarrasse à la première occasion en l'offrant à son tour à sa femme de ménage.

—Ton père devrait déjà être là. Quelle heure est-il, Christian ?
—Dix-huit heures.
—J'espère qu'il va arriver bientôt !

Rien ne peut combler la lourdeur du silence qui s'installe quand plus personne n'ose rien dire.

—À part ça, comment vont les filles ?

Piquée au vif, Shirley s'apprête à répliquer, mais Christian prend les devants.

—Elles vont très bien, maman, je te remercie.

—J'espère que Constance a coupé sa tignasse ? La dernière fois, elle faisait honte à voir, la pauvre fille, une vraie
pitié !

Shirley voudrait sauter sur Lydia et l'étrangler jusqu'à
son dernier râle.

—Et l'autre, là ? Comment elle s'appelle, déjà ?

—Pascale, maman, elle s'appelle toujours Pascale !

— Ah oui ! Pascale ! A-t-elle toujours cet affreux anneau
dans le nez ? Se faire percer le nez, à son âge, quelle horreur !

—Voyons donc, madame Verdier, vous savez bien que
ces anneaux-là sont truqués. Pas besoin de percer la peau
pour les porter. Demandez à Christian, il en vend des tonnes
à la bijouterie !

Le regard de Lydia se durcit.

—Je pensais que tu vendais des bijoux, pas de la camelote !

—Je n'ai pas le choix, maman, je vends ce qui se vend !

—Madame Verdier, ouvrez-vous les yeux, toutes les filles
de cet âge-là en portent. Que voulez-vous, c'est la mode !

—Une mode avilissante qui transforme les jeunes filles
en esclaves !

—Ma pauvre maman, tu sais très bien que cette mode-là
va passer, comme tout le reste ! C'est leur façon de se
démarquer, d'évoluer…

—Troquer la bague au doigt pour un anneau dans le nez,
tu appelles ça évoluer ?

—Maman !

—Quand ton grand-père t'a légué la succursale de
Québec, il n'imaginait pas que tu salirais son nom !

Christian toussote et desserre sa cravate.

—Justement, j'ai décidé de changer le nom de la bijouterie.

—Changer le nom ? Mais de quel droit ?

—La bijouterie m'appartient, je suis libre d'en faire ce que je veux !

—Mais c'était la bijouterie de *mon* père !

—Et maintenant c'est la mienne. Que cela te plaise ou non, je suis désormais le seul et unique propriétaire de la *Bijouterie Christian Verdier*.

On a sonné. Lydia se lève et quitte la pièce en pointant vers son fils un index menaçant.

—Je n'ai pas dit mon dernier mot !

Elle s'éloigne en marmonnant des menaces, déjà prête à renier son fils pour venger la mémoire de son père. Shirley s'inquiète.

—Qu'est-ce qu'elle peut faire ?

—Absolument rien. Tout est signé, mes papiers sont en règle.

—Moi, à ta place, je me méfierais.

—Ne t'inquiète pas, elle n'a plus aucun droit dans mes affaires.

Du salon, on entend soudain des éclats de rire. Seul Félix Miller a le don de dérider Lydia en débitant des balivernes. Manipulateur dans l'âme, il sait subjuguer sa belle-mère en feignant d'exaucer ses moindres désirs. Elle le trouve beau, élégant, charmant, et lui voue une confiance aveugle quand il s'agit de prendre une décision importante.

—Arlette n'est pas avec vous ?

—Elle viendra nous rejoindre en quittant la pharmacie.

Félix jette un coup d'œil furtif vers le salon, et baisse la voix.

—J'espérais que nous serions seuls.

—Venez par ici.

Lydia invite Félix à la suivre dans le boudoir, puis referme la porte derrière eux pour signifier aux deux intrus que leur intimité est importante.

—Et alors, cette femme, vous lui avez parlé ?

—Mieux que ça, je l'ai rencontrée !

—Déjà ? Et elle a l'air sérieuse ?

—Tout à fait !

Félix consulte son carnet de notes.

—Elle s'appelle Iris Robin…

—Quel âge ?

—Mi-quarantaine… elle est coiffeuse…

—Coiffeuse, c'est bien.

—J'ai pris quelques renseignements : son crédit est excellent.

—Félix, vous êtes un véritable *Sherlock Holmes* !

—J'ai des amis dans les affaires.

—Dieu merci !

—Je disais donc que madame Robin a visité le local cet après-midi…

—Et alors ?

—Tout est réglé, le bail est signé !

—Au loyer que nous avions demandé ?

—Pas tout à fait, mais presque…

Félix arpente la pièce en prenant un air désinvolte.

— Au fait, madame Robin insistait pour que nous fassions un grand ménage.

— Vous lui avez dit non, j'espère !

— Disons que j'ai tenu mon bout et n'ai consenti finalement qu'à quelques ajouts…

— Des ajouts ?

— Des bagatelles ! Qui ne vous coûteront rien, soyez sans crainte.

— Vous en êtes sûr ?

— Absolument ! J'ai cédé uniquement pour la forme. Ne vous inquiétez pas, je me charge de tout !

Félix retire le dossier des mains de Lydia avant même qu'elle n'ait eu le temps de le consulter, et le glisse dans son attaché-case avec la dextérité d'un prestidigitateur.

— Incidemment, j'ai calculé mon petit pourcentage…

— Vous avez bien fait.

Félix range son attaché-case dans la filière de métal dissimulée derrière une fausse bibliothèque, puis embrouille rapidement le cadran du cadenas dont Lydia préfère ignorer la combinaison, au cas où des cambrioleurs viendraient forcer sa porte.

— Et voilà, le tour est joué !

— Mon cher, vous êtes un gendre merveilleux ! Et comme homme de confiance, je vous assure, vous êtes imbattable !

Ravie, Lydia prend son gendre par le bras pour l'escorter jusqu'au salon. Mais à peine ont-il fait quelques pas que Félix s'arrête et lui glisse un secret à l'oreille.

—J'ai gagné sept cents dollars au Casino, cet après-midi.

—Sept cents dollars ?

—Et des poussières, oui. On aurait dit que toutes les tables tournaient pour moi.

—J'ai toujours été fascinée par le Casino !

—Faudrait y aller !

—Peut-être un jour, mais en attendant, si je vous confiais un peu d'argent, est-ce que vous accepteriez…

—De jouer pour vous ? Avec plaisir !

—Vous êtes trop gentil !

—En passant, Lydia, votre robe est ravissante.

—Vous l'avez remarquée ?

—L'élégance, on ne la remarque pas, on l'apprécie.

Félix prolonge son geste en lui baisant la main.

—Je suis votre plus grand admirateur, vous le savez bien.

—Taisez-vous ! S'il fallait que quelqu'un vous entende.

Bras dessus, bras dessous, Lydia et Félix retournent au salon avec l'air triomphant de deux complices qui viennent de réussir l'arnaque du siècle.

—Je ne peux pas croire que c'est loué !

Christian regarde sa mère avec étonnement. Une telle exubérance le déconcerte et l'intrigue.

—Qu'est-ce qui est loué ?

—L'ancienne bijouterie de ton grand-père. Depuis le temps que je perdais de l'argent avec ce local-là !

—Mais, maman, je voulais l'acheter !

—L'acheter ? Pourquoi ?

—Pour ouvrir une succursale ici !

—Et profaner le nom de mon père ?

La remarque de Lydia tombe comme un couperet. Christian se sent floué, méprisé. Quand donc sa mère comprendra-t-elle qu'il n'est plus un enfant ?

Félix s'approche du bahut.

—Quelqu'un a soif ?

Il s'empare de la bouteille de champagne qui refroidissait dans un seau et la débouche avec désinvolture. Un geste familier, presque grossier, que Christian n'aurait jamais osé sans obtenir la permission de sa mère.

—Tant pis pour ceux qui sont en retard, nous, on va boire !

Il tend la première coupe à Lydia avec un petit sourire complice.

—À vous l'honneur, madame !

—Merci à vous, Félix !

Intimes, complices, ils parlent bas, se font des signes. Intriguée, Shirley épie leurs moindres gestes. Elle se méfie des propos qu'ils échangent. Au même moment, Christian s'approche et la prend par la taille.

—Que se passe-t-il, tu as l'air triste ?

—J'en ai assez, je veux m'en aller !

—Voyons, chérie, tu n'y penses pas ?

—Pourquoi ?

—Parce que ça ne se fait pas !

—Pourquoi ?

Christian ne répond pas et Shirley se sent prise au piège. Elle décide de quitter la pièce, mais Félix l'aperçoit, délaisse Lydia, et vient vers elle. Armée de ce sourire affecté qui fait rager Christian, elle tente de déjouer les plans de son beau-frère, qui s'amuse à l'empêcher de sortir en lui barrant la route.

— Où est-ce que tu t'en vas comme ça, ma belle-sœur adorée ?

Sans lui laisser le temps de répondre, Félix lui tend une coupe de champagne et l'invite joyeusement à trinquer.

— Allez, Shirley ! Buvons à l'élégance et à la beauté… de Lydia !

Shirley toise sa belle-mère et vide son verre d'une traite. Le *party* vient de commencer.

Chapitre 9

—Entre, c'est ouvert !

Antonin pousse la porte discrètement et se retrouve au beau milieu du minuscule appartement de Marianne, qui n'est en fait que le prolongement de la garderie, à laquelle on accède par un escalier en colimaçon.

—Est-ce que j'arrive trop tôt ?
—Non, non, pas du tout, c'est moi qui suis en retard !

Vêtue d'un kimono de satin trop grand pour elle, les cheveux enveloppés dans une serviette de ratine, Marianne quitte la salle de bains et se faufile rapidement dans sa chambre, si on peut appeler *chambre* cet espace plus intime protégé par un paravent.

—Installe-toi, j'en ai pour deux minutes !

Antonin se déplace dans la pièce avec la maladresse d'un bon géant en visite au royaume des nains. Tout lui semble si petit, si délicat, à croire que Marianne vit nuit et jour dans une maison de poupée.

—Profites-en pour visiter…

Côté jardin : une fausse fenêtre, ornée de volets roses, sépare l'îlot cuisine du coin dînette, joliment décoré d'une table en demi-lune recouverte d'une nappe à rayures rappelant les couleurs des deux chaises : l'une magenta, l'autre orangée.

Un demi-tour suffit pour qu'Antonin se retrouve côté cour, face au salon partiellement isolé par un rideau de velours rouge, qui s'ouvre et se referme à volonté, pour présenter des pièces de théâtre ou des spectacles de marionnettes aux enfants de la garderie.

—Excuse-moi, je n'ai pas eu le temps de faire le ménage…

Au centre, des poufs et des coussins bariolés éparpillés nonchalamment sur la carpette en forme de fleur, et d'énormes boîtes multicolores camouflant des casse-tête, des ballons et des accessoires de bricolage.

— … les derniers parents sont arrivés trop tard !

Au fond de la pièce, la télévision, le système de son, les films à visionner et les livres empruntés sont entassés, pêle-mêle, sur des étagères asymétriques fixées de chaque côté d'un canapé-lit défraîchi abrié d'un jeté mexicain. S'il s'écoutait, Antonin s'y allongerait volontiers pour faire la sieste.

—As-tu une blonde ?

Distrait par le décor, Antonin n'écoutait plus la voix de Marianne. Il se rapproche pour mieux l'entendre.

—M'as-tu parlé?
—Oui, je te demandais si tu avais une blonde?
—Une blonde?

Toujours derrière le paravent, Marianne enfile sa robe en laissant paraître tantôt une main, tantôt l'autre, ce qui donne à Antonin l'amusante impression d'être au Guignol.

—Si tu as une blonde, j'aimerais mieux le savoir tout de suite, parce que…

Au lieu de répondre, Antonin se met à rire. Marianne se fâche.

—Qu'est-ce qui se passe? Pourquoi ris-tu? Pourquoi ne réponds-tu pas?
—Qu'est-ce que tu veux que je te réponde?
—Oui? ou non?
—À quelle question?
—As-tu une blonde ou pas? Parce que moi, tu sais, un gars qui trompe sa blonde…
—Mais qui parle de tromper ma blonde?
—… je ne peux pas supporter ça!
—Dis donc, Marianne, m'as-tu invité à souper ou à coucher?

Piquée au vif, elle sort de sa cachette avec la rapidité d'une tigresse. Antonin, reste bouche bée…

—Euh! je… j'ai…

—Tu as une blonde, c'est ça ? Je le savais ! C'est toujours pareil ! Aussitôt qu'un homme m'intéresse, ou bien il est marié, ou bien il a une blonde…

Avec sa petite robe sexy, ses talons hauts et ses cheveux bouclés retombant en cascade, elle passe et repasse devant Antonin, ébloui par sa métamorphose.

—Tu es ravissante ! Absolument ravissante !

Marianne, déçue, devient cassante.

—N'essaie pas de me distraire en changeant de sujet.
—Avoue que j'ai de la chance, j'avais accepté d'accompagner une jeune fille déguisée en poupée de chiffon, et je me retrouve devant une femme séduisante, éblouissante, avec tes…

Embarrassée, Marianne se met à chanter à tue-tête en se bouchant les oreilles, comme le font les enfants quand ils refusent d'entendre.

—*avec tes seins pis tes souliers à talon haut…*

Les yeux fermés, elle fait le clown pour distraire Antonin, et l'empêcher d'insister.

—*t'as mis d'la brume dans mes lunettes… t'as fait de moi un animal…*
—Marianne !
—*Fais-moi sauter dans ton cerceau… Oh… Oh… Oh…*

Profitant d'un soupir entre deux *Oh*, Antonin l'interrompt d'une voix douce :

—Tu chantes très bien, et cette chanson de *Beau Dommage* est très jolie ! Si c'est ce que tu voulais prouver, tu as réussi. Mais pourrais-je savoir ce qui se passe ?

—Je n'aime pas qu'on me fasse des compliments.

Elle file dans la cuisine et revient avec deux verres et un pichet.

—Du jus d'orange, c'est tout ce que j'ai !

—C'est parfait.

Elle choisit spontanément le côté magenta et invite Antonin à s'asseoir sur la chaise orangée. Sans perdre sa bonne humeur, Antonin lève son verre.

—À notre rencontre !

Marianne refuse de trinquer. Troublé par l'inquiétude qu'il lit dans son regard, Antonin lui prend la main, mais elle se raidit et repousse aussitôt son geste.

—Que se passe-t-il, Marianne, je t'ai blessée ?

—Tu ne m'as pas répondu. Tu es comme tous les hommes !

—Comme *tous les hommes* ?

Crâneuse, Marianne frappe un coup sur la table.

—Où est-ce qu'ils sont, les gars libres, bon sang ?

Antonin fronce les sourcils, puis retrouve son sourire et regarde Marianne droit dans les yeux.

—Les gars libres ? Ils travaillent quinze heures par jour en attendant qu'une belle fille les invite à souper.

Marianne s'en veut d'avoir douté. Si seulement elle pouvait fuir sans devoir contourner la chaise d'Antonin. Elle hésite, quitte sa place et s'avance, la tête haute. Antonin se lève et l'arrête au passage.

—Où cours-tu, comme ça?

Marianne, nerveuse, consulte sa montre.

—Allez, c'est l'heure, il faut partir!

Antonin ne bronche pas. Les bras croisés, il observe Marianne qui insiste et s'impatiente.

—Dépêchons-nous, on va être en retard!
—Dépêche-toi, si tu veux, moi je n'irai pas.
—Pourquoi?
—Parce que j'ai l'impression que tu m'as invité à ce souper chez tes parents uniquement pour te faire valoir, comme on invite un pauvre con à un dîner piégé d'avance.
—Antonin, c'est effrayant ce que tu dis là!
—Mets-toi à ma place. Après avoir subi un pénible interrogatoire, j'assiste à une pitrerie déconcertante, juste parce que j'ai osé dire que je te trouvais belle!
—Moi? Belle? Attends de voir ma mère!
—Marianne, je me fous de ta mère. Je te regarde, toi, et je te trouve belle!
—Arrête, tu ne penses pas ce que tu dis!

Marianne cligne des yeux pour éviter que ses larmes ne fassent couler son rimmel. Antonin ose enfin la prendre dans ses bras.

—Tu vois, c'est ça qui est bête avec les filles, aujourd'hui : on n'a plus le droit de leur faire un compliment sans qu'elles se moquent, ricanent ou nous ridiculisent.

—Pardonne-moi, je ne voulais pas…

—Je n'ai pas de blonde, en ce moment. C'est vrai. Mais pour le chagrin, j'ai déjà donné.

—Que veux-tu dire ?

—J'ai beaucoup aimé une femme…

—Jessy ?

—Qui te l'a dit ?

—Son prénom est tatoué sur ton bras !

—Un vieux souvenir indélébile…

Marianne réagit brusquement.

—Tu es marié, c'est ça ?

—Non, mais nous avons vécu ensemble. Nous avons même eu un enfant, un fils, puis elle m'a quitté pour un autre.

Pour chasser ses souvenirs, Antonin pose tendrement sa joue contre le front de Marianne.

—Je m'étais juré de ne plus jamais me laisser attirer par une femme. Et voilà que tu arrives comme ça, dans ma vie, à l'improviste. Je me dis « Antonin donne-toi une chance », mais j'ai peur.

Émue, Marianne passe ses bras autour de sa taille.

—Et moi, en t'abordant ce matin, je me répétais « Ose, Marianne ! Ose ! Si tu n'oses pas, tu vas le regretter tous les jours de ta vie », mais je mourais de trac.

—Merci d'avoir osé quand même.

—J'avais tellement peur…

—C'est fini, Marianne, je suis là.

—S'il avait fallu que tu...

—Chut! Tais-toi, ma belle, tais-toi!

Leurs corps s'attirent, leurs bouches se frôlent. Le souper peut attendre... et tant pis pour Lydia!

Chapitre 10

Lydia n'arrive plus à contrôler son impatience. Au moindre bruit venant de la rue, elle quitte son fauteuil, se rapproche de la fenêtre, entrouvre discrètement le rideau, le referme puis retourne à sa place, prête à recommencer à la première occasion. Quand elle voit qu'on l'observe, elle s'attarde un instant et replace avec soin le drapé des tentures, comme le font les bonniches dans les vieux films français.

—Enfin, te voilà !

La voix de Lydia fait sursauter Arlette qui, par souci de ne déranger personne, tentait d'entrer sur la pointe des pieds, sans se douter que sa mère faisait le guet derrière la porte.

—Tu m'avais promis d'arriver tôt !
—Je pensais pouvoir me libérer mais…
—Ça m'apprendra à compter sur toi.
—Excuse-moi, je…
—Laisse faire les excuses ! As-tu vu ton père ?
—Il n'est pas là ?

— S'il était là, je ne te demanderais pas si tu l'as vu !

Arlette regrette déjà d'être venue. Elle retire son imper et le suspend dans le vestiaire. Lydia l'observe avec une moue dégoûtée.

— Tant qu'à être en retard, tu aurais pu aller changer de robe !

Quand Lydia vise la perfection, ses exigences sont sans limites. Si elle osait, elle irait même jusqu'à imposer un code vestimentaire à ses invités, juste pour le plaisir de l'œil et l'harmonie du décor. Dans sa tête tout est planifié, organisé et disposé avec une telle précision qu'un simple contretemps prend des allures de catastrophe. Et, parlant de catastrophe…

— Madame Verdier ! Madame Verdier !

Trop gêné pour quitter la cuisine, le traiteur, affolé, appelle à l'aide d'un air désespéré.

— Que se passe-t-il ?

Il chuchote quelques mots à l'oreille de Lydia, qui recule, se raidit et devient toute pâle.

— Vous n'êtes qu'un imbécile !

Lydia le rabroue avec une telle force que le pauvre homme a l'impression de se faire enguirlander par le diable en personne, lui qui avait d'abord cru apercevoir un ange quand Lydia l'avait accueilli tout à l'heure.

— Qu'est-ce qui se passe, maman ?

La réaction de Lydia inquiète Arlette, qui réagit nerveusement chaque fois que sa mère hausse le ton ou se met en colère.

—Ce traiteur est un abruti !

Encore sous le choc, Lydia a du mal à se ressaisir. Sensible à la moindre déception, sa carapace se fragilise et s'effrite aussitôt que les choses ne se passent pas exactement comme elle l'avait prévu. Et ce soir, particulièrement ce soir, il semble que tous les dieux se soient ligués contre elle pour lui empoisonner la vie. Rien ne va comme elle veut : son mari n'est pas là, Marianne est en retard… et le traiteur vient de lui avouer qu'il a oublié de commander le gâteau !

—Un fraisier magnifique, décoré de perles en sucre et de pétales de roses !

—Je t'en prie, maman, ne te mets pas dans un état pareil, tu vas ruiner ton maquillage.

Pressée de consoler sa mère, Arlette entraîne Lydia vers la salle à manger, où elle constate avec effroi que la table n'a été dressée que pour sept convives.

—Marianne n'a pas téléphoné ?
—Pourquoi ? Elle devait le faire ?
—Non, non, je disais ça comme ça.

Déjà tout étourdie par ce cirque, Arlette n'a pas le courage d'annoncer à Lydia qu'une autre brique doit bientôt lui tomber sur la tête. Elle n'en aurait d'ailleurs pas le temps, puisque son père vient d'arriver et que sa mère…

—Jocelyn ! Enfin, mon chéri, tu es là !

Oubliant l'incident du gâteau, Lydia se précipite vers son mari en jouant la pauvre épouse inquiète.

— Mon pauvre amour, tu aurais dû m'appeler !

— Je devais rentrer plus tôt, mais…

Vue de près, Lydia paraît si furibonde que Jocelyn n'a soudain plus envie de terminer sa phrase. Peut-il lui raconter le drame qu'il vient de vivre, quand il la sait capable de tout banaliser ? Comment lui avouer qu'il a erré durant des heures, juste pour le plaisir de se sentir vivant ? Ses émotions, ses sentiments, il sait que Lydia s'en fout, et qu'elle pourrait se moquer de lui sans la moindre délicatesse.

— Mes enfants, votre père est là !

Jouant maintenant la femme heureuse, Lydia prend son mari par le bras et l'accompagne au salon, en parlant assez fort pour que tout le monde l'entende.

— Viens voir *tes* fleurs, elles sont magnifiques !

Puis, se tournant vers les autres, elle ajoute, presque candide…

— Quarante roses ! Non, mais, vous vous rendez compte ?

Arlette s'éloigne, elle n'en peut plus de voir sa mère s'attribuer ainsi tous les rôles. Quand elle décide de recevoir, Lydia fixe le jour, choisit son monde et se comporte avec ses propres enfants comme une comtesse entourée de courtisans qui se fréquentent parce qu'il le faut, et se conduisent comme il le faut, embrigadés par l'étiquette.

Tandis que Lydia se pâme, Christian attire Jocelyn vers la table d'appoint où sont alignées quelques bouteilles.

— Je te sers un peu de champagne ?
— Je prendrais plutôt un scotch !
— Tu as l'air fatigué, papa.
— J'ai eu une journée difficile… très difficile.
— Vraiment ?

Christian a dit « vraiment ? » comme il aurait dit « Ah ! bon ! », sans aucune empathie pour ce que peut ressentir son père.

— Tiens, bois un peu, ça va te faire du bien.
— Merci, mon gars.

Jocelyn porte le verre à ses lèvres puis s'arrête un instant. Sa main tremble, son regard s'embrume.

— Il n'y a rien à faire, la mort d'un enfant… je ne m'habitue pas !

Il suffirait d'un mot, d'un geste de compassion pour que Jocelyn se sente écouté et compris par son fils. Mais ce mouvement vers l'autre, Christian, troublé, ne le fera pas. Par pudeur ou par gêne, il tourne obstinément le dos à son père, en choisissant d'agir comme s'il n'avait rien entendu.

— Monsieur Verdier, regardez, c'est votre cadeau !

Jocelyn s'efforce de sourire lorsqu'il voit sa bru venir vers lui en agitant l'écrin enrubanné que Lydia avait volontairement oublié sur le guéridon.

— J'ai frisé tous les rubans moi-même ! Il est beau, hein ?

— Très beau, merci Shirley !
— Si votre femme n'en veut pas, vous me le donnerez !

Pour offrir à tout le monde l'image d'un couple heureux, Christian prend Shirley par la taille et lui parle à l'oreille.

— Pas la peine, mon amour, je t'en offrirai un !
— C'est vrai ? Oh ! merci ! Merci, mon chéri !

Excitée comme une petite fille à qui l'on vient d'offrir une nouvelle poupée, Shirley se pend au cou de Christian et l'embrasse goulûment. Embarrassé par ces débordements intempestifs, Jocelyn détourne la tête, toussote un peu, puis jette un coup d'œil autour de la pièce en espérant trouver une échappatoire.

— Les jumelles ne sont pas avec vous ?

Shirley réagit aussitôt, mettant un terme à un baiser forcé que Christian prenait plaisir à prolonger.

— C'est à cause de votre femme, c'est elle qui ne voulait pas !

Christian essaie de tempérer les choses.

— Shirley, ma chérie, je t'en prie, n'ennuie pas mon père avec ça !
— Ben quoi ? C'est vrai ! C'est elle qui a dit : pas d'enfants !
— Et Renaud ?
— Non, papa, Renaud non plus n'a pas été invité.
— Pas invité ? Pourquoi ?
— Demandez à votre femme !

La réplique de Shirley intrigue Lydia qui s'avançait justement vers eux.

— Me demander quoi ?

Jocelyn baisse la tête pour cacher sa profonde déception. Renaud est son plus grand amour, sa plus grande joie. Depuis le jour de sa naissance, le fils unique d'Arlette et de Félix vaut à lui seul tous les trésors du monde. Et, ce soir, Jocelyn Verdier aurait grandement apprécié que son petit-fils soit là pour célébrer ce drôle d'anniversaire.

— Pourquoi n'as-tu pas invité les enfants ?
— J'ai le droit d'inviter qui je veux !
— Tu aurais pu m'en parler.
— Pour que tu t'en mêles ? Non, merci !

Pour couper court à cette conversation, Lydia s'adresse à Jocelyn sur un ton autoritaire.

— Allez, dépêche-toi, va te changer, tes vêtements sont sur le lit !

Sans discuter, Jocelyn se dirige vers la chambre où Lydia a déjà sélectionné pour lui son triste complet gris, sa chemise blanche et sa *sempiternelle* cravate à pois. Il songe un instant à tout déchirer, puis se ravise en pensant à la colère qu'il aurait à subir. Debout devant la glace, il s'applique à réussir son nœud quand il entend la voix de Lydia.

— Bon, maintenant que tout le monde est là, nous allons enfin pouvoir passer à table !

Au risque de se faire rabrouer, Jocelyn redescend sans veston.

— Et Marianne ? Nous n'attendons pas Marianne ?

— Marianne est en retard ! Je vous avais tous convoqués pour dix-neuf heures, il est vingt heures, je n'attends plus !

— Si, Lydia, attends un peu ! Marianne ne devrait pas tarder, je les ai croisés, tout à l'heure, au coin de la rue !

— Qui ça, *les* ?

— Marianne et un jeune homme…

— Un jeune homme ? Quel jeune homme ?

— Je ne sais pas. Ils marchaient très lentement tous les deux en se tenant par la main. Comme ils avaient l'air heureux, je n'ai pas osé les déranger.

— Non, mais vous l'entendez ? Il n'a pas osé les déranger !

Sans répliquer, Jocelyn vire les talons et remonte à sa chambre. Prise de panique, Lydia retourne sa colère contre Arlette, qui fait tout ce qu'elle peut pour calmer la tempête.

— Maman, je pense que tu ferais mieux d'ajouter un couvert.

— Toi, Arlette Verdier, tu me caches quelque chose !

— Non, enfin, pas vraiment. Marianne m'a dit qu'elle viendrait « peut-être » avec un ami… mais ce n'était pas sûr.

Voyant que sa mère ne la croit pas, Arlette s'énerve et hausse le ton.

— C'est vrai, maman, c'est tout ce que je sais !

Lydia se raidit. Les autres se taisent. Pressé de les rassurer, Félix s'avance en affichant ce petit sourire mielleux qui terrorise Arlette.

— Ça va… ça va, ma chérie… Calme-toi…

Il la prend par le bras et l'entraîne à l'écart. Épuisée, énervée, Arlette s'agite et se débat tandis que Félix la retient de force.

—Arrête de gigoter, *petite sotte*!
—Lâche-moi!
—Tu vas encore faire une *folle* de toi.

Sans cesser de sourire, Félix resserre fermement son étreinte. Arlette se choque.

—Aïe! Arrête, imbécile, tu me fais mal!
—Baisse le ton, *ma chérie*.
—Lâche-moi!
—*Belle idiote*, tous les autres ont les yeux fixés sur toi.
—Je m'en fous!
—Ils vont penser que tu es *folle… folle… folle…*

Après l'avoir poignardée trois fois, en variant le ton, Félix relâche sa proie et retourne à la fête avec l'air satisfait d'un travailleur de rue qui vient de sauver une âme en peine. Arlette s'éloigne en se massant le bras.

Christian essaie d'alléger l'atmosphère.

—En attendant, on pourrait peut-être préparer un petit lunch pour inviter le chum de Marianne à manger sur le balcon?

Shirley renchérit.

—C'est une bonne idée, ça, mon amour. On devrait tous aller manger sur le balcon, ce serait plus drôle! Non mais, voulez-vous ben me dire ce que ça peut faire que Marianne arrive avec un gars? Un de plus, un de moins, la table est assez grande. Et puis, on ne sait jamais, il est peut-être pissant,

ce bonhomme-là ?... Ben quoi ? C'est vrai ! Regardez-vous !
Vous faites tous une tête de croque-morts !

Soudain elle aperçoit Jocelyn debout au milieu de
l'escalier.

—Excusez-moi, monsieur Verdier, je ne disais pas ça
pour vous ! Vous, c'est normal, les morts, c'est votre job !

Maladroite, Shirley trébuche et renverse quelques gouttes
de champagne sur la moquette. Lydia se retient pour ne pas
la gifler.

—Christian, fais-la taire ou je l'étripe !
—Woh là ! Fâchez-vous pas, madame Verdier. Moi, je
disais ça pour rire ! Mais, on sait bien, ici, personne n'a le
droit de rire ! On ne peut jamais rire... pis c'est ça qui me fait
chier !
—Bonsoir tout le monde !

Marianne vient d'entrer sans sonner. Aussitôt, Shirley
l'intercepte.

—Prépare-toi à te faire engueuler, ma vieille !

Entraînant Antonin par la manche, Marianne décide de
faire face à la musique sans tenir compte de la mise en garde
de sa belle-sœur.

—Maman, je te présente...

Indisposée par la présence d'Antonin, Lydia apostrophe
sa fille.

—As-tu vu l'heure ?
—Oui, maman, j'ai vu l'heure !

—Et tu arrives comme ça, sans prévenir, avec un *étranger*?

—Il s'appelle Antonin, maman! Antonin Delcourt!

Gêné par l'attitude de Lydia, Jocelyn s'avance vers Antonin en lui tendant une main chaleureuse.

—Soyez le bienvenu chez nous, monsieur Delcourt!

C'est alors qu'il croit reconnaître Antonin.

—Dites-moi, monsieur, avez-vous un chien?
—Oui.
—Qui s'appelle Brutus?
—C'est exact!
—Nous nous sommes croisés dans le parc…
—Mais oui, bien sûr!

Une complicité spontanée s'installe, provoquée par le souvenir d'une brève rencontre entre deux joggeurs inconnus et un chien fou qui gambadait.

—Vous avez un très beau chien!
—Le pauvre, il s'est blessé ce matin.
—Rien de grave, j'espère?
—Non, mais il boitait, et par prudence, je l'ai conduit chez le vétérinaire. C'est sa faute, il court après tout ce qui bouge.

Enchanté de trouver enfin une oreille attentive, Antonin raconte son histoire en détail, au grand bonheur de Jocelyn, qui s'esclaffe au récit des prouesses de Brutus, ce chiot chétif qu'un inconnu avait jeté dans une poubelle, par un matin frisquet.

—C'était il y a deux ans, je passais là par hasard et je l'ai entendu geindre. Je l'ai délivré, je l'ai réchauffé, et finalement je l'ai gardé.

—Ce chien-là a eu beaucoup de chance !

—Moi aussi !

—Si vous saviez comme je vous envie ! J'ai toujours rêvé d'avoir un chien.

—Brutus est un compagnon affectueux, obéissant, fidèle…

—Toutes les qualités qu'il faut pour faire un bon mari !

Les deux hommes rigolent comme de vieux copains.

—Dites donc, vous n'allez pas parler de chiens durant toute la soirée ?

La remarque de Lydia darde Jocelyn en plein cœur. Pour une fois qu'il s'amusait, pour une fois qu'il riait…

—Allez, boutonne ton veston, on mange dans cinq minutes !

Lydia vire les talons et file vers la cuisine.

—Ajoutez un couvert, il nous arrive un *étranger*…

Antonin a la désagréable impression d'être perçu comme un trouble-fête. Il voudrait s'en aller, mais Marianne le retient.

—Heureusement, je t'avais prévenu !

Marianne lui avait prédit que l'accueil de sa mère serait *peut-être un peu glacial*, mais jamais Antonin n'aurait imaginé qu'une femme puisse être à la fois aussi belle et aussi froide.

—Ta mère n'a pas l'air très contente de me voir.

—Elle est ravie, au contraire. Ça lui donne l'occasion de faire une scène. C'est une actrice, au fond, ma mère.

—Merci de me le rappeler.

Pour plaire à Lydia, Antonin avait pourtant pris soin de lui apporter un petit cadeau. Aussitôt qu'il la voit revenir, il se précipite vers elle et lui tend une bonbonnière ornée de fleurs...

—Tenez, madame Verdier, c'est pour vous.

Lydia le toise d'un air hautain.

—Qu'est-ce que c'est ?
—Je vous ai apporté des...

Lydia ouvre la boîte en faisant une moue dédaigneuse.

—Des chocolats ! Mais je ne mange *jamais* de chocolat !
—Dommage, j'avais choisi des crèmes au beurre...
—Des crèmes au beurre, c'est encore pire !... C'est gras... C'est... Oh ! rien que d'y penser, j'ai mal au cœur !

Elle se tourne aussitôt vers Marianne.

—Tiens, refile ça à ton père ! Il adore ça, lui, le chocolat.

Lydia s'éloigne sans dire merci, laissant ce pauvre Antonin complètement estomaqué.

—Marianne, tu aurais dû me le dire que ta mère détestait le chocolat.
—Ma charmante mère déteste ce qui lui plaît, quand ça lui plaît !

Le souper sera bientôt servi. Lydia sonne officiellement la fin de la récréation en agitant une clochette d'argent finement gravée à son nom. Un cadeau luxueux que sa marraine lui avait offert le jour de son baptême, et qu'elle a précieusement conservé depuis.

— Allons, allons, tout le monde à table !

Elle recherche avec anxiété le regard de son gendre, pour se rassurer, se sentir importante.

— Félix, soyez gentil, accompagnez-moi !
— Avec plaisir !

Il lui offre son bras et Lydia en profite pour glisser discrètement quelques billets dans le creux de sa main, en murmurant, sans cesser de sourire :

— Jouez ça pour moi, voulez-vous ?

Chapitre 11

Voilà un souper d'anniversaire comme Lydia les préfère : un *concept* bien élaboré où les mets et les vins se marient harmonieusement dans une atmosphère quasi monastique. Pour ne rien brusquer, ne rien perturber, la consigne reste toujours la même : aucun sujet épineux, aucune opinion personnelle, juste des conversations de convenance susceptibles de rallier tous les convives.

La flamme des bougies vacille, le parfum des roses enivre et une petite musique de chambre, jouée en sourdine, meuble agréablement le silence qui s'installe autour de la table quand plus personne n'ose rien dire. Pour quiconque n'en a pas l'habitude, ces intermèdes deviennent très vite insupportables.

— Paraît qu'il y a une grosse épidémie de rougeole…

Sentant que Lydia l'observe, Antonin s'arrête pour boire une gorgée d'eau avant de continuer.

— Mon fils l'a eue la semaine passée.

Aussitôt Shirley s'anime, ravie de pouvoir enfin fourrer son joli nez dans la vie privée de ce nouveau venu qu'elle considère déjà comme son « beau-frère ».

— Tu as un fils, toi ?
— Oui, il s'appelle Jacob… il a sept ans.

L'occasion est trop belle pour que Shirley la laisse passer.

— Sept ans, c'est à peu près l'âge que le tien aurait, ça, Marianne ?

Décontenancée, Marianne riposte sur un ton cynique.

— Attention, Shirley, tu as trop bu ! Quand tu bois trop, tu dis vraiment n'importe quoi !
— Moi, je dis n'importe quoi ?
— Parfaitement !
— Et ta prétendue…

Shirley allait ajouter « fausse-couche », mais elle se ravise en constatant que Lydia l'observe. Le message qu'elle lui envoie est clair : on ne réveille pas un fantôme endormi devant un étranger !

Troublée, Marianne ose à peine regarder Antonin. Le rappel de ce souvenir douloureux lui a laissé un arrière-goût amer. Elle était si jeune, si amoureuse… et tout ça s'est passé si vite. Un enfant conçu hors mariage, avec un garçon sans envergure, personne ne pourra reprocher à Lydia d'avoir été trop diligente : quelques coups de fil, un séjour en Suisse, et le tour était joué.

Antonin essaie gentiment de rassurer Marianne.

—N'insiste pas, veux-tu, ton passé t'appartient.

—Ma chère belle-sœur prétend le contraire.

Insultée, Shirley se rabat sur Christian en le provoquant avec un sourire sur commande.

—Sers-moi à boire, chéri, j'ai soif !

—Tu ne crois pas que…

— Donne-moi du vin, puis laisse faire la morale !

Shirley a insisté sur le mot « morale » en haussant le ton, juste assez pour que Marianne l'entende et que Christian se sente inconfortable.

—Vas-y mollo, veux-tu ?

—Fiche-moi la paix !

À peine sa coupe remplie, Shirley la vide d'un coup sec, exprès pour provoquer Christian, qui tente continuellement de protéger sa femme des foudres de sa mère.

—Attention, tout le monde ! Voilà le dessert !

Embarrassée, faussement joyeuse, Arlette, qui s'était jusque-là contentée d'écouter les autres, détourne volontairement l'attention des convives vers le traiteur, à qui Lydia ne pardonnera jamais d'avoir oublié le gâteau. Le pauvre garçon s'avance en baissant la tête, visiblement malheureux de n'apporter qu'un plateau de fruits et des petits fours. Christian, gourmand, paraît déçu.

—C'est tout ce qu'il y a comme dessert ?

—Si j'avais su, je vous aurais apporté un beau *fraisier* !

Le sourire crispé de Lydia foudroie Antonin, qui se sent subitement empêtré, ridicule. Il se tourne vers Marianne.

—J'ai dit quelque chose de pas correct ?
—Non, non, rassure-toi, tout va bien.
—Mais ta mère…
—C'est son sourire des jours de fête.
—Faut le savoir !

Arlette aide à servir les fruits et Félix en profite pour offrir à Lydia une bouteille de champagne dont elle connaît fort bien la valeur et le prix.

—Je l'ai choisi en pensant à vous.
—C'est trop !
—Allons donc, vous le méritez bien !

Félix verse délicatement le champagne dans une coupe et la tend à Lydia comme on tend un calice au nouveau communiant. Lydia y goûte du bout des lèvres… puis se pâme en offrant à son gendre tout l'effet qu'il souhaitait.

—Vous êtes vraiment un fin connaisseur, mon cher !
—Avec les fruits, ce sera parfait !

Immobile, presque au garde-à-vous, Félix attend patiemment que le traiteur ait servi tous les convives.

—Et maintenant, je propose de porter un toast au bonheur de Lydia et de Jocelyn, qui sont un si bel exemple pour chacun d'entre nous !

Dans un élan d'enthousiasme, Antonin ose frapper un léger coup de cuillère sur le bord de son verre pour inviter les amoureux à s'embrasser… mais s'arrête aussitôt, freiné par la réaction de Lydia.

—Marianne, veux-tu dire à ce jeune homme que nous ne sommes pas dans une noce italienne !

—Mais je ne suis pas Italien…

La réplique d'Antonin amuse tout le monde. Shirley éclate de rire.

—Il est drôle *au boutte*, ton chum, Marianne !

La riposte de Lydia jette un froid.

—Christian, surveille ta femme, elle est soûle !

Insultée, Shirley secoue orgueilleusement sa crinière rousse, se lève de table et quitte la pièce avec des flammèches dans les yeux.

—Où vas-tu ?

Shirley ne répond pas. Inquiet, Christian voudrait la suivre mais d'un signe de tête Lydia lui ordonne de rester. Toujours prêt à se dévouer, Félix prend la relève.

—Ne vous inquiétez pas, belle-maman, je m'en occupe.

Il rejoint Shirley et l'entraîne discrètement dans le boudoir. Il lui offre une deuxième coupe de champagne.

—Tiens, bois. Ça va te faire du bien.
—Je ne suis pas soûle !
—Je le sais.
—C'est Lydia qui dit que je suis soûle !
—Moi, je sais bien que tu ne l'es pas.

Rapidement amadouée par tant de gentillesse, Shirley se laisse consoler par Félix, qui l'écoute avec complaisance tout en lui massant le cou.

—N'aie pas peur… Détends-toi…

—Arrête, Félix, je me sens toute molle…

—Laisse-toi aller… Tu vas voir… tu vas te sentir inten-sément femme.

L'alcool aidant, Shirley s'abandonne avec nonchalance et Félix en profite pour l'embrasser sur la bouche.

—Félix arrête, Christian pourrait nous surprendre.

—Aucune chance, ma jolie, j'ai verrouillé la porte.

Choquée, Shirley se ressaisit et trouve la force d'éconduire son beau-frère en lui assénant un coup de genou qui l'oblige à battre en retraite.

—Lâche-moi, maudit cochon !

Pendant que Félix voit des étoiles, Shirley quitte le boudoir en titubant pour aller retrouver Christian, qui l'accueille avec prudence pour éviter de l'effaroucher.

—Ça va, ma chérie ?

—Oui, oui, ça va mieux. Beaucoup mieux !

Shirley pose amoureusement sa tête sur l'épaule de Christian en guettant du coin de l'œil le retour de Félix qui maquille ses grimaces en sourires, juste pour la narguer. Arrogant, sûr de lui, il se dirige vers Lydia et lui glisse à l'oreille :

—Tout est sous contrôle, ne vous inquiétez pas, je l'ai calmée !

—Merci, Félix !

Soudain, Arlette remarque l'absence de Jocelyn.

—Maman, sais-tu où est papa ?

—Probablement là où je pense.

—Non, la porte est ouverte.

Jocelyn revient sur ces entrefaites. Lydia l'apostrophe.

—Où étais-tu ?
—Dans la chambre.
—Je parie que tu dormais !
—Non, je ne dormais pas, je…

Craignant que cette prise de becs ne vire à l'engueulade, Arlette décide d'inviter son père à prononcer quelques mots. Jocelyn accepte, mais sans enthousiasme.

—Mes chers enfants…

Il s'arrête aussitôt, troublé par l'émotion. Trop de souvenirs ressurgissent dans sa tête. Il se sent seul et devient triste en pensant à ses parents qui n'approuvaient pas son mariage, puis à ses trois sœurs, qui se sont éloignées discrètement, l'une après l'autre, pour éviter d'importuner Lydia. Ils ne se voient jamais, ne s'appellent presque plus. Et pourtant, ils s'aimaient tendrement tous les quatre. S'il s'écoutait, ce soir, c'est de cet amour-là que Jocelyn aimerait parler.

—Allez, dépêche-toi, dis quelques chose !

Jocelyn adresse à Lydia un regard de pitié. Du coup, il n'a plus envie de faire un discours, plus envie de prononcer officiellement des paroles creuses. Il se tourne vers ses enfants, les observe l'un après l'autre et constate avec regret qu'il ne les connaît pas. Et s'il leur cédait la parole ? S'il leur demandait simplement : Arlette, Christian, Marianne, parlez-moi de vous…

—Bon, puisque votre père n'a rien à dire…
—Tais-toi, Lydia ! Laisse-moi réfléchir.

Jocelyn soupire puis recommence.

—Mes chers enfants, vous m'avez procuré mes plus grandes joies. Au début, nous avons adopté Arlette, que j'ai tout de suite aimée comme ma propre fille, puis Lydia a donné naissance à Christian… puis à Marianne…

Lydia trépigne d'impatience.

—Ça y est, il va nous raconter sa vie !
—Cette vie-là, c'est aussi la tienne, ma chère Lydia.
—Ça va ! Arrête de broder, aboutis !
—Je t'en prie, laisse-moi parler.
—Tu ne parles pas, tu radotes !

Lydia a prononcé « tu radotes » en serrant les dents, et Jocelyn a reçu cet affront comme une morsure.

—Tout cela pour vous dire que je vous ai aimés, que je vous aime, et que je vous…

Profondément ennuyée, Lydia décide d'interrompre le discours de Jocelyn.

—Bon, ça suffit ! Les déclarations d'amour ont assez duré.

Elle se lève et s'apprête à quitter la pièce, mais personne n'ose la suivre. Sidérée, Arlette retient Félix, Marianne se colle contre Antonin, tandis que Christian surveille Shirley qui se penche vers Jocelyn pour lui murmurer quelques mots à l'oreille.

—Donnez-lui son cadeau, ça va peut-être la calmer !

Humilié, Jocelyn retire l'écrin qu'il avait glissé dans sa poche et le dépose sur la table sans ajouter un mot. Tout le monde l'observe. Lydia s'énerve.

— Allez, venez. Passons au salon !
— Non, pas tout de suite. J'ai quelque chose pour toi, Lydia !

Quand Jocelyn lui tend le cadeau emballé par Shirley, Lydia lui jette un regard de méfiance.

— Qu'est-ce que c'est ?
— Ouvre-le, tu vas voir !

Le sourire de Jocelyn détend un peu l'atmosphère. Marianne, curieuse, déplace sa chaise.

— Vas-y, maman, ouvre-le !
— Tu sais ce que c'est ?
— Non, non, pas du tout, je t'assure.

Christian s'approche à son tour.

— C'est un secret entre papa et moi.
— Moi aussi, je le sais !
— Shirley !
— Ben quoi ? C'est vrai, c'est moi qui l'ai emballé !
— Ça va, ma chérie.
— Je vais t'en faire, moi, des « ça va, *ma chérie* » ! Je me suis forcé le cul pour choisir mon plus beau papier, mes plus beaux rubans, pour lui faire un super cadeau, puis ta mère ne le regarde même pas !
— Chut !
— Bof ! Que la *Reine* le regarde ou pas, je m'en crisse !

Shirley s'empare d'une bouteille de vin rouge à moitié vide et s'apprête à remplir son verre, mais Christian se retourne juste à temps pour prévenir son geste.

—Laisse ça, Shirley. Tu as assez bu !

—Je t'emmerde !

Désappointée, Lydia tourne et retourne son cadeau sans oser le déballer. Marianne insiste.

—Allez, dépêche-toi maman, ouvre-le ! Qu'est-ce que tu attends ?

—Je me méfie. Quand votre père décide de me faire un cadeau…

Lydia dénoue tranquillement les rubans sans cesser de regarder Jocelyn, qui guette patiemment sa réaction.

—Tu le sais, pourtant, que je déteste les surprises.

Elle entrouvre l'écrin avec appréhension et fait la moue comme une enfant gâtée qui ne reçoit pas le joujou désiré.

—Oh ! non, pas encore un collier !

Impressionné, Félix s'en empare.

—Mais quel collier, Lydia ! Il est superbe ! Absolument superbe !

Toujours à contretemps, Shirley ajoute son grain de sel.

—Si vous n'en voulez pas, belle-maman, moi je vais le prendre !

—Chérie !

—Ben quoi ? Ça t'évitera de m'en acheter un.

D'un geste de la main, Marianne invite Antonin à s'intéresser de plus près à cette merveille que chacun feint de vénérer comme si c'était le cadeau du siècle.

—Caresse un peu ces perles… vois comme elles sont belles, comme elles sont douces.

Intimidé par la proximité de Lydia, Antonin effleure les perles du bout des doigts, tandis que Shirley s'étouffe de rire en pensant qu'elle les a léchées.

Seul dans son coin, Jocelyn se sent étranger à tout ce qui se passe autour de lui. Il s'apprête à quitter la pièce quand il voit Lydia poser sa main sur le bras de Christian, dans un geste de connivence.

—Tout compte fait, tu vois, j'aurais préféré une montre.
—Tu pourras l'échanger si tu veux, l'estimation est dans l'écrin.
—NON !

La réaction de Jocelyn saisit tout le monde. Arlette s'agite. Elle devient pâle.

—Voyons donc, papa, qu'est-ce qui te prend ?
—Je ne veux pas que ta mère échange mon cadeau !

Lydia ne peut cacher sa déception.

—Franchement, Jocelyn, tu aurais pu te forcer, des sautoirs de perles, j'en ai déjà trois !
—Je sais, mais celui-là est spécial, très spécial.

Félix perçoit un malaise dans la voix de Jocelyn. Il renchérit.

—C'est vrai, Lydia, regardez le fermoir : quatre diamants montés sur or !

—Ce collier, ce n'est pas un collier, c'est…

—Mon cadeau de rupture.

Personne ne semble avoir porté attention à ce que Jocelyn vient de dire. Froissée, Lydia se choque :

—Tu ne vas tout de même pas me forcer à garder un cadeau que je n'aime pas ?

—Lydia, tu n'as pas compris, ou tu ne veux pas comprendre ?

—Comprendre quoi ?

—Je viens de t'offrir mon cadeau de rupture !

—Rupture de quoi ?

—Rupture de tout ! Je te quitte, Lydia ! Je m'en vais !

—Où ça ?

—Je pars ! Je te laisse ! Je quitte la maison ! J'ai besoin de solitude, de silence, de repos… d'un long, très long repos.

Arlette enlace tendrement son père.

—Pauvre papa, tu as l'air fatigué ; tu as besoin de vacances.

—Seigneur ! Si ce n'est que ça, tu n'avais qu'à me le dire !

Parfaitement rassurée, Lydia ramasse son collier et se dirige vers le salon en retrouvant sa fierté et son élégance.

—Dès demain, je vais appeler l'agent de voyages !

Elle dépose le collier sur le guéridon, près de son fauteuil.

—Nous pourrions partir en Espagne… Ou plutôt, non, en Italie !… J'aimerais tellement revoir Florence !

Tandis que Lydia rêve tout haut, Jocelyn monte chercher sa valise et un sac de plastique qu'il remplit à la hâte. Quand il redescend, Lydia hésite encore…

—À moins que nous options pour Barcelone…
—C'est de toi que je veux m'éloigner, Lydia !

Jocelyn enfile calmement son imper.

—J'en ai assez de tes caprices, de tes reproches, de tes *picossages* à cœur de jour, sans arrêt, jusqu'à ce que la plaie saigne.

Il va partir. Lydia s'énerve.

—Où vas-tu ?
—Je ne sais pas, mais je pars.

Elle pointe du doigt le sac de plastique.

—Et ça, qu'est-ce que c'est ?
—Mon passeport pour la liberté !

Jocelyn se dirige vers la porte. La panique s'empare de Lydia.

—Non, mais, arrêtez-le, quelqu'un ! Arrêtez-le ! Vous ne voyez donc pas qu'il est fou ?

Christian décide d'intervenir.

—Papa, je t'en prie, ne fais pas de bêtises !
—Ne crains rien, mon garçon.

Jocelyn prend son fils dans ses bras et lui fait l'accolade. C'est la première fois. Christian, ému, hésite un peu puis lui rend son étreinte. En voyant les deux hommes s'enlacer, Lydia devient folle de rage.

—C'est ça, embrassez-vous ! Entre mâles, vous allez vous comprendre !

Félix se penche et lui parle à l'oreille.

—Restez calme, Lydia, ne vous inquiétez pas, ce ne sera sans doute qu'un caprice, qu'une passade.

—Ah oui ? Eh bien, je vais lui en faire, moi, une passade !

Passant outre aux conseils de son gendre, Lydia quitte son fauteuil et se braque devant son mari en le défiant d'un air sévère.

—Arrête ces folies-là tout de suite !

Jocelyn lui tourne le dos et s'apprête à sortir. Lydia insiste.

—Es-tu sourd, Jocelyn Verdier ? J'ai dit : *tout de suite* !

Sans une seconde d'hésitation, Jocelyn quitte la maison en refermant la porte délicatement. Personne n'ose dire un mot, personne n'ose faire un geste. Soudain, Marianne pousse un cri.

—Attention ! Maman va tomber !

Antonin se précipite pour retenir Lydia, qui leur joue la grande scène de la pauvre tragédienne toute frêle dont la vie ne tient plus qu'à un fil…

Le regard d'Antonin réclame de l'aide. Félix prend la relève.

—Venez, Lydia! Venez avec moi!

Félix aide Lydia à regagner son fauteuil en la soutenant fermement par la taille. Soudain, elle lève la tête et les aperçoit tous, agglutinés autour d'elle, trop mous pour réagir, trop peureux pour partir...

—Qu'est-ce que vous avez tous à me regarder comme ça?

Les dents serrées, le regard vide, elle s'empare du sautoir qui traînait sur la table et se met à l'égrener lentement, perle après perle, comme un chapelet.

—Si vous pensez que je vais me laisser faire...

Elle tripote le collier d'une main tremblante, puis se met à ricaner nerveusement.

—Si vous pensez que je vais me laisser humilier, me laisser piétiner...

Elle saisit le collier et le lance à bout de bras en poussant un cri de rage.

—Je vais t'écraser, Jocelyn Verdier!

Au même moment, le traiteur sort de la cuisine.

—Puis-je servir le café maintenant, Madame?
—Oui, oui, allez-y, nous sommes prêts!

Chapitre 12

— Pour une seule nuit ?

— Oui…

Les yeux baissés, Jocelyn Verdier a répondu d'une voix si faible que la réceptionniste se voit obligée d'insister.

— Nous disons donc : *une seule personne… pour une seule nuit…* C'est bien ça ?

— Oui…

— Un grand lit, ça ira ?

— Oui…

— Parfait. Signez ici… Merci ! Vous avez des bagages ?

— Oui… enfin, non, je…

Soudain, Jocelyn se rend compte qu'il a oublié sa valise dans sa voiture et il renonce à l'idée d'aller la chercher… pour une nuit.

— Voici vos clés… Chambre 1123, au bout du corridor… L'ascenseur est à votre droite.

Accueillante, la jeune femme demeure courtoise et souriante, sans prononcer le moindre mot ni esquisser le moindre geste qui pourrait justifier chez Jocelyn cette désagréable impression d'être observé. Un homme seul, sans bagages, qui loue une chambre d'hôtel dans sa propre ville, quand on y pense, c'est risible. Mais la réceptionniste ne rit pas. Elle classe le dossier parmi tant d'autres puis répond au téléphone sans se soucier davantage de ce client un peu bizarre qui se dirige vers l'ascenseur en traînant un chagrin beaucoup plus encombrant qu'une valise.

Jocelyn glisse la carte dans la fente, pousse la porte et pénètre dans la chambre sans ouvrir la lumière. Dans le noir, la triste réalité lui paraît moins troublante. Tout s'est passé si vite. Lydia a boudé son cadeau… et sa vie a basculé.

Machinalement, Jocelyn s'approche de la fenêtre, fasciné par les buildings qui s'élancent dans la nuit. Vue de haut, Montréal paraît ensorcelante, magique, grouillante de mystère et de passion. Là-bas, il le devine, des gens rient, bavardent, s'enivrent ou font l'amour, tandis qu'il se morfond dans une chambre anonyme.

Il retire son imper, puis son veston, et les jette sur une chaise. Toujours dans la pénombre, il s'assoit sur le lit, enlève ses chaussures et masse vigoureusement ses chevilles pour tenter d'apaiser les crampes qui lui tordent les mollets. Brisé de fatigue, il s'allonge sur le dos, les bras repliés derrière la tête, les yeux grand ouverts. Le plafond texturé réfléchit faiblement la lueur des enseignes au néon, dont les couleurs s'entremêlent comme des aurores boréales égarées dans la ville. Jocelyn observe le phénomène avec indifférence. En proie à des sentiments mitigés, contradictoires, il essaie de se détendre mais le sommeil ne vient pas.

Les événements des dernières heures le rattrapent dans un cauchemar au ralenti. Il se revoit, si peureux, si fragile, quittant la maison sous le regard réprobateur de ceux-là mêmes qu'il a pourtant toujours aimés. Il entend leurs chuchotements, puis le cri de Marianne quand il a refermé la porte. Il était effrayé, tout tremblant, pressé de se réfugier dans sa voiture comme un enfant se blottit sous les couvertures quand il a peur d'être puni. Est-il resté caché longtemps? Non, pas longtemps, à peine quelques minutes, le temps de s'assurer qu'aucun des siens n'allait partir à sa poursuite.

Il a d'abord sillonné une à une toutes les rues de son quartier en regardant son passé s'éloigner par le rétroviseur. Très vite, il a réalisé qu'il ne savait pas où aller. En fait, il n'y avait jamais pensé. Sa route, depuis l'enfance, le menait droit devant, négligeant les méandres des chemins ombragés.

Frôlant la panne d'essence, il a dû s'arrêter à la première station-service. Tandis que le pompiste faisait le plein, il en a profité pour se débarrasser du sac de plastique qui traînait sur la banquette arrière, sans se douter qu'un jeune itinérant le surveillait de loin. Toujours à l'affût d'un trésor imaginaire, le clochard s'est aussitôt précipité vers la poubelle, certain d'avoir enfin trouvé le pactole. Sans cesser de protéger ses arrières, le garçon s'est emparé du sac, l'a ouvert, puis l'a aussitôt rejeté aux ordures en affichant un air contrarié. L'objet de son désir ne contenait… que des cravates! Toutes les cravates que le docteur Jocelyn Verdier avait accumulées au cours des années.

En repensant à ce jeune clochard tout délabré qui levait le nez sur ses cravates, Jocelyn se sent ému. Sans le connaître, il se surprend à admirer ce jeune homme, à l'envier presque. Cédant à l'euphorie, il s'imagine à ses côtés, barbu, vêtu de haillons, parcourant la rue Sainte-Catherine en brandissant une énorme banderole sur laquelle il serait écrit : *Combien de cravates faut-il dénouer avant de devenir un homme libre ?*

Le cadran lumineux indique 22 : 40. Jocelyn s'assoit sur le bord du lit, allume la lampe, hésite un peu puis décide de téléphoner à Renaud, cet incorrigible oiseau de nuit, qui doit écrire encore à cette heure. Au premier coup, Renaud répond joyeusement :

— Résidence de Victor Hugo !

— Salut, Renaud, c'est moi !

— Grand-papa ?

— Je te dérange ?

— Non, non, pas du tout, mais je croyais que c'était un copain.

— Tes parents sont rentrés ?

— Pas encore. Veux-tu qu'ils te rappellent ?

— Non, c'est à toi que je veux parler.

— Ah bon ?

— Peux-tu venir me rencontrer ?

— Chez toi ?

— Non, pas chez moi… à l'hôtel.

— Mais qu'est-ce que tu fais à l'hôtel ? Grand-papa, qu'est-ce qui se passe ?

— Ne pose pas de questions, s'il te plaît, note l'adresse…

Tandis que Renaud s'exécute, Jocelyn griffonne sur le papier à en-tête de l'hôtel, en soulignant le nom... l'adresse...

—N'oublie pas : chambre 1123... au bout du corridor !
—C'est noté.
—Monte directement, l'ascenseur est à droite.
—Parfait, je saute dans le métro et j'arrive !
—Non, prends un taxi, je te rembourserai.
—Comme tu veux...
—Oh ! Surtout, n'en parle à personne !

Jocelyn se sent comme un mafieux entraînant une nouvelle recrue. Pourquoi vouloir mêler Renaud à cette histoire ? Ce gamin n'a que dix-sept ans, et si peu d'expérience des sentiments contradictoires qui peuvent habiter un même homme. Tiraillé entre ses remords et ses regrets, Jocelyn se sent incapable de faire tout seul la part des choses. Et s'il recherche ce soir la présence d'un confident plus jeune et plus ouvert aux idées nouvelles, c'est pour essayer d'y voir clair, lui qui n'a jamais osé retirer les œillères *rectitude* et *principe* qui freinaient ses désirs et obstruaient sa vue.

Jocelyn défroisse les plis du couvre-lit, secoue les oreillers, range son imper et son veston dans le vestiaire, puis remet ses chaussures pour être présentable. Il téléphone ensuite au bar et demande qu'on lui livre de la bière, du cola et un énorme bol d'arachides. Son petit-fils adore les arachides !

Renaud arrive à la chambre en même temps que le garçon d'étage. Le jeune homme lui tape un clin d'œil discret, puis dépose le plateau sur la table avec le petit sourire complice de celui qui en a vu d'autres. Tandis que Jocelyn appose sa signature au bas de la note, le bel éphèbe, visiblement intéressé, en profite pour évaluer la marchandise.

—Voilà !

—Merci !

—Attendez, vous oubliez votre stylo !

—Oh ! pardon ! Excusez-moi ! Merci, monsieur !

Le garçon tarde à partir. Il entrouvre la porte, s'arrête un instant et lance vers Renaud un regard sans équivoque.

—Je vous souhaite une excellente nuit… à tous les deux !

Jocelyn sent le besoin de clarifier les choses.

—Croyez-le ou non, ce beau jeune homme est mon petit-fils !

Que le garçon le croie ou pas, Jocelyn s'en contrefiche. Il a dit ça en riant pour dérider Renaud, qu'il sentait mal à l'aise.

—Et maintenant, si nous buvions ensemble !

Jocelyn verse de la bière dans son verre et du cola dans celui de Renaud.

—Tu dois bien te demander pourquoi je t'ai téléphoné ?

Pour toute réponse, Jocelyn obtient un grognement, car Renaud a déjà la bouche pleine d'arachides.

—Hé ! là ! Pas si vite ! Tu ne vas quand même pas les manger toutes ? Allez, gros gourmand, passe-moi le bol !

Complices, ils se regardent avec un petit sourire en coin, en mastiquant comme deux gamins gourmands qui en profitent pour se bourrer la face.

— Je suis heureux que tu sois là, mon grand !

— Moi aussi, grand-papa, mais tu n'as certainement pas loué cette chambre juste pour le plaisir de m'inviter à manger des arachides ?

Jocelyn s'avance sur le bout de son fauteuil pour faciliter les confidences.

— Tu as raison, mais parle-moi d'abord de toi, raconte-moi ce qui t'arrive.

— J'ai enfin terminé mon roman.

— Complètement terminé ?

— Je l'ai même soumis à un concours littéraire.

— Quelle bonne nouvelle !

Jocelyn mâchouille une autre poignée d'arachides avant d'oser aborder le point névralgique.

— Et tes études ?

— Bof ! Pas fort !

Recroquevillé dans son fauteuil, Renaud se referme, son regard s'embrume. Cette tristesse subite inquiète Jocelyn.

— Que se passe-t-il, mon grand ?

— Je suis découragé, grand-papa !

— Découragé ? Pourquoi ?

— J'ai raté mon examen de français. Je ne pourrai pas encore être admis au cégep à la prochaine session. Mon père va me tuer !

—Comment as-tu pu rater ton examen de français alors que tu passes de longues nuits à écrire ?

—J'aime ça écrire, j'ai le goût d'écrire, mais je fais plein de fautes. Oh ! je ne suis pas le seul. Paraît qu'il y a même beaucoup d'écrivains *très célèbres* qui font plein de fautes !

—Vraiment ?

—L'important, c'est d'avoir des idées !

—C'est sûr, mais…

—Après, ils engagent une secrétaire.

—Je vois ! C'est ce que tu fais ?

—Non, moi je *chatte* mes idées, puis mon chum les corrige…

—J'imagine que c'est une nouvelle façon de procéder.

—C'est con ! Je sais que tu penses que c'est con ! Tant pis, je suis con !

—Toi, con ?

—C'est ce que mon père me dit tout le temps.

—Mais tu viens d'écrire un roman !

—Bof !

—Quelle que soit la façon dont tu t'y es pris, tu viens de compléter quelque chose d'important, mon grand !

—Pas pour mon père ; il trouve ça con ! Il passe son temps à me dire que je suis con, que je suis nul, que je suis stupide…

—Stupide ? Toi ? Allons donc !

—Il dit que je me pense trop intelligent.

—Tu ne te penses pas intelligent, Renaud, tu l'es. Fais-toi confiance et aime-toi assez pour ne pas te laisser démolir par les remarques désobligeantes des imbéciles qui prendront plaisir à t'écraser pour ensuite te manipuler à leur guise.

—Tu parles de mon père ?

—Je parle de tous ceux qui se croient supérieurs aux autres, ceux qui privilégient le *pouvoir sur...* au détriment du *pouvoir de...* et qui vantent leur *bonté* chaque fois qu'ils parlent d'eux-mêmes. Sois généreux, sois charitable, mais ne te dis jamais *bon*, Renaud, car la bonté peut te rendre orgueilleux.

—Mais je ne t'ai jamais entendu parler comme ça !

—Il était temps de briser le silence.

Jocelyn avale lentement une gorgée de bière, le temps de se donner du courage.

—Ce soir, j'ai quitté ta grand-mère.

—Quoi ?

—Elle a dit un mot de trop... et le vase a débordé.

—Pour un mot ?

—Non, pour tous les mots qui se sont entassés au fond de moi jusqu'à ce que la coupe soit pleine. Lydia me démolit, me méprise et m'humilie depuis toujours, tout en faisant semblant de m'admirer devant les autres. Elle m'a tué, Renaud ! Je suis mort ! Ou plutôt non, je suis anéanti sans être mort, c'est pire. Est-ce que tu peux comprendre ?

—Oh oui ! Moi aussi, je suis mort. Mon père me tue... et il est en train de tuer ma mère !

En pensant à sa mère, le regard de Renaud s'embrume.

—Pauvre maman ! As-tu remarqué comme elle a maigri ?

—Arlette a toujours été frêle. Je l'appelais « mon petit roseau ».

—Papa dit qu'elle est folle.

—Fragile, perturbée, peut-être, mais, rassure-toi, Arlette n'est pas folle. En tous cas pas autant que certains le prétendent.

Un sourire partagé suffit pour exprimer leur connivence. Soudain, comme revenant de nulle part, Renaud se met à rigoler.

—Veux-tu que je te raconte mon roman ?
—Avec joie !
—C'est l'histoire d'un garçon d'à peu près mon âge, qui me ressemble peut-être un peu, mais… Oh ! et puis non, je te raconterai tout ça plus tard.
—Je le lirai, ce sera encore mieux !

Renaud se tait, hésite un peu, puis…

—Dis, grand-papa, est-ce que je peux dormir ici ?
—Tes parents ne vont pas s'inquiéter ?
—Je passe souvent la nuit chez mon copain… Et puis, en cas d'urgence, ils peuvent me rejoindre, j'ai mon *cell* !

Tel un cow-boy dormant avec son pistolet, Renaud dépose son cellulaire à portée de main, prêt à répondre au premier signal. Cette précaution amuse Jocelyn, qui se souvient qu'enfant, il faisait de même avec son chapelet.

—Allez, aide-moi, moussaillon !

Ravi de cette compagnie inespérée, Jocelyn partage les oreillers pendant que Renaud retire le couvre-lit qu'il jette en tas sur un fauteuil. La chambre, si propre et si bien rangée tout à l'heure, ressemble maintenant à celle de deux étudiants en vacances. Les bouteilles vides et les verres sales traînent sur la table, à côté du bol d'arachides dans lequel il ne reste plus que quelques miettes enterrées sous une épaisse couche de sel.

— Tu dors de quel côté du lit, grand-papa ?

— Lydia préférait dormir à ma gauche, alors, forcément...

— Et si tu changeais de côté, pour une fois ?

En camisole et en *bobettes*, les deux hommes se glissent sous les couvertures, sans cesser pour autant de placoter. Heureux et libres comme deux ados, ils chuchotent et rigolent jusqu'à épuisement, puis s'endorment, dos contre dos, comme ils le faisaient autrefois, quand Renaud était enfant et que Jocelyn s'amusait à lui raconter l'histoire des deux petits moutons qui devaient faire le guet pour se protéger des loups.

Chapitre 13

Quand Victor Delcourt doit travailler très tard, il campe sur un lit d'appoint installé dans l'arrière-boutique du *Petit Bedon Gourmand*, prêt à réceptionner les commandes qu'on lui livre invariablement aux petites heures du matin. Ces jours-là, au lieu de s'en plaindre, Gigi Delcourt en profite pour aller dévaliser les magasins avec l'une ou l'autre de ses nombreuses *copines*, chez qui elle va ensuite passer la nuit, sous prétexte qu'elle a trop peur de dormir seule à la maison. Cette entente à l'amiable permet à Victor de travailler librement et à Gigi de s'amuser en paix avec la bénédiction de son mari.

Au retour, la *chatonne* s'arrête invariablement au *Petit Bedon Gourmand* pour embrasser son *bon Vichou* et prendre avec lui son petit-déjeuner. Tout charme et tout sourire, elle arrive les bras chargés de sacs remplis de vêtements d'un prix fou, qu'elle déballe joyeusement en racontant des histoires invraisemblables : tel tailleur, elle l'a eu à l'arraché pour une bouchée de pain ! Telle robe griffée lui a été vendue, pour presque rien, par l'amie d'une de ses amies, qui l'avait elle-même achetée à rabais chez un célèbre couturier ! Tel chapeau ? Tel manteau ? Des aubaines, vraiment des aubaines ! La technique de Gigi marche à tout coup. Elle roucoule, parade, rigole et virevolte autour de Victor qui, étourdi par son bavardage, continue de glacer ses brioches en oubliant de lui demander des comptes.

Ce matin, Gigi a garé sa voiture à l'extrémité du square Roussel, encore calme et désert à cette heure. Vacillant sur des talons trop hauts, elle contourne le camion de livraison qui lui barre la route, puis s'engage d'un pas hésitant sur les dalles raboteuses qui mènent à la boutique. Deux housses à vêtements entravent sa démarche, tandis que son épaule gauche ploie sous le poids d'un énorme fourre-tout.

— Excusez-moi, madame, est-ce que vous travaillez ici ?

Gigi s'arrête, surprise de voir un inconnu attablé à la terrasse du *Petit Bedon* à une heure aussi matinale.

— Vous attendez quelqu'un ?
— Je voudrais seulement boire un café.
— Il est trop tôt, la terrasse est fermée.
— Pardonnez-moi, je croyais…

L'homme se lève docilement. Il s'apprête à partir, mais Gigi se ravise et le retient.

— Attendez un instant, je vais voir ce que je peux faire !

Le client se rassoit et parcourt distraitement son journal, sans remarquer que Gigi l'observe à la dérobée.

— Vous êtes nouveau dans le quartier, n'est-ce pas ? C'est la première fois que je vous vois.

Distrait, l'inconnu ne répond pas. Gigi s'approche un peu pour tenter d'attirer son attention, mais le silence perdure. Gigi devient méfiante. Le bruit court qu'un maniaque rôde autour des enfants au sortir de l'école…

— Ne partez pas, monsieur, je reviens tout de suite !

Sans cesser de sourire, Gigi se dirige rapidement vers la boutique. En rentrant elle croise Victor qui transporte à bout de bras une grosse fournée de croissants chauds.

— Salut, ma belle chatonne ! Veux-tu un croissant ?
— Non, merci…
— Le café est prêt, nous allons pouvoir le boire ensemble.
— Va plutôt faire un tour dehors.
— Sur la terrasse ?
— Oui !
— Pourquoi ?
— Il y a un homme que je ne connais pas qui demande qu'on lui serve un café !
— Quel genre d'homme ?
— Beau, bien soigné, il a l'air honnête, mais… Il lit son journal en lorgnant du côté de la garderie.
— Je vois ! Ne t'inquiète pas, ma *chouchoune*, je m'en occupe.

Victor dépose le plateau de croissants sur le comptoir, passe un tablier propre et sort sur la terrasse en bombant le torse, comme un super-héros s'apprêtant à livrer l'ultime combat.

— Alors, mon cher monsieur, qu'est-ce que je peux faire pour vous ?

Curieux de nature, un peu bavard, un peu commère, Victor Delcourt n'a pas son pareil pour dépister les indésirables qui tenteraient de perturber la rassurante quiétude de son quartier.

—Je voudrais un café, s'il vous plaît.
—Juste un café ?
—Oui, oui, juste un café.

De prime abord, Victor trouve que ce nouveau client a une tête plutôt sympathique, mais la remarque de Gigi l'incite à la prudence.

—Puis-je vous offrir un bon croissant ?
—Non, merci !
—Tut ! Tut ! On ne refuse pas les croissants de Victor Delcourt. Ce sont les meilleurs du monde !

Victor est sur le point de succomber à un énorme péché d'orgueil quand Antonin arrive à la course, précédé par son chien qui, libéré de sa laisse, se dirige tout droit vers le nouveau client.

—Rappelle ton chien, Antonin !
—Au pied, Brutus !
—Non, non, laissez, je n'ai pas peur.
—Docteur Verdier ? Quelle belle surprise !

Victor Delcourt regarde son fils avec étonnement.

—Vous vous connaissez ?
—Bien sûr, papa ! Le docteur Verdier est le père de Marianne !
—Oh mon Dieu ! Et ma femme qui vous prenait pour un malfaiteur !

Victor s'empresse de rassembler quelques chaises autour de la table, déjà prêt à faire la fête.

— Mon garçon, dépêche-toi, va chercher ta mère !... Et rapporte-nous du café !... Du café frais et des brioches !... Tu sais, celles fourrées à la crème anglaise avec des abricots !

Antonin attache son chien et file vers la boutique.

— Docteur Verdier, vous allez goûter à mes brioches !
— Non, non, merci, ne commandez rien pour moi, je n'ai pas faim.
— Moi, mes brioches se mangent sans faim...

Tout en parlant, Victor Delcourt déploie l'auvent qui plus tard ombragera la terrasse.

— ... surtout celles aux abricots, c'est ma recette !

Tandis que Victor vante ses brioches, Jocelyn, troublé, devient songeur. Et si Marianne n'allait pas venir ? Peut-être aurait-il dû aller l'attendre ailleurs ? Les enfants sont souvent mal placés pour comprendre. Comprendre quoi ? Que son père étouffait ? Qu'il rêvait de bonheur, de liberté, de solitude ? Un vieux fou... oui ! Un vieux fou qui croit encore avoir le temps d'apprendre à vivre ! Et s'il était trop tard ? Si la vie lui glissait entre les doigts, sans aspérités, sans relief, sans surprises ? Passant, jour après jour, d'un mort à l'autre, le docteur Jocelyn Verdier a fini par n'apercevoir que l'inéluctable côté des choses, sans se méfier du nuage qui brouillait son regard.

— Ainsi, vous êtes le père de cette chère Marianne ! Ah ! Quelle brave fille ! Les enfants du quartier l'adorent et, entre nous, Antonin...

Victor termine sa phrase en baissant le ton pour ne pas déplaire à son fils, qui rapporte du café et un panier rempli de brioches.

— Ta mère n'est pas avec toi ?
— Elle ne devrait pas tarder !

Gigi adore se faire désirer. Elle reste à l'écart, attend quelques instants, puis s'approche en affichant ce faux air ingénu qui plaît tant à son homme.

— Me voilà, mon chéri !

En l'apercevant, Victor reste bouche bée, pâmé d'admiration devant cette femme-enfant, qui sait lui tenir la dragée haute, tout en flattant son amour-propre.

— Que tu es belle !
— C'est pour toi, mon amour.

Pour un peu, Victor Delcourt en oublierait la présence de Jocelyn, qui attend patiemment qu'on lui serve un café.

— Tu voulais me voir ?
— Euh… oui… je voulais te présenter le docteur Jocelyn Verdier… Docteur Verdier, je vous présente Gigi, ma femme.

Jocelyn reconnaît à peine l'inconnue qu'il a aperçue brièvement tout à l'heure. Gigi a rafraîchi son maquillage, retouché sa coiffure et troqué son pantalon beige et son gilet de mohair bleu pour une nouvelle robe noire, très seyante, agrémentée d'une veste rouge.

Antonin se rapproche de sa mère.

— Le docteur Verdier est le père de Marianne.

—Et qui est Marianne ?

—Voyons, maman, tu sais bien, Marianne Verdier, la jeune femme que j'accompagnais l'autre soir.

—Celle avec qui tu as passé la nuit ?

—Maman, je t'en prie !

—Ne rougis pas, mon chéri, ça se lit dans tes yeux !

Antonin détourne la tête, incapable de soutenir plus longtemps le regard de sa mère, qui trahit des sentiments troublants, confus, presque amoureux.

—Gigi, ma belle, viens donc prendre un café avec nous !

—Non, merci, je n'ai pas le temps.

—Tu sors encore ?

—Je passe la journée avec une copine…

—Ah ! bon !

—… et j'irai probablement coucher chez elle.

—Tu m'appelleras ?

—Promis.

—Tu promets toujours, mais tu ne le fais pas.

—Est-ce un reproche ?

—Pas du tout, je te taquine.

—J'aime mieux ça.

—As-tu besoin d'un peu d'argent ?

—Non, non, merci, je peux me débrouiller.

Quand Gigi minaude et prend ce petit air faussement raisonnable, Victor ne se possède plus, il craque ! Sans cesser de la dévorer des yeux, il fouille dans sa poche et lui tend trois billets de cent dollars.

—Tiens, prends ça !

—Mais non…

—Prends ça, chérie, je serai plus tranquille.

Gigi glisse les billets dans son sac avec l'air satisfait d'une jolie courtisane entretenue par un généreux bourgeois. Elle s'approche de Victor et l'embrasse sur le front.

—Merci, mon bon Vichou.

Elle caresse en passant les cheveux d'Antonin, s'éloigne de quelques pas, puis se retourne vers Jocelyn.

—Au revoir, Docteur Verdier, ravie de vous avoir rencontré !

Victor regarde partir sa femme en affichant le sourire béat d'un mari amoureux, qui n'en revient toujours pas d'être aimé par une aussi jolie femme.

—Ah ! ce qu'elle est belle ! Ne cherchez pas, Docteur Verdier, tout l'argent que je gagne, c'est Gigi qui le dépense…

Et elle le dépense avec une telle volupté que Victor s'inquiète parfois de ne pas lui en donner assez.

—Elle a tellement souffert, la pauvre enfant !

Antonin appelle Brutus en claquant des doigts, puis s'engage dans l'escalier qui mène à son appartement.

—Excusez-moi, Docteur Verdier, je dois aller me changer !

Peu enclin à la nostalgie, il s'empresse de quitter la place avant que son père ne s'apitoie pour la cent millième fois sur les malheurs de sa Gigi.

—Elle n'avait pas encore cinq ans quand ses deux parents sont morts dans un terrible accident d'auto. Comme elle était sans famille, la cour l'a confiée à une vieille tante par alliance, une folle qui l'a élevée dans une quasi-misère, tout en dilapidant le modeste héritage que ses parents avaient légué à leur fille. Quand Gigi a fugué...

Jocelyn écoute Victor d'une oreille distraite, sans cesser de surveiller l'entrée de la garderie, en espérant que Marianne en sortira bientôt.

— Elle vient rarement à cette heure !
— Pardon ?
— Votre fille, elle ne vient jamais aussi tôt.
— Ah bon !

Victor mord à belles dents dans une deuxième brioche.

— En voulez-vous une ?
— Non, merci !
— Ne vous gênez pas, j'en ai en masse !

Coincé derrière la table, Victor déplace sa chaise pour ne pas gêner l'ampleur de ses gestes.

— Je disais donc que, quand Gigi a fugué, sa maudite tante ne l'a même pas réclamée. La pauvre petite fille ! Elle s'est retrouvée toute seule, dans la rue, sans ressources... Excusez-moi !

Ému, Victor s'arrête, s'essuie les yeux, renifle, se mouche, puis reprend son récit, en y ajoutant un peu de trémolo.

— Elle a été obligée de faire des ménages ! Des ménages ! Elle ! Non, mais, vous avez vu ses mains ? Des belles petites mains, toutes fines, toutes blanches, des vraies mains de fée ! Elle venait tout juste d'avoir seize ans quand je l'ai rencontrée...

Victor s'emballe et change de ton.

— Imaginez : seize ans… Et moi, j'en avais trente ! Trente ans, toutes mes dents, puis une belle petite fille de même qui me tombait dans les bras… Qu'est-ce que vous auriez fait à ma place, hein ?

L'air affable de Jocelyn incite Victor à se confier davantage.

— Quand on a fait l'amour, la première fois, sur la banquette arrière de ma voiture, j'ai pensé que j'allais mourir de joie. On a frappé le *jackpot* ! Un trou d'un coup ! On s'est mariés *obligés*, comme on disait dans le temps, ce qui fait que le curé n'a pas pu nous refuser sa bénédiction. Cette nuit-là, quand j'ai serré ma petite femme dans mes bras, je lui ai juré que je la rendrais heureuse, et que jamais plus…

Subitement, Marianne fait irruption sur la terrasse. Elle s'arrête net devant son père en le fusillant du regard.

— Qu'est-ce que tu fais là ?

Sous le choc, Jocelyn réagit comme si sa fille l'avait surpris dans une situation compromettante.

— Je t'attendais.
— Si Antonin ne m'avait pas prévenue, je ne l'aurais jamais su.
— J'espérais te voir, mais je n'osais pas aller te déranger…
— Qu'est-ce que tu veux ?
— Je voudrais te parler. On peut aller quelque part ?
— Pas chez moi, en tout cas ! Je n'ai pas le goût que maman l'apprenne et vienne ensuite me faire une scène.

Victor Delcourt se sent de trop.

—Restez là, je vous en prie ! Moi, il faut que j'aille enfourner mes pâtés.

Restés seuls, Marianne et Jocelyn s'observent, piégés dans un silence qui devient vite étouffant. N'y tenant plus, Marianne brise la glace.

—J'aurais préféré que tu ne me relances pas jusqu'ici.
—Pourquoi ?
—Parce que vos différends ne me regardent pas.
—Marianne…
—Je t'en prie, papa, n'insiste pas.

Jocelyn se sent bâillonné, condamné d'avance, sans aucune possibilité de s'expliquer. Marianne lui en veut. Égoïstement, elle le tient responsable de la réaction de Lydia, qui viendra certainement s'épancher sur son épaule. Elle se voit déjà obligée d'écouter les jérémiades de sa mère, obligée de l'approuver, obligée de la consoler pour éviter l'esclandre. Car les colères de Lydia sont redoutables.

—Je voulais simplement te dire que je t'aime…
—Moi aussi, je t'aime, papa. Mais pour quelque temps, je préférerais ne plus te voir. Entendons-nous bien : cette rencontre n'a jamais eu lieu et nous ne nous sommes jamais parlé, compris ?
—Si c'est vraiment ce que tu veux…

Retenant ses larmes, Marianne retourne à la garderie sans oser se retourner.

La première douleur passée, Jocelyn ramasse son journal et quitte la terrasse à pas lents. Il longe les boutiques qui bordent le square Roussel, puis s'arrête un instant devant l'ancienne bijouterie de son beau-père, surpris de voir deux inconnues juchées dans la vitrine. Toujours prêtes à s'amuser, Iris et Géraldine rigolent et se dandinent sans se douter que ce beau monsieur est le mari de la propriétaire. Malheureusement pour elles, Jocelyn Verdier n'a pas vraiment le cœur à rire. Il se contente de saluer poliment les deux taquines et continue sa route jusqu'à la pharmacie.

En le voyant venir, Arlette supplie son associée de le recevoir à sa place. Prise de panique, elle file vers l'arrière-boutique et s'enferme dans l'armoire à balais pour être bien certaine qu'on ne la trouvera pas.

—Ma fille est là ?

—Non, monsieur, elle est partie.

—Partie où ?

—Faire des courses… enfin, je crois…

—Est-ce qu'elle doit revenir bientôt ?

—Je ne sais pas… d'ici une heure ou deux… peut-être…

—Une heure ou deux ?

—Peut-être…

La jeune femme hésite. Jocelyn insiste. Arlette a peur. Elle se sent lâche. Elle voudrait sortir de sa cachette et crier «Papa, je suis là !» Mais recevoir son père serait un peu trahir Lydia, qui l'apprendrait un jour ou l'autre.

—Je pourrais lui dire de vous rappeler ?

—Non, ce n'est pas la peine. Ne lui dites même pas que je suis venu.

Jocelyn repart, la tête basse, profondément déçu. Il hésite un instant, fait les cent pas devant la pharmacie, consulte sa montre, puis retourne à sa voiture sans se douter qu'Arlette se terre comme un rat dans son trou.

Au lieu de se rendre à la morgue, Jocelyn bifurque vers le centre-ville. Il cherche son cellulaire et se rappelle l'avoir oublié sur le guéridon, le fameux guéridon sacré sur lequel il ne fallait rien déposer. Il imagine la tête de Lydia quand elle s'apercevra qu'elle ne peut plus le rejoindre. Il s'arrête à un téléphone public, appelle sa secrétaire et se déclare malade. Elle le croit sur parole. Il en est tout surpris. Ce mensonge anodin le trouble autant qu'il le libère. Pour combien de temps ? Il ne le sait pas. Il avisera. Le mois de mai fleurit, la route est invitante. Il décide sur-le-champ de rouler vers Québec, où Christian l'accueillera, et peut-être l'écoutera... Du moins, c'est ce qu'il espère.

Chapitre 14

Jocelyn pousse le bouton du lecteur et constate que Renaud y a oublié un CD la dernière fois qu'il lui a donné un lift. *Presque rien... presque rien ne me retient...* Amusé par la voix de Stefie Shock, Jocelyn se met à inventer des mots, des mots farfelus, des mots venus de nulle part, des mots qui ne veulent rien dire. Soudain il se surprend à rire de bon cœur, comme il riait, enfant, quand il faisait le pitre pour amuser sa mère qui était à la fois son public et sa muse.

Presque rien... presque rien ne me retient... Et voilà que, sans prévenir, lui reviennent des souvenirs d'anciennes odeurs, de couleurs délavées, de nuages en formes d'oiseaux ou de moutons dodus qui se déformaient au gré du vent. Quelquefois, le dimanche, ils partaient tous ensemble, en famille, entassés dans la vieille voiture de son père, pour aller visiter une lointaine cousine qui vivait seule à la campagne, avec une bonne douzaine de chats et deux perruches déplumées enfermées dans une cage à moitié recouverte d'un châle de laine, pour éviter les courants d'air.

Hargneuse et sauvageonne, la *vieille fille*, qui devait bien avoir trente ans, les accueillait sans plaisir en leur offrant du jus d'orange, parce qu'il faut bien offrir quelque chose aux enfants quand les parents vous les imposent. Tout le temps qu'ils buvaient, elle les surveillait du coin de l'œil, puis ramassait les verres immédiatement, de peur qu'ils ne les brisent. Pressée de se débarrasser d'eux, elle leur ordonnait d'aller jouer dehors d'un petit geste autoritaire que les enfants imitaient en riant aussitôt qu'elle avait le dos tourné. Jocelyn, qui zozotait un peu, s'amusait à dire qu'elle les *zecouait* dehors comme de vieux chiffons pleins de poussière.

Presque rien... presque rien ne me retient... C'était l'été, les grandes vacances ! Jocelyn s'étonne de ces souvenirs qui lui reviennent comme si c'était hier. La vieille fille habitait une cabane grise aux persiennes délavées. Tout autour, un champ immense, un champ dont l'horizon s'étendait jusqu'au bout du monde. Ses trois sœurs s'amusaient à cueillir des bouquets et, pour rire, échangeaient leurs prénoms contre des noms de fleurs : l'aînée devenait *Pivoine*, la cadette *Muguette* et la troisième *Tulipe*... Jocelyn, qui refusait obstinément d'être une fleur, allait se réfugier derrière un arbre, les deux bras collés le long du corps, attendant patiemment que son cocon éclate, et que, de chrysalide, il devienne enfin papillon. Il surgissait alors de sa cachette en déployant ses ailes et virevoltait autour de ses sœurs-fleurs qui se sauvaient en courant parmi les herbes folles.

L'arrivée de Lydia les a cruellement séparés. Lydia ne chantait pas, ne riait pas, sauf quand elle riait des autres. Alors, avec le temps, Jocelyn Verdier s'est tu. Il est devenu muet. Muet, sérieux et sans humour. Les morts ne chantent pas, ne rient jamais non plus, c'est trop tard pour eux. Quel dommage !

Jocelyn gare sa voiture juste devant la bijouterie et sourit en apercevant la nouvelle enseigne : *Bijouterie Christian Verdier*. Il se sent heureux, presque flatté, de voir enfin le nom de son fils à la devanture du magasin. Ce n'est pas la marquise d'un grand théâtre mais c'est tout comme.

Jocelyn pousse la porte tranquillement, un peu gêné d'arriver à l'improviste. Au fond, derrière le comptoir, il aperçoit Christian, assis sur une chaise droite, la tête penchée, le dos voûté au-dessus d'une table basse, éclairée par une lampe dirigeable qui jette un rayon précis sur le bijou à réparer. Vu sous cet angle, son fils lui paraît vieux.

— Papa ?
— Salut ! Tu as changé le nom de la bijouterie ?
— Tu ne le savais pas ?
— Non !
— Je l'avais pourtant dit à…

Christian allait dire *maman* mais se retient. Jocelyn tente de le mettre à l'aise.

— *Bijouterie Christian Verdier*, c'est mieux comme ça !
— Tu trouves ?
— Oui ! Et ton enseigne est invitante !
— Si seulement ça pouvait m'attirer des clients !
— Les affaires sont mauvaises ?
— Plutôt, oui ! Les jeunes n'achètent que de la camelote !

Christian quitte sa chaise péniblement et vient se placer debout face à son père. Le comptoir les sépare comme une barrière dressée entre deux solitudes.

—Papa… je… J'aimerais mieux que tu t'en ailles !
—Pourquoi ?
—Shirley pourrait arriver, et…
—Et quoi ?
—Va-t'en, papa, ça vaut mieux, je t'assure !

Un changement d'éclairage permet à Jocelyn d'apercevoir des taches bleuâtres sur la joue gauche de son fils.

—Qu'est-ce que tu t'es fait ?
—Oh ! ça ? Ce n'est rien, je me suis frappé !

Jocelyn se penche pour mieux voir.

—Et ces marques sur ton cou ? Christian, qu'est-ce qui se passe ?
—Papa, je t'en prie, laisse-moi tranquille !

Au même moment, la porte s'ouvre et Shirley entre en coup de vent. Elle a bu. Peut-être un peu plus que d'habitude. Nerveux, Christian invite son père à se cacher discrètement derrière une colonne. Jocelyn obéit sans comprendre, mais c'est trop tard.

—Qu'est-ce qu'il fait là, lui, *sacrament* ?
—Qui ça ?
—Ton père est là, je le sais, son char est parqué juste en face !
—Mais, Shirley…
—Je ne veux pas le voir ici, *tabarnak* ! Ni lui, ni personne de ton *ostie* de famille !

—Je sais, Shirley, mais…

—Dis-lui de *crisser* son camp tout de suite ! As-tu compris ?

—Oui, oui, chérie, tout de suite !

—Sinon, c'est toi qui…

Jocelyn surgit de sa cachette juste à temps pour éviter à son fils l'humiliation de recevoir un coup de sac à main par la tête.

—Excusez-moi, Shirley, je partais justement.

Jocelyn file vers la sortie sans même jeter un coup d'œil à sa bru qui le défie effrontément, les deux poings appuyés sur ses hanches. Bouleversé, il quitte la bijouterie en poussant un soupir rempli à la fois de soulagement, de tristesse et d'impuissance.

Même s'il ne les entend plus, les cris de Shirley le poursuivent jusque dans sa voiture. Son fils tremble, il le sait, comme il tremblait lui-même lorsque Lydia criait. En pensant à Lydia, Jocelyn sent une amère bouffée de rage lui monter à la gorge. Serrant les poings, il s'agrippe au volant et reprend la route en chantant à tue-tête : *Presque rien… presque rien ne me retient !*

Chapitre 15

Zigzaguant entre les éviers à installer et les fauteuils à déballer, Iris Robin note les dernières retouches à faire pour compléter l'aménagement du salon *Au Plaisir des Belles Dames*, dont le nom se détache en lettres blanches sur la bordure de toile bourgogne qui ombrage la vitrine abondamment ensoleillée en ce début d'après-midi. Doux rappel des kermesses d'autrefois, les miroirs qui l'entourent réfléchissent à l'infini une femme séduisante, encore belle, mais seule, désespérément seule, redoutant le retour imminent d'un mari rigoureux constamment déchiré entre son cœur et ses principes.

L'Homme viendra. Iris le sait. Sa mère l'a rencontré par hasard, l'autre jour, à l'aéroport. Et voilà que, ce matin, Maëlle…

—Tu dis que ton père s'est présenté à ton appartement hier soir ?
—Oui, il est arrivé comme ça, à l'improviste !

Assise sur le plancher de la vitrine, Maëlle fouille dans son sac à dos à la recherche d'une pomme…

—Je l'ai à peine reconnu, maman. Il a maigri, beaucoup maigri, et il porte la barbe comme son père la portait sur la photo, tu te rappelles ?

—Elle te faisait peur, cette photo.

—Papa aussi me faisait peur, hier soir, avec son air sévère et ses yeux sombres !

Maëlle mord à belles dents dans sa pomme.

—Aussitôt que j'ai compris la raison de sa visite, j'aurais voulu le jeter dehors. Je regrettais de lui avoir ouvert ma porte, de lui avoir tendu les bras.

—Qu'est-ce qu'il voulait ?

—Me ramener dans le droit chemin !

—Quoi ?

—Il venait expressément pour ça. D'entrée de jeu, il m'a demandé si j'étais mariée. J'ai hésité puis je lui ai répondu non. Il m'a dit qu'il allait s'en charger. Je lui ai dit de laisser faire. Il s'est fâché. Alors, pour le calmer, je me suis inventé un amoureux, en ajoutant que nous étions fiancés. Il m'a demandé de quelle religion il était. J'ai répondu qu'il n'en pratiquait aucune. Ma réponse l'a visiblement choqué mais, très vite, il s'est ressaisi et m'a tendu son livre… *Le livre* ! En ajoutant que mon futur mari devrait l'apprendre par cœur et se convertir avant que nous puissions nous marier.

—Se convertir ? Vous marier ? Qu'est-ce que tu as fait ?

—Qu'est-ce que tu voulais que je fasse ? J'ai pris le livre, sans discuter, en lui promettant d'en parler à *mon fiancé*. Chaque fois qu'il en était question, j'appuyais sur le mot

« fiancé ». J'avais peur qu'il se mette en tête de m'imposer un mari.

—Et ç'a marché ?

—Je ne sais pas. Je m'en sortais quand même assez bien, jusqu'à ce qu'il me demande la date du mariage. Prise de court, je me suis mise à bafouiller. Je lui ai dit que mon *fiancé* et moi commencions à peine à y penser. Mais il insistait, se faisait de plus en plus pressant. Il lui fallait une date, là, tout de suite. Il me parlait de faute, de déshonneur, de paradis perdu...

Maëlle saute de son perchoir et se jette dans les bras d'Iris avec un éclair de frayeur dans les yeux.

—Maman, j'ai peur !

—Ne crains rien, ma chérie.

—Il a dit qu'il allait revenir !

—Il a dit ça mais...

—Mais moi, je ne veux pas qu'il revienne !

Maëlle s'accroche au cou d'Iris en sanglotant comme une enfant désespérée. Sa peine se gonfle, le ruisselet devient torrent. Maëlle chavire. Maëlle se noie. Iris en perd tous ses moyens. Par respect pour le chagrin de sa fille, elle décide de ne rien bousculer et de laisser passer l'orage.

—Pourquoi n'irais-tu pas chez ta grand-mère en attendant que les choses se tassent ? Paulette serait ravie de te recevoir, j'en suis sûre.

Maëlle se choque en entendant Iris lui proposer un *petit séjour chez grand-maman*, comme elle le faisait autrefois quand elle se retrouvait en panne de gardienne.

—Je ne suis plus une enfant, maman !

—Tu es majeure, je sais, je disais ça pour gagner du temps.

Gagner du temps… Maëlle consulte sa montre.

—Oh non ! Merde !
—Qu'est-ce qui se passe ?
—J'ai un cours dans une demi-heure et…
—Et ta grand-mère ?
—Non, merci, oublie ça ! Si j'ai besoin d'elle, je l'appellerai moi-même.
—Oui mais…
—Excuse-moi, maman, je suis déjà en retard !

Maëlle empoigne son sac à dos puis revient sur ses pas.

—Et si jamais papa vient te voir ?
—Ne t'inquiète pas, j'essaierai d'arranger les choses.

Iris embrasse Maëlle et la regarde s'éloigner avec la peur au ventre. Elle a promis d'essayer d'arranger les choses. Mais comment peut-on espérer arranger les choses, quand l'adversaire se croit investi d'un pouvoir de vie ou de mort sur la femme insoumise qui lui résiste ?

L'Homme, Iris l'a rencontré chez des amis, à Paris, à l'occasion d'une manifestation féministe. Elle était jeune, belle et profitait de son premier voyage sans sa mère, alors qu'il poursuivait des études en politique internationale. Ses cheveux noirs, sa peau basanée et ses yeux sombres, rougis par le vent et le sable, trahissaient ses origines. Il se proclamait « citoyen du monde », militait pour la paix et prônait la justice, la liberté et l'amour. Séduite, Iris Robin embarquait dans son rêve. Elle buvait ses paroles et le suivait partout comme une disciple soumise à son gourou. Cet homme étrange la fascinait. Il l'intriguait. Elle l'aimait. Elle l'aimait comme on aime à vingt ans, sans se soucier des conséquences.

Fille unique, élevée librement par une mère tolérante, Iris Robin n'avait jamais connu aucun interdit, aucun tabou. Aussi concevait-elle l'amour avec cette ouverture d'esprit qui invite à mettre ses propres valeurs en veilleuse pour mieux accueillir les principes de l'autre, les coutumes de l'autre... la religion de l'autre.

Ils se sont épousés dans une mosquée. Iris trouvait l'idée délicieusement romantique. Tentée par l'exotisme, elle a bientôt suivi son mari jusque dans son pays. C'est là que son bonheur a chaviré. À peine arrivée dans un monde qui lui était hostile, elle s'est retrouvée voilée, cloîtrée, isolée parmi les autres femmes, sans aucun espoir de retrouver un semblant de liberté. Négligée par son jeune mari qui, par culture, préférait la présence des hommes, Iris a tout enduré en silence, jusqu'à la naissance de leur fille, puis s'est enfuie en catastrophe quand sa belle-mère a insisté pour que Maëlle soit excisée.

C'est en repensant à cette course folle qu'Iris trouve le courage de téléphoner à Paulette, celle qui n'a jamais su dire non quand sa fille avait besoin d'être consolée.

Chapitre 16

L'appartement d'Arlette Verdier évoque la tristesse d'un jour de pluie. Les pièces trop étroites, trop hautes, s'ouvrent sur un corridor mal éclairé alourdi de boiseries aussi sombres qu'imposantes. Ce couloir interminable mène, par des détours, à la cuisine où deux fenêtres à guillotine donnent sur le mur lézardé qui délimite la cour intérieure des voisins. Un plafonnier démodé diffuse une lumière blafarde sur la table de chêne à moitié recouverte d'une nappe de batik aux couleurs délavées. Au fond, la cafetière, le grille-pain et quelques plantes à l'agonie, empotées dans des pots de grès ébréchés, se disputent le seul bout de comptoir disponible entre la cuisinière et la sortie de secours.

— Voyons donc ! Qui c'est, ça ?

Dérangée par le tintement du carillon, Arlette délaisse son journal et se dirige vers la porte d'entrée en boutonnant le gilet de laine trop grand qui lui tient lieu de robe de chambre.

—Maman ?

—Est-ce que je peux entrer ?

—Puisque tu es là !

—Je suis fourbue ! J'ai couru tous les antiquaires ces derniers jours. Je voulais vendre cette petite lampe de bronze, tu sais, celle de la femme nue au repos, que j'avais dénichée à New York ? Mais on m'en offre presque rien sous prétexte que l'art déco n'a plus la cote ! Plus la cote… Non mais tu te rends compte ? Un objet de cette valeur !

Les deux femmes se dirigent vers la cuisine. Les mains pendantes, les épaules basses, Arlette précède Lydia, qui constate que sa fille n'a jamais perdu la mauvaise habitude de se traîner les pieds.

—Tes vieilles pantoufles sont dégoûtantes ! Tu devrais porter des mules ! Les mules sont plus solides, plus élégantes. Je t'en achèterai, si tu veux !

—Surtout pas !

Cette visite impromptue indispose Arlette, qui aurait préféré que Lydia téléphone avant de venir, pour lui permettre de ranger un peu. C'est qu'elle la connaît bien, sa mère ! Avec son œil bionique et ses réflexions lapidaires, elle sait qu'elle va remarquer la moindre chose qui cloche : les chaudrons qui encombrent la cuisinière, la vaisselle sale empilée dans l'évier, le journal du matin éparpillé sur le plancher. Arlette se penche pour ramasser les pages qui traînent, tout en retenant le col de sa veste qui s'évase en bâillant à la hauteur des seins.

—Assieds-toi… et excuse le désordre, je n'ai pas eu le temps de ranger.

—Ça se voit !

Lydia glisse son sac à emplettes sous sa chaise, puis s'assoit, toute droite, en repoussant du coude le tablier froissé accroché au dossier.

—Veux-tu du café ?

—S'il te reste une tasse propre.

Arlette rince la cafetière en se mordant les lèvres. Elle n'avait aucune envie de recevoir sa mère ce matin. Ni sa mère ni personne. Elle se sent souillée, humiliée, trop brisée pour endurer la présence de quiconque la méprise ou la juge en prétendant l'aimer.

—As-tu eu des nouvelles de ton père ? Arlette ? Arlette, je te parle ! Arlette Verdier, m'écoutes-tu ? Dis donc, toi, as-tu quelque chose qui ne va pas ?

Arlette voudrait crier qu'elle a la vulve en feu et le cœur en compote. Mais comment pourrait-elle avouer à sa mère que, cette nuit, son mari l'a prise à froid, violemment, sans la moindre caresse. Excité, plus que de coutume, il recherchait sa jouissance avec rage, lui retenait la tête, la tirait par les cheveux et s'acharnait sur elle en la traitant de *lesbienne*.

—Excuse-moi, maman. Tu disais ?

—Je te parlais de ton père... Il paraît qu'il est en vacances !

—En vacances ? Qui t'a dit ça ?

—Sa secrétaire.

—Tu as parlé à sa secrétaire ?

—Oh ! brièvement, l'autre jour. Comme ton père ne me donnait pas de nouvelles, j'ai osé téléphoner à la morgue. En changeant ma voix évidemment... Et figure-toi que cette pimbêche m'a répondu que le docteur Verdier était en vacances! En vacances, lui? Allons donc, ton père n'a jamais pris de vacances! Enfin, jamais sans moi! Je me demande même s'il sait utiliser un passeport? Pour ce qui est de faire une valise… alors là, n'en parlons pas! C'est toujours moi qui…

—Qui faisait tout, oui, je sais.

—Tu es cynique!

—Ça m'arrive parfois.

Arlette verse le café brûlant dans de grosses tasses qu'elle a peintes elle-même, quand la poterie était à la mode.

—Veux-tu du sucre?

—Non, merci, juste une larme de lait.

—Tiens, sers-toi!

Arlette dépose le litre de lait directement sur la table, puis s'assoit en face de Lydia, en tenant sa tasse à deux mains.

—Il a téléphoné quelques fois…

—Qui ça?

—Ton père! Enfin, je crois que c'était lui… Mais je ne répondais pas.

—Pourquoi?

—Après ce qu'il m'a fait, tu oses me demander pourquoi?

—Tu saurais au moins où il est!

—Sans doute avec une *poupoune*, au bord de la mer!

Lydia pousse un long soupir, en étirant la peau de ses joues vers ses tempes, tout doucement, du bout des doigts, comme le font ces femmes vieillissantes, persuadées qu'une ou deux ridules de moins les rendrait plus attirantes.

—Enfin, j'imagine qu'il va revenir un jour ou l'autre, ne serait-ce que pour récupérer ses affaires. Mais je lui réserve une petite surprise…

—Qu'est-ce que tu veux dire ?

—J'ai fait changer toutes les serrures !

—Changer les serrures ? Pourquoi ?

—Je ne vais pas passer ma vie à la merci d'un maniaque qui peut surgir n'importe quand !

—C'est papa que tu traites de maniaque ?

—Parfaitement !

—Maman, tu ne trouves pas que tu exagères un peu ?

—Quand un homme fait ce qu'il m'a fait, c'est qu'il a perdu la tête !

—Tu ne sais pas ce que c'est, un homme qui perd la tête !

Au même moment, Félix Miller monte du sous-sol en affichant l'air exténué de celui qui a bûché toute la nuit sur un dossier d'une extrême urgence.

—Ah ! Belle-maman ! Quelle bonne surprise !

—Je ne vous ai pas réveillé, toujours ?

—Non, non, rassurez-vous. Je travaillais sur un projet… dont je veux vous parler d'ailleurs !

—Vous travaillez trop, mon cher Félix, l'ordinateur, c'est mauvais pour les yeux, surtout la nuit !

Arlette se lève et va vers la fenêtre en essayant d'apaiser sa colère. Pourvu que Lydia ne découvre jamais tous les *kleenex* souillés que son gendre adoré jette à la poubelle aux petites heures du matin…

—Ma chère Lydia…

Félix se penche pour lui parler comme en secret.

—Concernant notre petite affaire, nous avons gagné cinq cents dollars, hier soir !
—Cinq cents…
—Chut !
—Mais c'est formidable !
—Je vous rends votre argent tout de suite ou…
—Non, non, je vous en prie, rejouez tout !
—Vous êtes sûre ? Vous ne trouvez pas que c'est trop risqué ?
—J'adore le risque !
—Bon, puisque vous insistez.
—J'insiste !
—À ce propos, j'ai peut-être un plan…
—Un plan ?
—De toute façon, je passerai vous voir.
—Téléphonez quand même avant, c'est important, sinon je n'ouvre plus ma porte.

Calmée, Arlette se rapproche.

—Qu'est-ce que vous mijotez tous les deux ?
—Nous ? Rien ! Je disais simplement à ton mari que…
—Que ?
—Que j'avais décidé de te faire une surprise !

Arlette craint les surprises, surtout quand elles viennent de sa mère. Lydia lui tend le sac qu'elle avait glissé sous sa chaise.

—Tiens, c'est pour toi.
—Qu'est-ce que c'est ?
—Une robe !

— Une robe ? Tu m'as acheté une robe ?

— Tu es tellement mal fagotée, ma pauvre vieille !

Arlette la regarde, sidérée. Lydia insiste.

— Allez, ouvre-le, qu'est-ce que tu attends ?

— Si tu ne l'ouvres pas, je vais le faire moi-même !

— Arrête, Félix, c'est *mon* cadeau !

Incapable de tenir tête à son mari, Arlette résiste un peu, puis lâche prise. Fier de sa victoire, Félix s'empare du sac et retire un à un les papiers de soie qui le décoraient, avec la volupté d'un vieux pervers affriolé par les dessous d'une effeuilleuse.

— Ah ! regarde, ma chérie, elle est ma-gni-fi-que !

Magnifique ? Magnifique, cette robe de lin froissé, d'un beige terne, ornée de boutons bruns à faire vomir ? Quoi qu'en pense son mari, Arlette sait déjà qu'elle ne la portera jamais. Elle fait la moue. Félix insiste.

— Quelle élégance !

— Je l'ai dénichée rue Laurier !

— J'en étais sûr !

— Elle était en solde, à moitié prix : huit cents dollars !

Lydia se lève, reprend la robe des mains de Félix et vient la poser fièrement sur les épaules d'Arlette, comme le faisaient les fillettes d'autrefois quand elles habillaient leurs poupées de carton.

— C'est parfait ! Elle t'ira comme un gant ! Je l'ai choisie un peu plus longue pour dissimuler tes jambes…

— Mes jambes ? Mais qu'est-ce qu'elles ont, mes jambes ?

— Avoue qu'elles sont un peu croches… Vous ne trouvez pas, Félix ?

— Un peu croches, oui, c'est vrai.

— Ce n'est pas ta faute, c'est génétique ! Tu tiens peut-être ça de ta *vraie* mère ? Peut-être que c'est *elle* qui avait les jambes croches ?

Arlette voudrait exprimer sa rancœur et foutre sa *fausse* mère à la porte en lui lançant sa *maudite robe laide* par la tête. Mais elle se contrôle en pensant que Lydia vit présentement des moments difficiles. Le tic tac de l'horloge rend le silence encore plus monotone.

— Renaud n'est pas à la maison ?

— Voyons donc, belle-maman, vous savez bien qu'à cette heure-ci, tous les grands écrivains dorment encore.

— Félix, je t'en prie.

— Sa mère prétend qu'il a du talent, alors il en profite !

Quand Félix parle de leur fils sur ce ton méprisant, Arlette se transforme en tigresse.

— Tu n'as pas le droit de traiter Renaud comme tu le fais !

— Ah bon ! Et je le traite comment ?

— Tu le ridiculises.

— Toujours les grands mots !

— Renaud travaille très fort. Il vient même de s'inscrire à un concours !

— Non mais, vous entendez ça, Lydia ? Tandis que le monde s'écroule, notre génie littéraire s'inscrit à un concours. Pauvre con !

— Vous avez raison d'être inquiet, Félix. Les jeunes d'aujourd'hui n'ont aucune idée de ce que la vie leur réserve.

Avec tous ces conflits, ces guerres, ces cataclysmes, il nous faudrait non pas des écrivains, mais des soldats!

—Le gouvernement devrait leur imposer le service militaire, ça leur mettrait un peu de plomb dans la tête!

—Félix, tais-toi! J'ai peur!

—Rassure-toi, ma chérie, on n'enrôle pas les lâches!

Habilement lancée, la réplique darde Arlette en plein cœur. Satisfait de sa victoire, Félix vient se rasseoir près de Lydia en affichant un air désinvolte.

—Et maintenant, ma chère...

Encouragé par le sourire de sa belle-mère, Félix observe une courte pause pour signifier qu'ils apprécieraient un peu d'intimité. Complètement indifférente aux combines qui se trament autour d'elle, Arlette se retire dans la salle de bains en se traînant les pieds.

—Si nous parlions un peu de nous.

—Vous ne préférez pas venir chez moi?

—J'ai trop hâte!

—Arlette pourrait nous entendre...

—Aucun risque, aussitôt qu'elle est sous la douche, elle soliloque et perd complètement la notion du temps.

—Dans ce cas, allez-y, je vous écoute.

Félix sort son stylo et commence à griffonner sur le coin du journal.

—La nuit dernière, il m'est venu une idée fantastique! Si ça vous plaît de jouer un peu, vous pourriez me signer une procuration qui me permettrait de retirer de l'argent directement de votre compte-affaires sous prétexte d'honorer certaines factures...

—Quelles factures ?

—De fausses factures, bien entendu, concernant les rénovations effectuées au local que nous avons loué à madame Robin…

—Mais c'est elle qui doit payer pour ces travaux, non ?

—Bien sûr ! Mais comme je connais personnellement les ouvriers, je pourrais m'arranger pour obtenir de fausses copies de toutes les factures, émises à votre nom.

—Sans que je n'aie rien à payer pour les travaux ?

—Absolument rien ! Je retirerais simplement du compte-affaires les sommes correspondant à ces fausses factures, et je les jouerais pour vous, sans que personne ne s'en aperçoive.

—Et si je perds ?

—Si jamais vous perdez, personne ne le saura. Par contre, si vous gagnez, tous les profits seront pour vous… exempts d'impôts !

—Mais c'est génial !

—Je facturerai évidemment mes honoraires au tarif habituel, pour éviter d'éveiller les soupçons.

—C'est normal.

—Donc, vous êtes d'accord ?

—Absolument !

Et voilà, le tour est joué. Félix vient de berner Lydia avec un art qu'elle ne pourra jamais apprécier à sa juste valeur. Fort de cette bénédiction, il pourra désormais puiser allégrement dans le compte-affaires pour honorer les *vraies* factures et terminer la rénovation du local, tel que promis à Iris Robin, tout en laissant croire à Lydia qu'il a joué cet argent-là au casino.

Habilement, Félix lui annoncera, soir après soir, qu'elle a gagné, et l'incitera à réinvestir ses *faux gains* jusqu'à ce que les travaux soient complétés. Ainsi, Lydia paiera toutes les factures à son insu, en ayant l'impression de s'amuser.

Ensuite ? Ensuite Félix n'aura qu'à continuer de faire semblant, mais à l'inverse, en remplaçant les *faux gains* par de *fausses pertes*... jusqu'à ce que Lydia comprenne que la chance l'a quittée.

— Préparez vite cette procuration, mon cher...

Lydia s'emballe et se réjouit de cette entente sans se douter que Félix élabore déjà le scénario machiavélique par lequel il la suppliera éventuellement de renoncer au jeu. Il aura fort à faire, car sa victime a déjà la piqûre.

— ... et jouez mille dollars de plus pour moi, ce soir !
— Mille dollars ? C'est beaucoup trop !
— Non, non. Quelque chose me dit que c'est mon jour de chance !

Chapitre 17

—Avez-vous fait bon voyage, Docteur Verdier ?

—Excellent, je vous remercie !

Comme il faut bien que la vie reprenne son cours, le docteur Jocelyn Verdier se présente à la morgue ce matin, après deux semaines d'absence, en affichant l'air reposé de celui qui a bien dormi, bien mangé et passé de longues heures à contempler la mer.

Tout est vrai, sauf la mer. Le repos, la bonne bouffe, Jocelyn les a trouvés dans un vieux monastère, loin des tracas et du brouhaha de la ville. Seul dans sa cellule, il a longuement médité sur le sens de sa vie et sur cette soif de liberté qui le déstabilise subitement après tant d'années de soumission tranquille.

Jocelyn regarde autour de lui et pousse un long soupir, un soupir détaché, un soupir presque zen. Il s'est absenté, a connu de merveilleux moments d'éternité et, pendant ce temps, rien n'a changé. Toujours la même odeur. Toujours la même horloge. Et toujours la même secrétaire, rivée à son ordinateur, le dos voûté, le regard fixe, les doigts crispés sur le clavier, immobile et intemporelle, comme les statues de cire du Musée Grévin.

—Votre courrier est sur le bureau…
—Merci !
—Au fait, avez-vous appris la nouvelle ?
—Quelle nouvelle ?
—L'assassin de la petite…

Jocelyn attend, son cœur se serre.

—Un jeune adolescent schizophrène de quinze ans, qui l'aimait comme un fou et voulait la garder pour lui !
—Oh ! mon Dieu !
—On l'a retrouvé, une nuit, errant sur les lieux du crime. Ses vêtements étaient tachés de sang… et il portait la petite culotte de sa victime sur sa tête… comme un chapeau…
—Excusez-moi !

Jocelyn doit s'éloigner, cette histoire sordide lui donne la nausée. Trop, c'est trop. Trop de souffrances, trop de violence, trop de meurtres ! Les cadavres arrivent à la morgue éventrés, dépecés, mutilés et défigurés à un point tel que, pour arriver à pratiquer l'autopsie, le pathologiste doit s'efforcer d'oublier qu'ils ont déjà été des êtres humains.

Pressé d'en finir, le docteur Verdier s'enferme dans son bureau, ouvre le dossier de la fillette et signe d'une main ferme les derniers rapports qui vont le compléter. Profondément touché, Jocelyn se sent soulagé de n'avoir plus à craindre une convocation de la Cour qui l'obligerait à étaler publiquement les détails scabreux de cette autopsie.

Un exercice incisif et stérile où les *sentiments* de l'expert n'ont aucun poids dans la balance.

La secrétaire frappe délicatement, entrouvre la porte et surprend son patron à pleurer en silence, la tête appuyée dans ses mains.

—Ça va, Docteur Verdier ?

—Oui, oui, ça va !

—Vous avez l'air triste, êtes-vous sûr que ça va ?

—Excusez-moi, je pensais à la petite... et au jeune homme.

—Oh ! lui !

—Au fond, c'est un pauvre garçon dont on aurait dû s'occuper bien avant.

—Je vous trouve trop indulgent, Docteur Verdier !

—Je ne suis pas indulgent, je suis en colère ! En colère contre un système englué, sclérosé, impuissant à agir quand il est temps, et prompt à juger quand le mal est fait !

—Une chance que vous revenez de vacances !

—Vous avez raison, je dois rester zen... Vous vouliez me voir ?

—Oui. J'ai compilé tous vos messages.

—Merci beaucoup.

Toujours aussi méticuleuse, la secrétaire lui tend une pile de feuillets jaunes soigneusement classés selon la date et l'heure.

— Votre femme a téléphoné régulièrement, une ou deux fois par jour, en prenant soin de changer sa voix pour éviter que je la reconnaisse, mais son nom et son numéro étaient inscrits sur l'afficheur. Elle inventait des personnages, insistait pour vous joindre ou pour savoir exactement où vous étiez. J'avais beau lui répéter que je n'en savais rien, elle ne me croyait pas et revenait à la charge.

Jocelyn hausse les épaules sans faire de commentaire. Pauvre Lydia! Elle, si parfaite, si rigide, se retrouver ainsi, fragile et impuissante, confrontée à une situation qu'elle ne contrôle pas, à une séparation qu'elle n'accepte pas. Fatigué de jouer les cabots, son toutou vieillissant n'avait plus envie de faire le beau pour satisfaire les caprices d'une maîtresse exigeante: «Encore un saut et je te donne un biscuit! Encore une pirouette et je te prends dans mes bras! Mais attention, surtout n'en abuse pas, les caresses me fatiguent et risquent de me décoiffer! »

En composant le numéro, Jocelyn se demande déjà comment il devra s'y prendre pour interrompre poliment une conversation qui risque de s'embourber dans des reproches interminables.

— Bonjour Lydia.
— Enfin, ce n'est pas trop tôt! Où étais-tu?
— Aucune importance, j'avais besoin de me reposer, de réfléchir…
— Et maintenant, je suppose que tu veux revenir?
— Non. Si c'est ce que tu crois, tu te trompes.
— C'est toi qui me trompes!
— Ah bon?
— N'essaie pas de mentir, je sais où tu étais… Et avec qui!
— Vraiment?
— La *jeune poulette*, le bord de mer… Je suis au courant de tout!
— Dis donc, les nouvelles vont vite!

—Plus vite que tu ne le crois! Tu as besoin de chair fraîche, soit, mais ne va pas t'imaginer que tu vas entretenir ta blonde avec l'argent de mon père!

—Qui t'a dit qu'elle était blonde?

—J'ai mes sources!

—Je vois!

—Elle est jeune, jolie, tandis que moi...

—Que toi?

—Je viens d'avoir...

—Oh non, Lydia, ne joue pas ce petit jeu-là avec moi!

—Quel jeu?

—Le jeu de la beauté vieillissante. Consulte ton miroir et demande-lui: *Qui est la plus belle?* Il te répondra: *Toi!* bien sûr, comme il le fait chaque fois que tu l'interroges.

—Tu es méchant!

— À force de n'admirer que toi, tu as fini par ignorer les autres, et tu t'étonnes ensuite qu'il n'y ait plus personne pour t'encenser, pour t'applaudir.

Blessée, Lydia s'accorde une pause, puis retrouve son mordant.

—Et toi? Sais-tu au moins quel âge tu as, vieux cochon?

—Lydia, je t'en prie, restons civilisés.

—Il paraît que...

—Tenons-nous-en aux faits, veux-tu?

—Très bien, tu l'auras voulu! J'ai consulté mon avocat.

—C'est ton droit.

—Tu apprendras à tes dépens qu'on ne répudie pas Lydia Roussel impunément!

Jocelyn constate que la *femme du docteur Verdier* a vite repris son nom de jeune fille. Lydia Roussel refait surface. Il l'imagine dans son boudoir, le coude appuyé sur la table, tenant le récepteur du bout des doigts pour protéger sa manucure. La rage au cœur, les dents serrées, la guerrière fourbit ses armes.

— J'ai préparé toutes tes affaires !
— Quelles affaires ?
— Tes vêtements, tes bibelots, tes livres… Enfin, toutes les *traîneries* qui t'appartiennent ! Tu garderas ce que tu veux et tu donneras le reste aux pauvres.
— D'accord, je passerai…
— Ce soir ! Je veux que tu viennes ce soir, sans faute ! Inutile de sonner, tous tes sacs sont sur la galerie.
— Mes sacs ?
— J'ai tout entassé dans des sacs verts, pour le transport, c'est plus facile.
— Comme c'est gentil !
— Mais peux-tu me dire où tu as fourré toutes tes cravates ? Je n'ai trouvé aucune cravate ! Aucune cravate… c'est aberrant !

« Un homme recouvre sa liberté en dénouant un nœud Windsor ! » Quel bonheur !

— Dis-moi, Lydia, mes sacs sont-ils loin des ordures ?
— Évidemment !
— Alors, sois gentille, rapproche-les !
— Quoi ?
— Rapproche-les… et jette tout !
— As-tu complètement perdu la tête ?
— J'ai envie d'un nouveau départ…

—Un nouveau départ! Monsieur a envie d'un *nouveau départ*! Non mais, t'entends-tu? Pauvre fou, regarde-toi! Tu vieillis, toi aussi, mon bonhomme! Tes cheveux blanchissent, ton corps se fane... et ta *poulette* ne te fera pas toujours bander!

—Tais-toi, Lydia, tu deviens vulgaire!

—Je t'interdis de me parler sur ce ton!

—Tu n'as plus à m'interdire quoi que ce soit. C'est trop tard, je suis libre! Libre de t'écouter... ou de raccrocher... en te souhaitant une excellente journée.

Sans même lui donner le temps de répliquer, Jocelyn interrompt la conversation en laissant à Lydia le plaisir de faire sa sainte colère toute seule. Autrefois, il l'aurait rappelée immédiatement pour s'excuser. Mais aujourd'hui, il n'en fera rien. Il ira jusqu'au bout, prêt à subir les conséquences de ses actes.

La secrétaire lui apporte un café.

—J'ai pensé que vous en auriez besoin.

—Merci, c'est gentil! Oh oui! J'oubliais. Je me suis offert un nouveau cellulaire, plus léger, plus moderne, et j'en ai profité pour changer mon numéro.

Jocelyn l'inscrit à l'endos d'une carte d'affaires.

—Gardez-le précieusement, il est confidentiel...

—J'en prends note.

—J'apprécierais que vous ne le donniez à personne... surtout pas à Lydia!

—Docteur Verdier, pour qui me prenez-vous?

Faussement vexée, la secrétaire fait les gros yeux pour amuser Jocelyn qui retrouve spontanément cet air taquin qu'elle ne lui connaissait plus.

Chapitre 18

—Il y a quelqu'un ?

L'Homme entre discrètement dans le salon de coiffure, fait quelques pas, puis s'arrête, attendant poliment une invitation ou un signe, si petit soit-il, qui l'autoriserait à s'approcher.

Sidérée, Iris Robin reste muette devant cette apparition si longtemps souhaitée et subitement redoutée.

—Je te dérange ?
—Pas du tout, je t'attendais… depuis deux ans !
—Tu n'as pas l'air heureuse de me voir ?
—Pourquoi serais-je heureuse ?
—Je ne sais pas, je croyais…
—Que tu me retrouverais heureuse, amoureuse, disponible ?
—Non, mais…
—D'abord, mettons les choses au clair : tu partais, tu revenais, j'en avais l'habitude. Mais, cette fois-ci, c'est

différent: une absence de deux ans, sans la moindre nouvelle…

— Je voyage beaucoup.

— Ma mère aussi, heureusement.

— L'autre jour, à l'aéroport…

— Tu l'as rencontrée. Oui, je sais.

— Elle te l'a dit?

— Grâce à elle, j'ai appris que tu étais vivant!

— Plusieurs fois j'ai voulu t'écrire, mais…

— Pourquoi ne l'as-tu pas fait?

— Je ne sais pas, je remettais toujours…

— Sans penser que je t'espérais?

— Aujourd'hui je suis là, *Irisa*!

Iris flanche en entendant l'Homme l'appeler Irisa comme
au temps de leurs amours tumultueuses. Troublée, elle se
rapproche un peu. L'Homme en fait autant. Ils sont seuls,
tous les deux, face à face, mais, par le jeu des miroirs, ils sont
mille. Mille vieux amants qui hésitent à se déchirer après
s'être tant aimés.

— Il faut absolument que je te parle.

— Pas ici. Viens, suis-moi.

Iris verrouille la porte avant d'entraîner l'Homme vers la
salle de repos.

— Excuse le désordre, le salon n'est pas encore ouvert!

L'Homme s'assoit en croisant les bras pour mieux se
protéger du monde. Il doit fuir le regard des femmes. Iris le
sait. Provocante, elle en profite pour le dévisager jusqu'à ce
qu'il baisse les yeux. Il a vieilli, il a maigri, c'est vrai, mais
elle le trouve toujours aussi beau. Ses cheveux et sa barbe

sont maintenant parsemés de fils blancs et les quelques rides qui sillonnent ses pommettes le rendent encore plus séduisant. Si elle osait, Iris irait se blottir tendrement entre les bras de l'Homme, *son homme*, pour retrouver sa chaleur, son parfum…

—Ta mère t'a dit pour l'autre femme ?

Iris oublie l'odeur de l'Homme.

—Quelle autre femme ?
—J'ai pris une deuxième épouse…
—Quoi ?
—J'ai épousé ma cousine, la plus jeune, celle que tu trouvais jolie !
— Elle ? Mais ce n'est qu'une gamine !

Quand Paulette a parlé d'une jeune fille voilée qui marchait derrière l'Homme comme une ombre, savait-elle que c'était sa femme ?

—Et tu as osé la présenter à ma mère ?
—Non, mais je pensais qu'elle aurait deviné…
—Deviné quoi ? Que son gendre est bigame ?
—Ma religion me le permet !
—Ta religion, je m'en *crisse* !

Iris essaie de rester calme, mais une écume épaisse remplit sa bouche et l'empêche d'avaler. Elle se précipite vers l'évier, se verse un grand verre d'eau et le boit très lentement, en comptant jusqu'à dix, pour dompter sa colère.

—Et ça dure depuis combien de temps, cette petite valse à trois ?
—Quatre ans.

—Quatre ans ?

—Nous avons deux enfants… bientôt trois… et ma femme…

—C'est *moi*, ta femme !

—Justement, c'est de ça dont je voulais te parler.

—Attends, laisse-moi deviner : tu veux divorcer, c'est ça ?

—J'ai apporté tous les documents.

—Tu me trompais, tu me mentais…

—Tu n'auras qu'à signer…

—Tu butinais de l'une à l'autre sans le moindre scrupule…

—Les endroits sont marqués.

—Quatre ans ! Quatre longues années à t'aimer, à t'attendre, à te retrouver, puis à t'attendre encore…

— Une simple signature…

—À te partager sans le savoir, jour après jour, nuit après nuit…

— Et nous serons divorcés.

Bouleversée, Iris s'accroche à son espoir : aussi longtemps qu'elle ne signe pas, l'Homme est bigame, mais reste *son mari*. Tandis qu'il parle de papiers, de visas, de divorce, Iris sent sourdre en elle un désir impulsif auquel elle ne peut résister. Sans l'interrompre, elle s'agenouille au pied de l'Homme, lui caresse les cuisses et descend tranquillement sa braguette…

—Qu'est-ce que tu fais ?

—Ce que tu aimais.

Iris le caresse d'abord tout doucement, en y mettant la forme et la manière, puis sa langue s'aventure dans des recoins plus subtils, des recoins qu'elle connaît par cœur, puisque c'est avec lui qu'elle a appris comment on baise un homme, avant même de savoir s'il saurait la faire jouir.

De temps en temps, Iris lève les yeux pour s'assurer que l'Homme sait encore apprécier la chose. Elle accélère le rythme... se retient... recommence... L'Homme va jouir. Elle le sent. Elle perçoit les grognements qui précèdent l'extase.

Quand elle taquine le gland, l'Homme grimace un peu, mais il en redemande en poussant des gloussements qui encouragent Iris à oser davantage. Elle mord un peu, beaucoup, passionnément... en laissant dans la chair l'empreinte de ses dents. Trop surpris pour crier, l'Homme se lève brusquement et se précipite vers la sortie de secours, sans même prendre le temps de remonter sa braguette.

Épuisée, étourdie, Iris respire profondément. Tout s'est passé comme dans un rêve, mais elle n'a pas rêvé : l'Homme était là, avec son corps, son souffle, son sexe qui gonflait dans sa bouche. En y repensant, Iris frissonne. Un fantasme indécent l'envahit : l'Homme revient, amoureux, repentant, et la prend par surprise. Leurs mains se joignent, leurs corps se cherchent puis se retrouvent, passionnément, éperdument... *comme avant l'autre* !

En évoquant le spectre de *l'autre*, Iris pense à Maëlle qui lui demandait d'intervenir auprès de son père pour essayer d'arranger les choses. Prise à son propre jeu, Iris se sent coupable. Comment pourra-t-elle avouer à sa fille que le retour de l'Homme l'a perturbée au point d'en perdre la tête ?

Encore sous le choc, Iris ramasse les documents aban-
donnés sur le comptoir. Elle s'apprête à les passer à la déchiqueteuse quand des coups frappés à la porte viennent
déranger ses plans.

—Iris? Iris, c'est moi! Viens m'ouvrir!
—Excuse-moi, je ne t'entendais pas.
—Où étais-tu?
—Dans l'arrière-boutique…

Iris roule puis déroule les papiers nerveusement en
s'essuyant les joues du revers de sa manche.

—Et peux-tu me dire ce que tu faisais?
—Euh… un peu de recyclage.
—Du recyclage?
—On peut dire ça, oui.

Iris renifle, se mouche, puis finalement éclate de rire.
Sans trop comprendre ce qu'il y a de drôle, Géraldine se met
à rire à son tour. Si bien que rapidement l'hilarité devient
incontrôlable. Iris lui tend finalement ses papiers.

—Tiens, lis ça.
—Qu'est-ce que c'est?
—Lis, tu vas voir!

Aussitôt qu'elle comprend qu'il s'agit d'une demande de
divorce, les yeux de Géraldine s'écarquillent.

—Il veut divorcer?
—Exactement!
—Mais comment as-tu eu ces papiers?
—Ils m'ont été livrés par l'Homme… en personne!
—Ne me dis pas qu'il est venu te voir?

—Ici, oui, pour me faire part de ses intentions.

—Pour quel motif?

—Une autre femme…

En entendant le mot « femme », Géraldine s'énerve, déjà prête à défendre sa copine.

—Une maîtresse! C'est classique! Je l'aurais parié!

—Non, ce n'est pas ce que tu crois. L'Homme ne m'a pas trompée, il m'a répudiée.

—Répudiée?

—Il a pris une deuxième épouse… et ils ont deux enfants… bientôt trois!

—Non mais, *bordel de merde*, dans quel monde vivons-nous?

—Je me sens abandonnée, dévastée, endeuillée jusqu'à l'os.

—Il faut réagir, ma belle!

—Quand tu es arrivée, je m'apprêtais à fourrer tout ça dans la déchiqueteuse.

—Prends donc le temps d'y penser.

Iris reprend les papiers des mains de Géraldine.

—D'accord, je vais signer… s'il s'engage à ne plus revoir Maëlle!

—Tu oublies un léger détail.

—Lequel?

—Maëlle est majeure, et libre de voir son père quand ça lui plaît.

Désarmée, Iris explore une autre avenue.

—Et si je refusais de divorcer?

—Pourquoi? Pour le punir? Pour le garder?

—Oh! Parlant de le garder… Tu ne sais pas ce que j'ai fait?

—Non, mais je sens que tu vas me le dire.

Comme elles le font souvent quand vient le temps des secrets, les deux femmes se rapprochent pour faciliter les confidences. Iris entre sans pudeur dans le vif du sujet, ponctuant son récit de détails qui ne permettent aucune équivoque. Géraldine n'en croit pas ses oreilles.

—Quoi? Tu veux dire que…

—Oui, ma vieille! La totale!

—Oh! mon Dieu!

Passant subitement du rire aux larmes, Iris blottit sa tête au creux de l'épaule de Géraldine, qui la console en lui caressant tout doucement les cheveux, dans un geste d'une intimité profonde que seules deux amies très proches peuvent arriver à partager.

—La porte arrière était ouverte, vous le saviez?

Pourquoi fallait-il qu'à ce moment précis Félix Miller vienne se pointer?

—Je l'ai refermée, mais à l'avenir, soyez prudente!

Félix entre dans la salle de repos avant même d'y être invité et se laisse choir lourdement dans le fauteuil de cuir encore empreint de l'odeur de l'Homme.

Indisposée par son impertinence, Iris le reçoit sèchement.

—Que puis-je faire pour vous, monsieur Miller?

—J'ai à vous parler.

—Je vous écoute.

—C'est que…

Félix Miller espérait visiblement se retrouver seul avec Iris. Du regard, il signifie à Géraldine que sa présence l'indispose.

—Ça va, j'ai compris, je m'éclipse !

Géraldine empoigne son sac à main, contourne le fauteuil et quitte la pièce en s'enfargeant exprès dans les jambes de Félix.

—Je vais t'attendre au *Petit Bedon* !

—Ce ne sera pas très long, ma chérie, j'arrive !

Pressée d'en finir, Iris prend l'offensive.

—Vous vouliez me parler, monsieur Miller ?

—Madame Robin, ça ne peut plus continuer…

—Quoi donc ?

—Vos travaux, vos caprices et vos extravagances !

—Vous payez les travaux, et je me charge de ce que vous appelez mes *caprices* et mes *extravagances*. C'était bien notre entente, non ?

—Peut-être, mais…

—Mais quoi ?

—Je m'attendais, disons, à un peu plus de collaboration, à un peu plus de reconnaissance.

—De la reconnaissance ?

—Oui, enfin, vous voyez ce que je veux dire…

—Pas du tout !

—Je ne vous demande pas de m'aimer, je vous demande simplement de…

Félix se lève, attrape Iris par la taille et la serre fermement contre lui en l'implorant d'un air piteux.

—Dites *oui*, Iris ! Dites-moi *oui*, je vous en prie !
—Arrêtez ! Lâchez-moi !

Excité, Félix s'enhardit et l'embrasse sur la bouche. Iris le repousse violemment dans le fauteuil.

—Qu'est-ce que vous voulez ? Une pipe ? C'est ça que vous voulez, une pipe ? Profitez-en, la chaise est encore chaude !

Elle attrape le fauteuil par le dossier et le fait pivoter comme une toupie.

—Je vais vous faire la passe du siècle !
—Arrêtez !
—Vous allez regretter vos manigances.
—Arrêtez, je suis étourdi !
—Pas encore assez à mon goût.

Tournant comme une louve autour de sa proie, Iris donne un dernier élan au fauteuil, puis l'arrête brusquement, juste pour le plaisir de voir blêmir Félix.

—Maintenant, partez ! Partez tout de suite !

Elle se dresse devant lui en le toisant d'un air autoritaire.

—Allez-vous-en ! Et que je ne vous revoie plus !
—Maudite gouine !

Furieux, Félix se lève, crache aux pieds d'Iris et file par la ruelle.

—Surtout, n'oubliez pas de…

Trop tard! La voix d'Iris se perd… et, pour la deuxième fois de la journée, un homme vient de prendre la fuite en oubliant de refermer la porte.

Pour ne pas éclater, Iris choisit d'en rire, mais son rire, sans écho, se prolonge dans un silence inquiétant qui ravive sa solitude. Troublée, elle se met à chanter à tue-tête. Jazzant sur l'air de *La dame en bleu*, elle verrouille soigneusement toutes les serrures, ramasse ses papiers, les range dans son sac, éteint les lumières et part retrouver Géraldine, qui l'attend depuis tout à l'heure à la *Terrasse du Petit Bedon*.

Chapitre 19

— Puis-je parler à monsieur Renaud Verdier-Miller, s'il vous plaît ?

— De la part de qui ?

— C'est personnel !

Félix dépose le récepteur sur la table et clame d'une voix pompeuse :

— Monsieur Renaud Verdier-Miller ! On demande monsieur Renaud Verdier-Miller au téléphone !

Renaud surgit, tout échevelé, le t-shirt de travers.

— Qu'est-ce qui se passe ? Pourquoi tu cries comme ça ?

— On vous demande au téléphone, *monsieur* !

— Qui est-ce ?

— Je ne sais pas, *monsieur*... c'est une femme.

— Une femme ? Quelle femme ?

— Je ne sais pas, *monsieur*, c'est « personnel ».

— Arrête donc de niaiser, p'pa.

— Dois-je dire à cette *dame* que *monsieur* l'écrivain dort encore ?

— Ça va faire, laisse tomber, je prends l'appel dans ma chambre !

— *Monsieur* est de mauvais poil, à ce que je vois.

Agacé par les taquineries condescendantes de Félix, Renaud retourne à sa chambre en maugréant. Il se jette à plat ventre sur le lit et décroche le récepteur en jouant les séducteurs, convaincu que sa mystérieuse interlocutrice n'est nulle autre que la copine qui lui donnait la réplique dans la pièce qu'il jouait à l'école la saison dernière.

— Allô, chérie !

Cette approche sensuelle lui vaut habituellement quelques commentaires qui flattent son ego et rassurent son père sur sa normalité.

— Monsieur Renaud Verdier-Miller ?

— Oh ! Pardon, madame ! C'est moi !

— France Choquette, des Éditions Jactance.

La surprise laisse Renaud pantois. France Choquette enchaîne.

— Ainsi, c'est vous qui signez VERMILLE ?

— C'est moi, oui.

— Mon cher Renaud… Vous permettez que je vous appelle Renaud ?

— Bien sûr.

— Je viens vous annoncer une grande nouvelle : vous avez gagné !

— J'ai gagné quoi ?

— Mais le prix littéraire, voyons! Vous avez gagné le Grand Prix littéraire des Éditions Jactance!

Complètement sonné, Renaud roule sur le dos et reste quelques instants sans parler.

— Mon cher Renaud, vous êtes là?

Renaud retient son souffle, puis se ressaisit en essayant d'avoir l'air parfaitement naturel.

— Je suis là, oui!
— Vous vous souvenez avoir participé à notre concours littéraire, n'est-ce pas?
— Oui, oui, bien sûr! Évidemment!
— Eh bien, c'est fait! Vous avez gagné. Félicitations!
— Merci!
— Maintenant, passons aux choses sérieuses. Monsieur Bonneau, votre nouvel éditeur, aimerait vous rencontrer à la maison d'édition après-demain, à dix-sept heures...
— Après-demain?
— Il y a un problème?
— Non, non, ça va, je vais m'arranger.

Au même moment, Félix frappe un grand coup dans la porte pour affirmer son autorité.

— Tu ne vas pas monopoliser le téléphone durant toute la journée?
— Non, non, papa, j'achève, là, j'ai fini!
— C'est à moi que vous parlez?
— Non, excusez-moi, madame. C'est mon père qui...
— En passant, pas un mot à personne de ce qui vous arrive.
— Pas même à mes parents?

—Surtout pas! Les bonnes nouvelles courent vite, et monsieur Bonneau, votre éditeur, est très pointilleux sur ce genre de détails. Comprenez-moi bien, si la nouvelle venait à s'ébruiter avant la remise du Grand Prix littéraire, nous serions contraints de choisir un autre candidat, c'est clair?

—C'est clair!

—Parfait! Alors à bientôt, mon cher Renaud!

—À bientôt, madame.

Renaud raccroche et mord son oreiller pour étouffer le cri de joie qui l'étrangle. C'est trop beau! Tout est trop beau! Il fouille dans son placard, choisit son chandail bleu, enfile son pantalon neuf, se coiffe, se recoiffe, s'admire une dernière fois dans le miroir, puis quitte sa chambre en se répétant intérieurement : je suis un écrivain!

Hélas! Félix l'oblige très vite à déchanter.

—Veux-tu bien me dire ce qui se passe?

—Rien.

—Tu as un petit air arrogant qui m'énerve.

—Je ne suis pas arrogant, papa, je suis heureux! Je n'ai pas le droit d'être heureux?

—Sans doute, mais j'aimerais bien savoir pourquoi.

—Désolé, je ne peux rien te dire.

—Qu'est-ce que c'est que cette façon de me répondre?

—Je ne te réponds pas, je…

Arlette décide d'intervenir, sans pour autant cesser de brasser une énorme soupe au chou, fadasse, qui manque de sel et ne goûte rien.

—S'il est heureux, Renaud n'a pas de comptes à nous rendre.

—C'est ça, maman poule, prends sa part !

—Félix, s'il te plaît…

—Ma foi, Arlette, on dirait que ta « petite tête » n'arrive pas à comprendre ce qui se passe !

—Ma petite tête comprend très bien, au contraire.

—Renaud nous joue dans le dos, il nous fait marcher, et toi, tu es trop nouille pour le voir !

—La *nouille* ne sait pas de quoi tu parles !

—Je te parle de ton petit chouchou de fils ! Il nous cache quelque chose.

—Chacun a droit à ses petits secrets.

—Non mais, tu as vu son sourire ? Un petit sourire satisfait, mystérieux, narquois, imbécile !

—Avec toi, tous les sourires sont équivoques !

Sentant que le sujet va devenir brûlant, Renaud quitte l'arène sur la pointe des pieds pour éviter que l'engueulade de ses parents ne vienne assombrir cette journée magnifique.

—Renaud ?… Renaud, où vas-tu ?… Renaud, dis-moi où tu vas !

Question inutile puisque la porte est déjà refermée. Furieux, Félix se rapproche d'Arlette.

—Non mais, tu vois comment il est ?

—Il est parti, puis après ?

—Ton fils se conduit comme un con, parce que tu l'élèves comme un con !

—Arrête de dire ça, ça me fait mal !

—La vérité fait toujours mal ! Renaud est un paresseux, un flan-mou, un écrivailleur qui ne dort pas de la nuit et passe ses journées à traîner chez son « petit copain » !

—C'est normal, ils travaillent ensemble.

—Ma pauvre Arlette, ce que tu peux être naïve!

—Naïve, peut-être, mais pas méchante!

—En tout cas, mon gars ne fera pas une *tapette*, ça, je te le garantis! S'il le faut, je vais l'emmener moi-même aux danseuses!

—Quel bel esprit de sacrifice!

—Je vais lui en montrer, moi, des *vraies femmes*, avec des *vrais seins*, des *vraies fesses*, puis un beau petit…

—Pauvre Félix, toujours le sexe au bord des lèvres!

—Faut bien que je nourrisse mes fantasmes, t'as pas ce qu'il faut pour m'exciter!

Félix pose sur Arlette un regard si méprisant, qu'elle éprouve le besoin de se protéger. Elle retire la soupe du feu et court s'enfermer dans sa chambre pour éviter d'être agressée.

Chapitre 20

Étrennant avec fierté un long tablier blanc sur lequel il est écrit *Terrasse du Petit Bedon* en lettres vertes cernées de rouge, Renaud se faufile d'une table à l'autre, prêt à satisfaire le moindre caprice des clients assoiffés qui se bousculent pour profiter d'une place à l'ombre sous ce soleil de plomb. Il fait chaud, mais le nouveau serveur est heureux. Son gros secret lui donne des ailes. Personne ne sait encore qu'il est un écrivain, personne même ne s'en doute.

— Un thé glacé ? Bien sûr, madame ! Votre addition ? Parfait, monsieur, j'arrive tout de suite !

De temps en temps, Renaud jette un coup d'œil vers le square, impatient de voir arriver son grand-père. Il l'aperçoit de loin et fait de grands signes, auxquels Jocelyn répond en pressant le pas.

— Renaud avec un tablier ? Quelle belle surprise !
— Monsieur Victor cherchait quelqu'un, tante Marianne lui a parlé de moi, et voilà ! J'ai été engagé pour tout l'été !

—Et l'écriture ?

—Justement, je voulais t'en parler !

Transportant un plateau rond sous son bras, tel un gladiateur au repos, Renaud invite Jocelyn à le suivre en parlant à voix basse.

—Je vais t'installer à la meilleure table, celle en retrait sous l'escalier.

Renaud essuie la table et déplace légèrement la chaise afin que Jocelyn puisse profiter du soleil sans être incommodé.

—Il y a beaucoup de monde !

—Aujourd'hui, toutes les boissons sont gratuites, c'est l'anniversaire du patron.

—Je vois.

—Je te sers une limonade ou un cocktail *à la Victor* ?

—Allons-y pour le spécial *à la Victor* !

—C'est un bon choix !

Renaud fait demi-tour puis s'éloigne en s'arrêtant à quelques reprises pour ramasser un pourboire ou saluer un nouveau client. Jocelyn l'observe à la dérobée. Soudain, son petit-fils lui paraît plus grand, plus élégant, plus délicat. Un rien dans la démarche et dans le geste suggère que… peut-être… Jocelyn ose à peine imaginer la tête que ferait son gendre si jamais son rejeton surgissait du placard.

—Allez, grand-papa, goûte-moi ça : pêche et mangue avec un soupçon de yaourt glacé ! C'est tellement bon que je me suis laissé tenter.

Renaud approche une chaise et vient s'asseoir à côté de Jocelyn.

—Je peux prendre une pause, Monsieur Victor va me remplacer.

—Mmm ! Tu as raison, ce cocktail est rafraîchissant...

—Et délicieux, oui !

—Mais qu'est-ce qui se passe, mon grand ? Je te sens nerveux.

—Je ne suis pas nerveux, je suis heureux.

—Heureux ?

—Oh oui ! J'ai une grande nouvelle à t'annoncer !

Renaud baisse le ton pour s'assurer que personne autour ne pourra l'entendre.

—J'ai gagné le prix littéraire !

Ça y est ! C'est sorti ! Bien sûr, il avait promis de garder le secret, mais le mystère entourant cette heureuse nouvelle le perturbait et devenait trop lourd à porter.

—Tu as gagné le prix que tu convoitais ?

—Oui !

—Mais c'est formidable !

—Chut ! Pas si fort ! Personne ne doit le savoir avant la remise officielle.

—On publiera ton roman ?

—Oui !

—Et les fautes ?

—S'il en reste, la réviseure les corrigera.

—C'est merveilleux ! Ta grand-mère le sait ?

— Personne, je te dis : ni mes parents ni mon meilleur ami. C'est un secret que je te confie parce que j'ai confiance en toi, parce que je sais que tu ne me trahiras pas.

S'il osait, Jocelyn attraperait son petit-fils sous son bras et lui éboufferait les cheveux comme il le faisait autrefois quand son équipe sortait victorieuse d'une partie de basket.

— Malheureusement, pour l'instant, je ne peux pas t'en dire plus.

— Quand tu seras prêt, tu m'appelleras. Tiens, voici mon nouveau numéro… Note-le bien, il est strictement confidentiel.

— Loges-tu toujours au même hôtel ?

— Non, j'habite temporairement chez un confrère parti en sabbatique, le temps de trouver un appartement.

— Tu devrais en parler à Monsieur Victor.

— Pourquoi ?

— Antonin doit aller vivre chez tante Marianne.

— Chez Marianne ?

— Tu ne le savais pas ?

— Non.

— S'il déménage, l'appartement du deuxième…

Toujours aux aguets, Victor Delcourt s'approche et pose sa grosse main autoritaire sur l'épaule de Renaud, qui sursaute.

— Dis donc, toi, veux-tu devenir écrivain ou entremetteur ?

— Excusez-moi, Monsieur Victor, je ne voulais pas…

— Allez, *fiston*, reprends ton service et laisse-nous discuter entre hommes.

Pince-sans-rire, Victor éloigne Renaud puis s'installe à sa place.

—Ce n'est pas un très grand appartement, mais...
—Pardon ?
—L'appartement d'Antonin, celui dont Renaud vous parlait.
—Ah oui !
—Il est bien éclairé, bien décoré, et très propre... Si jamais ça vous intéresse, je vous ferai un prix !
—J'aimerais d'abord le visiter.
—Aucun problème : vous le visitez, vous l'aimez, on signe un bail, et vous emménagez !

Avec Victor, tout va très vite : *un trou, une cheville* ! C'est sa formule, quand il veut arranger les choses. Jocelyn se sent bousculé. Il n'a jamais pris ce genre de décision tout seul, c'était toujours Lydia qui proposait et qui, finalement, décidait.

—Je pourrais venir vous voir demain ?
—Demain matin, sept heures, ça vous va ?
—Ça me va.
—J'aurai eu le temps d'enfourner mes brioches.
—Et si Antonin voulait rester ?
—Aucune chance.
—Vous en êtes sûr ?
—Absolument ! Marianne a décidé de prendre possession du deuxième duplex, d'ouvrir le mur mitoyen et de séparer son appartement de la garderie... C'est Antonin qui fait les plans !
—Vous voulez dire que Lydia a accepté de vendre ?

—En fait, elle ne le sait pas encore, mais quand votre fille veut quelque chose…

Renaud revient, Victor se lève.

—Voilà, je te rends ton grand-père. Et si jamais il loue l'appartement d'Antonin, je te paierai une commission.
—Méfiez-vous, je demande un bon pourcentage !
—Ne t'inquiète pas, je sais négocier.

De rieur, le regard de Victor devient soucieux.

—Ma femme n'a pas téléphoné ?
—Pas à ma connaissance. Voulez-vous que je demande à monsieur Antonin ?
—Non, non, ce n'est pas la peine, elle va sûrement arriver bientôt.

S'efforçant de sourire, Victor s'éloigne en saluant un à un tous ses clients. Près de l'entrée, il croise Géraldine et Iris accompagnées d'une belle femme aux cheveux grisonnants.

—Désolé, mesdames, tout est complet.
—Comme c'est dommage !
—À moins que… Attendez-moi un instant !

Il va vers Jocelyn en espérant trouver une solution.

—Docteur Verdier, puis-je inviter trois jolies femmes à votre table ?
—Trois jolies femmes ? Pourquoi pas ?

En apercevant Jocelyn, Géraldine et Iris reconnaissent le monsieur charmant qui les avait poliment saluées, mais de qui elles s'étaient effrontément moquées, l'autre jour. Si elles se sentent un peu coupables, lui, fort heureusement, semble avoir oublié l'incident. Victor fait les présentations.

—Docteur Verdier, voici mes deux meilleures clientes, Géraldine Faguet et Iris Robin. Madame Robin ouvrira bientôt le salon *Au Plaisir des Belles Dames*.

Jocelyn leur tend la main en les dévisageant d'un œil sévère.

—Dites-moi, est-ce que vous vous dandinez toujours comme ça dans la vitrine ?

Géraldine et Iris voudraient mourir de honte, mais Jocelyn les rassure par un grand éclat de rire.

—Et maintenant, Iris, si vous me présentiez votre invitée.
—Docteur Verdier, je vous présente Paulette Robin, ma mère.
—Madame.
—Monsieur.

C'est ainsi que les amitiés naissent. Quatre clients regroupés par hasard autour d'une petite table ombragée par un escalier. Fier de son coup, Victor les observe en bombant le torse.

—Mes amis, aujourd'hui c'est mon anniversaire ! Commandez ce que vous voulez, c'est moi qui vous l'offre !

Complice, Renaud leur avait déjà commandé des cocktails *à la Victor*.

—J'en ai aussi apporté un pour vous, patron.
—C'est gentil, mon gars.

—Et moi, je porte un toast à votre santé, Victor !

—Merci, Docteur Verdier.

Géraldine lui tend une terrine entourée d'un ruban.

—J'ignorais que c'était votre anniversaire, mais je vous ai apporté un pâté de canard. Je l'ai fait moi-même ! J'espère que vous l'aimerez.

Le sourire de Victor mêlé à la tristesse de son regard crée un malaise. Iris tente d'alléger l'atmosphère.

—Votre belle Gigi n'est pas là ?

—Je l'attends… d'une minute à l'autre.

Inquiet, Victor s'accroche à cette pensée. Il n'en est pas certain, mais il voudrait y croire.

Chapitre 21

—Je peux garder la robe bleue ?

—La robe bleue, le tailleur noir, les bijoux…

Affalé dans un fauteuil moelleux, les deux pieds posés sur la table à café, le célèbre couturier Fabrice Janson attire Gigi vers lui.

—Prends tout ce que tu veux, *darling* !

—Même le chapeau ?

—Le chapeau aussi, *I don't care* ! C'est ma meilleure journée depuis des mois !

Toutes les semaines, ce dieu de la mode débarque directement de Toronto pour venir rencontrer, sur invitation seulement, quelques clientes *extrêmement privilégiées*, qu'il reçoit pompeusement dans une suite luxueuse de l'hôtel Ritz.

—La femme du juge s'est payé deux tailleurs et trois robes !

—Deux tailleurs et trois robes ? Une vraie fortune !

—Et tout ça, c'est un peu grâce à toi, ma *musette* !

Tout en parlant, Fabrice Janson fouille dans sa poche, sort quelques billets repliés, puis les tend à Gigi.

—Tiens, prends ça !

Gigi répète le manège qu'elle emploie infailliblement avec Victor : une petite moue mignonne, un air de dire «je n'en demandais pas tant» et un sourire craquant qui donne à l'autre la merveilleuse impression d'être généreux.

—J'ai perdu les deux kilos que tu me reprochais d'avoir pris.

—Je sais. Je l'ai remarqué tout de suite, mes nouvelles créations tombaient beaucoup mieux ! Mes clientes en rêvaient, je te jure ! Et une cliente qui rêve est une cliente qui paie !

Fabrice Janson est snob, ouvertement, passionnément, ridiculement snob. Par son humour caustique, ses remarques cinglantes, il peut d'un coup d'aiguille donner du chic au corps d'une femme tout en lui transperçant le cœur. Les plus crâneuses l'en remercient publiquement, les plus frileuses souffrent en silence, mais toutes le suivent comme des bécasses, les yeux brillants, la gueule ouverte, en espérant le moment magique où le maître absolu leur permettra de sortir de l'ombre.

Se démarquant parmi tant d'autres, Gigi Delcourt a réussi à se tailler une place de choix dans la vie privée de ce grand gourou vendeur de rêves, qui apprécie la chaleur d'une épaule accueillante les nuits où sa célébrité l'accable. Fatigué d'*être lui*, Fabrice Janson s'abandonne alors aux caresses amoureuses de celle qu'il appelle affectueusement sa *musette*. Une muse adoratrice dont les mensurations parfaites rehaussent avantageusement les modèles exclusifs que le maître réserve à une certaine élite composée de mondaines très en vue et très riches. Car Fabrice Janson soigne sa réputation, et sa griffe à elle seule vaut une petite fortune.

— Embrasse-moi !
— Mais tu es insatiable, aujourd'hui, ma belle !
— Tu ne t'en plains pas d'habitude.

Sans y être invitée, Gigi grimpe à califourchon sur les cuisses de Fabrice, qui ne supporte pas de se sentir ainsi prisonnier d'une étreinte.

— Gigi, lâche-moi ! Je suis pressé. J'ai un rendez-vous !
— Un rendez-vous ? Où ça ? Avec qui ?
— Est-ce que je te pose des questions, moi, quand tu pars d'ici ?
— Allez, dis-le moi, *Fabrichou* !
— Ne m'appelle pas *Fabrichou* !
— *Fabriloup...*
— Encore moins *Fabriloup* !
— Grrr !

Féline, Gigi ronronne à l'oreille de Fabrice en espérant qu'il lui confiera son secret. Exaspéré par ce trop-plein d'ardeur, Fabrice la saisit par la taille, la relève à bout de bras et la dépose à côté de lui comme une enfant gâtée qu'on remet à sa place. Enfin libre de quitter son fauteuil, il tente de s'éloigner, mais Gigi le harcèle et le suit comme une ombre.

— C'est un nouveau mannequin ? C'est ça, hein ? Si c'est ça, tu ferais mieux de me le dire, je ne suis pas le genre à m'accrocher !... Veux-tu que je lui laisse ma robe de chambre ? Ma brosse à dents ?

—*Come on*, Gigi, *don't be stupid* !

—Stupide ? Je suis stupide, moi ? Ce n'est pas ce que tu disais quand je te caressais cette nuit !

Attendri par ses yeux larmoyants, Fabrice prend Gigi dans ses bras et l'embrasse sur le front.

—*Darling*, cesse de faire la tête ! *Smile* ! *You're so cute when you smile* !

Certaine d'avoir gagné, Gigi sourit sans cesser d'insister.

—Au fait, quel est son nom, déjà ?

—Je ne te dirai rien, tu es trop jalouse !

On frappe à la porte de la chambre, au moment même où le portable de Fabrice entonne un grand air d'opéra.

—Allez, sois gentille, va ouvrir... J'ai commandé du champagne !

Seins nus, en petite culotte, Gigi obéit en enfilant rapidement la chemise de Fabrice. Le garçon entre sans oser la regarder et dépose le plateau sur la table à café.

—Je débouche le champagne, monsieur ?

—Non, non, laissez, je le ferai moi-même.

Fabrice signe l'addition en retenant son cellulaire avec son épaule. La conversation qu'il poursuit se prolonge indûment au goût de Gigi. Elle soupire, s'impatiente, mais rien n'y fait. Fabrice va et vient dans la pièce sans même daigner jeter un coup d'œil vers elle. De guerre lasse, elle s'assoit près de la table et s'amuse à dessiner des formes avec son gros orteil sur le seau embué qui refroidit le champagne. Sans vouloir être indiscrète, Gigi comprend, par bribes, que son couturier favori participera à un défilé très spécial... à San Francisco... le dernier dimanche de juin... Il descendra à l'hôtel Carlton... et recevra quelques amis pour... Fabrice s'éloigne, elle n'entend plus.

Pour éviter de mourir d'ennui, Gigi tripote tout ce qui lui tombe sous la main. Elle échappe une boucle d'oreille, se penche pour la ramasser et découvre l'attaché-case que Fabrice Janson avait glissé sous le divan. Par chance, la serrure est ouverte ! Cachée sous la table, la curieuse peut fouiller tant qu'elle veut : des dossiers, des factures et un superbe étui de cuir contenant un porte-clés plaqué or, sans aucune initiale. Un cadeau de l'autre ? Ou un cadeau pour l'autre ? Gigi s'empare de l'étui, referme l'attaché-case, et sort de sa cachette... juste à temps pour recevoir le sourire de Fabrice, qui parle encore au téléphone. Depuis combien de temps déjà ? Gigi consulte sa montre et sursaute en pensant à Victor. Pauvre *Vichou* ! Elle avait complètement oublié son anniversaire ! Prise de panique, elle s'habille à toute vitesse, glisse ses nouveaux vêtements dans une housse puis se rapproche de Fabrice qui lui tape un clin d'œil et lui fait signe d'attendre. L'occasion est trop belle. Gigi se moque de lui en le forçant à lire sur ses lèvres.

—J'ai un rendez-vous, je suis en retard !

Elle passe près de la table à café, s'empare de la bouteille de champagne et quitte la chambre en faisant signe à Fabrice d'en commander une autre.

Chapitre 22

Ce soir, la *Terrasse du Petit Bedon* affiche complet, et Victor fait semblant d'être heureux. Pour calmer son angoisse, il passe de table en table en arborant cet air bon vivant qui a fait la réputation de son commerce. Quand il devient trop inquiet, il entre se réfugier dans la cuisine, au risque de déranger ce pauvre Antonin qui exécute à toute vitesse les commandes que Renaud lui apporte.

— As-tu besoin d'aide ?

— Non, merci papa.

— Je peux tailler du jambon ou des tomates… réchauffer les quiches…

— Papa, c'est ton anniversaire, veux-tu rester sur la terrasse !

— Je tourne en rond, sur la terrasse.

— Va aider Renaud !

— Il se débrouille très bien sans moi.

Au même moment, Renaud entre en courant.

—Trois salades de thon… deux potages aux légumes… et une assiette de pâtés assortis… une charlotte russe… deux millefeuilles à la crème… et deux cafés au lait !

—Voilà les deux potages… les trois salades de thon… la charlotte russe… et les millefeuilles ! Les deux cafés s'en viennent, et je prépare les pâtés !

Renaud repart, son plateau à bout de bras, sans même remarquer la présence de Victor qui pâtit dans son coin comme un élève en pénitence.

—As-tu eu des nouvelles de ta mère ?

—Non, papa.

Antonin change de comptoir pour servir les pâtés, talonné par Victor qui se fige quand il s'arrête, et le poursuit quand il s'éloigne.

—Papa, je t'en prie, assieds-toi, tu m'énerves !

—Si seulement je savais chez quelle amie elle a passé la nuit…

—Tu ne le sais pas, je ne le sais pas, on verra !

—Je suis inquiet, Antonin !

—Inquiet pour rien, tu connais maman !

Renaud revient chercher les pâtés. Il est en compagnie de Gigi.

—Monsieur Victor, regardez qui arrive !

En les apercevant, Antonin prend son père par le bras.

—Tu vois, papa, qu'est-ce que je te disais ?

Pour ne pas nuire aux retrouvailles, Renaud se dirige discrètement vers le comptoir et retrouve Antonin, affable et souriant, visiblement soulagé par le retour de sa mère.

—Il était temps qu'elle arrive, mon père devenait insupportable.

—Maintenant qu'elle est là, l'atmosphère va sûrement s'alléger.

—Je l'espère.

—Ma commande est prête ?

—La voilà !

—Prépare-moi deux « spécial du jour », une quiche aux épinards, un plateau de fromages et trois potages au cantaloup… Je reviens tout de suite.

Après s'être embrassés, Victor et Gigi se retirent dans le bureau, mais laissent la porte entrouverte. Gigi lance ses paquets sur la chaise en adoptant une attitude à la fois désinvolte et faussement repentante.

—Excuse-moi, mon chéri, j'ai été retardée ! Tu sais ce que c'est, j'avais commandé quelque chose de spécial, exprès pour toi, mais ce n'était pas prêt ! Tu ne m'en veux pas trop ?

—Tu aurais dû m'appeler…

—Je voulais te faire une surprise !

—Quand même…

—Oh non, tu ne vas pas me faire des reproches ?

—J'étais inquiet, moi…

—Pauvre Vichou ! Regarde, j'ai même acheté du champagne, le meilleur, pour ton anniversaire !

Gigi interpelle Antonin.

—Trésor, mets cette bouteille au frais, veux-tu ?

Délaissant son travail, Antonin obéit en réprimant un mouvement d'impatience que Gigi ne remarque pas, tant elle est occupée à distraire Victor.

—Tiens, c'est pour toi mon amour !

Elle lui tend un sac minuscule enjolivé de rubans multicolores.

—Gigi, c'est trop, tu n'aurais pas dû !
—Dépêche-toi, déballe-le !

Victor ouvre le sac, découvre l'étui, et cache mal sa surprise.

—Qu'est-ce que c'est ?
—Un porte-clés ! Je l'ai fait graver spécialement pour toi ! C'est ça qui m'a pris un temps fou, tu comprends, le graveur était d'une lenteur exaspérante !
—Et moi qui m'inquiétais pour rien !
—C'est fini, mon trésor, je suis là ! Allez, vite, lis la dédicace !
— « À *Vichou, avec tout mon amour, ta Gigi* »

Trop d'angoisse. Trop de bonheur. Victor ne cherche plus à retenir ses larmes.

Gênée de le voir pleurer, Gigi l'invite à quitter la pièce.

—Dépêche-toi, mon loup, va rejoindre tes amis, je te réserve une autre surprise…
—Une surprise ?
—Une superbe robe bleue que j'ai achetée *juste pour te plaire* !

Victor n'a pas souvenance d'avoir été aussi heureux. Pressé de célébrer le retour de sa belle, il revient sur la terrasse avec son accordéon. Dès les premiers accords, les clients poussent les chaises, tassent les tables, et la terrasse se transforme en bal musette. Jocelyn invite Paulette en jouant les galants d'autrefois.

—Madame !
—Monsieur !

Marianne s'amène sur ces entrefaites. Choquée de voir son père danser avec une inconnue, elle fait demi-tour et disparaît avant qu'il ne l'aperçoive. Trop tard, Jocelyn l'a vue s'enfuir. Troublé, il manque le pas et pile sur les pieds de Paulette.

—Je vous ai fait mal ?
—Pas du tout.
—Pardonnez-moi, j'étais distrait.
—Quelque chose ne va pas ?

Jocelyn préfère ne pas répondre. La réaction de Marianne l'a bouleversé. Il se sent à la fois maladroit et malheureux. Bâillonné, jugé et condamné d'avance par un verdict à l'emporte-pièce qui ne lui laisse aucune chance de s'expliquer.

Délaissant la valse, Victor entonne maintenant de vieilles chansons françaises.

—Venez, Jocelyn, allons chanter !
—Ma pauvre Paulette, j'ai une voix de canard !
—Vous ferez *coin, coin,* c'est tout !

Jocelyn constate avec surprise que Paulette, Iris et Géraldine connaissent toutes les paroles et que la plupart des clients fredonnent joyeusement les refrains. Trop timide pour se joindre à eux, il se contente d'observer la scène.

Soudain une ombre traverse le square. De loin, Jocelyn reconnaît la silhouette d'Arlette qui se faufile rapidement craignant qu'on la poursuive. Il aimerait lui parler, mais résiste à l'envie de courir la rejoindre pour ne pas l'effrayer davantage. Incapables d'affronter son regard, ses deux filles sont devenues des fantômes qui se sauvent à son approche. Cette idée l'accable et le rend triste.

Heureusement, Renaud paraît, avec sa fraîcheur et sa jeunesse. Il passe près de Jocelyn, s'arrête un instant et pose sa main sur son épaule.

— Tu ne chantes pas, grand-papa ?
— Moi, chanter ? Tu veux rire ?

En fait, Jocelyn n'ose plus chanter depuis que Lydia l'a convaincu qu'il chantait faux.

— Me voilà ! Me voilà !

L'arrivée de Gigi jette un froid. Victor cesse de jouer et les clients se taisent pour accueillir la maîtresse des lieux, radieuse dans sa robe bleue signée Fabrice Janson.

— *Happy birthday to you…*

Gigi s'avance vers Victor en louvoyant. Les yeux mi-clos, la bouche en cœur, elle murmure la chanson comme l'avait fait Marilyn Monroe pour l'anniversaire du président Kennedy. Victor la regarde, béat d'admiration.

—*Happy birthday, my love… Happy birthday to you…*

Sur ce dernier « *you* », Gigi embrasse Victor en l'enlaçant tendrement par le cou pour signifier à tout le monde que cet homme lui appartient et qu'il a bien raison d'être fou d'elle.

—Et maintenant, joue pour moi ! Je vais danser.

Victor caresse amoureusement les touches de son accordéon, excité par Gigi, dont le corps envoûté ondule sur des rythmes langoureux.

Se sentant indiscrets, plusieurs clients quittent la terrasse. Ne restent que les plus intimes, ceux qui ont l'habitude de s'attarder les soirs de grande chaleur.

Sous l'escalier, le quatuor s'est reformé. La conversation s'anime. On rit beaucoup, mais pas trop fort, pour éviter de troubler le bonheur de Victor, qui ne semble pas vouloir ranger son accordéon aussi longtemps que sa gitane se déhanchera pour lui.

—Bon anniversaire, papa !

Exaspéré par tout ce romantisme à la guimauve, Antonin apporte un énorme gâteau en invitant tous ceux qui restent à le partager. Renaud rassemble les tables, tandis que Jocelyn verse du champagne dans des tasses à café pour ne pas attirer l'attention des voisins. Victor n'a pas de permis d'alcool, mais ce soir, on s'en fout, c'est sa fête !

—Allez, papa, pose ton accordéon et viens manger !

Gigi aide Victor à retirer son instrument puis l'entraîne vers les autres en s'accrochant amoureusement à son bras. Elle prend une *tasse* de champagne et lui en offre une.

—Je porte un toast à ta santé, mon bon Vichou !
—Merci chérie ! Merci tout le monde !

Victor se tourne vers Antonin.

—Marianne n'est pas là ?
—Non, justement, elle vient d'appeler. Elle était trop fatiguée, elle viendra te voir demain.

Jocelyn se sent de trop. Marianne devrait être ici, avec Antonin. C'est sa place. Devinant son chagrin, Paulette se rapproche et lui parle à l'oreille.

—Laissez-lui du temps.
—À qui ?
—À votre fille…
—Vous l'avez vue ?
—Du coin de l'œil, oui, mais surtout dans vos yeux.
—Comment avez-vous deviné que c'était ma fille ?
—Je suis voyante !
—C'est vrai ?
—Non, non, c'est faux, Géraldine me l'a dit.

Victor remplit sa tasse une deuxième fois, puis une troisième, encouragé par Gigi qui ne déteste pas que son mari soit un peu soûl, les soirs où ça l'arrange.

—Antonin, va donc chercher une autre bouteille de champagne !
—Tu ne préférerais pas un bon café, papa ?
—C'est ma fête et je veux du champagne !

Ce soir, les désirs de Victor sont des ordres qu'Antonin n'oserait pas discuter. Et comme ce n'est pas toujours fête, Victor se réserve l'honneur de faire sauter le bouchon, assez fort pour faire gicler les bulles. Il remplit sa tasse à ras bord, puis la vide d'un trait. Gigi le soutient de son mieux et devient rapidement sa bouée salvatrice.

—Ah! Gigi! Ma Gigi! Je suis si heureux que tu sois là! Je craignais qu'il te soit arrivé quelque chose.

—Mais il m'est arrivé quelque chose, justement! Quelque chose de joyeux! Et j'attendais ce moment précis pour te l'annoncer…

—Attention, tout le monde! Ma Gigi a quelque chose d'important à nous dire!

—Eh bien, figure-toi, mon Vichou, que ma copine…

—Quelle copine?

—Celle avec qui j'étais hier soir!

—Ah bon!

—Je disais donc que ma copine, celle avec qui j'étais hier soir, a gagné un voyage…

—Un voyage? Où ça?

—À San Francisco!

—*Wow*!

—Et, tu ne le croiras jamais, elle m'invite à partir avec elle!

—Toi?

—Oui, moi! Un voyage à San Francisco… Mon rêve!

Gigi parle plus lentement, en observant même quelques moments de silence pour préparer Victor et lui laisser le temps d'avaler la pilule.

—Tu vas vouloir, hein, mon Vichou?

—Vouloir quoi?

—Que je parte en voyage avec mon amie? Allez, dis oui! Je n'ai jamais l'occasion de voyager.

Victor se sent complètement déchiré. Ah ! si seulement Gigi lui en avait parlé avant, mais là, crûment, devant tout le monde. Comment pourrait-il être assez égoïste pour l'empêcher de partir ? Elle, si douce, si gentille, si raisonnable…

—Mais oui, bien sûr, tu pourras y aller !

Heureuse, Gigi se colle contre Victor et l'embrasse amoureusement sur la bouche.

—Merci chéri, tu es un amour !

Soudain, Victor s'inquiète. Il attire Gigi à l'écart et la prend dans ses bras.

—Dis-moi, chatonne, pour ce voyage, il te faudra beaucoup de choses…
—Ne t'en fais pas, mon amour, je me débrouillerai.

Gigi baisse humblement les yeux, certaine que Victor va s'empresser de la rassurer.

—Si tu as besoin de quoi que ce soit, jure-moi que tu vas me le dire.
—Promis !
—Je veux que ma chatonne soit la plus belle femme de San Francisco !

Gigi connaît fort bien son homme. Elle sait qu'il la gâtera et qu'il lui offrira de l'argent, beaucoup d'argent, et des cadeaux. Elle partira, le cœur léger, en lui promettant d'écrire… Ah ! que ce voyage sera beau !

Tactique oblige, Gigi roucoule pour l'exciter. Victor, grisé, cherche sa bouche. Il a trop bu, mais elle s'en fout. L'enjeu vaut bien quelques caresses.

—Et si nous allions nous coucher ?

—Plus tard, Vichou, plus tard. Buvons encore un peu, veux-tu ?

S'emparant de la bouteille, Gigi entraîne Victor dans la boutique sans s'occuper des autres, sans dire au revoir à personne. Victor flotte déjà dans sa bulle, Gigi s'apprête à le rendre heureux.

—Enlève ta robe.

—Ne sois pas si pressé, mon chéri ! Allez, ferme les yeux… détends-toi…

Inutile d'en faire plus, la partie est gagnée d'avance. Encore quelques baisers, encore quelques caresses, et le *bon Vichou* s'endormira sur le lit d'appoint, abandonné à ses rêves, repu comme un bébé gavé d'amour. Demain, Gigi n'aura qu'à inventer pour lui rappeler les jouissances excitantes d'une nuit langoureuse, dont il n'aura même plus souvenance.

Les derniers clients ont quitté la terrasse, mais quatre joyeux copains s'attardent encore sous l'escalier. De tous, Paulette est certainement la plus rieuse, la plus exubérante.

—Mes amis, il me vient une idée ! Pourquoi ne pas nous donner rendez-vous ici, le soir, pour bavarder et passer de bons moments ensemble ? Chacun de nous y viendrait à son rythme, pour échanger des idées, partager nos découvertes, parler cinéma, littérature, théâtre… Aimez-vous le théâtre, Jocelyn ?

—Autrefois, oui, j'adorais le théâtre, mais Lydia…

—Moi, je passerais ma vie au théâtre !

—Votre vie, Paulette ?

—Oh oui ! Si je devais faire la même chose tous les jours de ma vie, j'irais tous les soirs au théâtre ! Ensuite, j'irais manger et bavarder avec des amis, dans un petit coin tranquille… Exactement comme ici… exactement comme ce soir ! Puis je rentrerais chez moi, je lirais, et je me coucherais tard, très tard…

—J'ai toujours rêvé de me coucher tard.

—La nuit, tout est douillet, paisible. Je peux faire tout ce que j'aime sans risquer d'être dérangée.

—Je vous envie, Paulette.

—La lune luit pour tout le monde, vous n'avez qu'à essayer.

Iris a soif.

—Renaud, sois gentil, apporte-nous du café.

—La terrasse est fermée…

—Vraiment fermée ?

—Je vais voir ce que je peux faire.

Encouragée par la réponse de Renaud, Géraldine s'enhardit.

—Est-ce qu'il reste du gâteau ?

Ajoutant son grain de sel, Paulette ose commander des rillettes.

—Enfin, si c'est possible, avec des croûtons… J'adore les croûtons !

—Et toi, grand-papa ?

—Peux-tu nous préparer une assiette de fromages ?

—Je vais demander à monsieur Antonin…

Renaud part et revient aussitôt.

—Monsieur Antonin accepte, mais à une condition : vous restez cachés sous l'escalier… et vous parlez bas !

En les entendant s'esclaffer, Renaud doute fort d'être écouté.

—Vraiment, vous n'êtes pas raisonnables ! Je vais être obligé de vous surveiller, et si jamais vous haussez la voix…
—Tu nous fusilles !

La répartie de Paulette séduit Jocelyn, qui éclate de rire en portant la main à sa bouche pour ne pas se faire gronder par son petit-fils.

Antonin arrive avec de quoi manger, pendant que Renaud sert le café.

—Ça va, Renaud, je te laisse fermer ?
—Oui, oui.
—Bon, moi, je vous aime bien, mais je vous quitte, Marianne m'attend.
—Merci pour le lunch !
—De rien, Géraldine… mais ne faites pas de bruit, mes parents se reposent.

Antonin éteint la terrasse en partant pour ne pas attirer l'attention des voisins. Seuls les lampadaires du square projettent un peu de clarté entre les marches de l'escalier, créant un jeu d'ombre et de lumière qui se prolonge sur le mur comme un store vénitien entrouvert.

Iris entame le camembert, tandis que Géraldine se délecte d'un gorgonzola bien à point. Paulette goûte à peine aux rillettes, mais en offre à Jocelyn qui tasse un peu sa chaise sous prétexte de se rapprocher des croûtons.

—Excusez-moi, Paulette, je peux prendre un peu de votre… de ton…

—Mon cher Jocelyn, prends tout ce que tu voudras, je n'ai pas faim !

—Tu n'as pas faim ?

—Non, je voulais simplement que cette soirée ne finisse pas.

La vie offre parfois certains moments de grâce qu'on voudrait prolonger. Il fait doux, la nuit est chaude. Ils veilleraient tous encore un peu, mais Renaud, fatigué, les invite à partir.

—Désolé de vous presser, mais il est tard.

—Je n'ai pas encore mangé de gâteau !

—Attendez, Géraldine, je vous l'offre.

Renaud emballe le reste du gâteau et tend la boîte à Géraldine qui l'emporte comme un trésor.

—Et maintenant, filez tous. Je vous chasse !

La joyeuse bande quitte la terrasse sur la pointe des pieds. Géraldine part devant, pressée de manger du gâteau, Iris la suit par amitié.

Encore fraîche et dispose, Paulette propose à Jocelyn de s'attarder. Ils se dirigent tous les deux vers le parc et vont s'installer sur un banc. Il passe son bras autour d'elle. Elle pose sa tête sur son épaule. Et ils s'amusent à observer les allées et venues de Renaud, qui ramasse la vaisselle, empile les chaises et range leur table… leur *petite table sous l'escalier.*

—J'adore prolonger la journée, j'ai l'impression d'ajouter des heures à ma vie. J'ai soixante-dix ans, tu sais !

—Moi aussi, enfin, presque…

—Tu ne les fais pas.

—Toi non plus.

Paulette s'est rajeunie de deux ans, par coquetterie. Jocelyn en a ajouté trois, pour lui plaire. Mais pour l'instant, ils n'ont pas d'âge. Au-dessus d'eux, la lune est pleine. Paulette s'anime, elle est joyeuse… Et Jocelyn, séduit, se permet enfin d'apprécier la nuit.

Chapitre 23

Les *Éditions Jactance* occupent le rez-de-chaussée d'un édifice en ruine classé « monument historique » par des puristes qui semblent avoir, depuis, presque oublié son existence. Les planchers craquent, la peinture cloque et les fenêtres d'origine, déformées par plus d'un siècle d'intempéries, s'accrochent tant bien que mal à des charnières rouillées qui les ballottent aux quatre vents. On y gèle l'hiver, on y suffoque l'été, mais son adresse est prestigieuse.

— Monsieur Bonneau…
— Oui, ma belle !
— Je vous rapporte tous les manuscrits.

France Choquette pousse un chariot bancal sur lequel sont empilées une trentaine d'enveloppes froissées.

— Un bon cru ?
— Plutôt médiocre. J'ai hésité entre deux ou trois, mais, après en avoir discuté avec la réceptionniste, je n'en ai retenu qu'un…

—Celui qui a signé Vermille ?

—Exactement.

—Vous voyez, ce n'est pas si difficile !

—Peut-être, mais je ne comprends toujours pas pourquoi vous avez organisé ce concours.

—Pour amener de l'eau au moulin.

—Que voulez-vous dire ?

—Nos meilleurs écrivains nous délaissent…

—Pas étonnant, vous ne les payez pas !

—Je préfère la jeunesse, moi ! La relève, l'espoir… Sans compter qu'un concours littéraire, c'est de la publicité gratuite.

—De la publicité ? Faites-moi rire !

—Les médias adorent parler des jeunes…

—Ceux qui se droguent, ceux qui décrochent, oui, mais…

—Mais des jeunes qui écrivent, c'est merveilleux, non ?

—En autant qu'il y ait quelqu'un pour corriger leurs fautes.

—Vous êtes de mauvaise foi, France.

—Mauvaise foi ou pas, vous ne m'y reprendrez plus !

—Je croyais que vous aimiez ça, lire des manuscrits ?

—Trente-deux en quinze jours, faut le faire ! Vous m'aviez promis un comité de lecture !

—J'en ai lu quelques-uns, ma femme aussi…

—Et le jury ?

—Quel jury ?

—Il devait y avoir un jury, rappelez-vous, vous me l'aviez promis ! Quand j'ai accepté de faire un premier tri pour vous épargner les frais d'un comité de lecture, c'était à la condition expresse que vous alliez ensuite soumettre les manuscrits retenus à *un jury de trois personnes* qui devait déterminer le gagnant... pas à la réceptionniste!

—Pourquoi pas? Cette fille-là a un goût très sûr, aussitôt qu'elle aime un roman, aucun doute, c'est un best-seller!

—Peut-être, mais ça ne se fait pas!

—Pourquoi?

—Parce que la réceptionniste et moi ne pouvons pas coiffer tous les chapeaux: déchiffrer les manuscrits illisibles, faire les révisions, corriger les épreuves... Ce ne sont pas des collaboratrices qu'il vous faut, mais des pieuvres!

Quand Michel Bonneau se sent coincé, il change de ton et fait bifurquer la conversation.

—En passant, ce Vermille, vous l'avez appelé?

—Mieux que ça, je lui ai déjà donné rendez-vous...

—Très bien! Quand ça?

—Aujourd'hui... En fait, il vient d'arriver!

—Déjà? Merde!

—C'est vous qui m'avez dit de faire vite.

—Vous auriez quand même pu m'en parler!

—J'ai essayé, mais vous n'étiez pas là!

—J'avais des affaires importantes à régler...

—Sur un terrain de golf où je ne pouvais vous joindre, oui, je sais!

Pris au piège, Michel Bonneau tente d'amadouer France Choquette.

—Bon, puisque nous n'avons pas le choix! Allez, vite, passez-moi le manuscrit, nous allons voir ce que nous pouvons faire! *La belle histoire des gens heureux.* Tu parles d'un titre! Il faudra changer ça!

Le rendez-vous avait été fixé à dix-sept heures, il sera bientôt dix-huit heures. Une heure de retard, parqué dans un recoin où la seule distraction reste la lecture des affiches annonçant les prochaines parutions. Encore sous le choc, Renaud vit cette attente fébrilement, mais sans trop d'impatience. À croire que, pour lui, le temps n'existe plus. Quelqu'un a lu son manuscrit, quelqu'un l'a choisi, lui, parmi tant d'autres, un coup du hasard, une chance énorme. On lui décerne un prix. On l'appelle *écrivain…*

— Votre éditeur vous attend, monsieur !

France Choquette escorte Renaud jusqu'au bureau de Michel Bonneau, qui l'accueille à bras ouverts.

— Enfin, le voilà notre gagnant ! Je vous en prie, assoyez-vous, monsieur Miller !

Intimidé, Renaud se fait tout petit au fond de sa chaise. Michel Bonneau lui trouve l'air d'un enfant.

— Avez-vous vraiment dix-huit ans ?
— Oui… Euh… Enfin… non… Je les aurai dans quelques mois.
— On ne va quand même pas devenir tatillon pour quelques mois !

Soucieux de sa mise en scène, l'éditeur trône derrière une table encombrée de manuscrits empilés à la hâte pour impressionner le néophyte.

— Mon cher Renaud ! Vous permettez que je vous appelle Renaud ? J'ai lu votre manuscrit… C'est bon… Très bon même… Mais un peu mince !
— Que voulez-vous dire ?

Les coudes appuyés sur la table, Michel Bonneau pose ses deux mains devant sa bouche en tapotant le bout de ses doigts. Il connaît la valeur d'un silence et le trac qui s'empare de Renaud lui procure une certaine jouissance.

— Voyez-vous, mon petit, pour faire un bon roman, ça prend du mordant, de l'étoffe ! Votre histoire est mignonne, gentille... mais elle ne lève pas. Vous comprenez ce que je veux dire ?

— Pas vraiment.

— Voyons... comment vous expliquer...

Il feuillette rapidement le manuscrit, en froissant toutes les pages à la recherche du mot ou de la phrase susceptible d'éclairer son propos. Nerveux, Renaud en a des crampes au ventre.

— Tenez, voilà, nous y sommes... Ici, en parlant de vos parents, vous écrivez : *Ils s'aiment...* Ça veut dire quoi, ils s'aiment ?

— Ben, ça veut dire qu'ils s'aiment.

— Je veux bien vous croire, et c'est tout en leur honneur, mais *ils s'aiment* comment ?

— Je ne sais pas, ils s'aiment comme des parents.

— Comme des parents qui s'aiment... ou bien qui font semblant ?

À vrai dire, Renaud n'y avait jamais pensé. Ses parents étant ses seuls modèles, il concevait l'amour à leur image et taisait leurs défauts pour ne pas les froisser.

— Voyez-vous, mon petit, en littérature, les parents ne s'aiment jamais comme des parents ! Ils ont des petits secrets, des habitudes. Ils s'aiment avec moins de passion, avec plus de tendresse, comme de vieux amants. Brel le chantait d'ailleurs de façon sublime…

Les yeux fermés, Michel Bonneau se recueille un instant, puis se met à chanter :

—*Bien sûr nous eûmes des orages, vingt ans d'amour, c'est l'amour fol…*

Ému, le regard humide, il revient vers Renaud.

—Comprenez-vous ce que je veux dire ? *Finalement, finalement, il nous fallut bien du talent pour être vieux sans être adultes…* Mon Amour, mon doux, mon tendre, mon merveilleux amour, de l'aube claire jusqu'à la fin du jour, je t'aime encore, tu sais, je t'aime… Avez-vous compris ? Avez-vous saisi la nuance ? … *de l'aube claire jusqu'à la fin du jour…* Quelle subtile façon de nous faire sentir qu'il s'agit là d'un véritable amour, d'un amour qui dure *de l'aube claire jusqu'à la fin du jour…* Vos parents s'aiment, d'accord, c'est beau, mais s'ils s'aiment comme ça, tout seul, c'est plat ! Épicez, mon ami ! Osez la fantaisie ! La métaphore ! De grâce, ajoutez-y du zeste ! Au fait, avez-vous déjà lu Alexandre Jardin ?

Chapitre 24

Marianne et Antonin ne se quittent plus. Aussitôt sa journée de travail terminée, le bon géant court retrouver sa poupée de chiffon qui l'attend dans son minuscule appartement où la table est déjà dressée sous la fenêtre aux volets roses. Quand il fait gris, Antonin apporte des fleurs. Quand il fait soleil, il choisit des fruits, du chocolat ou des amandes. Marianne adore les amandes. Chaque soir, ils soupent ensemble, font l'amour plusieurs fois, puis s'endorment tendrement enlacés sur le canapé-lit, si court et si étroit qu'Antonin a l'impression de dormir avec Boucle D'Or.

Au matin, Antonin se précipite au *Petit Bedon Gourmand* pour aller chercher les quatre croissants chauds que Victor réserve expressément pour eux. Pendant ce temps, Marianne range l'appartement et fait du café. Quand ils se mettent à table, il est habituellement six heures.

Or, ce matin, ils sont en retard. Le réveil n'a pas sonné. Le café n'est pas prêt. Et Brutus tourne en rond, impatient d'aller courir dehors. Pauvre chien ! Si son maître a la mine basse, si Marianne a les yeux cernés, c'est qu'ils ont passé la nuit entière à discuter, à faire des plans : la chambre est trop petite, le lit pas assez grand. Il leur faudrait de l'espace, beaucoup plus d'espace, pour vivre ensemble sans se heurter.

—Dépêche-toi, Antonin !
—Je n'arrive pas à replier le matelas !
—Tu t'y prends mal !
—Je fais ce que je peux !
—Allez, pousse-toi, j'ai l'habitude !

Marianne replie le matelas et referme le lit d'un coup de fesse, tandis qu'Antonin replace les coussins sur la carpette, en prenant soin de ne pas faire de vagues, car la moindre secousse amoureuse pourrait provoquer un raz-de-marée.

—Je t'apporterai des croissants plus tard !
—On s'en fout, des croissants ! Allez, oublie les croissants et fais le café !
—Attention, ma chérie !
—Merde ! Merde ! Merde !

N'y tenant plus, le chien a fini par pisser sur le carrelage de la cuisine. Pauvre Brutus ! Et pauvre Antonin, qui ne voudrait surtout pas que Marianne l'oblige à se débarrasser de son chien. Malheureux, nerveux, il attrape le premier chiffon qui lui tombe sous la main.

—Non, pas ça, c'est un linge à vaisselle !
—Je t'en achèterai un autre !

Marianne hausse les épaules, fait demi-tour et file vers la salle de bains, laissant à Antonin le soin de nettoyer le plancher.

— Tu peux revenir, ma chérie, tout est propre !

Maquillée, Marianne a meilleure mine. Antonin, mal à l'aise, se fait tout tendre, tout gentil.

— Tu ne m'en veux pas ?

— Pourquoi ? Ce n'est pas toi qui as pissé à terre, c'est ton chien ! Quand ce sera toi, on en reparlera !

Enfin une première blague ! La journée ne sera donc pas tout à fait gâchée. Antonin a fait du café : imbuvable ! Ils se regardent, éclatent de rire et vident en même temps les deux tasses dans l'évier. Pas le temps de parler, Brutus doit sortir et les enfants s'en viennent ! Bousculés, épuisés, ils se quittent en s'enlaçant une dernière fois sur le pas de la porte. Antonin part promener Brutus, tandis que Marianne, déguisée en coccinelle, surveille l'arrivée des tout-petits.

— Ton père est là ?

En apercevant Lydia, Marianne devient méfiante. Autour d'elles, les parents se succèdent à un rythme affolant : « Un bécot, mon chéri ! » « Un bisou, pour maman ! » « Papa viendra te chercher ce soir ! » « Je vous le confie, il fait de la fièvre ! » « Prenez-en soin, elle a mal au ventre ! »… Les papas sont pressés, les mamans sont stressées… et les enfants sont excités ! Marianne a l'impression de tourner une publicité pour *Aspirine : Parfois un seul comprimé suffit !*… Elle avalerait toute la bouteille !

— Allez jouer, les amis, je vous rejoins tout de suite !

Les petits sont turbulents. Ils se bousculent. Lydia s'impatiente.

— Vas-tu finir par me répondre ?

—Répondre quoi ?

—Je cherche ton père !

—Tu vois très bien qu'il n'est pas là !

—On m'a dit qu'il vivait chez toi !

—Qui ça « on » ?

—Marianne Verdier, ne fais pas l'hypocrite ! Il vit chez toi, je le sais, quelqu'un l'a vu entrer !

Les enfants grimacent, s'agitent et font les pitres autour de Marianne pour attirer son attention. En courant, ils frôlent d'un peu trop près la robe de Lydia, qui les repousse avec rudesse.

—Pour l'amour du ciel, retiens-les ! Ils sont insupportables !

—Voyons, maman, ce sont des enfants !

—Des enfants-rois qui mériteraient une bonne fessée !

—Tu ne penses pas ce que tu dis ?

Marianne s'éloigne en lui tournant le dos. Elle regroupe les enfants autour d'une table, leur donne des jouets et leur demande de rester sages en attendant que la dame s'en aille.

—Tu ne m'as toujours pas répondu !

—À quelle question ?

—Ton père ?

—Quoi, mon père ?

—Tu sais où il vit !

—Non !

—Je suis sûre que tu sais où il vit !

—Inutile d'insister, même si je le savais, je ne te le dirais pas !

Quand Lydia est furieuse, ça se voit, mais ça s'entend sur-tout : Marianne la laisse en plan ! Marianne lui tourne le dos ! Sa fille est une ingrate, comme les deux autres ! Personne ne l'écoute, personne ne la comprend ! Même ses propres enfants l'abandonnent !

— Maman je t'en prie, mes voisins dorment encore !
— À l'heure qu'il est, il serait temps qu'ils se lèvent !
— Maman !
— Quelqu'un m'a dit qu'un homme entrait chez toi tous les soirs et n'en ressortait qu'au matin !
— C'est possible.
— Si ce n'est pas ton père, alors, qui est-ce ?
— Ne cherche plus, c'est Antonin.
— Quoi ? Ce mal élevé ? Cet imbécile ? Oh ! mon Dieu !
— Faudra t'y faire, maman, parce que je l'aime !
— Ma pauvre petite fille !
— Je ne suis plus ta pauvre petite fille ! Je suis une femme indépendante et libre de partager ma vie avec qui je veux !
— Une vraie tête folle, tu retiens de ton père !

Lydia ronge son frein, choquée de voir Marianne la délaisser pour des gamins mal élevés.

— Allez, venez avec moi, les amis !

Toujours prête à jouer, Marianne attrape les enfants par la main pour les inviter à danser avec elle. Ils sont douze petits garnements qui ne demandent qu'à s'amuser, sans savoir que leur gardienne se tient debout devant sa mère pour la toute première fois de sa vie.

— Excuse-moi, Marianne, je suis en retard !

Surprise par la présence de Lydia, l'assistante de Marianne dépose un sac sur la table et prend la relève en entrant dans la ronde.

—J'ai apporté les langues-de-chat.
—Merci, c'est gentil.
—Peut-être que j'aurais dû en prendre plus ?
—Non, non, c'est parfait. Maman s'en allait, justement !

Lydia, vexée, s'apprête à partir, mais Marianne décide de la retenir.

—Attends, j'ai quelque chose à te demander !

C'est le moment ou jamais. Depuis que cette idée folle lui trotte dans la tête, Marianne n'attendait que cette chance-là.

—Le duplex mitoyen est-il toujours à vendre ?
—Pourquoi ? Tu connais un acheteur ?
—Oui, moi.
—Toi ? Mais je t'en loue déjà un !
—Je sais, mais je voudrais acheter les deux !
—Acheter les deux ? Pour faire quoi ?
—Agrandir la garderie… et vivre avec Antonin sans trop nous marcher sur les pieds.
—Quoi, tu veux vivre avec ce… ?
—Oui, maman !
—Quelle folie ! Les deux duplex ? Non mais, vraiment !

Lydia se raidit comme chaque fois qu'on la prend au dépourvu. Céder les deux duplex à Marianne l'obligerait à lui faire un prix. Et quand il est question d'argent, Lydia n'a plus d'enfants, plus d'amis.

—Sais-tu au moins combien ça vaut ?

—Dis-moi seulement si cela te convient !

—J'espère que tu n'imagines pas que je vais te les donner ?

—Pas du tout. Nous passerons chez le notaire, nous ferons des arrangements, nous prendrons une hypothèque…

Marianne vient de peser sur un bouton sensible.

—Une hypothèque ? Jamais de la vie !

—À moins que tu me fasses une avance sur héritage ?

—Qu'est-ce que tu veux dire ?

—Tu gardes tes deux duplex et moi je te paie un loyer raisonnable, plus des intérêts qui me seront remboursés au moment de l'héritage !

—Et si jamais je veux vendre ?

—J'aurai priorité d'achat !

—Et les travaux ?

—Antonin va s'en charger.

Antonin ! Encore lui ! Toujours lui ! Plaise au Ciel qu'un de ces jours, il lui tombe une citrouille sur la tête !

—Penses-y, maman. Si ça ne te convient pas, j'achète ailleurs et je déménage la garderie.

—Laisse-moi au moins le temps d'en parler à mon comptable, et à Félix aussi, bien sûr.

—N'oublie surtout pas de rappeler à mon cher beau-frère qu'une partie de l'argent que tu engrangeras reviendra éventuellement à sa femme par héritage !

—Je ne suis pas encore morte !

—Ne te fâche pas, maman, c'est une blague !

C'est l'heure du conte. Les enfants attendent. Sans vouloir la brusquer, Marianne invite sa mère à quitter la place en repoussant fermement la porte derrière elle.

Une fois dehors, Lydia s'attarde. Les deux duplex sont identiques, mais l'autre a sérieusement besoin de rénovations. Des rénovations coûteuses que ses vieux locataires l'empêchent de faire en contestant systématiquement toutes les augmentations de loyer. La proposition de Marianne fait son chemin. En y repensant, Lydia ferait une bonne affaire. Et puis, elle a besoin d'argent, de beaucoup d'argent. La chance ne sourit qu'à ceux qui la courtisent.

Chapitre 25

Iris Robin a gagné son pari : transformer en quelques semaines une vieille bijouterie désaffectée en un salon de coiffure magnifiquement décoré.

« Bienvenue *Au Plaisir des Belles Dames* ! »

L'ouverture officielle est prévue pour ce soir. Les lavabos brillent, les miroirs étincellent, et les chaises, parfaitement alignées, attendent l'arrivée des premiers invités. Il n'y a plus à s'inquiéter, puisque Géraldine a tout prévu, tout vérifié.

— Antonin vient d'appeler, le buffet sera livré dans une heure.

— C'est parfait.

Tel qu'exigé par Iris, le plancher et les murs de la vitrine ont été recouverts de tuiles d'ardoise pour camoufler certains défauts et mettre en valeur les produits proposés.

Exprès pour l'occasion, le décorateur a fait suspendre des photos loufoques : quelques *mémés* un peu ridées arborant des tignasses excentriques aux couleurs extravagantes… de vieux messieurs au crâne à moitié chauve portant fièrement des cheveux bleus… Et des étudiantes en robes de bal, endimanchées comme des *matantes*.

Entassées dans un coin, des colonnes de stuc blanc attendent qu'on les garnisse avant d'être mises en place. Hélas ! le fleuriste est en retard et le décorateur s'énerve.

—Mais qu'est-ce qu'il fait, cet abruti ?

Excité, hors de lui, il sautille en poussant de petits cris stridents qui agacent Géraldine.

—Il me faut mes fleurs !… Mes fleurs !… Mes fleurs !… Mes fleurs !… Mon décor, sans mes fleurs, ce n'est rien, c'est de la merde !

Persuadé d'avoir conçu le chef-d'œuvre du siècle, ce freluquet risque de s'effondrer si jamais il manque un seul bouton aux dizaines de bouquets qu'il a commandés.

—Avec les fleurs, l'effet sera dé-ca-pant !

Pourvu qu'il dise vrai ! Étourdie, Géraldine n'en peut plus de le voir sautiller comme une gazelle.

—Bon, puisque mes fleurs n'arrivent pas, je vais aller respirer dans le parc !
—Bonne idée, ça vous calmera peut-être !
—Si elles arrivent, vous n'aurez qu'à m'appeler, j'ai mon cell !
—À vos ordres, monsieur !

Le sarcasme de Géraldine n'atteint pas ce joyeux papillon qui sort de la boutique en volant, accrochant d'un coup d'aile le chapeau d'une passante.

—Vous pourriez au moins vous excuser, jeune homme!

Insultée, la dame enlève son chapeau avant de pénétrer dans le salon de coiffure. Elle s'aventure jusqu'à la porte puis se fige aussitôt, comme si une barrière invisible l'empêchait d'avancer.

—Je peux vous aider, madame?
—Je veux voir madame Robin.

Malgré sa beauté et son élégance, cette femme dégage une froideur qui embarrasse visiblement Géraldine.

—C'est que...
—Vous êtes madame Robin?
—Non, mais...

Intriguée, Iris sort de l'arrière-boutique.

—Iris Robin, c'est moi, madame!
—Je peux vous parler?
—Bien sûr, mais si c'est pour un rendez-vous, le salon n'est pas encore ouvert, je suis désolée. Par contre, si vous pouviez revenir demain, vous seriez ma première cliente... Vous avez des cheveux magnifiques!
—N'essayez pas de m'amadouer, ma petite, vos manigances n'auront aucun effet sur moi.
—Mes manigances? Mais qui êtes-vous?
—Comment ça, qui je suis? Je suis Lydia Roussel! Et je n'ai que trois mots à vous dire: assez, c'est assez!

Les yeux de Lydia lancent du feu quand elle est en colère. Iris l'apprend à ses dépens, surprise par cette première visite de sa propriétaire qu'elle imaginait presque laide, très, très vieille et percluse de rhumatismes.

—Mon gendre m'a tout raconté !

—Raconté quoi ?

—Vos minauderies, vos petites avances !

—Mes avances ?

—Ne niez pas ! Félix m'a même appris ce qui s'était passé, l'autre jour, dans l'arrière-boutique, quand vous l'avez pratiquement violé. Il en était encore tout retourné, le pauvre !

Iris se pince. Elle croit rêver. Hautaine, Lydia la défie avec arrogance.

—Je suis venue vérifier les comptes.

—Quels comptes ?

—N'essayez pas de vous défiler, j'arrive tout droit de chez mon comptable.

—Et alors ?

—J'exige de voir tous les reçus !

—Quels reçus ?

—Ceux des factures originales !

—Mais je ne les ai plus !

—Comment ça, vous ne les avez plus ?

—Je les ai toutes remises à monsieur Miller.

—Sans les payer ?

—C'était notre entente !

—Je m'en doutais, mon gendre est trop bon. Il vous a fait confiance, et vous avez tenté de l'appâter en abusant de vos charmes. Si vous pensiez l'embobiner, vous vous êtes trompée, ma chère ! Félix Miller est un mari fidèle, un gendre dévoué, un homme d'affaires honnête…

—Et un menteur comme il ne s'en fait plus !

—Insolente ! Comment osez-vous ?

Insultée, Iris va chercher son bail et le brandit fièrement sous les yeux de Lydia.

—Tenez, lisez vous-même ! Je crois que votre gendre vous a bernée, madame !

Lydia chausse ses lunettes griffées, en prenant soin de ranger l'étui de peur qu'on le lui vole.

—C'est vous qui avez rédigé ça ?

—Non, madame, monsieur Miller a rédigé lui-même tous les ajouts, et nous avons signé le bail tous les deux devant témoin.

—Allons donc ! Mon gendre n'aurait jamais signé une énormité pareille !

Incrédule, Lydia relit l'entente en marmonnant :

—*Le locateur s'engage… nettoyer… repeindre… selon les couleurs choisies par la locataire !… éclairage changé… carreaux remplacés… vitrine aussi… planchers… sablés… revernis… y compris celui de la vitrine…* Mais vous voulez me ruiner ?

—Vous ruiner ? Ne me faites pas rire !

—Vous l'avez subjugué ! Vous lui avez forcé la main !

—Absolument pas, madame. J'étais témoin.

L'intervention de Géraldine confond Lydia, qui l'avait d'abord prise pour la femme de ménage à cause du plumeau qu'elle tenait à la main.

—Qui c'est, celle-là ?

—Celle-là, comme vous dites, c'est Géraldine.

—Géraldine Faguet, je suis une amie de…

—Pas la peine d'insister, je sais qui vous êtes! Mon gendre m'a déjà parlé de vous.

—De moi?

—Oui, il m'a dit que vous étiez de connivence, toutes les deux, pour lui soutirer des promesses.

—Des promesses qu'il a signées.

—De force!

—Non, madame, pas de force… ça aussi, je peux le jurer, j'étais là!

Iris Robin prend la relève.

—J'ai exposé mes exigences et monsieur Miller les a acceptées. C'était à prendre ou à laisser: il a pris. D'ailleurs, comme vous pouvez le constater, les ajouts ont été inscrits à l'encre, au bas du bail, par monsieur Miller lui-même! Puis ce bail a été dûment daté et signé par *Madame Iris Robin*, locataire, et par *Monsieur Félix Miller*, mandaté par *Madame Lydia Roussel*, propriétaire, en présence de *Madame Géraldine Faguet*, qui agissait à titre de témoin.

—Jamais je n'aurais accepté de signer une telle ordure!

—Pourtant, le mandat de monsieur Miller était en règle. N'est-ce pas, Géraldine?

—Parfaitement, nous avons vérifié!

—Non mais, comment avez-vous pu l'entraîner dans un bourbier pareil?

—Il s'est enlisé tout seul!

Lydia paraît complètement sonnée. Tout va trop vite. Son mari l'abandonne. Sa fille veut acheter ses duplex pour se mettre en ménage avec un… et son homme de confiance la trahit! L'idée même de cette trahison la déchire. Elle voudrait défendre Félix, lui trouver des excuses, mais comment justifier ce bail bidon? Ces faux comptes? Et tout l'argent qu'il joue pour elle?

Quand des pensées dérangeantes la perturbent, Lydia secoue plusieurs fois la tête. C'est sa manière à elle de les chasser ou de les enfouir pour toujours dans un coin nébuleux de sa mémoire. Encore une fois, elle crânera. Encore une fois, elle agira sans rien brusquer, pour ne pas perdre l'affection de Félix, qu'elle considère malgré tout comme son unique allié. Le confronter équivaudrait peut-être à lui suggérer des idées de vengeance en lui offrant une arme insidieuse: le chantage!

Debout près de la vitrine, Lydia regarde fixement les photos sans les voir. Soudain, elle prononce quelques mots, à peine audibles.

— C'était la bijouterie de mon père…

Lydia avait toujours refusé d'y remettre les pieds, depuis… Sans attendre d'y être invitée, elle passe tranquillement d'une pièce à l'autre en s'arrêtant tous les dix pas. Tant de choses se sont passées entre ces murs, du temps où elle était encore heureuse.

— L'odeur! Je reconnais l'odeur!

Envahie par ses souvenirs, Lydia hume, explore et redécouvre chaque recoin, non pas pour ce qu'il est, mais pour ce qu'il a été. C'est ici qu'elle a vécu ses plus belles vacances. Ici qu'elle a enterré ses souvenirs les plus précieux, ceux d'avant le chagrin, ceux d'avant la colère.

Durant les belles journées d'été, la jeune Lydia s'enfermait dans l'arrière-boutique et jouait au bijoutier. Initiée par son père, elle apprenait à reconnaître la pureté des diamants et la valeur des perles rares.

Toujours hautaine mais un peu triste, Lydia revisite son passé sans se soucier de la présence de Géraldine, qui la suit discrètement des yeux.

—Et puis, un jour, ma mère est morte…

En évoquant le souvenir de sa mère, la voix de Lydia se brise. Elle pâlit. Elle va manquer d'air. Elle se précipite vers la porte donnant dans la ruelle, l'ouvre brusquement, mais la referme aussi vite, comme si des souvenirs douloureux l'y attendaient.

—Ce n'était pas ma faute…

Bien sûr, Lydia n'était pour rien dans la mort de sa mère, mais elle s'en croyait responsable, tout comme ces enfants du divorce qui prennent sur leurs épaules la rupture de leurs parents. Sans l'amour de son père, elle se serait laissée mourir, elle aussi. C'est pour lui qu'elle a poursuivi ses études… et seulement pour lui faire plaisir qu'elle a épousé Jocelyn Verdier.

Inquiète de la voir si pensive, Géraldine s'approche de Lydia tout doucement.

—Voulez-vous un verre d'eau ?

Surprise en flagrant délit de vulnérabilité, Lydia Roussel se reprend, secoue la tête et redevient instantanément une femme d'affaires sans émotions. Elle se tourne vers Iris en la pointant du doigt.

—Désormais, madame Robin, c'est à mon comptable que vous devrez vous adresser.

—Ça ne me pose aucun problème.

—Et sachez qu'à partir d'aujourd'hui, vos petits caprices ne passeront plus !

Blessée dans son orgueil, Iris devient tranchante.

—Je ne vous retiens pas, madame Roussel !

En passant, Lydia aperçoit son reflet dans la glace. La femme qu'elle y voit lui paraît ridée, vieillissante. Machinalement, elle pose le bout de ses doigts sur ses tempes, en étirant la peau vers la racine des cheveux. Ainsi figée, elle se trouve belle. Debout au milieu de la place, elle pivote sur elle-même comme si elle voulait se regarder dans tous les miroirs à la fois. Les rides ne se portent plus. Les signes du temps doivent disparaître. Un exercice épuisant, cruel, qui vire très vite à l'obsession.

Sentant qu'on l'observe, Lydia se ressaisit et demande avec désinvolture...

—Et alors, vous l'ouvrez quand, ce salon ?

Au même moment, la porte claque et le décorateur entre en criant :

—Voilà mes fleurs ! Voilà mes fleurs !

D'un saut de grenouille, il bondit dans la vitrine en invitant Iris et Géraldine à lui tendre, un à un, les bouquets qu'il dispose artistiquement sur chacune des colonnes jusque-là tristement nues.

—Je savais que ça prenait des fleurs ! Beaucoup de fleurs ! Avec des fleurs, c'est…

Quittant précipitamment la vitrine, le jeune homme court sur le trottoir en entraînant ses deux complices dans son joyeux tourbillon.

—Iris, regardez comme c'est beau ! C'est mouvant, c'est divin, c'est… *tendance* !

Seule au milieu du salon, Lydia se sent rejetée, abandonnée, comme quand elle était petite et que sa mère partait pour l'hôpital.

—Hou ! Hou ! Je viens livrer le buffet !

Les bras chargés de boîtes, Antonin entre par la ruelle et va directement vers la pièce de repos. Aussitôt qu'elle le reconnaît, Lydia se cache, attend qu'il soit passé, puis file discrètement par la porte entrouverte.

—Iris ? Géraldine ? Êtes-vous là ?

Géraldine arrive, tout essoufflée.

—Excuse-moi, j'étais dehors, je n'entendais pas.
—Où est-ce que je peux déposer tout ça ?
—Par ici, viens.

Géraldine aide Antonin à tout ranger dans l'énorme glacière portative qu'Iris a empruntée pour l'occasion.

—J'apporterai les pâtisseries plus tard.
—J'espère que nous aurons assez de nourriture pour tout le monde.
—Pour ça, vous pouvez faire confiance à mon père ! Et puis, en cas d'urgence, le *Petit Bedon* est juste en face.

Iris les rejoint. Elle n'est pas triste, mais elle paraît inquiète.

—Où est-elle ?
—Je ne sais pas.

Antonin les regarde sans comprendre.

—De qui parlez-vous ?
—Il y avait une dame, ici, tout à l'heure.
—Une dame ? Je n'ai vu personne.
—Moi non plus, quand je suis entrée, elle était déjà partie.
— Bon débarras !

Iris pousse un énorme soupir puis empoigne deux boîtes très légères, qu'elle transporte en se donnant les allures d'un déménageur de pianos.

—C'est ça, vas-y, fais le clown, ça va te faire du bien !

Géraldine rigole, sans être dupe de cette comédie à laquelle Iris se prête pour cacher son angoisse.

—Ça va, ma belle ?
—À part le trac, oui.

Antonin paraît surpris.

—Vous avez le trac ?
—Comme une étudiante devant une feuille d'examen ! C'est mon premier salon rien qu'à moi, je n'ai pas le choix, il faut que je réussisse !
—Tout va très bien se passer, vous verrez.

Spontanément, Antonin prend Iris dans ses bras pour lui faire un câlin, qu'elle reçoit avec reconnaissance. Ce n'est pas tous les jours qu'une femme peut profiter de l'accolade chaleureuse d'un garçon aussi charmant.

—Je viendrai vous aider pour le service.
—Merci, c'est très gentil.

Géraldine raccompagne Antonin, tandis qu'Iris invite le décorateur à ramasser ses affaires.

—Madame Robin, je peux revenir avec mon chum, ce soir?
—Bien sûr!
—Ah! quand il va voir le décor, il va ca-po-ter!

Incapable de retenir sa joie, le jeune homme quitte les lieux et traverse le square en se retournant plusieurs fois pour jeter un dernier coup d'œil vers la vitrine.

Tout est calme, le salon est désert, et il ne reste plus qu'à attendre l'arrivée des invités.

—Et si je nous versais un bon verre de vin?
—Excellente idée, Géraldine! La visite de cette femme m'a vidée!

Iris se laisse choir dans le fauteuil de cuir. Épuisée, elle ferme les yeux, pousse un long soupir, puis se redresse subitement…

—Maëlle n'a toujours pas téléphoné?

Chapitre 26

Surpris d'être convoqué chez Lydia à une heure aussi matinale, Félix Miller constate dès son arrivée que cette rencontre revêt un caractère extraordinaire, puisque sa belle-mère le reçoit dans son boudoir, et non familièrement dans la cuisine, comme elle le fait spontanément quand elle l'invite à déjeuner.

— Je vous en prie, Félix, assoyez-vous.
— Votre coup de téléphone m'a intrigué, Lydia.
— Je ne vous ai pas réveillé, j'espère ?
— Non, mais…
— J'ai pris une décision.
— Qui me concerne ?
— Peut-être, oui.

Anxieux, accablé par la chaleur, Félix suffoque dans cette pièce en recoin dont la fenêtre s'entrouvre à peine. Inutile de s'en plaindre, Lydia méprise l'air climatisé et préfère brancher son vieux ventilateur dont les palmes branlantes produisent des lamentations exécrables.

Trônant derrière son bureau, Lydia observe son gendre sans dire un mot. Crâneur, mal à l'aise, Félix décide de parer le coup.

— Vous avez gagné huit cents dollars hier soir.

— Ça tombe bien.

— Je savais que vous seriez contente.

— Justement, j'ai besoin d'argent.

— Vous...

Sans le savoir, Félix vient de fournir à Lydia le préambule qu'elle cherchait pour entamer ce tête-à-tête tant redouté...

— J'ai rendu visite à mon comptable...

— Sans m'en parler ?

— J'ai pensé que j'étais assez grande !

— Évidemment, mais...

Félix pianote nerveusement sur le bureau de Lydia, sans se douter qu'elle analyse ses moindres gestes.

— J'ai vérifié les livres et... je tenais à vous féliciter, mon cher !

Faussement modeste, Félix pose son index sur ses lèvres, pour dissimuler un sourire vaniteux. Si Lydia lui garde sa confiance, il pourra aisément profiter de ses largesses jusqu'à ce que toutes les dépenses encourues pour satisfaire les caprices d'Iris Robin aient été largement honorées.

Mais Lydia n'est pas si naïve. Misant sur l'orgueil, elle renchérit en insistant sur l'ingéniosité de son gendre.

— L'idée des fausses factures, c'était génial !

— Vous trouvez ?

—Me soutirer plus de vingt mille dollars en si peu de temps…

—Il fallait agir vite pour ne pas éveiller les soupçons.

—Pour ça, vous avez été d'une rapidité impressionnante !

—Laisser traîner ces fausses factures aurait pu vous attirer de graves ennuis avec votre comptable…

—C'est ce que j'ai compris.

—Il ne se doute de rien ?

—Il n'y a vu que du feu !

—Les copies étaient parfaites, n'est-ce pas ?

—À s'y méprendre !

Le regard de Lydia devient si incisif, si perçant, que Félix se sent tout à coup pris au piège. Sans baisser les yeux, elle se lève tranquillement, se rapproche, le subjugue, l'hypnotise sans lui laisser la moindre chance de s'esquiver.

—Et vous avez joué tout cet argent ?

—Non, non, pas tout, juste une partie !

—Combien ?

—Je ne sais pas, moi, environ dix mille dollars… Mais vous avez gagné beaucoup !

—Combien ?

—Presque le double.

—Avez-vous triché ?

—Non !

—Alors, comment avez-vous fait ?

—Le hasard… Le pur hasard…

—Et le reste ?

—Quel reste ?

—Le reste de l'argent que vous avez retiré du compte ?

—Je l'ai mis à l'abri.

—Où ça ?

—Je préfère ne pas vous le dire.

—Pourquoi ?

—Pour vous empêcher de jouer davantage.

—Vous me contrôlez ?

—Au contraire, je vous protège.

—C'est trop gentil !

—Si vous ne savez pas où est l'argent, personne ne pourra vous le voler…

—À part vous.

—Vous voulez rire ?

—Évidemment.

Cette fausse blague détend légèrement l'atmosphère. Félix ment. Lydia en est maintenant convaincue. Intelligente, bien renseignée, elle le domine plus qu'il ne s'en doute. Elle pourrait le confondre, l'obliger à rembourser, mais elle décide de ne pas insister.

—Puis-je vous servir quelque chose à boire ?

—Avec plaisir.

—Allons dans la cuisine, il y fait moins chaud.

Lydia redevient la femme désinvolte que Félix aime séduire. Toujours à l'affût des nouveautés qui font se pâmer les snobinards, elle verse de la liqueur de litchi dans de longues flûtes givrées refroidies au congélateur, en y ajoutant quelques framboises emprisonnées dans des glaçons.

—Goûtez, Félix, c'est délicieux !

—Et ravissant !

Félix avale une gorgée de liqueur, marche vers la fenêtre puis revient tranquillement vers Lydia, qui lui tourne le dos.

Sans qu'elle s'y attende, il pose son verre glacé au creux de son cou, juste pour le plaisir de la voir frissonner.

— Voyons, Félix, qu'est-ce qui vous prend ?

Il colle ses lèvres contre son oreille en chuchotant...

— Mmm... Vous sentez bon, Lydia... Vous goûtez bon...

Encouragé par un murmure, Félix ose embrasser Lydia dans le cou. D'abord quelques bécots bien innocents, pour la faire rire, suivis d'un baiser plus langoureux, glissant de l'oreille à l'épaule... Surprise, Lydia se raidit, puis s'abandonne, curieuse de voir jusqu'où ce séducteur osera s'aventurer. Il l'enlace tendrement, par derrière. Il lèche sa nuque. Elle penche la tête. Il caresse ses épaules, ses bras, s'aventure tout doucement dans l'échancrure de sa robe...

— Lydia...

En entendant Félix murmurer son prénom, Lydia secoue la tête, et repousse brusquement ses deux mains baladeuses. Elle cherchait une réponse, elle l'a eue !

— Bon ! Ça suffit ! Oublions tout ça, c'est fini !

Nerveuse, Lydia rajuste pudiquement son corsage, avale une dernière gorgée de liqueur, rince son verre, puis vient s'asseoir au bout de la table, le menton fermement appuyé sur ses poings refermés.

— Et maintenant, si nous parlions d'autre chose...

Dominante, sûre d'elle, Lydia continue d'agir comme si rien ne s'était passé.

— À propos, comment va Arlette ?

Craignant de l'avoir vexée, Félix déplace une chaise et s'installe juste en face, réservant entre eux un espace assez respectable pour satisfaire la bienséance.

—Arlette ne va pas bien, pas bien du tout.

—Toujours aux prises avec ses démons ?

—Elle ne m'en parle jamais, mais je constate qu'ils reviennent.

—Pauvre Arlette. Sa folie m'horrifie. Je n'y peux rien, c'est physique.

Lydia ferme les yeux et secoue plusieurs fois la tête pour effacer dans ses souvenirs toute référence à la dépression, aux démons, aux fantômes…

—Et comment va Renaud ?

—Il végète sur une terrasse et passe ses nuits devant son ordinateur.

—Pauvre enfant ! J'espère qu'un jour il va finir par comprendre que la vie n'est pas un roman.

—C'est ce que je me tue à lui répéter, mais il ne veut rien entendre. Au fond, il est trop *chieux* pour se grouiller le cul, puis aller travailler comme tout le monde.

— Félix !

—Excusez-moi, Lydia, mais je ne trouve pas d'autre mot.

—Que diriez-vous de *fainéant* ?

—Fainéant… paresseux… peureux…

—*Indolent* ?

—Flanc-mou !

—Peut-être est-il un peu trop *rêvasseur* ?

—Rêvasseur… *crosseur*… menteur… mettez-en !

—N'oubliez pas que Renaud est un artiste, et que souvent les artistes...

—Un écrivain raté, vous appelez ça un « artiste » ? Moi, j'appelle ça une chiffe molle... une poule mouillée... une petite tapette !

—Oh ! Je n'aime pas ce mot-là, Félix !

—Dans ce cas, proposez-m'en un autre.

—Je préfère *efféminé*, c'est plus délicat, moins brutal, moins grossier...

Trébuchant sur la sémantique, ils finiront par oublier leur incartade et se contenteront de jouer sur les mots avec la prétention d'aller au fond des choses.

Chapitre 27

« *Crème de poireaus / Jambon à la bièrre / desert au choix* »

—*Poireaux* prend un « x » au pluriel, bière ne prend qu'un « r » et *dessert* prend deux « s » !

—Excusez-moi, Monsieur Victor, j'étais distrait.

—Ça rêve de devenir écrivain et ça ne sait même pas écrire !

Victor Delcourt fait cette remarque sur un ton cinglant qui choque Renaud et l'empêche de répliquer. Sans rouspéter, il efface tout puis recommence. C'est la troisième fois qu'il essaie de retranscrire le « *Spécial du jour* » sur le tableau noir accroché à l'entrée de la *Terrasse du Petit Bedon*, en ajoutant de nouvelles fautes à chaque reprise. Victor l'observe. Victor l'énerve. Sa main tremble. Trop fragile, trop molle, la craie glisse entre ses doigts humides et salit de bavures blanchâtres la surface d'ardoise chauffée par le soleil.

—Nous n'avons pas de dessert du jour ?

—Tu ne sais pas lire ? « Dessert au choix », il me semble que c'est clair !

Irritable, pointilleux, Victor, si affable et si gentil d'habitude, quitte la terrasse en maugréant, sans se douter que la flèche empoisonnée qu'il vient de lancer a touché la cible en plein cœur. Blessé, Renaud respire profondément pour mater sa colère. Victor parti, il peut enfin prendre son temps et corriger chacune de ses fautes sans redouter les interventions intempestives d'un patron belliqueux qui s'en prend à l'Univers entier parce que sa femme part en voyage.

—Garçon !
—Oui, madame.
—Apportez-moi un croissant au fromage et un thé glacé.
—Tout de suite, madame.

Blanc de craie, Renaud se lave les mains et change son tablier en s'efforçant d'oublier que celui qu'il appelle affectueusement *Monsieur Victor* vient de l'humilier devant plusieurs clients.

—Pour moi, ce sera le potage avec des croûtons.
—C'est un bon choix, monsieur.

Renaud entre dans la pâtisserie, choisit le croissant, sert le potage, puis ressort aussi vite en constatant que le patron ne décolère pas. Depuis ce matin, les sautes d'humeur de Victor sont insupportables. S'il s'écoutait, Renaud s'enfoncerait des boules d'ouate dans les oreilles pour ne plus endurer ce vacarme incessant.

—Voilà, pour madame : un croissant au fromage, un thé glacé ! Et pour monsieur : un potage avec beaucoup de croûtons ! Désirez-vous autre chose ?

—Non, merci.

—Bon appétit !

Exaspéré, Renaud décide de monter le son de la radio pour enterrer les éclats de voix de Victor qu'on peut entendre jusque sur la terrasse. Il fait ensuite un tour de piste pour s'assurer que tous les clients sont satisfaits. Certains demandent l'addition, d'autres, moins pressés, bavardent devant un café refroidi ou une assiette à moitié vide.

—Si vous avez besoin de quoi que ce soit, n'hésitez pas, je reste là, tout près.

Enfin libre de prendre une pause, Renaud s'installe à l'ombre, sous l'escalier, pour réviser la dernière version de son roman, en évitant d'être aveuglé par le soleil ou dérangé par un coup de vent intempestif.

En débouchant son marqueur jaune, Renaud se sent instantanément écrivain. Son cartable ouvert devant lui, il s'apprête à se mettre au travail… mais déchante aussitôt en constatant que les corrections qu'on lui propose sont aberrantes. Raturé, barbouillé, son texte a été remanié, déformé, étoffé, au point qu'il n'arrive plus à reconnaître ses propres mots, clairsemés entre les mots des autres. Ah ! si seulement il pouvait partager cette tâche avec son copain ! Mais France Choquette a été formelle : une telle indiscrétion risquerait de lui coûter son prix. Incapable de faire la part des choses, Renaud referme son stylo feutre et range soigneusement son cartable.

Demain matin, il retournera le texte à l'éditeur avec la mention *corrections approuvées / RVM*. Après tout, ces gens-là savent ce qu'ils font. Puisque les juges ont apprécié son roman, puisque le prix littéraire lui a été officiellement décerné, Renaud peut bien leur faire confiance. *Renaud Verdier-Miller*! Il voit déjà son nom en évidence sur la jaquette. Il ne doit pas bouder sa chance…

— Garçon, puis-je avoir encore un peu de café?
— Avec plaisir, madame!

L'écrivain redevient instantanément garçon de table, sans que personne autour ait perçu la métamorphose. Renaud sourit en pensant que dans quelques semaines, quand il sera devenu célèbre, ces mêmes clients se vanteront de l'avoir connu.

— Votre addition? J'arrive tout de suite, monsieur!

Une fois l'argent encaissé, Renaud se dirige à nouveau vers l'escalier. Il rapproche les chaises, nettoie la table et dépose en plein centre une plaquette indiquant que la place est réservée.

Paulette, Géraldine, Iris et Jocelyn se retrouvent désormais tous les soirs à la *Terrasse du Petit Bedon*, et s'installent invariablement à la même table, comme le font les clients des restaurants chics qui ont leurs habitudes, leurs fantaisies, leurs petits caprices… Heureux de les servir, Renaud s'en amuse.

Paulette arrive habituellement la première. Elle choisit la chaise du fond, puis attend patiemment les trois autres en lisant ou en tricotant. Géraldine s'amène ensuite, toujours essoufflée, toujours incommodée par ses *chaleurs*, et Iris vient les rejoindre après la fermeture du salon.

Quand Jocelyn tarde un peu, les trois femmes s'amusent à s'inquiéter. La première qui ose dire « Il a peut-être eu un accident » doit payer le café pour tout le monde.

— Salut, Renaud !

— Salut, grand-papa ! Dépêche-toi, tes trois « blondes » t'attendent !

— Depuis longtemps ?

— Paulette est là depuis au moins une heure…

Après un long, trop long veuvage, Paulette Robin n'avait plus envie d'être seule, et la compagnie des trois autres lui procure un bonheur qu'elle n'avait jamais retrouvé depuis son premier séjour à Paris quand, jouant les *existentialistes*, les copains se retrouvaient sur une terrasse à Saint-Germain-des-Prés pour boire un café noir et fumer des *Gitanes* qui leur raclaient la gorge.

Ces derniers temps, Jocelyn aussi s'ennuyait dans son coin. L'appartement de son confrère, trop bien décoré, trop bien rangé, lui convenait au début, mais il s'y trouve à l'étroit depuis qu'il a des ailes. Ces rendez-vous quotidiens à la *Terrasse du Petit Bedon* sont arrivés à point nommé dans sa vie. Il y prend désormais tous ses repas du soir en excellente compagnie et jouit de la présence de son petit-fils comme jamais il ne l'avait fait auparavant.

— Tu as l'air fatigué, grand-papa.

— Il y avait un trafic fou, ce soir.

— Penses-tu déménager bientôt ?

— Aussitôt qu'Antonin sera prêt à quitter son logement !

—Tante Marianne m'a dit que Géraldine désirait louer l'appartement voisin, tu le savais ?

—Elle m'en a parlé, oui. Elle avait sans doute envie de se rapprocher…

—De toi ?

—Non, pas de moi, du *Petit Bedon* !

Géraldine y vient surtout par gourmandise. Elle adore les pâtisseries de Victor, et Victor adore les clientes qui savent apprécier l'onctuosité d'une touche de crème fouettée sur une tarte encore tiède.

Moins gourmande, mais aussi bavarde, Iris se joint au groupe pour se reposer, oublier ses clientes et profiter des gens qu'elle aime : sa mère, sa meilleure amie, sans oublier la présence de Jocelyn, qui ajoute à leur groupe une mixité fort appréciable.

—Excusez mon retard, mesdames, j'ai été retenu à la morgue.

—Tais-toi, Jocelyn !

—Ma pauvre Paulette, si tu savais comme les morts sont tranquilles !

—Jocelyn Verdier, si tu parles encore de « ça », je m'en vais !

Quand Paulette se fâche, personne n'y croit, encore moins Jocelyn, qui finit toujours par la faire rire.

—Mais qu'est-ce qu'ils font ? J'ai faim, moi !

Géraldine s'impatiente. Elle se lève, jette un coup d'œil autour d'elle et constate que toutes les tables de la terrasse sont occupées. Tant pis : *à la guerre comme à la guerre !* Se tenant aux aguets, elle surveille Renaud et l'attrape au vol comme on capture un papillon dans un filet.

—Ah! Ah! mon garçon! Je t'ai! Je te garde!
—Excusez-moi, je reviens tout de suite!
—On attend déjà depuis…
—Ce n'est pas ma faute, Géraldine, le service est très lent ce soir!

Jocelyn décide d'intervenir.

—Il y a un problème?
—Pas un, deux! Notre aide-cuisinier est tombé malade et monsieur Victor se retrouve débordé, incapable d'accompagner madame Gigi à l'aéroport!
—Dans ce cas, il faut faire quelque chose!

Oubliant sa faim, Géraldine se rue vers la cuisine, prête à remplacer Victor par la force, s'il le faut. Elle se plante devant lui, les deux poings sur les hanches.

—Allez, Victor, donnez-moi votre tablier!
—Qu'est-ce qui se passe?
—Je suis bonne cuisinière, bonne pâtissière, et je peux vous remplacer sans problème durant quelques heures!
—Mais…
—Faites-moi confiance, les clients n'en mourront pas. Au pire, ils vous regretteront et vous retrouveront demain avec enthousiasme!
—C'est que…
—Votre Gigi s'en va! Vous n'allez pas la laisser filer comme ça, sans même lui dire au revoir?

Fatigué de supporter la mauvaise humeur de Victor, Antonin se met de la partie.

—Géraldine a raison, papa. Tu as encore le temps, dépêche-toi !

—Laissez-moi au moins changer de chemise !

—Vas-y, mais fais ça vite !

Les boutonnières refusent de s'ouvrir, les boutons lui glissent entre les doigts, Victor est sur le point de tout lâcher quand Géraldine prend les choses en main.

—Approchez, je vais vous aider !

Plus calme, plus habile, elle boutonne la chemise en un rien de temps, à croire qu'elle a passé sa vie à rhabiller des hommes.

—Voilà, c'est fait ! Vous êtes beau comme un cœur !

—Ma cravate ? Où est ma cravate ?

—Elle est là ! Venez, laissez-moi faire.

Victor consulte sa montre. Le temps file. À l'heure qu'il est, Gigi doit déjà être en route pour l'aéroport.

—Sa copine devait venir la chercher mais…

—Arrêtez de gigoter !

—Elle préférait prendre un taxi.

—Pour l'amour, Victor, cessez de vous inquiéter !

—Elle ne voulait pas que j'aille à l'aéroport…

—Voyons donc, elle a dit ça parce qu'elle ne voulait pas vous déranger.

—Vous croyez ?

—N'hésitez pas une seconde : Gigi est seule à l'aéroport… vous la cherchez… vous l'apercevez de loin… vous approchez… c'est la surprise… vous lui tendez les bras… vous la rejoignez… vous l'enlacez… et puis vous l'embrassez en lui disant que vous l'aimez !

Géraldine termine sa phrase les yeux fermés, prête à construire un mélodrame autour d'une histoire d'amour qu'elle invente à mesure. Victor Delcourt la ramène sur Terre.

—Et si elle est fâchée ?

—Fâchée ? Pourquoi serait-elle fâchée ?

—Je ne sais pas.

—Non, croyez-moi, aucune femme ne peut résister à une preuve d'amour comme celle-là...

Gagnée par l'émotion, Géraldine se frotte les yeux pour écraser ses larmes.

—Allez ! Oust ! Partez, Victor ! Partez vite, sinon vous allez me voir chialer !

D'un geste autoritaire, Géraldine pousse Victor vers la sortie. Il fait docilement quelques pas, puis revient vers elle et l'embrasse sur la joue.

—Merci, Géraldine. Merci pour tout.

Enfin, la place est libre, et Géraldine a chaud ! Faut dire qu'elle s'est un peu vantée, pour ne pas dire beaucoup. Ses talents de cuisinière, si reconnus soient-ils, n'avaient jamais été soumis au bourdonnement d'une ruche d'abeilles. Comment servir tout ce monde à la fois ? Comment tout préparer ? Tout cuire ? Tout réchauffer ? Il lui faudrait au moins deux têtes, dix mains... et quelques paires de jambes.

—Antonin ! Renaud !

Les deux garçons courent si vite, qu'elle n'arrive jamais à les attraper. Soudainement tout s'embrouille. Géraldine flanche. Elle se sent mal, elle va craquer.

— Pouvons-nous vous aider ?

C'est Paulette qui a eu l'idée de venir à la rescousse, puis Iris et Jocelyn l'ont suivie, sans trop savoir comment s'y prendre pour remplacer Victor.

Les commandes se succèdent à une vitesse folle :

— Un pâté au poulet... deux sandwiches au jambon avec moutarde... un avec laitue... l'autre sans...

— Une assiette de fromages... une salade de thon... quatre soupes aux poireaux...

Incommodée par sa ménopause, Géraldine a le souffle court et la figure empourprée. Elle ne sait plus où donner de la tête.

— Maudit que j'ai chaud !

Sentant que le traîneau va chavirer, Iris décide de prendre les rênes.

— Désolée, mes chéris, mais il n'y a plus de soupe, plus de soupe du tout... C'est comme ça, faut faire avec !

Seule au comptoir, elle compose les salades, coupe les fromages, tranche les pâtés et confie à Géraldine le soin de réchauffer les plats préparés qui remplaceront le menu du jour.

Sans s'occuper du brouhaha, Paulette fait des sandwiches calmement dans son coin, tandis que Jocelyn bourre le lave-vaisselle en espérant ne rien casser.

— Alors, les moussaillons, comment ça s'est passé ?

Quand le capitaine revient, après trois heures d'absence, la tempête s'est enfin calmée, le vent s'est radouci et il ne reste plus qu'un léger soupçon de rose aux joues de Géraldine, juste assez pour que Victor remarque le bleu clair de ses yeux. Il la prend gentiment par les épaules et la regarde en essayant de sourire.

— Pas trop fatiguée, Géraldine ?
— Oh ! non, tout va bien ! Rien à signaler ! N'est-ce pas, les amis ?

Solidaires, ils se rangent tous spontanément derrière leur copine, en évitant d'évoquer les petits, moyens et gros travers qui sont venus épicer la soirée.

— Et toi, papa ? Parle-nous de toi ! As-tu vu maman ?

Entraînant son père par le bras, Antonin invite tous les autres à les suivre sur la terrasse où Renaud a déjà rassemblé quelques chaises.

— Attendez-moi, je reviens tout de suite, et j'apporte à manger pour tout le monde !
— Bonne idée, Renaud, j'ai un petit creux, moi.
— Pauvre petite Géraldine, tu n'as rien mangé !
— C'est ça, moque-toi de moi, Iris Robin. Après ça, tu viendras dire que tu es mon amie.
— Ne te fâche pas, ma belle grosse, tu sais que je t'aime !

Iris prolonge sa déclaration d'amour par une caresse amicale qui fait rigoler tout le monde.

— Attention, tu me serres trop fort, tu m'étouffes !
— Pauvre Géraldine !
— C'est ça, plains-moi, maintenant !

—Qu'est-ce qui t'arrive ? Je ne t'ai jamais vue réagir comme ça !

—C'est à cause de mes maudites chaleurs, ça m'épuise ! Attends d'en avoir, tu verras !

Comment Antonin et Renaud trouvent-ils encore la force de courir de la sorte ? Antonin sort ses meilleurs fromages, coupe du pain, choisit quelques pâtés et compose rapidement une salade à la dinde, pendant que Renaud se charge d'apporter les couverts.

—Tenez, servez-vous, c'est à la bonne franquette.

La joyeuse bande s'entasse en cercle sous l'escalier. Géraldine entame le pâté de canard…

—Quelqu'un en veut ?

Jocelyn tend les assiettes. Paulette sert la salade. Iris éclate de rire.

—Il ne nous manque qu'un feu de camp et un sac de guimauves !

—Je ne peux pas allumer un feu de camp, mais, des guimauves, si vous en voulez, j'en ai !

—Non, non, Antonin, c'est juste une farce !

Les plus nerveux se calment et peu à peu le silence s'installe. Immobile sur sa chaise, les bras croisés, le regard fixe, Victor Delcourt ressemble à un chef indien qui attend le signal des dieux pour fumer le calumet de paix.

—Allez, papa, cesse de nous faire languir ! As-tu vu maman ?

Victor hésite encore, puis il se met à parler très lentement.

— Je l'ai cherchée partout jusqu'à la toute dernière minute. On faisait déjà le dernier appel quand je l'ai vue arriver en courant à la porte d'embarquement avec son passeport dans une main et son billet dans l'autre. Quand elle est passée près de moi, j'ai crié son nom assez fort pour qu'elle m'entende. Elle s'est retournée et m'a regardé fixement durant quelques secondes.

— Elle n'était pas fâchée ?

— Non, Géraldine, elle n'avait l'air ni fâchée, ni contente. Je me suis approché pour l'embrasser, mais une jeune femme en uniforme l'a obligée à presser le pas.

— Ensuite ?

— Ensuite, je l'ai regardée s'éloigner. Au dernier moment, elle s'est retournée vers moi, pour que je puisse lire sur ses lèvres, et m'a dit : *Je vais t'écrire !* Puis elle s'est faufilée dans la foule et je l'ai perdue de vue.

Victor hésite entre le sourire et les larmes. Le cœur serré, il interroge ses amis du regard avant d'oser poser la question qui le tenaille...

— Le courrier met combien temps pour venir de San Francisco ?

Chapitre 28

Le front collé sur le hublot, Gigi Delcourt trompe son angoisse en regardant défiler les balises lumineuses qui jalonnent la piste. Dans quelques secondes, l'énorme oiseau prendra son envol, emportant sous son aile une biche apeurée s'inquiétant du moindre soubresaut.

— Le commandant de bord vous souhaite un bon voyage !

Gigi murmure « *c'est la moindre des choses* » en repensant à tous les films d'horreur qu'on a tournés sur le sujet. Le scénario reste toujours le même : à bord d'un appareil bondé, se retrouvent, unis par le hasard, des couples d'amoureux, des gens d'affaires stressés, des vacanciers insouciants et des parents exaspérés par les caprices de leurs enfants. Chacun cherche son siège, range ses bagages, s'assoit et boucle sa ceinture. Au décollage tout va bien. Tout paraît calme. Puis, la musique aidant, l'atmosphère s'alourdit. La tension monte. La catastrophe est imminente ! Effrayée par ses fantasmes, Gigi se voit déjà balancée dans l'océan à la merci des requins...

Indifférente aux états d'âme des passagers, l'hôtesse explique les consignes à suivre en cas d'urgence : sorties de secours… gilet de sauvetage… masque à oxygène… Gigi mâche de la gomme à s'en décrocher la mâchoire.

— Vous avez sonné, madame ?

— Oui, je veux boire ! J'ai soif !

— Détendez-vous, ce ne sera pas long, nous vous servirons bientôt des rafraîchissements.

Gigi replie une couverture sur ses jambes et tente d'appuyer sa tête sur un oreiller minuscule tenu en déséquilibre entre le dossier de son fauteuil et le hublot. Les deux mains posées sur ses cuisses, elle pianote d'impatience en attendant la venue du chariot-bar. Quand il arrive enfin, elle commande un premier scotch double, qu'elle boit d'un coup sec, puis en commande un deuxième, qu'elle avale aussi vite… avec des somnifères.

Confortablement installée, un peu calmée, elle décide d'écrire à Victor : *Mon pauvre Vichou…* Elle le revoit, avec sa bouille de chien battu, quand il lui faisait de grands signes près de la porte d'embarquement. Les yeux dans l'eau, il restait là, ridicule, pathétique, incapable de refréner son dépit amoureux. Gigi se sentait prisonnière d'un amour rose bonbon, coincée dans une toile d'araignée en sucre d'orge. Elle aurait préféré que Victor ne vienne pas. Qu'il la laisse partir seule, sans lui imposer cet exaspérant moment d'adieu. *Mon pauvre Vichou…* À part ces trois mots, le papier reste vierge. L'inspiration ne vient pas. La pitié, en amour, est piètre conseillère.

L'hôtesse offre des écouteurs. On tamise l'éclairage. Bientôt, le film va commencer. Un chef-d'œuvre ? Un navet ?

Gigi s'en fout! Les somnifères et l'alcool l'ont rendue somnolente. Elle glisse son sac sous la banquette avant, retire ses chaussures, incline son siège et ferme les yeux en espérant dormir jusqu'à l'escale, peut-être même jusqu'à San Francisco...

En quittant l'aéroport, éreintée, épuisée, Gigi prend le bus puis descend au premier motel venu, sans se montrer trop difficile. Une chambre propre, un lit confortable, elle n'en demandait pas plus. Elle aurait dû! Car les tuiles de la salle de bains sont crasseuses et le fond de la baignoire paraît cerné d'un jaune douteux. Dédaigneuse, Gigi pose ses pieds sur une serviette pour prendre sa douche.

Après s'être recoiffée devant un bout de miroir à moitié étamé, elle enfile son pyjama de satin lilas puis se glisse entre les draps trop rêches, qui dégagent une odeur de javel à plein nez. Incapable de dormir, elle fouille dans le tiroir de la table de chevet et trouve une enveloppe portant le nom du motel et l'adresse à San Francisco, pour rassurer Victor.

Mon cher Vichou... Mon bon Vichou... Mon pauvre Vichou... Gigi hésite, rature puis recommence son brouillon sans arriver à se décider. Quand on s'apprête à assassiner quelqu'un, le choix des mots a son importance. Après plusieurs essais, elle opte finalement pour *Victor...* Victor tout court. Victor tout nu. Victor sans préambule. Victor... Gigi. Entre leurs deux prénoms, Gigi met quelques heures à compléter sa lettre. En la signant, elle pleure un peu, mais se console aussi vite en pensant à Fabrice, qui ne se doute pas que sa *musette* va bientôt le surprendre.

Chapitre 29

I left my heart in San Francisco! Après une bonne nuit de sommeil, Gigi se réveille, bercée par la voix suave de Frank Sinatra. Elle se lève en chantant, fait le tour de la pièce en dansant, et se rend en virevoltant jusqu'à la fenêtre. Elle tire les rideaux et constate avec surprise que les passants portent tous une petite laine ou un coupe-vent léger, alors qu'elle rêvait de bord de mer et de sable chaud. Si elle s'était renseignée, les habitués auraient pu lui dire qu'il vente beaucoup à San Francisco.

Qu'importe la chaleur, qu'importe le vent, puisque Fabrice est là ! Elle imagine déjà sa tête quand il la verra paraître dans sa magnifique robe rouge, toute prête à parader pour lui. Un peu nerveuse, Gigi replie son pyjama, ramasse ses affaires, boucle sa valise, règle la note et jette sa lettre à la poste sans même prendre le temps de la relire. Ce qui devait être fait est fait ! Le cœur léger, elle s'engouffre dans un taxi.

—*Carlton Hotel, please !*

L'autre jour, au téléphone, Fabrice Janson a parlé d'une réception à l'hôtel Carlton, suivie d'un défilé. Dans la tête de Gigi tout semblait pourtant simple : un hasard provoqué, une rencontre impromptue, et la joie de se retrouver dans les bras l'un de l'autre… Mais les choses ne se présentent pas exactement comme elle les avait planifiées. Tirant sa valise à roulettes, Gigi se retrouve seule à l'hôtel Carlton, face à une réceptionniste qui a du mal à comprendre son anglais approximatif.

— *Mister Fabrice Janson invite me to a reception!*
— *When?*
— *Today or tomorrow, I don't know!*
— *Oh! Maybe you mean his wedding reception!*
— *Wedding?* Mariage?
— *Yesterday night, yes!*
— *Yesterday?*
— *Yes! But now Mister Janson is gone!*
— Comment ça *gone*? Voulez-vous dire qu'il est parti?
— *He checked out at 8 o'clock this morning!*
— Pour le défilé?
— *Sorry, I don't understand!*
— Le défilé! La parade!
— *Oh! the Parade! Oh! yes! It's right there, on Market Street!*
— Dehors? *Outside?*
— *Of course!*
— *And Mister Janson?*
— *Mister Janson is gone!*
— O.K., laisse tomber! *Never mind!*

Gigi quitte l'hôtel en traînant sa valise encombrante, sans savoir où aller. Dehors, la ville est en liesse. Une foule bigarrée, tapageuse, se presse sur les trottoirs. Gigi se retrouve à la fois agressée et ignorée par des centaines de beaux gars qui la bousculent sans la remarquer. Plusieurs ont la tête rasée, d'autres se pavanent cheveux au vent, torse velu. Certains, même, ont les fesses nues, moulées dans des collants de cuir noir ajourés où il faut. Partout des corps musclés, huilés, parfumés... trop parfumés ! Gigi en a la nausée. Soudain, une femme la frôle, la flirte ouvertement puis s'éloigne à reculons en lui envoyant des baisers...

— *The Parade is coming ! The Parade is coming !*

Un cordon de policiers tente de retenir la foule. Affolée, Gigi se sent emportée puis poussée irrésistiblement vers la rue où le défilé vient de s'engager dans un tintamarre de carnaval. Les costumes et les déguisements les plus osés sont accueillis avec un enthousiasme à la limite de l'hystérie. Gigi étouffe. Elle joue des coudes et veut partir, quand, tout à coup, elle voit venir le premier char... Quel choc ! Au beau milieu d'un amas de plumes et de paillettes, elle aperçoit Fabrice Janson et son amoureux, juchés comme deux petits mariés en porcelaine sur un énorme gâteau de noces, entourés de travestis colorés qui leur lancent des serpentins en dansant la samba. Encouragés par les applaudissements de la foule, les nouveaux époux s'embrassent sans que personne s'aperçoive que Gigi vient de s'écrouler.

Chapitre 30

À peine arrivée chez le notaire, Marianne constate que, dans l'adversité, Lydia s'avère encore plus coriace que prévu. C'est elle pourtant qui a convoqué cette réunion pour en finir avec la vente des deux duplex. Une transaction astucieuse qui lui permettra à la fois d'évincer deux vieillards ronchonneurs et de refiler à quelqu'un d'autre les réparations qui s'imposent.

— Nous désirons acheter les deux duplex en copropriété, maman !

— Pour te retrouver ruinée si jamais ce tatoué faisait faillite ? Non, il n'est pas question que je cède l'héritage de mon père à un *étranger* sans protéger les intérêts de *ma propre fille* !

Drapée dans ses principes, Lydia parle fort, gesticule et arpente la pièce en frappant du talon. À la moindre objection, elle se cabre, devient tendue, émotive, mais le trémolo de sa voix sonne faux.

—Bon, puisque c'est comme ça, annulons tout !

Quand la tension monte, Lydia, fine mouche, change de tactique et devient cassante. Elle s'empare des documents, les lance violemment sur le bureau du notaire, puis les reprend aussitôt, en vérifiant du coin de l'œil l'effet que sa manœuvre a produit sur le pauvre Antonin, qu'elle humilie exprès en lui attribuant des surnoms méprisants. Heureusement pour lui, Marianne connaît trop bien les talents d'actrice de sa mère pour se laisser impressionner par cette comédie loufoque. Debout, les bras croisés, elle affronte Lydia sans broncher en soutenant son regard avec une certaine arrogance.

Fasciné et patient, Victor Delcourt se contente d'observer la scène. Assis en retrait, il guette du coin de l'œil les réactions du notaire, et prévoit instinctivement les objections de Lydia. À la moindre accalmie, il regarde sa montre en comptant les secondes. Au bout d'une heure, n'y tenant plus, il surprend tout le monde en sautant dans l'arène.

—Bravo ! Bravo, madame ! Vous jouez très bien, mais la pièce est trop longue !

Saisie, Lydia se tait, et Victor en profite pour prendre le contrôle d'une situation inextricable qui risquait de s'envenimer. Composant habilement avec l'orgueil et l'insécurité maladive de l'adversaire, il renchérit et laisse grimper la mise jusqu'à ce que ses faux scrupules finissent par s'estomper.

—Madame Verdier, acceptez-vous cette offre ?

—Pas si vite, notaire, laissez-moi réfléchir…

Alléchée par l'odeur de l'argent, Lydia se comporte subitement en femme d'affaires beaucoup plus conciliante. Elle se retourne vers Marianne.

— Bon, puisque le père de ton *tatoué* se porte garant de l'entièreté de la dette, nous allons conclure cette transaction sur-le-champ. Avez-vous préparé tous les papiers, notaire ?

— Le dossier est déjà complet, madame.

— Parfait ! Question argent, je vous laisse le soin de finaliser l'affaire.

— Dois-je obtenir l'assentiment de votre gendre ?

— Non, notaire, pas cette fois-ci.

Estomaqués, Marianne et Antonin ont l'impression d'assister, impuissants, à un événement qui ne les concerne plus. Il a suffi que le père de l'un rassure la mère de l'autre pour que le combat cesse, faute de combattants. Antonin, frustré, voudrait réagir, mais Marianne, mieux avisée, l'invite à la prudence : quand Lydia Roussel capitule, l'ennemi se tait et savoure sa victoire.

— Venez, mes enfants ! Approchez ! Tout est réglé !

Paternel, accueillant, Victor les enlace tous les deux, et les rassure d'un air complice.

— C'est ta mère qui va être contente, mon gars !

Quelques signatures et le tour est joué… mais à une condition, cependant : en acceptant de leur céder les deux duplex en copropriété, Lydia exige qu'Antonin s'engage formellement, par écrit, à ne jamais revendre sa part sans obtenir son autorisation et l'accord de Marianne. Antonin promet. Victor endosse. Et Lydia retourne chez elle, satisfaite… et plus riche.

Chapitre 31

Pour célébrer le week-end de la Saint-Jean, le *Petit Bedon Gourmand* se donne des airs de fête. Victor a sorti son accordéon, et le square Roussel s'anime, envahi par les touristes et les gens du quartier qui s'y retrouvent pour s'éclater, pour chanter, mais surtout pour danser, car la musique de Victor est entraînante.

La valse, le tango et même la java reviennent à la mode depuis que des amuseurs publics ont été engagés pour animer la foule. Cette heureuse initiative, suggérée par Géraldine, attire la clientèle au point que, certains soirs, on doit ajouter des tables près de la *Terrasse du Petit Bedon*.

— Excusez-moi d'arriver aussi tard…

Iris se faufile sous l'escalier et va s'installer tout au fond, entre Géraldine et Paulette.

— Fais attention à toi, ma chérie, tu travailles trop.
— C'est le temps des mariages, maman, quand la manne passe, faut en profiter.

—Pourquoi ne m'as-tu pas appelée, j'aurais pu t'aider à ranger le salon.

—Voyons, Géraldine, tu en fais déjà bien assez comme ça !

—Quand même, deux mariages le même jour…

—Les demoiselles d'honneur sont ravissantes, mais elles sont trop nombreuses, trop énervées… et trop bavardes ! Quand elles repartent, je suis épuisée.

—Que dirais-tu d'un bon café ?

—Merci, Jocelyn, tu lis dans mes pensées !

Un signe suffit pour que Renaud comprenne.

—Dis-moi, ma chérie, as-tu eu des nouvelles de Maëlle ?

La question de Paulette assombrit le regard d'Iris.

—Je l'appelle tous les jours… et converse avec un répondeur.

—Elle ne te rappelle pas ?

—Non. Son message dit qu'elle est très occupée.

—Comme c'est curieux.

Voyant qu'Iris a du chagrin, Géraldine essaie de tempérer les choses.

—Elle a peut-être un amoureux ?

—Ça n'empêche pas d'appeler sa mère !

—Si ma mémoire est bonne, tu ne m'appelais jamais, dans le temps, ma chérie.

—Parce que tu t'inquiétais pour rien.

—Ah bon ! Et toi ?

Le café arrive juste à temps pour couper court à ces reproches à peine voilés, surgissant comme un nuage sombre dans un firmament déjà brumeux.

—J'en ai apporté pour tout le monde.

—Merci, mon grand.

Renaud dépose les tasses sur la table puis se penche vers Jocelyn en chuchotant.

—J'ai reçu un appel de « qui tu sais », et « ce que tu sais » sera dévoilé très bientôt.

—Bravo ! Est-ce que je peux...

—Non, pas encore. Je te le dirai quand viendra le temps.

Pour l'instant, c'est le brouhaha dans la cuisine. Antonin prépare les plats, tandis que Renaud doit redoubler de vitesse pour satisfaire les clients déjà attablés et désaltérer les danseurs assoiffés qui font la queue pour un grand verre de limonade offert gracieusement par la maison.

Enfermé dans sa bulle, Victor joue de l'accordéon. C'est sa manière à lui d'égrener les heures en attendant le retour de sa belle.

—*Le plus beau de tous les tangos du monde, c'est celui que j'ai dansé dans vos bras...*

Quand il chante, sa voix fausse un peu, mais la volupté du mouvement fait oublier tout le reste. Les yeux fermés, ce gros homme amoureux laisse glisser ses doigts sur le clavier de son instrument en effleurant les touches comme s'il caressait le corps d'une femme. Ah ! Gigi ! Gigi ! Le cœur serré, Victor s'imagine dansant avec elle, pieds nus dans le sable au bord de la mer...

—*J'ai connu d'autres tangos à la ronde, mais mon cœur n'oubliera pas celui-là !*

Victor n'a jamais vu la mer, mais il en rêve depuis sa plus tendre enfance, quand son père, un peu soûl, lui racontait des voyages inventés où se mélangeaient le soleil, la mer, le sable chaud… et les femmes au corps de sirène ! Le bambin, fasciné, y croyait au point de prier la nuit pour que son père le prenne dans ses bras et l'emmène avec lui dans ces pays lointains où les femmes sont si belles, et leurs baisers si doux qu'ils vous laissent dans la bouche un goût de miel.

Pauvre Gigi ! Pauvre sirène ! Comme il aurait aimé partir à la mer avec elle. La regarder s'éloigner sur la plage. Suivre l'empreinte de ses pas sur le sable mouillé… courir… la rattraper… et lui tenir la main pour affronter les vagues… Lui qui pourtant a peur de l'eau. Une fois, une triste fois, pour leur anniversaire, il a voulu lui offrir un voyage en cadeau. Les bagages étaient prêts, ils allaient s'envoler, quand l'ouragan…

— Victor !

Troublé, Victor sort de son rêve. Gigi était si belle, si diaphane, toute nue sous son paréo blanc.

— Victor, une java, s'il vous plaît !

Comment résister au désir d'une jeune danseuse aussi mignonne ? Victor change de décor et se retrouve à Paris…

— *C'est la java bleue… la java la plus belle… celle qui ensorcelle… et que l'on danse les yeux dans les yeux…*

Victor n'a jamais visité Paris non plus, mais aucun détail de la Ville Lumière ne lui est inconnu : la Tour Eiffel, le Sacré-Cœur, le Jardin du Luxembourg… Il s'y rendrait les yeux bandés. Combien de photos a-t-il épinglées dans sa chambre d'adolescent, quand il avait le vague à l'âme ? Combien de revues feuilletées ?

Combien de cartes consultées ? Combien de promesses faites à lui-même ? Un jour, il irait à Paris avec la femme aimée. Il lui offrirait des robes éblouissantes, des parfums, des bijoux...

— *Comme elle, au monde, il n'y en a pas deux... c'est la java bleue !*

Spontanément, les danseurs se sont rapprochés pour applaudir Victor, qui paraît à la fois gêné et surpris de cette reconnaissance.

— Allez donc danser au lieu de me regarder !

Remisant ses souvenirs, il entonne *Sous les ponts de Paris* et déambule entre les tables en faisant onduler son accordéon. Et pendant que tout le monde chante, il se rapproche de l'escalier.

— Ça va, là-dessous ? Allez, amusez-vous, venez danser ! Entraînez-les, Jocelyn, vous êtes le chef...
— Le chef de quoi ?

Sans cesser de jouer, Victor jongle avec les mots.

— La... le... aidez-moi, bon Dieu ! Il faudrait bien vous trouver un nom !

Renaud arrive à la rescousse.

— Moi, j'en ai un... Enfin, c'est comme ça que je vous appelle quand vous n'êtes pas là.
— Ah bon ! Et peut-on savoir quel est ce nom ?

Intimidé par l'air ironique de Jocelyn, Renaud ferme les yeux et proclame d'une voix forte :

—Le *Nombril du Petit Bedon* !

La proposition de Renaud fait l'effet d'une traînée de poudre qui éclate en feu d'artifices. À mesure que le nom se répète d'une table à l'autre, les clients se mettent à rigoler, encouragés par Victor, dont le rire en cascade devient facilement contagieux. Paulette jubile.

—Le *Nombril du Petit Bedon* ! Quel nom délicieux ! C'est fou… c'est pétillant… c'est… c'est nous ! Qu'en penses-tu, Iris ?

Iris se pare d'un sourire un peu pâle, mais un sourire quand même.

—Tu as raison, maman, c'est nous.

Jocelyn invite ses trois amies à le suivre.

—Venez mesdames, allons danser ! Ce soir, le *Nombril du Petit Bedon* fait officiellement son entrée dans le monde !
—*Hôtel du Courant d'air, où l'on ne paie pas cher… Le parfum et l'eau c'est pour rien, mon Marquis, sous les ponts de Paris* !

Aussitôt la danse terminée, Géraldine invite Iris à dormir chez elle.

—Je veux que tu étrennes mon nouveau futon : confort total garanti !
—Café fourni ?
—Café, *kleenex* et petits biscuits.

Géraldine connaît déjà le scénario : dès le premier café, Iris lui parlera de Maëlle. Puis, de confidence en confidence, elle se livrera sans pudeur, jusqu'à ce que Géraldine, épuisée, l'invite à s'endormir calmement, sans pleurer. Quand le cœur est trop lourd, la complicité d'une oreille attentive vaut mille fois le poids d'un torrent de larmes répandues sur un oreiller.

Victor a rangé son accordéon. La *Terrasse du Petit Bedon* doit bientôt fermer. Les lampions sont éteints, mais la chaleur invite plusieurs clients à s'attarder en sirotant une limonade un peu tiède.

— Il n'y a rien ni personne qui peut m'empêcher de vous servir de la glace !

Armé d'un pichet d'eau citronnée, Victor surveille les tables et remplit les verres à mesure qu'ils se vident. Il voudrait tant que cette soirée s'éternise. La solitude lui pèse, et son lit, sans Gigi, lui paraît bien trop grand, bien trop vide.

Seuls les lampadaires à l'ancienne éclairent encore le square, et le son d'une clarinette a remplacé celui de l'accordéon. Installé sous un arbre, un jeune musicien inconnu profite de ce moment béni pour faire ses premiers pas vers la célébrité.

Attirés par la musique, Paulette et Jocelyn quittent la terrasse pour aller s'installer sur un banc au milieu du parc. En passant, ils jettent quelques dollars dans un vieux chapeau mou, placé là exprès pour récolter les maigres offrandes.

— Ce jeune homme a beaucoup de talent !
— Chut ! Parlons bas, Jocelyn, ça pourrait le distraire.

Soudain, un petit vent doux fait frissonner Paulette. Elle enfile un gilet et se rapproche de Jocelyn qui passe tout bonnement son bras autour de ses épaules.

Les derniers clients ont quitté la terrasse. Le square se vide. Le musicien range sa clarinette, ramasse ses sous, puis s'éloigne à son tour. Peu pressé d'aller se coucher, Jocelyn demande à Paulette de lui apprendre à profiter de la nuit. Elle le prend par le bras et l'invite à la suivre dans un recoin moins éclairé. Soudain, sans préavis, elle s'allonge sur le gazon et fait signe à Jocelyn de la rejoindre.

— Détends-toi, ferme les yeux… puis rouvre-les, tout doucement, en ne regardant que le firmament.

Médusé par tant de beauté, Jocelyn réalise avec regret qu'il n'a jamais pris le temps de contempler le ciel depuis qu'il a cessé d'y chercher des moutons.

— Je peux venir avec vous ?

Trop costaud pour s'étendre sur la pelouse, Victor se laisse choir lourdement sur un banc, juste à côté d'un lampadaire. Visiblement, le ciel ne l'intéresse pas, la multitude d'étoiles non plus. Il ne pense qu'à Gigi, qui dort là-bas, quelque part, dans une chambre inconnue.

— Si seulement je savais où elle est !

Résignés, Jocelyn et Paulette se relèvent et viennent le rejoindre, beaucoup plus par politesse que par envie d'être trois. Subitement, l'enchantement qui les comblait tout à l'heure est occulté par le chagrin de ce mari trop aimant, dont la tristesse envahissante brise le charme de cette nuit

étoilée qui s'annonçait pourtant délicieusement romantique.

— Elle devait m'écrire, elle avait promis !
— Elle le fera, c'est certain, puisqu'elle vous l'a promis.
— Je voudrais mourir tellement je m'ennuie.

Accablé, démuni, cet homme-enfant leur fait pitié.
Jocelyn lui tient la main, Paulette caresse ses cheveux. Son
malheur les bouleverse, son chagrin les atteint. Dans l'insouciance de leur bonheur tranquille, ils ne s'attendaient pas à
voir Victor pleurer.

Chapitre 32

Quand le taxi s'engage dans la bretelle menant au Casino, Lydia pressent que son destin bascule. Oppressée, excitée, elle éprouve une attirance indescriptible pour le luxe émanant de ce palais magique, situé quelque part hors du temps. Ici, les heures ne comptent plus, les jours, les mois non plus. Les ennuis s'estompent, les trahisons s'oublient et les pensées sombres s'enlisent tout doucement dans une moelleuse indolence qui ressemble étrangement au bonheur. Bienvenue dans ce merveilleux monde où les rêves les plus fous sont possibles !

— Et voilà, nous y sommes !

Le chauffeur arrête le compteur. Lydia chausse ses lunettes, vérifie la somme affichée et règle la course sans lui laisser le moindre pourboire.

— Merci quand même, *madame* !

Un jeune homme en livrée se précipite pour ouvrir la portière. Lydia, ravie, prend tout son temps. Elle descend de la voiture avec élégance, en pointant d'abord le bout de sa chaussure, comme le font les mannequins dans les grands magazines. Aujourd'hui, elle joue à la *joueuse*, à celle pour qui ce monde étrange n'a plus aucun secret.

Agressée dès l'entrée par le tapage assourdissant des machines à sous qui crachent une lumière aveuglante, Lydia s'engage bravement dans l'allée infernale, digne et droite comme une reine qui passerait en revue des soldats clignotants. Elle observe, s'attarde, hésite puis s'empare rapidement du siège encore chaud qu'une joueuse épuisée vient d'abandonner, faute d'argent. Désolée, la jeune femme s'éloigne à reculons, certaine que la bête qu'elle a grassement nourrie va bientôt restituer le trésor qu'elle a dans le ventre. Le hasard est ingrat, aveugle, injuste. Les gagnants, ce sont toujours les autres, ceux qui arrivent à temps pour toucher la cagnotte.

À peine installée, Lydia tire de son sac un chapelet de cristal hérité de sa mère. Elle le passe autour de son cou et cache le crucifix entre ses seins pour éviter qu'on le remarque. Même au couvent, Lydia n'a jamais été très pieuse, mais lorsqu'il est question d'argent, mieux vaut entretenir ses contacts.

Lydia glisse d'abord une pièce dans la fente, puis une autre, puis encore une autre… puis dix… puis vingt… Gavée, au bout d'une heure, la gloutonne, insatiable, n'a encore rien régurgité. Lydia s'acharne, double la mise et tape sur la machine en espérant la faire cracher. Mon Dieu, faites ça vite ! Il y a urgence ! Lydia doit absolument aller faire pipi ! Elle se tortille sur sa chaise, se retient, croise les jambes et, finalement, n'en pouvant plus, se résigne à quitter son siège. Un monsieur très élégant s'approche d'elle.

— Vous partez, madame ?
— Oui, enfin, non, j'ai un…
— Un besoin urgent ?
— C'est ça.
— Allez-y sans crainte, je vais garder la place.
— Vraiment, vous feriez ça pour moi ?
— Qu'est-ce qu'on ne ferait pas pour une aussi jolie femme ?

Lydia le remercie gentiment puis s'éloigne, rassurée : les hommes ne sont pas tous perfides et lâches, puisque certains savent encore apprécier la beauté.

Jamais Lydia n'a fait pipi aussi vite. Pressée de retourner jouer, elle prend quand même le temps de jeter un coup d'œil dans le miroir, pour se rassurer. Elle se trouve encore belle, encore jeune, à part ces petites rides, ici et là, mais…

— Ça va mieux ?
— Beaucoup mieux, je vous remercie.
— Je n'ai pas osé jouer à votre place, mais si vous le permettez, je vais m'installer là, près de vous, en espérant vous porter chance.
— Vous êtes trop gentil.

Sous l'œil bienveillant de son protecteur, Lydia se dépouille pièce après pièce de tout l'argent qu'elle possédait. Il ne lui en reste qu'une, qu'elle insère en tremblant dans la fente en invoquant discrètement le *crucifié* qui agonise sur sa poitrine. Le cœur serré, Lydia empoigne la manette et la tire d'un coup sec. Aussitôt les symboles s'affolent, tournent sur eux-mêmes puis s'alignent, tandis que les jetons vomis par la machine sautillent et s'accumulent sous ses yeux dans un joyeux tintamarre.

Folle de joie, Lydia voudrait sauter au cou de son ange gardien.

— Vous m'avez porté chance, monsieur !

— La chance ne sourit qu'à ceux qui savent l'attendre, madame !

— Heureusement, j'ai été patiente.

— Vous avez gagné combien ?

— Je ne sais pas.

— Vous aviez joué combien ?

— Aucune importance, j'ai gagné, c'est tout ce qui compte.

— Et maintenant, si je vous invitais à prendre un verre, ma chère… euh…

— Lydia. Je m'appelle Lydia.

— Lydia ! Quel prénom délicieux !

— Et le vôtre, monsieur ?

— Théodore ! C'est ridicule, vous ne trouvez pas ?

— Pas du tout, au contraire, Théodore, ça fait *aristocrate*.

— Aristocrate ! Ma chère Lydia, vous me flattez !

Lydia se sent à la fois impressionnée et troublée par l'attention que lui porte ce bel homme qu'elle jugerait, à première vue, un peu plus jeune qu'elle.

— Allons nous réfugier dans un coin plus discret.

Théodore entraîne Lydia dans un bar chic, non loin des tables de baccara. Ici, l'ambiance feutrée et le décor luxueux transpirent la richesse. On pourrait dire « ça sent l'argent » !

Comme on peut dire de certains parfums qu'ils sentent le bois de santal, le patchouli ou la cannelle.

—Garçon! S'il vous plaît! Fromage bleu, biscottes... et deux verres de votre meilleur porto!

Comment cet inconnu a-t-il pu deviner qu'elle appréciait à la fois le fromage bleu et le porto?

—Vous me comblez, Théodore!
—Vous méritez d'être comblée, Princesse!

Théodore manie le verbe et sait d'instinct comment parler aux femmes, surtout à celles dont les désirs refoulés s'abreuvent au doux nectar des premiers compliments. Or, justement, Lydia a soif. Soif d'une parole flatteuse, d'un regard envoûtant. Qu'importe le magicien, pourvu qu'il l'ensorcelle. Jocelyn ne la comblait plus, Jocelyn ne la méritait plus. Abandonnée comme une fleur sans soleil, elle s'étiolait en attendant qu'on la ranime.

—Vous êtes mariée?
—Oui... non... divorcée!

Pour la première fois depuis le départ de Jocelyn, Lydia fait face à l'évidence. En prononçant le mot tabou, elle se libère du carcan qui l'étouffait tout autant qu'il la protégeait. Mariée, elle se sentait coincée. *Divorcée*, elle devient vulnérable. Le cœur à fleur de peau, l'âme en apesanteur, elle voudrait rattraper le mot maudit pour retrouver son équilibre. Devinant son malaise, Théodore lui prend la main.

—Votre mari le sait?
—Sait quoi?
—Que vous êtes divorcée?

Le sourire de Lydia laisse entendre à Théodore qu'il peut quand même tenter sa chance. Le divorce viendra plus tard, c'est promis. Mais pour l'instant, Lydia préfère se laisser bercer par le mirage d'une aventure romanesque dont elle occulte les conséquences.

—Vous venez souvent au casino ?
—Non, c'est la première fois.
—C'est bien ce que je pensais.
—Pourquoi ?
—Autrement, je vous aurais remarquée.

Flattée, Lydia se contente de baisser la tête.

—Avez-vous déjà joué au baccara ?
—Jamais.
—Alors, laissez-moi le plaisir de vous initier.

De loin, Théodore désigne une table autour de laquelle une vingtaine de joueurs sont regroupés, prêts à tout gagner, à tout perdre. Ébahie, Lydia les observe, les femmes surtout, tellement plus belles et plus jeunes qu'elle. En fait, Lydia n'a d'yeux que pour celles qui répondent aux critères de cette beauté qu'on dit *parfaite* : aucun défaut, aucune ride… et des nichons à faire rêver ! Flairant la bonne combine, Théodore se rapproche et lui glisse à l'oreille les douces paroles que toute femme rêve d'entendre…

—Vous êtes la plus séduisante de toutes !
—Vous vous moquez.
—Pas du tout.
—Ces femmes-là sont ravissantes !
—Moins que vous.
—Allons donc !

—Je m'y connais, vous savez.

—Que voulez-vous dire ?

—La plupart de ces beautés sont mes clientes !

—Vos clientes ?

—La plupart, oui !

—Mais, elles ne semblent pas vous connaître ?

—Une belle femme ne reconnaît jamais son plasticien en public.

—Quoi ? Vous êtes…

—Plasticien, oui.

—Oh ! Mon Dieu !

Troublée, Lydia s'accroche au bras de Théodore.

—Et moi qui rêvais de…

—D'aider juste un peu la nature ?

—Exactement !

—Il suffirait de si peu… le lobe de l'oreille est parfait… la peau est souple et douce… reste à savoir si…

—Si c'est une question d'argent, ne vous inquiétez pas, je suis riche !

Naïve et riche ! Voilà exactement le genre de proie que Théodore recherche : une jolie femme qui se sent vieillissante, assez joueuse pour devenir accro, et suffisamment riche pour vouloir soutenir la concurrence.

—Et votre mari, qu'est-ce qu'il en pense ?

—Mon mari est parti.

—Ah bon ! Et ce divorce…

—Une question de temps.

—Je vois.

—De toute façon, notre divorce n'a rien à voir dans cette affaire, c'est moi qui suis riche, pas lui !

Rassuré, Théodore s'empare de la main de Lydia, la retourne tout doucement pour en caresser la paume et pousse l'audace jusqu'à lui embrasser le bout des doigts.

—Vous serez ma plus belle réussite !

—Arrêtez, vous me gênez !

Les joues de Lydia s'empourprent. La proie est mûre. Théodore lui tend sa carte.

—Tenez, quand vous serez prête, vous n'aurez qu'à m'appeler.

Sans lui laisser le temps d'hésiter, Théodore entraîne Lydia vers les tables de baccara.

—Et maintenant, à nous de jouer !

Impressionnée par tout ce clinquant, Lydia se laisse guider comme une enfant qui se retrouve par enchantement dans la caverne d'Ali Baba. De temps en temps, Théodore s'arrête, recule d'un pas, et la contemple en soupirant.

—Je ferais de vous une œuvre d'art !

Lydia proteste timidement, mais au fond d'elle-même, le déclic s'est déjà produit.

Chapitre 33

Félix s'est levé de mauvaise humeur, Arlette a l'air d'un chien battu, le temps vire à la pluie, et ça pue le poisson dans la cuisine. Il n'y a donc aucune raison pour que Renaud chantonne en sortant de la douche.

— Hé! bonhomme! Où est-ce que tu t'en vas comme ça?
— Excuse-moi, papa, je suis pressé.

Renaud enfile un pantalon propre et une chemise neuve. Rasé de près, il s'est aspergé d'eau de toilette, et soigne son apparence avec un souci particulier. Félix revient à la charge.

— Vas-tu finir par me le dire?
— Te dire quoi?
— Je veux savoir où tu t'en vas?
— Chez mon éditeur.
— Ah! parce que *monsieur l'écrivain* a un éditeur maintenant?
— Parfaitement. J'ai même gagné un prix littéraire.

— Lequel ? Le Goncourt ou le Pulitzer ?

— C'est ça, moque-toi de moi.

— Je ne me moque pas, je ne te crois pas, nuance !

— Que tu me croies ou pas ne change rien : j'ai gagné le Grand Prix littéraire des Éditions Jactance !

Arlette regarde son fils avec une admiration retenue pour éviter d'indisposer Félix.

— C'est vrai ? Tu as gagné ?

— Oui, maman.

Elle voudrait le serrer dans ses bras, l'embrasser, lui sourire, mais ses mains raides et froides restent plaquées contre ses cuisses, tandis que ses lèvres murmurent à peine.

— Je suis contente… très contente…

Toujours méfiant, Félix n'éprouve aucune envie de féliciter son fils pour une niaiserie pareille. Incapable d'accepter son succès, il préfère le rabrouer d'un ton autoritaire.

— Avec ton petit air fendant, je savais bien que tu nous cachais quelque chose.

— Je ne vous cachais rien, mais je ne pouvais rien vous dire avant que le résultat du concours soit annoncé. Maintenant, ça y est, c'est officiel : j'ai gagné !

— Bof !

— C'est vrai, papa, j'ai gagné un prix ! Un vrai prix ! Il va même y avoir une cérémonie tout à l'heure.

Félix toise Renaud et l'applaudit d'un air hautain, à la limite du ridicule.

— Une p'tite cérémonie pour un p'tit prix ! Bravo ! Bravo ! ça m'impressionne.

—Moque-toi tant que tu voudras, je m'en fous! Mon éditeur m'a dit qu'il allait y avoir beaucoup de monde : des journalistes, des écrivains...

—Des «écrivains» ! Non mais, tu entends ça, Arlette ?

—Tu peux venir, si tu veux, papa.

—Moi, aller me traîner le cul chez un éditeur... Tu veux rire ?

—Et toi, maman ?

—Oh! mon Dieu, non! De toute façon, je n'ai rien à me mettre.

Toujours prêt à rabaisser Arlette, Félix ricane avec sarcasme.

—Rien à me mettre! Rien à me mettre! On n'entend que ça : « Je n'ai rien à me mettre. » Et la robe que ta mère t'a donnée ?

—Elle est trop laide !

—Alors, tant pis, mets ta robe brune, jusqu'à ce qu'elle se désagrège sur ton corps décharné !

Arlette, blessée, se tourne vers la fenêtre. Les bras croisés, elle fixe le mur d'en face en serrant les dents pour ne pas que son fils la voie pleurer. Furieux, Félix prend Renaud à témoin.

—Non mais, tu vois comment elle est, ta mère ? Quand elle est à court d'arguments, elle boude! *La mère de l'écrivain boudant devant sa fenêtre...* Tu pourrais en faire un roman et gagner un prix littéraire... Un vrai! Les femmes qui boudent ont la cote présentement.

—Arrête, papa !

—J'arrêterai quand ta mère aura fini de bouder.

—Je ne boude pas.

—Ah non ? Alors, change de tête !

Dans un élan de colère, Félix donne un coup de poing sur la table et renverse la cafetière. Le café se répand d'abord sur le journal étalé sur la table, puis dégouline tranquillement sur le plancher.

—Allez, belle idiote, cesse de faire l'enfant et viens nettoyer tout ça !

—Ce n'est pas mon dégât, c'est le tien.

Renaud comprend que ses parents ne viendront pas célébrer sa victoire. Ils se sont embarqués dans une spirale sans fin où les remarques se transforment en reproches, les reproches en attaques et les attaques en blâmes…

—Engueulez-vous sans moi, je pars !

En sortant, Renaud se réfugie dans sa tête, à l'abri de tout ce qui pourrait atténuer son bonheur. Il fait d'abord un saut chez son copain, sonne trois coups, puis repart tristement en constatant qu'il est absent.

Il fait ensuite un long détour jusqu'à la morgue pour embrasser Jocelyn et lui donner la permission de propager la bonne nouvelle.

—Je suis fier de toi, mon grand ! Ce premier prix prouve que tu peux réussir, si tu persévères dans ce que tu entreprends. Écrire un roman, ce n'est pas rien, tu sais. Beaucoup de gens en rêvent, mais très peu le font. Toi, non seulement tu l'as fait, mais tu l'as fait avec passion. Surtout, n'oublie jamais d'attiser ta passion ; car sans passion, un homme passe à côté de la vie, en attendant que la mort le consume. Excuse-moi,

Renaud, je te parle comme un vieux fou qui vient de découvrir la volupté d'être.

—J'avais besoin d'entendre ça.

—J'ai tellement hâte de lire ton livre !

—Je te promets la première copie dédicacée.

—Mais j'y compte bien !

Enfin, une tape dans le dos ! Enfin, un mot d'encouragement !

Quand il monte dans le métro, Renaud se sent puissant, sûr de lui, important. Les passagers ne le reconnaissent pas encore, mais il les salue poliment, d'un signe de tête, que certains lui rendent d'un air interrogateur : « On se connaît ? » « Je ne crois pas ? » « Qui est-ce ? » Demain, quand sa photo paraîtra dans tous les journaux, et que son nom sera sur toutes les lèvres, ils se souviendront peut-être de l'avoir croisé. Mais pour l'instant, Renaud Verdier-Miller se plaît à voyager incognito, comme le nouveau millionnaire qui se promène en caressant le billet gagnant dissimulé au fond de sa poche.

Soudain, Renaud constate qu'il a oublié sa montre. Ballotté par les mouvements du wagon, il essaie de lire l'heure sur celle de son voisin, qui s'accroche à une barre et ne cesse de bouger. À l'arrêt, il s'adresse à lui poliment.

—Pardon, monsieur, avez-vous l'heure ?

—Oui, monsieur… et je la garde !

Le passager quitte le métro en se moquant de Renaud. Une jeune fille vient à sa rescousse en lui tendant son poignet orné d'un bracelet numérique.

—Quoi ? Déjà ? Oh ! mon Dieu !

Ce retard important risque de décevoir France Choquette, qui l'avait convoqué un peu plus tôt pour le *briefer* avant l'arrivée des journalistes.

En pensant aux journalistes, Renaud les imagine déjà, gentils, curieux de l'approcher, de le connaître. Ils s'arracheront son livre, lui demanderont une dédicace et prendront des photos, c'est sûr…

—Venez, mon cher Renaud, venez !

Contrairement à ce qui avait été prévu, c'est son éditeur lui-même qui l'attend sur le pas de la porte. Craignant d'être grondé, Renaud se prépare déjà une excuse, mais Michel Bonneau l'accueille solennellement en lui tendant son livre comme on tend une offrande à quelqu'un qu'on vénère.

—Tenez, le voilà, votre bébé !

Renaud paraît déçu. Son éditeur s'en aperçoit.

—Qu'est-ce qu'il y a ? Ça ne vous plaît pas ?
—C'est que… je m'attendais à une couverture plus sobre, plus…
—La jaquette ! La jaquette ! Les écrivains n'en ont que pour la jaquette !
—Et le titre…
—Quoi ? Qu'est-ce qu'il a, le titre ?
—*Fils de personne*… ça me paraît un peu trop fort.
—Trop fort ? Oh ! non ! C'est très *punché*, très vendeur, au contraire ! Les critiques apprécieront, vous verrez.

Michel Bonneau prend Renaud par la taille et l'entraîne joyeusement vers la salle de réception où France Choquette les attendait déjà, un verre de rosé dans chaque main.

—Enfin nous y sommes, mon cher *Vermille*!

Étonné, Renaud constate qu'il n'y a presque personne dans la pièce. À part Michel Bonneau et France Choquette, il ne voit que la réceptionniste, la correctrice, un photographe et une seule journaliste venus représenter conjointement les deux hebdos du quartier... Flottant toujours sur un nuage, il présume naïvement que tous les autres viendront plus tard. Mais les choses se gâtent quand le photographe s'impatiente.

—Hé, là, vous autres! Avez-vous fini de taponner?

Pressée d'en finir, la journaliste interpelle Renaud avec arrogance.

—Hé, toi, la vedette, fais ça vite, on t'attend!

Consciente de ce qui se passe, France Choquette décide de protéger Renaud en le prenant sous son aile.

—À tout seigneur, tout honneur, monsieur l'écrivain!

Elle l'invite à s'installer au fond de la pièce, sur une chaise inconfortable, derrière une table un peu branlante autour de laquelle on a broché un bout de tissu en guise de nappe. Michel Bonneau apporte des piles de livres, tandis que la secrétaire ajoute un vase de fleurs artificielles pour enjoliver le décor.

La journaliste reste à l'écart pour ne pas indisposer le photographe qui la tient responsable du retard.

—Dis donc, toi, tu m'avais dit que ce serait une petite vite! On en a combien d'autres aujourd'hui?
—Encore deux.

Furieux, le photographe apostrophe tout le monde.

—Envoyez, grouillez-vous, *bout de crisse* ! On se pogne le beigne depuis deux heures ! Y fait chaud ! J'ai faim ! Puis j'ai hâte de sacrer mon camp !

S'il le pouvait, Renaud partirait, lui aussi. Ignoré de tous ceux qui s'affairent autour de lui, il se sent abandonné derrière son écritoire, tandis que son éditeur flirte avec la correctrice qui, le temps d'une photo, se transformera en lectrice emballée par le talent de ce nouvel auteur.

—Vous, là ! La petite madame ! Rapprochez-vous, puis penchez-vous un peu !

L'éclairage est mauvais. Le photographe insiste.

—Ça ne marche pas, *calvaire*, on ne voit pas les livres !

Pour que le cliché soit parfait, France Choquette s'agite et coiffe tous les chapeaux. Elle baisse le store, pousse un livre, en avance un autre, retouche d'un coup de peigne le toupet de l'éditeur et coache la correctrice…

—Il faut sentir que tu as de l'admiration pour l'auteur, comprends-tu ? Tiens, prends un exemplaire du roman, ouvre-le à la page de garde puis tends-le vers Renaud… comme ça… c'est bien ! Et vous, Renaud, prenez votre stylo et… Quoi ? Vous n'avez pas de stylo ? Tenez, prenez le mien et faites semblant de signer… Oui, oui, semblant, seulement… Sans oublier de fixer la caméra… Comme ça, c'est beau ! Détendez-vous… Ayez l'air naturel… Et souriez… C'est parfait !

Un premier clic, un deuxième clic… Et voilà ! La séance est terminée. Le photographe remballe ses outils, tandis que la journaliste se rue sur Renaud pour lui poser rapidement quelques questions *brillantes* : « Depuis quand écrivez-vous ? Où puisez-vous votre inspiration ? Écrivez-vous le soir ou le matin ? » Elle note n'importe quoi, n'écoute pas les réponses, et se fout de tout, sauf des « vedettes ».

Le photographe la bouscule.

— Vas-tu bretter encore longtemps ?
— Non, non, attends-moi, j'ai fini !

Sans même s'attarder pour remercier Renaud, la journaliste s'éloigne en se donnant des airs de star. Tout à l'heure, elle fera un saut à l'aréna pour interviewer une patineuse de six ans, avant d'aller rencontrer, toujours aussi brièvement, un adolescent prodige qui joue de la batterie les yeux bandés.

— Merci à vous ! J'attends l'article !

Faussement aimable, Michel Bonneau les escorte et verrouille rapidement la porte derrière eux en se félicitant de ne pas les avoir invités à luncher.

— Bon, maintenant qu'ils sont partis, on va pouvoir fêter ! La commande est arrivée ?
— Oui, monsieur.

Peu habituée aux *mondanités*, la réceptionniste apporte les boîtes qu'on vient de livrer et les dépose directement sur la table.

— J'ai commandé des « Choix du chef » avec des frites en masse, puis de la salade de chou : deux régulières et trois crémeuses…
— Parfait ! Moi, je veux une poitrine !

Michel Bonneau éventre toutes les boîtes à la recherche de la plus grosse, de la plus juteuse…

—Celle-là est pour moi! Il n'y en a que deux! Si t'en veux une, Renaud, fais ça vite, sans ça tu vas devoir te contenter d'une cuisse!

—Prenez les deux, si vous voulez, moi, je n'ai pas faim.

La réceptionniste le dévisage.

—C'est quoi ton nom, déjà?

—Renaud Verdier-Miller.

—Ah bon! J'ai commandé un gâteau, mais je n'ai rien fait inscrire dessus parce que j'avais oublié ton nom.

Au risque de paraître impoli, Renaud s'éloigne discrètement de la table. La seule vue des carcasses de poulets l'écœure. Son éditeur insiste.

—Tu n'en veux pas, certain?

—Non, non, merci.

Trop heureux de pouvoir faire bombance, Michel Bonneau pique la deuxième poitrine d'un coup de fourchette et la tire dans son assiette.

—Tu ne mangeras pas tes frites non plus?

—Non plus.

—Dans ce cas-là, je vais me dévouer!

Un éditeur gourmand, qui se bourre la panse allégrement, en compagnie de trois jeunes femmes délurées qui se lèchent soigneusement le bout des doigts entre chaque bouchée… Cette scène rappelle à Renaud certains tableaux du Moyen Âge, sur lesquels on peut voir des paysans édentés s'empiffrer comme des goinfres, encouragés par des servantes aux seins lourds qui leur versent du vin dans la gorge.

— Tu vas au moins manger un morceau de gâteau ?

La voix de la réceptionniste tire Renaud de sa rêverie. Il n'y a plus de tableaux, plus de paysans, plus de servantes, juste une jolie fille, bien réelle, avec une goutte de sauce au bord des lèvres.

— Un tout petit, pour vous faire plaisir.

Habitué aux délicieuses pâtisseries du *Petit Bedon Gourmand*, Renaud doit se forcer pour avaler ce dessert insipide, débordant de chocolat trop sucré, et recouvert d'une montagne de fausse crème fouettée sans saveur. Pour le narguer, Michel Bonneau en prend un troisième morceau… avec une bière.

— En veux-tu une ?
— Non, merci.
— Tu fais bien de ne pas boire et de ne pas trop manger. Un écrivain maigrichon, ça fait plus sérieux, plus *littéraire* !

Abandonnant leur patron à ses élans de gourmandise, les trois filles ramassent ce qui traîne et s'empressent de déguerpir avant d'être obligées de repousser les avances d'un éditeur complètement soûl.

Il se fait tard. Renaud voudrait rentrer, mais Michel Bonneau refuse obstinément de le laisser partir avant d'avoir entendu toutes les blagues insignifiantes et vulgaires qu'il raconte avec une impudeur amplifiée par l'alcool.

Vers minuit, un futur écrivain célèbre aide un éditeur ivre mort à monter dans un taxi.

—Tenez, voilà l'adresse, sa femme l'attend.

Désenchanté, Renaud se dirige tranquillement vers le métro en trimballant, sans joie, un sac à dos remplis des toutes premières copies de son roman.

Il monte dans le dernier wagon, lance son sac sur la banquette arrière, et s'écrase dans un coin, jambes écartées, tête baissée, comme le font certains adolescents écorchés pour signifier qu'ils n'en ont rien à foutre du monde dans lequel on les a fourrés sans leur demander leur avis.

À la deuxième station, Renaud fouille dans son sac et sort un exemplaire de son livre. Sous le triste éclairage au néon, la jaquette lui paraît encore plus glauque, plus déprimante : une ruelle, un bar de danseuses nues, des photos suggestives et, traversant la page, le titre : *Fils de personne,* découpé en lettres rouges sur fond noir.

Renaud ne s'y retrouve pas, il ne s'y reconnaît pas. Est-ce vraiment son nom qui trône en évidence sur la couverture glacée ? Sans vouloir le renier, il en a presque honte. Il range son bouquin et referme son sac à dos : *les jeux sont faits, rien ne va plus* ! Pourtant la tempête est imminente. Pour la première fois depuis le début de cette aventure, Renaud appréhende la réaction de ses parents, celle de Félix surtout, qui n'aura aucune indulgence.

Dieu merci, la maison baigne dans le silence. Arlette dort déjà, tandis que Félix se terre dans le sous-sol où il prétend travailler. Et quand il prétend travailler, le grand homme ne veut surtout pas qu'on le dérange.

Renaud peut donc encore espérer quelques heures de répit. Il se retire dans sa chambre, pousse le verrou et se glisse sous les couvertures en espérant que la nuit dissipera ce cauchemar.

Chapitre 34

Dans un message laconique laissé sur le répondeur du salon, un peu après la fermeture, Maëlle annonçait sa visite pour cet après-midi, en précisant qu'elle désirait se retrouver seule avec sa mère.

Surprise, mais pas inquiète, Iris s'est empressée de déplacer quelques rendez-vous pour ne pas décevoir sa fille.

—Maman, c'est moi !

—Me voilà, ma chérie, j'arrive !

Quittant rapidement la salle de repos, Iris s'avance, exubérante, heureuse, prête à accueillir Maëlle à bras ouverts, sans lui faire le moindre reproche. Tout à son bonheur, elle sourit… Elle sourit, mais son sourire se fige et sa gorge se noue en apercevant la silhouette informe qui lui tourne le dos.

—Maëlle ! C'est toi, Maëlle ?

Prudente, réservée, Maëlle sort de l'ombre en replaçant le voile qui recouvre entièrement sa chevelure. Sidérée, Iris refuse de croire ce qu'elle voit.

—Chérie! Chérie, dis-moi que ce n'est pas vrai! Dis-moi que c'est une blague! Si c'est une blague, elle n'est pas drôle!
—Je ne voulais pas te le dire au téléphone.
—Pas me dire quoi?
—J'ai revu mon père…
—Ça, je m'en doutais.
—Et je me suis mariée…
—Mariée?
—Avec le neveu de sa *nouvelle* femme.

Un coup sournois, un knock-out par surprise. Sonnée, Iris encaisse le choc sans broncher, tandis que Maëlle essaie de la rassurer.

—Ce n'est pas ce que tu penses, maman.
—Comment peux-tu savoir ce que je pense?
—Je te connais, depuis le temps.
—Et moi, vois-tu, je pensais te connaître.

Iris a l'impression de s'enliser dans des sables mouvants. Ses jambes alourdies ne la portent plus. Elle cherche un appui, s'accroche au rebord d'un lavabo puis se laisse choir sur une chaise. Maëlle vient s'asseoir en face d'elle.

—C'est un mariage d'amour, maman! Un vrai! Tu ne peux pas savoir…
—Oh oui, crois-moi, je sais!
—Mon mari est un être merveilleux! Un homme ouvert aux idées modernes, un véritable citoyen du monde!

—Il me semble avoir déjà entendu ça quelque part.

—Et si tu voyais comme il est beau !

—Ils le sont tous.

Si Maëlle pouvait lire dans le regard de sa mère, elle y percevrait une ombre de nostalgie, comme un nuage effiloché s'étirant juste assez pour embrouiller la lune.

—Je l'ai aimé au premier coup d'œil !

—Et lui ?

—Oh ! lui ? Tu ne vas pas le croire. Papa lui avait tellement parlé de moi qu'il avait accepté de m'épouser avant même de me rencontrer !

—Quoi ? Ton père t'a imposé un mariage *arrangé* ?

La déception d'Iris invite Maëlle à se défendre.

—Non, maman, papa ne m'a pas forcée, au contraire, c'est moi qui ai insisté pour que la cérémonie ait lieu rapidement, comme c'est la coutume !

—Tu aurais au moins pu m'avertir !

—Je ne voulais pas que tu interviennes.

—Pourquoi ?

—Je voulais que tout se fasse vite !

—Pourquoi si vite ?

—Sa famille voulait lui présenter une autre épouse… et j'avais peur de le perdre.

—Le perdre ?

—Oui… Mon mari doit retourner dans son pays… dans quelques jours… pour de bon…

Maëlle parle lentement, en retenant les mots, comme pour protéger Iris qui refuse de croire ce qu'elle entend.

—Dans son pays ? Pour de bon ?

—Dans quelques jours, oui. Et comme je veux partir avec lui…

Iris chavire, elle va craquer. Son monde s'écroule comme château de cartes. Tout le mal qu'elle s'est donné pour élever sa fille. L'éloignement. La solitude. Les sacrifices. Son exemple n'a donc servi à rien ? Sans préavis, le passé la rattrape, et le présent s'emmêle. Sous les traits impassibles de cette femme voilée, Iris a du mal à reconnaître Maëlle, sa petite fille, celle qui, hier encore, implorait sa protection. Celle qui la suppliait en pleurant de la soustraire à l'autorité rigoureuse de son père. Orgueilleuse ? Téméraire ? Iris avait promis sans vraiment réfléchir. Pauvre conne ! Manquant à sa parole, elle a cédé à son désir en s'abaissant jusqu'à s'agenouiller entre les cuisses de l'Homme…

—Ne pleure pas, maman, puisque je suis heureuse !

Incapable de soutenir le regard béat de Maëlle, Iris voudrait crier que son corps se révolte et que son cœur déchiré ne peut se résigner à faire le deuil de l'Homme, qu'elle a aimé, elle aussi, au premier coup d'œil. Le bel Homme soi-disant ouvert aux idées modernes. L'Homme qui l'a abandonnée, l'Homme qui l'a répudiée… L'Homme qui vient la dépouiller en lui volant sa fille.

—Protège-toi, Maëlle !
—Me protéger de quoi ?
—De tout ! Je t'en supplie, sois prudente.
—Ne crains rien, maman, mon mari m'adore.
—Justement !
—Et bientôt, si Dieu le veut, nous te donnerons un petit-fils…
—Ou une petite-fille !

—Un garçon, ce serait mieux, beaucoup mieux !

Iris se souvient de la déception de l'Homme, en apprenant le sexe de sa progéniture. Mais à quoi bon inquiéter Maëlle avant même que l'enfant ne soit conçu... À moins que...

—Es-tu enceinte ?
—Je ne sais pas, mais je l'espère !
—Tu ne prends plus de contraceptifs ?
—Mon mari ne veut pas.

L'Homme non plus ne voulait pas. Iris se les procurait et les prenait en cachette, mais elle mourait de peur chaque fois. S'il avait fallu que sa belle-mère ou l'une de ses belles-sœurs découvre la *roulette* !

—De toute façon, mon mari désire avoir beaucoup d'enfants.
—Ton père aussi en voulait plusieurs.
—Et moi qui aurais tellement aimé avoir des frères, des sœurs... Au fond, je t'en ai toujours voulu de n'avoir eu que moi.

Touchée, Iris a du mal à retenir ses larmes. Maëlle se rapproche et la prend par le cou.

—Ne pleure pas, maman, ce n'est pas ta faute ! Tu sais, les choses ont bien changé. Les femmes de ma génération sont moins féministes, moins égoïstes aussi, que les femmes de ton temps. Et les hommes...
—Nous en reparlerons plus tard, veux-tu ?

Maëlle rajuste son voile en s'assurant qu'aucune mèche de cheveux ne s'en échappe. Elle va partir. Le temps presse. Iris se sent comme une condamnée qu'on mène à l'échafaud.

Une dernière volonté ? Un dernier repas ? Une dernière cigarette ?

— Attends-moi, ma chérie, je reviens tout de suite !

Iris se lève et se dirige vers la salle de repos en comptant ses pas. Elle pénètre dans la pièce, en contournant le fauteuil de cuir, sans oser y toucher, pour ne pas raviver le souvenir de l'Homme.

Complètement bouleversée, Iris n'arrive même plus à se rappeler où elle a rangé les papiers du divorce. Elle fouille nerveusement dans tous les tiroirs et les retrouve finalement, sous une pile de revues. Le cœur serré, elle y appose sa signature d'une main ferme, renonçant du même coup à son passé, à son amour. Elle glisse le dossier dans une grande enveloppe brune et la cachette sans hésiter. C'en est fini de sa vie avec l'Homme. Plus de déchirements, plus de faux espoirs, plus de regrets… Juste la liberté !

Quand elle revient, Maëlle est déjà près de la porte, pressée de se soustraire à la douleur des adieux. Iris lui tend l'enveloppe avec autorité.

— Tiens, remets ça à ton père !
— Qu'est-ce que c'est ?
— Ma dernière volonté : il voulait divorcer, nous le sommes.
— Tu aurais pu le rencontrer, lui parler…
— Non ! Je ne veux plus jamais le revoir, ni même entendre le son de sa voix.
— Tu ne viendras pas à l'aéroport ?
— Je ne pourrais pas, ce serait trop dur.
— Prends quand même le numéro du vol, au cas où…

Maëlle griffonne les renseignements sur un bout de papier qu'Iris replie sans le lire.

—Excuse-moi, maman, mais je dois partir.
—Déjà ?
—Mon mari s'inquiète aussitôt que je m'attarde.

Déçue, Iris s'accroche à l'espoir du dernier repas.

—J'avais préparé des hors-d'œuvre et des sandwiches au jambon, comme tu les aimes…
—De toute façon, je ne mange plus de jambon, ma religion me l'interdit.

Iris voudrait crier, mais à quoi bon ? Il n'y a plus de temps à perdre. Dans un instant elle va mourir. Ah ! si seulement elle pouvait quémander une dernière cigarette ! Perdue dans ses pensées, elle murmure…

—Je ne fume plus depuis dix ans…
—Quoi ? Qu'est-ce que tu dis ?
—Rien, je me parlais à moi-même.
—Ah ! bon, j'avais cru…

Maëlle s'éloigne un peu, puis revient sur ses pas pour embrasser Iris.

—Au revoir, maman.
—Adieu, ma chérie.
—Je t'écrirai et je reviendrai te voir souvent, mon mari me l'a promis.
—Les maris promettent tellement de choses !

Maëlle n'est pas encore partie qu'Iris se surprend à l'attendre, comme elle a attendu le retour de l'Homme durant des jours, des mois, des années… Non, plus jamais d'attente! Trop d'inquiétude et trop de temps perdu à se morfondre, à espérer, puis à attendre encore…

Dehors le ciel s'est couvert. Le tonnerre gronde et un nuage menaçant surplombe le square. Retenant son voile à deux mains, Maëlle s'éloigne en courant pendant que sa mère la guette sur le pas de la porte, en espérant un dernier sourire qui ne vient pas. Au bout de la rue, la silhouette disparaît au moment même où les premiers grêlons viennent s'écraser sur la vitrine, comme pour faire écho aux larmes d'Iris.

La *Terrasse du Petit Bedon* s'est vidée d'un coup. Les arbres ploient sous la pluie tandis que les passants courent dans la rue à la recherche d'un abri temporaire. Plusieurs viennent se réfugier sous la marquise du salon. Trop troublée pour les accueillir, Iris se terre dans son coin, prisonnière de sa douleur, cloîtrée derrière une grille invisible que Maëlle n'ouvrira plus jamais.

— Iris? Iris, es-tu là?

Géraldine frappe à grands coups dans la porte et secoue la poignée avec insistance.

— Iris, ouvre, c'est nous! Non mais, qu'est-ce qu'elle fait?

Paulette et Jocelyn se tiennent à l'écart, protégés par un seul parapluie.

— Elle est peut-être repartie?
— Sans éteindre? Voyons, Jocelyn!
— On ne sait jamais.
— Non, Paulette, Iris est là!

—Tu en es sûre ?

—Sa voiture est au bout de la rue.

—Comme c'est bizarre !

—Elle devait venir nous rejoindre tout de suite après son rendez-vous secret.

—Avec qui ?

—Je ne sais pas, et ça m'inquiète.

Géraldine craint une rencontre explosive avec l'Homme, ou une prise de bec agressive avec Félix Miller.

—Je frappe encore une fois et, si elle ne répond pas...

Au même moment, la porte s'ouvre.

—Excusez-moi...

Épuisée, à bout de larmes, Iris a pris le temps de maquiller son chagrin avant de venir répondre. En l'apercevant, Géraldine l'apostrophe.

—Dis donc, toi, tu en as mis du temps !

—Je dormais.

—Menteuse !

Baissant la tête, Iris va se blottir entre les bras de Paulette, à la recherche d'un peu de réconfort maternel. Son attitude crée un malaise.

—J'aurais voulu vous prévenir, mais je n'avais pas le choix. Maëlle avait insisté pour que notre rencontre demeure confidentielle...

—Maëlle ? Tu as revu Maëlle ?

—Oui, maman, mon rendez-vous secret, c'était Maëlle.

—A-t-elle au moins justifié son silence ?

Iris se remet à pleurer de plus belle.

—Elle s'est mariée, maman !
—Maëlle, mariée ?
—Mariée, sans m'avertir, avec le neveu de sa nouvelle belle-mère… et elle était voilée !
—Maëlle, voilée ? Tu nous fais marcher !
—Oh non, Géraldine, crois-moi, Maëlle est tout ce qu'il y a de plus mariée, tout ce qu'il y a de plus voilée, et…

Iris hésite un peu avant de leur annoncer que Maëlle s'apprête à suivre son mari dans son pays, comme si les secondes qui retardent cet aveu pouvaient repousser d'autant ce dénouement inéluctable.

—Maëlle va partir, je ne la reverrai jamais !

Par un triste retour des choses, Paulette comprend que sa fille va devoir se marcher sur le cœur comme elle l'avait fait, elle-même, lorsqu'elle avait appris le mariage d'Iris avec l'Homme, ce bel étranger, qui devait l'entraîner, par amour, dans un pays si lointain, si différent, qu'Allah et Dieu n'arrivent jamais à s'y rencontrer. Perturbée dans sa foi, Paulette lançait alors ses prières aux quatre vents, allant jusqu'à implorer conjointement Mahomet et Jésus pour s'assurer d'être entendue.

Jocelyn enlace Iris.

—Avec le temps tout s'arrange, tu verras ! Les orages ne durent pas, et les vents, si violents soient-ils, finissent toujours par s'essouffler.

La pluie a cessé. Profitant d'une accalmie, les rayons du soleil couchant s'étirent, se faufilent par la vitrine et viennent embraser le salon de coiffure qui, par le jeu des miroirs, devient tour à tour fuchsia, magenta, orangé... Toujours prête à s'émerveiller, Paulette entraîne Iris vers la sortie en invitant Jocelyn et Géraldine à les suivre. Ils se retrouvent tous les quatre sur le trottoir encore mouillé.

—Regardez! Un arc-en-ciel! Il y a toujours un arc-en-ciel après l'orage.

Au même moment, Victor Delcourt traverse le square, enveloppé dans un énorme ciré jaune. Il aperçoit ses quatre amis et signale son arrivée d'une voix forte.

—Si vous ne venez pas au *Petit Bedon*, le *Petit Bedon* viendra à vous!

Sans remarquer les yeux rougis d'Iris, ni l'air déconfit des trois autres, Victor se pointe à l'improviste, déguisé en Gros Chaperon jaune apportant un dîner à sa mère-grand.

—Je me suis dit que vous deviez avoir un petit creux!

Tel un magicien tirant un lapin de son chapeau, Victor fouille sous sa cape et leur tend un panier rempli de choses appétissantes : du fromage, des pâtés, un pain miche et une tarte aux fraises...

—Attention! Elle est encore chaude! Je viens de la sortir du four.
—Avec de la crème glacée, ce serait...
—J'y ai pensé, Géraldine!

Jocelyn rapproche les fauteuils de la salle d'attente autour de la table à café et range en piles les revues de mode qui l'encombraient, Paulette sort des assiettes, des ustensiles, des verres, tandis qu'Iris débouche la bouteille de cidre qu'elle avait mise au frais pour recevoir Maëlle.

Ce festin improvisé arrive à point pour rallier tout le monde. Réconfortée, bien entourée, Iris a finalement retrouvé son sourire.

Un peu de pâté pour finir le pain… un peu de pain pour finir le pâté… Une bouchée après l'autre, le panier se vide et la gaieté l'emporte. Victor paraît tellement heureux que sa bonne humeur devient contagieuse.

—Qui veut de la crème glacée ?

Toujours aussi généreuse, Géraldine dépose une grosse boule de glace à la vanille sur chaque pointe de tarte encore tiède. C'est le moment précis que Victor avait choisi pour leur dévoiler sa surprise.

—Mes amis, je suis venu partager une grande nouvelle avec vous !

Victor attend que chacun soit servi avant de sortir l'enveloppe qu'il cachait dans la grande poche de son tablier.

—Gigi m'a écrit, enfin ! J'ai reçu sa lettre ce matin, avec beaucoup de retard, parce qu'elle avait oublié d'inscrire « Canada » et le code postal, au bas de l'adresse.

Victor décachette l'enveloppe d'un coup d'ongle.

—Chère Gigi, comme elle doit être heureuse ! Vous allez voir ! Elle doit tout nous raconter en détails : le soleil, le sable, la plage ! Elle rêvait de faire de longues promenades et projetait des bains de minuit…

—Des bains de minuit, à San Francisco?

Si la remarque de Paulette fait sourire les autres, Victor, lui, n'en démord pas.

—Parfaitement! Sa lettre vient de San Francisco... Tenez, regardez, c'est écrit sur l'enveloppe: San Francisco, USA!

—*Victor...*

Victor s'arrête, un peu déçu. À défaut d'un *Mon cher Victor*, il se serait contenté d'un mot gentil: *Mon bon Victor, Mon bon Vichou...* mais ce *Victor* tout froid, tout sec, lui donne envie de réinsérer la lettre dans son enveloppe sans la lire. Mais ses amis sont là, qui le regardent, impatients, complices, heureux de partager sa joie.

Victor reprend sa lecture d'une voix neutre:

—*Victor, cette lettre sera la dernière que tu recevras de moi. Je suis venue au bout du monde pour retrouver mon amant. Déjà, demain, nous partirons ensemble vers une destination inconnue. N'essaie surtout pas de me rejoindre. Je ne veux plus te revoir, jamais. Tu m'aimes, je le sais, mais ton amour, trop accaparant, trop gluant, m'était devenu insupportable. Tes mains sur moi, ton corps, ta bouche, tout en toi me faisait horreur. Quand nous faisions l'amour, je devais fantasmer sur l'autre pour arriver à te supporter. La dernière fois que tu m'as prise, mon corps était encore chaud de sa chaleur à lui. Je ne t'aime pas, Victor, et je ne t'ai jamais aimé. J'ai accepté de partager ta vie pour donner un père à mon enfant, et ne suis restée là que pour Antonin, qui a toujours cru que tu étais son père. J'ai fait semblant, j'ai joué le jeu et ramassé tout l'argent que je pouvais. Les robes, les bijoux, les chaussures, c'est toujours l'autre qui me les offrait… et toujours toi qui me les payais. Je t'ai trompé, Victor. Et je t'ai volé, aussi. Mais je ne ressens aucun remords. Quand on est bonasse à ce point, on mérite d'être exploité à sa juste valeur. Je ne m'en suis pas privée. Oublie-moi, Victor, c'est un ordre! Je ne veux pas que tu rêves à moi pendant que moi je me donne à l'autre. Je suis morte, pour toi, et ne serai plus jamais… plus jamais… ta Gigi.*

Victor a lu la lettre jusqu'au bout, sans émotion, sans pudeur, comme si les mots, tels des couteaux, transperçaient le cœur de quelqu'un d'autre. Par respect, les quatre amis se taisent, joignant leur silence à celui de Victor pour qui le temps vient de s'arrêter. Il aimait sa Gigi et s'en croyait aimé. Désormais, il devra se résigner à continuer sans elle.

—Excusez-moi, mes amis, je n'aurais pas dû vous lire cette lettre, mais j'étais si exalté, si heureux, que je ne voulais pas vivre ce bonheur-là, tout seul… Pardonnez-moi, je ne pouvais pas savoir.

Victor se lève et arpente la pièce d'un pas lourd. Il a mal au cœur, mal à l'âme. Jocelyn le rejoint et l'invite à se rasseoir. Victor refuse, résiste un peu, puis s'abandonne… mais, juste avant d'atteindre son fauteuil, il perd pied et s'écroule de tout son long sur le plancher.

Jocelyn s'empresse de tâter son pouls…

—Les battements de son cœur sont trop rapides! Vite, Iris, appelle une ambulance!

À genoux près de Victor, Paulette dénoue les cordons de son tablier et détache la ceinture de son pantalon, tandis que Géraldine dépose une compresse froide sur son front...

—L'ambulance s'en vient!... Je vais prévenir Antonin!

Iris le rejoint au *Petit Bedon*.

—Viens vite Antonin, ton père a eu un malaise!

Précédés de Brutus, Marianne et Antonin arrivent en courant. L'ambulance est déjà devant la porte. Les brancardiers installent Victor sur la civière. On lui donne de l'oxygène. Victor se débat. Antonin s'énerve.

—C'est grave, Docteur Verdier?
—Probablement une crise d'angoisse.
—Mais pourquoi l'envoyer à l'hôpital?
—Pour en être certain. Là-bas, on va l'examiner, lui faire une prise de sang, lui donner un calmant...
—Un calmant? Pourquoi un calmant?
—Pour l'aider à passer une meilleure nuit.

Un brancardier s'adresse à Antonin.

—Vous êtes de la famille?
—Je suis son fils.
—Alors, venez!

Antonin grimpe derrière, et l'ambulance s'éloigne...

Trop émue pour en supporter davantage, Géraldine décide d'aller se réfugier dans la salle de repos.

—Je vais faire du café.
—Excellente idée.

Flanquée de Brutus, Marianne suit Géraldine sans attendre les trois autres qui, après tout ce branle-bas, apprécient le calme de la nuit tombante. Soudain, Jocelyn donne le signal.

—Mes amis, je crois que nous devrions entrer, nous aussi.

Aussitôt que leurs regards se croisent, ils se précipitent tous à l'intérieur, en se rappelant que Victor avait laissé la lettre de Gigi sur la table à café. Elle n'est plus là! Ils s'en inquiètent, mais, d'un simple clin d'œil, Géraldine les rassure. Feignant de s'étouffer, elle toussote en se tapotant la poitrine : la lettre est en sécurité.

Emmitouflée dans un polar trop grand, Marianne tremble de froid malgré la chaleur humide. Ce ne sont pas tant les derniers événements qui l'énervent, que la présence de Jocelyn qui la confronte à une dualité déchirante : sa mère, son père. Un éternel combat entre l'orgueil et la liberté. En abdiquant, Jocelyn a choisi la liberté. Pour la première fois, Marianne arrive à le comprendre… sinon à l'accepter.

—Papa.

Jocelyn s'approche par derrière et pose ses mains tout doucement sur les épaules de sa fille.

—J'attendais que tu me fasses signe.

Marianne se retourne vers lui, le regarde en souriant, puis ajoute d'une voix douce…

—Veux-tu venir promener Brutus avec moi?
—Avec joie.

Après avoir salué les autres, ils se dirigent tous les deux vers le square en tirant le gros chien à bout de laisse. Le temps est lourd. Les lampadaires semblent nimbés de brume. La place est déserte, et le gazon encore humide mouille les poils de Brutus, qui vient de temps en temps se secouer devant eux.

Intimidés, le père et la fille se parlent à mi-mots, se sourient et s'observent. Marianne trouve que son père a l'air heureux, tandis que Jocelyn note que sa fille a meilleure mine…

—Les travaux vont bientôt commencer, il faut que tout soit prêt pour la rentrée.

—As-tu hâte ?

—Moi, oui, mais Antonin est un peu triste.

—Pourquoi ?

—Il va devoir se séparer de son chien.

—Se séparer de Brutus ?

—S'il veut vivre au-dessus de la garderie, il faudra bien qu'il s'y résigne…

—Pourquoi ?

—Certains enfants ont peur des chiens, d'autres sont allergiques.

—Je vois.

—En fait, il suffirait qu'un parent dépose une plainte pour que ça m'occasionne de graves problèmes.

—Si je comprends bien, Brutus a besoin d'un gardien de nuit ?

—Et d'un promeneur du matin, oui !

—Et moi ? Vous n'avez pas pensé à moi ?

Soudain, cette idée saugrenue rend Jocelyn tout joyeux, tout fébrile, heureux comme un enfant qui ajoute, en le soulignant, le mot *chien* sur la liste des cadeaux qu'il demande au Père Noël.

—Es-tu sérieux ?
—Bien sûr !

Marianne regarde Jocelyn avec étonnement. Elle découvre un homme nouveau, détendu, plus calme. Un homme libéré des contraintes d'un quotidien trop stressant.

—Entendons-nous bien : Antonin pourrait quand même garder son chien toute la journée, dans l'arrière-cour du *Petit Bedon*, comme il le fait maintenant.
—Et moi, je n'aurais qu'à l'héberger la nuit, puis à le rendre à son maître après la promenade du matin.
—C'est ça !
—De toute façon, d'ici peu j'habiterai juste en haut.
—J'avoue que ce serait l'arrangement idéal… Surtout avec l'enfant qui s'en vient !
—Quel enfant ? Le fils d'Antonin ?
—Non, le mien, papa. Je suis enceinte… de quelques semaines.

Marianne se rapproche et vient appuyer sa tête contre l'épaule de Jocelyn, qui se sent si comblé qu'il ose à peine y croire.

Paulette avait raison : après l'orage, il y a toujours un arc-en-ciel !

Chapitre 35

Depuis qu'il a gagné le Grand Prix littéraire des Éditions Jactance, Renaud se pointe au dépanneur du coin dès l'aurore. Mal réveillé, il s'installe au comptoir, près de la caisse, et sirote un café dégueulasse en surveillant l'arrivée des camelots. Profitant de la complicité du patron, qui apprécie la présence d'un écrivain dans son commerce, Renaud feuillette gratuitement tous les journaux, épluche toutes les revues, dans l'espoir d'y retrouver un article, une critique, voire même un simple entrefilet parlant de lui ou de son livre.

— Toujours rien ?
— Toujours rien.
— À demain, mon gars !
— C'est ça, à demain.

Renaud repart chaque matin un peu plus déçu que la veille. Pourtant, dans un élan d'enthousiasme, son éditeur lui avait prédit que la parution de son premier roman, couplé d'un prix littéraire, allait emballer les critiques et faire l'effet d'une traînée de poudre : BOUM! Renaud revoit encore Michel Bonneau, debout sur une chaise, mimant une explosion avec un réalisme à faire rêver tout néophyte en mal de gloire. De belles promesses mirobolantes, et depuis, rien! Rien, à part ce mini reportage publié simultanément dans deux journaux de quartier. Logé en page 13, l'article tronqué était accompagné d'une photo beaucoup trop sombre pour que les lecteurs puissent y reconnaître qui que ce soit. Le nom de l'éditeur se détachait en gras, tandis que celui de l'auteur, écrit sans majuscules, comportait trois fautes d'orthographe. La journaliste avait omis de souligner la remise du prix littéraire, et le titre du roman ne paraissait nulle part. Au lieu du feu d'artifices espéré, le lauréat n'avait eu droit qu'à un coup d'épée dans l'eau.

Les règles du jeu ont été transgressées et Renaud n'arrive plus à comprendre ce qui s'est passé. Quand il avait été question du lancement de son livre, France Choquette lui avait clairement expliqué que tous les écrivains de la maison devaient choisir entre un lancement *médias* ou un lancement de *matantes*!

Novice en la matière, Renaud avait opté pour la première option, certain que les journalistes se rueraient sur son œuvre et que, la publicité aidant, son roman se hisserait instantanément au sommet de la liste des best-sellers.

Depuis que Michel Bonneau lui a officiellement remis la première copie de son roman, Renaud souhaite la critique autant qu'il l'appréhende. Si elle est dithyrambique, son père oubliera rapidement la jaquette et le titre; mais si, par malheur, elle est assassine, la colère de Félix sera impitoyable.

Pressé de rentrer avant la sonnerie du réveil, Renaud se faufile dans sa chambre et retrouve la chaleur de son lit encore défait. Allongé sur le dos, il ferme les yeux et bascule rapidement dans un état second où les rêves deviennent flous, où la réalité s'estompe. Un ailleurs idyllique où le créateur oublie pour un temps la présentation de son dernier roman pour ne se consacrer qu'à sa passion : écrire, créer des personnages, trouver des mots nouveaux, étayer sa pensée, peaufiner son style... Grimpant sur une échelle montant vers l'infini, l'écrivain s'élève aussi haut que son rêve peut le porter. Aussi longtemps que son copain le secondera en corrigeant ses fautes, Renaud Verdier-Miller sera prémuni contre ses détracteurs et pourra continuer de se dire *écrivain*.

Chapitre 36

En rentant au travail, Renaud s'étonne de trouver Victor installé dans son fauteuil, à deux pas de la table réservée en permanence pour le *Nombril du Petit Bedon*.

— Ça va, monsieur Victor ?
— Oui, oui, ça va ! Je suis un peu fatigué, c'est tout.

Après avoir passé quelques heures sur une civière beaucoup trop étroite, au beau milieu d'un corridor achalandé comme un quai de gare, Victor Delcourt a finalement reçu son congé de l'urgence avec un diagnostic de « grande fatigue occasionnée par la canicule ».

— Il faudra vous reposer, monsieur Delcourt…
— Promis, docteur.
— Et surveiller votre diète.
— Soyez sans crainte.

Pas un mot du repas plantureux qu'il venait de partager avec ses amis. Pas un mot non plus de la lettre empoisonnée qui venait de lui crever le cœur.

Bien sûr, il savait qu'Antonin n'était pas son fils, mais il avait accepté de jouer le jeu, autant par affection pour l'enfant que par respect pour sa mère.

Victor adorait Gigi, et le récit palpitant de leurs ébats passionnés sur la banquette arrière de la voiture, du « jackpot » et du « trou d'un coup » suivi du « mariage obligé » lui permettait de sauver les apparences et semblait tellement romantique, tellement plausible, qu'avec le temps, il avait fini par y croire.

—Renaud, prépare-moi un thé glacé, veux-tu ?
—Tout de suite, Monsieur Victor.
—Apporte-moi aussi mon chapeau de paille… le soleil tape fort aujourd'hui.

Victor, si enjoué, si puissant d'habitude, paraît vidé de tout entrain. Les premiers clients du matin le saluent, mais il reste dans son coin et les accueille avec un sourire.

—Et voilà ! Un thé bien glacé et votre chapeau.
—Merci, mon gars.
—Antonin m'a tout raconté.
—Raconté quoi ?
—Votre malaise, la chaleur, l'hôpital… Faut vous reposer, Monsieur Victor.
—Allez, au lieu de t'inquiéter pour moi, va donc enfourner mes croissants et fourrer mes brioches aux pacanes !
—Antonin s'en occupe, ne vous inquiétez pas.
—J'ai un bon fils, tu ne trouves pas ?
—Très bon, oui.
—J'ai de la chance d'avoir un garçon aussi travaillant, aussi aimant.
—Pour ça…

—Toi aussi, tu es un bon employé, mon gars !
—Merci, Monsieur Victor.

Antonin sort la cafetière et s'attarde un instant sur la terrasse.

—Ça va, papa ?
—Oui, oui, ça va. N'oublie pas de dater les fromages…
—C'est déjà fait !
—Et tiens la crème fouettée au froid, sinon elle va surir et…
—Cesse de t'inquiéter, papa. Repose-toi.

Pour ne pas éveiller les soupçons, Victor hésite un peu avant de s'informer, comme il le fait chaque matin à l'heure du déjeuner…

—Le facteur n'est pas encore passé ?
—Non, papa.
—Peut-être que ce matin, ta mère…

Antonin lui tapote affectueusement le bras, puis s'éloigne en haussant les épaules. Il n'en faut pas plus pour que Victor se sente rassuré.

—Bon matin, Victor. Je peux m'asseoir ?
—Bien sûr.

Géraldine prend place sous l'escalier. Elle interpelle Renaud.

—Un café moka, s'il te plaît !
—Rien d'autre ?
—Pas le temps, je suis pressée, les déménageurs s'en viennent.
—Ça y est, c'est pour aujourd'hui ?

—Oui, et je n'ai que deux minutes pour prendre un café, alors…

—Excusez-moi, je vous le sers tout de suite.

—Oh! ajoute une brioche! Je la mangerai rapidement.

—Compris!

Après s'être assurée que plus personne ne peut l'entendre, Géraldine se rapproche de Victor.

—Je suis venue vous parler de la lettre.

—Quelle lettre?

—Victor, je vous en prie, écoutez-moi: la lettre est en sécurité, bien cachée dans un tiroir, mais je ne sais plus quoi faire avec.

—Brûlez-la.

—Que je…

—Oui.

—Mais cette lettre ne m'appartient pas.

—Je vous en supplie, Géraldine, faites ça pour moi.

—Vous ne préférez pas la brûler vous-même?

—Oh non, je sais trop bien que je n'en aurais pas le courage.

—Alors je le ferai, puisque vous me le demandez, mais j'attendrai encore quelques jours, juste au cas où vous…

Au même moment, Géraldine voit venir Renaud du coin de l'œil. Pressée de faire diversion, elle se met à parler plus fort, en riant aux éclats.

—Vous avez raison, Victor, ce sera la meilleure chose à faire. Je n'y aurais jamais pensé moi-même, mais, puisque vous le dites…

—Attention, Géraldine, le café est très chaud.

—Merci, Renaud.

—J'ai ajouté un peu de crème fouettée.

—Tu es un amour !

Appelé par un autre client, Renaud tente de s'éloigner, mais Géraldine le retient.

—Dis donc, ton roman, est-ce que nous pourrons le lire bientôt ?

—Très bientôt, je vous le promets.

—Je veux que le mien porte la dédicace À *ma grosse amie Géraldine* !

Gêné, Renaud sourit et s'éloigne en tournant la tête pour qu'elle ne s'aperçoive pas qu'il a envie de pleurer. Il n'a encore osé offrir son roman à personne, tant il a honte de la présentation qu'on en a faite. Lui qui rêvait de devenir un écrivain célèbre, d'être reconnu pour ses idées, le voilà réduit à endosser un roman raturé, tripoté, étoffé de phrases toutes faites, livré dans un emballage *punché*, bariolé, avec son nom en lettres énormes. Jocelyn dirait « n'oublie jamais la passion, mon grand ! » Mais comment attiser la passion quand la flamme s'est éteinte avant la première étincelle ?

—Les voilà ! Les voilà ! Les déménageurs arrivent !

Géraldine, excitée, se précipite à leur rencontre. Sa brioche à la main, elle gesticule et leur fait signe d'obliquer vers la ruelle, pour les empêcher d'empiéter sur les dalles en damier qui recouvrent le chemin piétonnier.

Victor s'amuse à observer la scène. Dynamique, volontaire, Géraldine lui paraît soudainement plus belle. Plus enjouée, plus heureuse. En fait, c'est la première fois qu'il la voit comme une femme et non comme une cliente un peu frivole et trop gourmande. Maintenant qu'elle partage avec lui le secret de la lettre, sa nouvelle voisine pourrait bien devenir sa complice, sa meilleure amie, sa confidente… La vie prend parfois de ces détours.

—Par ici, messieurs !

Pour accéder plus aisément au salon du deuxième étage, les déménageurs doivent contourner la terrasse et transporter à bout de bras un canapé trop long et trop large pour être livré sans danger par la porte arrière. Les deux hommes s'engagent dans l'escalier, suivis de loin par Géraldine, qui doit s'arrêter tous les trois pas pour reprendre son souffle. Quand elle constate que Victor la regarde, elle lui lance un clin d'œil, puis ajoute avec un doux sourire :

—Belle journée pour déménager, n'est-ce pas, Victor ?
—Oh ! pour ça, oui, il fait très beau !

Il faut savoir apprécier les nuances quand le bonheur passe à portée de voix.

Chapitre 37

Chaleureuse et mieux décorée, la nouvelle *Garderie Tournicoti* occupera désormais le rez-de-chaussée des deux duplex. La porte arrière s'ouvrira sur un jardin plus spacieux conçu pour offrir à la fois de la sécurité et du plaisir aux enfants : une clôture robuste, des espaces verts bien ombragés, une aire de jeux invitante avec un bac à sable, des tables à pique-nique, des chaises de repos et même un théâtre de marionnettes.

—Marianne aimerait déplacer ce divan-là vers la gauche.

—Prends ton bout, Antonin, et dirige-moi.

Chaque fois qu'il le peut, Jocelyn vient volontiers leur donner un coup de main. Un heureux subterfuge qui lui permet de fréquenter sa fille sans qu'elle se sente coupable de trahison envers Lydia.

À l'étage, Marianne et Antonin auront chacun un refuge bien distinct. Les deux cuisines n'en feront qu'une, tandis que les deux salons seront reliés par de larges portes coulissantes, ce qui leur permettra de se rencontrer aisément tous les jours, tout en préservant une certaine intimité quand le fils d'Antonin viendra le visiter.

— Tu le vois souvent ?
— Qui ça ?
— Ton fils.
— Non, mais je lui téléphone au moins deux fois par semaine. Il passe l'été chez ses grands-parents maternels, qui ont un chalet au bord de la mer. Il y va chaque année.
— Il a de la chance.
— Il fait de la plongée sous-marine, de la planche à voile, il adore ça. Je ne peux quand même pas lui imposer de passer l'été au *Petit Bedon*…

Antonin déplace les dernières boîtes qui encombraient l'entrée de la pièce.

— Le reste de l'année, il est pensionnaire. Je ne le vois qu'un week-end sur deux, et quelques jours dans le temps des Fêtes. C'est peu, mais quand il vient, il prend de la place ! C'est pour ça que Marianne a insisté pour que nous ayons deux chambres de chaque côté. Ainsi, je pourrai me retirer avec mon fils, au besoin, et laisser Marianne se reposer.
— C'est une bonne idée cet arrangement.
— Vous trouvez ?
— Oh oui ! On a tous besoin d'une oasis de solitude… les hommes, surtout.
— Vous aussi ?
— Bien sûr.
— Mais vous êtes constamment entouré de femmes.
— Seulement quand j'en ai envie.

Jocelyn empoigne à deux mains la dernière table à transporter.

—Ah! mes nouvelles amies sont merveilleuses, et j'apprécie le plaisir de les voir souvent, mais quand je suis fatigué, je me retire sans craindre que nos rapports soient compromis.

—Une vraie relation de gars… mais avec des filles!

—Ça ressemble à ça! Pour moi, c'est tout nouveau, une découverte, une révélation.

—À ce point-là?

—À ce point-là! Vois-tu, comme beaucoup d'hommes, je n'avais jamais connu de véritable amitié féminine depuis mon mariage, et je t'avoue que ça me manquait. Élevé avec trois sœurs, j'avais d'instinct tendance à préférer la compagnie des femmes, mais Lydia était tellement jalouse.

Le regard de Jocelyn s'assombrit. Antonin cherche un moyen de le distraire.

—Avez-vous eu l'occasion de visiter le nouvel appartement de Géraldine?

—Non, pas encore.

—Avec elle comme voisine, vous n'aurez pas le temps de vous ennuyer.

—Quelle femme dynamique, cette Géraldine! Et quelle amie!

—Pour ce qui est de votre appartement, il sera libre…

—Prends tout ton temps, mon confrère ne revient qu'en septembre.

—J'imagine que vous devez avoir hâte de vous installer chez vous, de retrouver vos meubles, vos affaires…

—Quels meubles? Quelles affaires? Je n'ai plus rien, Antonin, je repars à zéro.

Surpris, Antonin l'interroge d'un air incrédule.

—À zéro? Vraiment à zéro?

—Ne fais pas cette tête-là, mon garçon. Si tu savais comme je me sens bien depuis que je vis à ma façon, sans être dirigé, contrôlé, manipulé. Je m'habille comme je veux, je mange quand j'ai faim, et je fais tout ce qui me tente sans craindre qu'on me réprimande ou qu'on me crie par la tête.

—Lydia criait si fort que ça?

—Les cris, c'est quand on ne les entend plus, qu'on voit la différence.

—Je le sais. Marianne crie souvent, et ça me dérange.

Jocelyn s'arrête, soupire, puis se remet à l'ouvrage sans passer de commentaires. À quoi bon ajouter «comme sa mère» alors que Marianne se défend depuis toujours de ressembler à Lydia?

—Est-ce qu'on monte les balançoires?

—Non, pas maintenant, mon père a besoin de moi.

—Il va mieux, ce cher Victor?

—Un peu mieux, oui, mais je le sens encore fragile. Ma mère le fait languir, alors, c'est la déprime.

—Le pauvre homme, depuis qu'il a reçu sa lettre…

—Quelle lettre?

Jocelyn comprend qu'il a gaffé. Jouant de prudence, il essaie maladroitement de tempérer les choses.

—Excuse-moi, Antonin, je croyais que…

—Que mon père avait reçu une lettre?

—Non, non, oublie ça, j'ai dû mal comprendre.

—Pas du tout, c'est moi qui en ai reçu une.

—Toi?

—Oui, mais je n'ai pas encore osé lui en parler.

—Pourquoi?

—Ça pourrait le tuer. Pauvre papa, il surveille l'arrivée du facteur tous les matins en espérant une lettre de ma mère lui annonçant son retour… alors que je sais très bien qu'elle ne reviendra pas.

—Tu en es sûr?

—Absolument. Elle est rentrée de voyage et compte s'installer à Toronto… Mais, vous, Jocelyn, vous me parliez d'une lettre?

—Non, non, ce n'est rien.

—Est-ce que les autres sont au courant?

—Au courant de quoi?

—De la lettre!

—Oublie ça, veux-tu?

Jocelyn voudrait rembobiner la cassette et recommencer sa phrase en omettant « depuis qu'il a reçu sa lettre », mais le mal est déjà fait.

Pressé de partir, Antonin se change à toute vitesse. Même rasé de près, son miroir lui renvoie l'image d'un homme épuisé, aux yeux cernés, au teint verdâtre. Ces allers et retours entre la garderie et la cuisine du *Petit Bedon* le vident de toute son énergie. Les journées sont trop longues et son sommeil en souffre.

—Fais attention à toi, Antonin, tu as l'air fatigué.

—Disons plutôt que je me sens déchiré: Marianne a besoin de moi, mon père a besoin de moi, et…

—Et toi?

—Moi, j'ai des légumes à recevoir et des fromages à couper !

Antonin file en coup de vent.

Malheureux de sa maladresse, Jocelyn aurait voulu lui reparler de la lettre. Pourvu qu'Antonin soit discret, pourvu qu'il songe à protéger Victor.

—Papa, viens m'aider, s'il te plaît !

La voix de Marianne sort Jocelyn de sa torpeur. Il la rejoint dans la cour où elle s'occupe à transplanter de jeunes pousses qui sont déjà porteuses d'espoir.

—Qu'est-ce que je peux faire ?
—Veux-tu les arroser ?
—Abondamment ?
—Oui.
—C'est amusant de voir pousser un arbre, tu ne trouves pas ? J'en avais un, quand j'étais petit, mon père l'avait planté le jour de ma naissance.
—Sais-tu s'il est encore là ?
—Sans doute, les arbres sont beaucoup moins nomades que nous.

Dans le ciel bleu, aucun nuage, la journée sera chaude. Marianne approche ses mains de l'arrosoir pour asperger sa figure brunie par le soleil. Jocelyn l'observe avec admiration.

—La grossesse te va bien.
—Tu trouves ?
—Oui, tu parais plus épanouie, plus femme… Peut-être un peu plus ronde aussi !

—Je commence à me sentir pas mal *toutoune*, mes pantalons sont trop serrés. J'ai hâte d'avoir une belle grosse bedaine !

—Pour ça, il faudra patienter encore un peu !

—N'empêche que…

Pour rire, Marianne replace son chapeau de paille, bombe le ventre et fait la parade autour de Jocelyn en imitant le gros tambour. Jamais elle n'a paru aussi heureuse. S'il le pouvait, Jocelyn aimerait arrêter le temps, ici, maintenant, juste pour faire le plein d'amour, comme on fait le plein d'essence avant de reprendre la route.

—Bon ! et ensuite, qu'est-ce qu'on fait ?

—Il reste à peindre quelques moutons et des nuages sur les meubles de jardin.

—Je vais faire ça, moi, passe-moi un pinceau !

—Mais je ne t'ai jamais vu dessiner ?

—Tu ne m'as jamais vu faire l'amour, non plus, et pourtant tu es là !

C'est la première fois que Marianne entend son père blaguer en parlant de choses intimes. Ils se regardent, éclatent de rire, puis baissent la tête, presque gênés.

—Non seulement je sais dessiner, mais j'ai déjà fait de la peinture.

—De la *vraie* peinture ?

—Oui, ma chère, mais c'était il y a longtemps.

—Pourquoi as-tu cessé ?

—Lydia n'aimait pas ça, alors…

—Tu pourrais recommencer, non ?

—Peut-être, plus tard, à ma retraite.

—Et quand comptes-tu la prendre, cette fameuse…

La question de Marianne reste en plan, interrompue par la sonnerie de son cellulaire.

— Allô ?… Que je… Rejoindre qui ?… Tu tombes bien, justement, il est là. Papa, c'est pour toi.
— Ta mère ?
— Non, Christian.
— Christian ?

Jocelyn prend l'appareil et reste silencieux durant un long moment. Soudain, il hoche la tête et prononce quelques mots entrecoupés par ceux de Christian.

— Allô, oui… Quoi ?… Pauvre toi… Mais qu'est-ce qui s'est passé ?… Oh non !… Oui, d'accord… J'irai te voir demain… C'est ça… Oui, oui, demain, sans faute… c'est promis !

Visiblement, la conversation s'étire un peu trop longtemps au goût de Marianne, qui hoche la tête et tape du pied chaque fois que perdure un silence.

— Quand tu verras Christian, donne-lui donc ton nouveau numéro !
— Qu'est-ce que tu veux dire ?

Elle reprend son cellulaire des mains de Jocelyn avec un air autoritaire qui lui rappelle désagréablement Lydia.

— Je n'ai pas à gaspiller mon temps d'appel pour les inters de mon frère !
— Tu me diras combien ça coûte, je te le rembourserai.
— Qu'est-ce qu'il te voulait ?
— Il y a eu un cambriolage à la bijouterie…
— Ah bon ?

— Et Christian a été blessé.

— Gravement ?

— On a dû l'opérer. Je lui ai promis d'aller le voir demain.

Marianne se renfrogne et devient boudeuse, comme chaque fois qu'elle se sent lésée de l'attention qu'on devrait lui porter.

— Et moi ? Qu'est-ce que je deviens, moi ?

— Je ne comprends pas.

— Tu avais promis de m'aider !

— Je le ferai après-demain, ou un autre jour, il n'y a rien qui presse.

— C'est ça, mon frère appelle et aussitôt tu me laisses tomber !

— Marianne, qu'est-ce que tu as ?

— Tu ne penses qu'à toi, tu te sauves tout le temps, tu te fous des autres !

Prudent, Jocelyn évite de répliquer sur le même ton.

— Pour l'instant, je pense à ton frère, et j'irai à Québec demain, que cela te plaise ou non.

— Tout seul ?

— Mais oui, tout seul… À moins que…

Jocelyn consulte sa montre.

— Tu m'excuseras, il faut que je parte !

— Et si Lydia appelle, je lui dis quoi ?

— Ce que tu voudras. Après tout, c'est ta mère !

— C'est ça, tu te défiles, comme toujours, et moi, je me tape la crise !

— Elle te la fera de toute façon.

—Va-t'en, papa ! Et oublie la peinture, je vais m'arranger toute seule !

—Comme tu voudras.

Les bras croisés, Marianne suit son père du regard jusqu'à ce qu'il disparaisse de sa vue. Longeant le parc, Jocelyn se dirige vers la *Terrasse du Petit Bedon* en caressant un espoir qu'il ne pouvait avouer à sa fille.

—Ah ! Paulette, tu es là !

—Évidemment, que je suis là ! Tu as l'air surpris de me voir.

Paulette pique ses aiguilles dans son tricot et le range dans le grand sac de toile qu'elle trimballe constamment avec elle.

—Je peux m'asseoir ?

—Je t'en prie.

Jocelyn déplace sa chaise sous l'escalier pour se mettre à l'abri des regards indiscrets.

—As-tu faim ? Veux-tu manger ?

—Non, merci !

—Que se passe-t-il, Jocelyn, tu as l'air préoccupé ?

—Mon fils a été victime d'un cambriolage, il est à l'hôpital, on a dû l'opérer.

—Pauvre lui, comment va-t-il ?

—Je viens de lui parler, sa voix était faible, mais bonne.

—Tant mieux !

—Je dois donc me rendre à Québec, demain, et je me demandais si…

—Si ça me tentait de t'accompagner ?

—Comment as-tu deviné ?

—Intuition féminine !

Paulette sourit, laissant à Jocelyn le temps d'espérer, de douter, puis d'espérer encore.

—Nous partirions vers quelle heure ?
—Dix heures, ça t'irait ?
—C'est parfait, je serai prête !

Curieusement, certains événements s'avèrent à la fois heureux et malheureux. Paulette a dit oui, et Jocelyn se sent tout à coup fringant comme un jeune homme. Christian souffre, il le sait, et la présence de Paulette n'y changera rien. Mais sa tristesse, son inquiétude à lui, seront sans doute mieux supportables s'il les partage avec une amie... surtout si cette amie s'appelle Paulette.

Chapitre 38

Paulette… Paulette… Paulette… Jocelyn se plaît à répéter son prénom sur tous les tons en l'attendant dans la voiture. *Paulette*, un prénom clair comme du cristal, un prénom doux, discret, qui tinte à l'oreille comme une clochette pour réveiller le cœur de l'homme.

— Bon, je crois que je n'ai rien oublié !

Que voilà une femme ravissante ! Séduit, Jocelyn regarde venir Paulette avec des yeux émerveillés. Sans âge et si coquette, si belle dans cette robe blanche enjolivée d'une grosse fleur jaune.

— Iris est au courant ?
— Oui, oui, je viens de l'appeler.

Jocelyn grimace en bouclant sa ceinture.

— Qu'est-ce que tu as ?
— Oh ! rien, juste une *petite douleur exquise*, comme disait ma mère. Hier, j'ai aidé Antonin à bouger quelques meubles et mes vieux os me le rappellent.

—Tu devrais arrêter à la pharmacie.

—Bonne idée ! Ça me donnera l'occasion d'avertir Arlette.

—Est-elle proche de son frère ?

—Non, pas vraiment. Mes enfants vivent trois solitudes.

—Comme c'est triste.

—Lydia a toujours encouragé la zizanie.

—Pourquoi ?

—Sans doute parce qu'elle contrôle mieux ceux qui se jalousent.

Jocelyn glisse un CD dans le lecteur. Joe Dassin entonne *Souviens-toi, c'était un jeudi…* Paulette le regarde en riant.

—Quel heureux hasard !

—Quoi donc ?

—Nous sommes ensemble, il fait soleil et c'est jeudi… comme dans la chanson !

—Belle journée pour tomber en amour !

—Quoi ?

—Non, rien, j'ai lu ça quelque part.

Jocelyn sourit en entendant Paulette fredonner.

—*… le chemin des amoureux… c'était il était une fois nous deux…*

Ils se séparent spontanément en arrivant à la pharmacie. Paulette part à la recherche du produit miracle, tandis que Jocelyn passe derrière le comptoir où Arlette fait l'inventaire des médicaments périmés.

—Bonjour, ma belle !

Surprise, Arlette sursaute et se raidit en entendant la voix de son père.

—Qu'est-ce qui t'amène ?

Jouant de prudence, Jocelyn aborde sa fille avec une infinie précaution, pesant chacun de ses mots, mesurant chacun de ses gestes, comme on agite un drapeau blanc au bout d'une perche pour amadouer l'ennemi.

—Je peux te parler ?
—Pas ici, viens.

D'un coup de tête, Arlette fait signe à Jocelyn de la suivre dans son bureau.

—Entre, et laisse la porte ouverte !

Le front crispé, le regard dur, Arlette reste aux aguets, prête à s'enfuir si jamais la situation se corse.

—Que veux-tu ?
—Te donner des nouvelles de ton frère.
—De mon frère ?
—Christian m'a téléphoné hier, il est à l'hôpital…
—Et alors ?
—Alors, rien, je voulais simplement t'en informer.

Jocelyn saisit subitement l'absurdité de sa démarche. Annoncer à Arlette que Christian a été blessé ne fera qu'empirer sa détresse. Non pas par compassion pour son frère, mais par une incontrôlable propension à s'apitoyer sur elle-même en s'insérant insidieusement dans le malheur des autres, jusqu'à ne plus savoir à qui la douleur appartient.

—C'est tout ?

—Oui ! Enfin, non. Je pars pour Québec, justement, histoire d'aller voir ce qui se passe. Mais comme j'ai un peu mal au dos, j'ai pensé que, peut-être, un onguent...

—Laisse-moi faire !

D'un geste autoritaire, Arlette force Jocelyn à s'asseoir en posant ses mains osseuses au creux de ses épaules.

—Tu es stressé.

—C'est possible.

—Détends-toi !

—J'essaie.

—C'est là que ça fait mal ?

—Un peu plus haut... oui... là !

Arlette masse le dos de son père avec une énergie presque sadique. Jocelyn gigote pour arriver à se libérer, mais elle l'agrippe et le retient avec une telle force qu'en insistant juste un peu elle pourrait lui casser le cou.

—Pas si fort, tu me fais mal !

Arlette s'acharne. Jocelyn se fâche.

—Arrête, Arlette !... Bon sang ! J'ai dit arrête !... Non mais, qu'est-ce qui te prend, tu es...

Maladroitement, il a failli dire *le mot*. Arlette lâche prise et se met à trembler. Jocelyn aimerait la serrer dans ses bras pour la calmer, mais elle s'agite, se rebiffe, et l'oblige à partir en lui montrant la porte.

—Va-t'en, papa ! Je ne veux plus jamais te voir ici. Jamais ! Tu m'entends ?

Inconsciente de ce qui se passe, Paulette attend Jocelyn en flânant entre les rayons où sont rangés les baumes médicamenteux, les pommades et les crèmes analgésiques. Une cliente entre dans la pharmacie. Les deux femmes se croisent au tournant d'une allée. Paulette passe devant, s'arrête, choisit un tube et chausse ses lunettes pour arriver à lire les ingrédients. Incapable d'y arriver, elle marmonne.

— Mon Dieu que c'est écrit petit !

Elle dépose le tube puis en prend un autre.

— C'est rendu qu'on ne sait plus quoi choisir, il y en a tellement !

La cliente se rapproche et Paulette en profite pour engager la conversation, tout simplement, comme elle le fait souvent pour meubler sa solitude.

— Connaissez-vous ça, les onguents ?
— Je ne travaille pas ici, madame !
— Ça ne fait rien, des fois, vous auriez pu vous y connaître… Ce n'est pas pour moi, c'est pour mon ami.

Peu encline au bavardage, la cliente hausse les épaules et secoue la tête en regardant Paulette d'un air indifférent. Sans s'offusquer, Paulette poursuit son monologue, c'est sa manière à elle de s'amuser, de se distraire.

— Avant, c'était simple, il y en avait deux sortes, mais là, on dirait que les compagnies s'évertuent à nous compliquer la vie.

Paulette hésite avant de choisir un troisième tube, intimidée par la cliente qui l'observe avec insistance.

—Moi, j'aime ça, une crème qui sent fort. Quand ça sent fort, il me semble que c'est plus efficace.

Elle dévisse le tube et porte le bouchon à son nez comme un expert hume le bouchon de liège d'un bon vin.

—Hum! Celui-ci sent le thé des bois! Aimez-vous ça, vous, le thé des bois? Moi, j'adore ça! J'en prends juste une petite goutte, dans le creux de ma main, puis je la réchauffe tranquillement. Après ça, je frotte doucement, tout doucement, jusqu'à ce que l'onguent pénètre complètement dans la peau. Ça calme la douleur, ça réchauffe… Et puis ça sent bon!

Paulette regarde sa voisine avec un petit sourire complice.

—Mon mari aimait bien ça quand je le frottais, surtout le soir, quand il avait mal dans le dos. Les hommes ont souvent mal dans le dos. Il y en a qui disent qu'ils sont douillets, moi, je ne trouve pas. Évidemment, ça dépend des hommes. Moi, le mien…

Au même moment, Jocelyn vient retrouver Paulette qui soliloque joyeusement en tenant un tube d'onguent comme un trésor dans le creux de sa main.

—J'en ai trouvé un qui…

Jocelyn repose discrètement le tube sur le présentoir en parlant bas pour ne pas attirer l'attention.

—Viens, Paulette, on s'en va!
—Et l'onguent?
—Laisse faire l'onguent.

—J'avais choisi le meilleur, tu sais, celui qui sent le thé des bois…
—C'est parfait, mais nous irons l'acheter ailleurs.
—Qu'est-ce qui se passe, tu es tout pâle ?
—Ne t'inquiète pas, je t'expliquerai.

Soudain, Paulette aperçoit la fameuse cliente avec qui elle essayait de converser plus tôt.

—Oh ! Re-bonjour, madame !

Profitant de l'occasion, elle lui présente Jocelyn.

—C'est lui, mon ami qui a mal dans le dos…

Jocelyn voudrait quitter la pharmacie rapidement, mais Paulette insiste pour rester civilisée.

—Au revoir, madame ! En passant, vous avez un très joli tailleur ! Je voulais vous le dire tout à l'heure, mais…
—Espèce d'idiote !

Paulette se tourne vers Jocelyn en espérant qu'il réagisse, mais elle le voit pétrifié, effrayé comme Don Juan devant la statue du Commandeur. La cliente se rapproche encore d'un pas, puis s'adresse à Jocelyn en le tutoyant d'une manière déplaisante.

—Justement, Jocelyn Verdier, j'ai à te parler !
—De Christian ?
—Non, pas de Christian !
—Il a été blessé…
—Je le sais, Marianne me l'a dit.
—Comptes-tu y aller ?
—Pas besoin, sa *catin* s'en occupe !
—Bon, dans ce cas, nous n'avons plus rien à nous dire.

—Moi, j'ai encore des choses à te dire !
—Alors, parle !

Lydia toise Paulette avec un profond mépris.

—C'est personnel !

Paulette se sent de trop.

—Passe-moi tes clés, Jocelyn, je vais aller t'attendre dans la voiture !
—Non, reste ! Je n'ai rien à cacher.

Lydia hausse exprès le ton pour affirmer son autorité.

—Je n'ai pas l'intention d'étaler nos affaires personnelles devant *cette*…
—Cette femme est une amie, une grande amie !
—Tu n'as vraiment aucune pudeur !

Les rares clients restent interdits. Les employés supplient Arlette d'intervenir.

—Attention, maman, tout le monde te regarde !
—Et alors ?
—S'il te plaît, va discuter de tes problèmes ailleurs !
—Non mais, Jocelyn, tu entends comment ta fille me parle ?
—Lydia, je t'en prie, ne fais pas de scandale !

Oubliant toute retenue, Lydia ne crie plus, elle hurle.

—Moi, faire un scandale ? Mais c'est toi qui viens me provoquer avec *ta*…
—Maman, je t'en supplie, calme-toi !
—Oh ! toi, Arlette Verdier, fous-moi la paix ! Maudite menteuse ! Tu le reçois ici, avec sa *traînée*, dans mon dos ! Tu

m'avais promis, Arlette : *Jamais je ne le reverrai ! Jamais je ne lui pardonnerai !* C'est toi qui as dit ça, l'autre jour, rappelle-toi ! Et je le retrouve ici, ce matin, avec *elle* !

— Ce n'est pas moi, maman, je te le jure ! C'est lui qui venait pour... qui voulait...

— Hypocrite !

La gifle est partie si vite que Jocelyn n'a pas eu le temps de protéger sa fille. Lydia fulmine. Arlette, honteuse, court se réfugier en pleurant dans un coin. Elle tremble. Inquiets, ses employés l'entourent. Ils la connaissent. Ils craignent la crise. Lydia fait les cent pas puis s'arrête net devant Jocelyn.

— Tout ça, c'est de ta faute, Jocelyn Verdier !

Sans répliquer, Jocelyn prend Paulette par le bras et l'entraîne calmement vers la sortie.

— C'est ça, sauve-toi, espèce de lâche ! Puis amène ta *maîtresse* avec toi !

Complètement enragée, Lydia les poursuit jusque sur le trottoir en criant des injures.

Chapitre 39

Aiguillonnée par la colère, Lydia quitte la place en coup de vent, rentre chez elle, avale un grand verre de scotch, téléphone à Félix puis s'écroule dans son fauteuil en maugréant.

En moins de temps qu'il n'en faut pour le dire, le laquais de madame est là, toujours prêt à lécher la main qui le nourrit.

— Que se passe-t-il, ma chère Lydia ?

Épuisée, désespérée, Lydia se jette au cou de son sauveur.

— Aidez-moi, Félix ! Aidez-moi !
— Ne vous inquiétez pas, Lydia, venez.

L'enlaçant par la taille, il l'entraîne tranquillement vers la causeuse. Ils s'assoient familièrement l'un près de l'autre. Il passe son bras autour de son cou. Elle pose sa tête sur son épaule, s'abandonne et pleure en silence. Elle respire lentement, retient son souffle, sa poitrine se gonfle. Félix l'étreint un peu plus fort en lui murmurant des mots doux à l'oreille.

—Chère Lydia, belle Lydia, détendez-vous… après vous me direz tout.

Lydia se laisse bercer encore un peu, juste pour le plaisir d'être câlinée. Puis, subitement, n'y tenant plus, elle se lève d'un bond et laisse exploser sa rage.

—J'ai vu Jocelyn !
—Où ça ?
—À la pharmacie.
—C'est cette rencontre qui vous a mise dans cet état ?

Lydia s'emporte, son regard s'enflamme.

—Il était avec sa *traînée* !
—Je vous en prie, Lydia, calmez-vous.
—Me calmer ? J'ai vu mon mari avec sa *traînée*, et vous osez me demander de me calmer ?
—Excusez-moi.
—Ah ! si vous l'aviez vue ! Arrogante ! Méprisante !
—À ce point-là ?
—Vous doutez de ma parole ?
—Non, non, pas du tout ! Vous lui avez parlé ?
—C'est *elle* qui m'a abordée, comme ça, avec un sans-gêne ! Et pour me demander quoi ? Je vous le donne en mille ! Elle voulait que je lui conseille un onguent pour frictionner Jocelyn !
—C'est insensé !

—Mon pauvre Félix, vous auriez dû l'entendre : « Mon ami aime bien ça, quand je le frotte ! »... Je vais lui en faire, moi, un *ami* !

—Elle parlait de Jocelyn ?

—De qui d'autre ?

—C'est franchement indécent !

—Indécent et vulgaire ! Et puis, ce n'est pas tout ! La *vieille chipie* se collait sur Jocelyn comme une teigne : « Mon chéri, tu es tout pâle ! »

—Quoi ? Elle l'appelait *mon chéri* devant vous ?

—Parfaitement.

—Mais cette femme n'a aucune retenue, aucune pudeur !

—Et quel mépris ! Elle me regardait d'un air dédaigneux, comme si j'étais la dernière des dernières, un vieux déchet, un rebut !

—Comment Jocelyn a-t-il pu s'abaisser de la sorte ?

—Mon cher, les hommes perdent toute dignité quand leur sexe les mène !

—Au fond, ce n'est qu'une question de...

—Évidemment.

Heureuse de se savoir enfin comprise, Lydia retourne se lover entre les bras de Félix, qui se transforme en coussin moelleux, prêt à épouser toutes les formes de son corps. Soudain, Lydia se redresse en enfonçant son coude dans l'estomac de Félix.

—Oh ! mon Dieu, j'oubliais un détail !

—Quoi donc ?

—Avant de partir, cette greluche a eu le culot de me demander l'adresse de mon couturier ! Non mais, vous vous rendez compte ?

—Quelle insolence !

Félix insiste exprès sur le mot *insolence* pour raviver l'indignation de Lydia. Feignant fort bien la compassion, il se dévoue pour la consoler. Lydia, vaincue, devient lascive… et Félix en profite. Mine de rien, il la caresse tout doucement jusqu'à ce qu'elle s'abandonne.

—Protégez-moi, Félix, j'ai soif de vengeance.
—Chut ! Détendez-vous, laissez-vous faire…

Félix pose ses lèvres sur la bouche de Lydia sans lui laisser la chance de protester. Au premier baiser, elle se retient. Au deuxième, elle ronronne. Mais au troisième, rien ne va plus. Tandis que leurs langues se frôlent, Lydia, distraite, étire son bras en tâtonnant, à la recherche de quelque chose qu'elle n'arrive pas à attraper. Du coup, Félix se sent floué.

—Ne fuyez pas, Lydia, nous y sommes presque ! Lydia ? Lydia ?
—Lâchez-moi !

Lydia repousse Félix et s'affranchit de son étreinte étouffante. Enfin libre, elle retrouve son sac à main, et, dans son sac, la carte d'affaires de Théodore, cet ange gardien qu'elle n'a jamais osé rappeler. Rassurée, elle se ressaisit, secoue la tête et redevient hautaine.

—Mon cher Félix, j'ai enfin trouvé la façon de me venger !

Chapitre 40

Célèbre pour sa monotonie, l'autoroute qui mène à Québec se transforme magiquement en sentier bucolique aussitôt qu'on l'emprunte en agréable compagnie. On peut prédire le temps qu'il fera, s'amuser à compter les vaches, s'extasier devant les champs ensemencés dont les tons de vert au soleil ont des reflets de courtepointes, ou bien se taire… en attendant qu'une idée vienne.

— Moi et ma manie de parler à tout le monde…
— Cesse de t'en faire avec ça, veux-tu ?
— Elle avait l'air tellement gentille…
— Pour ça…
— Jamais je n'aurais pu me douter que…
— C'est terminé, n'en parlons plus.

Bouleversés par leur rencontre avec Lydia, Paulette et Jocelyn ont du mal à se distraire. Leurs phrases tronquées trahissent un malaise difficile à réprimer.

— Tout ça c'est ma faute…

—Mais non…

—Pauvre Jocelyn, si j'avais su…

—Tu ne pouvais pas savoir…

Plutôt discret, Jocelyn aurait préféré que cette confrontation intempestive se produise ailleurs, à l'abri des témoins, tandis que Paulette se sent coupable d'avoir bien involontairement attisé la jalousie de Lydia.

—Pourvu qu'elle n'ait pas cru que j'étais ta…

—Qu'elle croie ce qu'elle voudra, je m'en moque.

—Je ne pensais jamais que…

—Moi non plus, mais…

—Tu avais l'air…

—Surpris… J'ai été surpris, c'est tout.

—Pas autant que moi.

—C'est du passé, n'en parlons plus.

Ils se taisent, pour un temps, en s'efforçant d'admirer le paysage : quelques moutons broutent dans un champ, un fermier conduit son tracteur… N'y tenant plus, Paulette revient à la charge.

—Penses-tu qu'elle va nous en vouloir longtemps ?

—Oh ! pour ça, oui, il y a des chances !

—Pauvre femme.

—Lydia a toujours eu la rancune tenace. Au fond, ce n'est pas à moi qu'elle en veut, c'est à elle. Elle ne se pardonne pas d'avoir laissé filer un si gros poisson.

—Tais-toi, Jocelyn ! À t'entendre, on pourrait croire qu'elle est méchante.

Jocelyn se contente de sourire. Inutile de répliquer puisque Paulette a visiblement retrouvé sa bonne humeur.

Pour alléger l'atmosphère, elle pousse le bouton du lecteur où Joe Dassin attendait patiemment qu'on lui demande un rappel :

Dans le quartier du Vieux-Québec, les rues ont l'air d'avoir l'accent...

En entendant Paulette fredonner, Jocelyn se sent apaisé, réconforté, heureux.

— J'ai hâte d'arriver !
— Moi aussi !
— J'aurais le goût d'aller me promener avec toi dans la rue du Petit Champlain, le goût de faire un tour de calèche, le goût de...
— N'oublie pas que tu dois aller voir ton fils et que nous devons rentrer ce soir.
— Et si je te proposais de coucher à Québec ?
Paulette hésite pour la forme.
— Passer la nuit ici, à Québec, avec toi ?
— Quelque chose te retient ?
— Non, au contraire, l'idée me plaît... à condition de louer deux chambres, évidemment.
— Nous choisirons un hôtel chic !
— Le plus chic !
— Et ce soir...
— Que dirais-tu d'aller au théâtre ?
— Crois-tu pouvoir dénicher des billets ?
— Homme de peu de foi, fais-moi confiance !

Ravie d'avoir eu cette idée lumineuse, Paulette ne veut plus penser qu'à la soirée merveilleuse qui s'annonce : dans la pénombre, quand le rideau se lèvera, Jocelyn sera là, à côté d'elle, et ils auront tous les deux vingt ans.

L'hôtel est chic et le service, courtois. Jocelyn confie sa voiture au valet en l'avisant qu'il doit repartir dans quelques minutes. Heureux du pourboire, le portier les escorte jusqu'au comptoir de la réception.

— Deux chambres communicantes, s'il vous plaît.
— Toutes nos chambres ont deux lits, monsieur.
— Je le sais.

Quatre lits pour deux, ça fait beaucoup, mais bon, qu'est-ce qu'on ne ferait pas pour les convenances ?

— Je vous loge au dernier étage, avec vue sur le Château, vous allez voir, c'est magnifique !

Paulette pouffe de rire en constatant qu'on les traite en touristes. Pour s'amuser, elle s'approche de Jocelyn et lui glisse quelques mots à l'oreille.

— Paraît que Québec est une belle ville.

Gloussant presque, elle s'émerveille, forçant Jocelyn à retenir un fou rire.

— Voilà vos clés, monsieur. Vous avez des bagages ?
— Non.

En s'entendant répondre *non*, Jocelyn prend conscience du chemin parcouru depuis ce soir de mai où il était allé cacher sa peine dans un hôtel du centre-ville. Si sa réponse reste la même, les circonstances sont différentes, et les sentiments qui l'habitent, en ce moment, ne lui permettent même plus de se sentir coupable.

— Dois-je déplacer votre voiture, monsieur ?
— Non, non, merci, j'arrive tout de suite !

Sans même prendre le temps d'aller visiter leurs chambres, ils se dirigent ensemble vers la sortie, puis se séparent devant l'entrée. Jocelyn prend tristement le chemin de l'hôpital, tandis que Paulette attend l'arrivée d'un taxi.

Malgré le va-et-vient des infirmières, le bruit des chariots, l'éclairage aveuglant, Christian se repose paisiblement. Jocelyn colle sa chaise contre le lit. Il pose sa main sur celle de son fils et s'étonne que ses doigts soient si longs, que sa peau soit si douce ; les mains d'un artiste qui aurait certainement préféré jouer de la guitare au lieu de réparer des bijoux.

—Vous êtes son père ?
—Oui.
—Il vous attendait avec impatience.

L'infirmière vérifie le soluté puis remonte les couvertures.

—Votre visite doit être brève, notre patient a besoin de repos.

Au même moment, Christian entrouvre les yeux.

—Il y a longtemps que tu es là ?
—Quelques minutes à peine.
—Merci d'être venu.
—J'étais inquiet, Christian.
—Comme tu vois, je vais mieux… mais j'ai soif.

Jocelyn lui offre un peu d'eau fraîche.

—Maintenant, raconte-moi ce qui s'est passé.
—Bof ! Il y a eu plus de peur que de mal.

—Tu m'as parlé d'un cambriolage…

—Un cambriolage ? Oh ! oui, hier matin ! Enfin, je crois que c'était hier.

Christian parle très lentement. Ses idées sont confuses et les détails lui reviennent par bribes.

—Quand je suis arrivé à la bijouterie, un client m'attendait près de la porte. J'ai désactivé le système d'alarme, puis je l'ai invité à entrer. C'était un jeune homme bien… avec des cheveux roux, très courts, très frisés… Il avait une moustache… rousse, elle aussi… et il tenait une casquette… une casquette à l'anglaise… roulée dans sa main droite… Oh oui ! il portait des verres fumés… Ça m'a surpris, parce qu'il pleuvait.

Christian toussote pour s'éclaircir la voix. Jocelyn l'aide à boire une autre gorgée d'eau.

—Le client regardait les montres, puis il m'a demandé d'en sortir une pour la voir de plus près… Quand je me suis penché pour ouvrir la serrure… il a crié très fort : « C'est un hold-up ! » puis il m'a poussé et s'est emparé de mon trousseau de clés en ajoutant que j'étais mieux de me tenir tranquille, sinon…

La suite semble plus pénible à raconter. Pour aider Christian, Jocelyn décide de lui poser quelques questions.

—Avais-tu peur ?

—Non, au début, je n'avais pas peur… Tout se passait comme dans un rêve… Je le regardais voler mes bijoux sans réagir… J'étais figé…

—Et lui ?

—Lui, il restait calme… C'était visiblement un connaisseur…

—Un connaisseur ?

—Il ne choisissait que les montres de valeur, les diamants purs, les perles rares… et il fourrait tout ce qu'il volait dans un grand sac tiré de sa poche.

Christian ferme les yeux comme s'il voulait chasser un flash insupportable.

—J'ai fait une grosse folie, papa. Je n'aurais pas dû.

—Qu'est-ce que tu veux dire ?

À bout de souffle, Christian réclame encore de l'eau.

—Quand il s'est dirigé vers la caisse, je me suis jeté sur lui… Un réflexe idiot… Un geste irréfléchi… J'ignorais que dans sa casquette il dissimulait un couteau… La lame a transpercé mon bras.

—La blessure est profonde ?

—Assez, oui, on a dû m'opérer d'urgence.

—Et le voleur ?

—Quand il a vu que j'étais blessé, il a pris peur et s'est enfui avec les bijoux…

—Et toi, tu es resté tout seul ?

—Oui, j'étais étendu sur le plancher, je saignais beaucoup, et j'étais sur le point de m'évanouir quand Shirley est arrivée, par hasard…

—Shirley ?

—Oui, c'est elle qui a appelé la police.

Le regard de Christian s'assombrit.

—Le chirurgien m'a dit que j'allais éprouver de la difficulté à bouger mon bras gauche… et comme je suis gaucher, aussi bien dire que la bijouterie, pour moi, c'est fini.

—Pauvre garçon! Qu'est-ce que tu vas faire?

—C'est justement pour m'aider à y voir clair que je voulais que tu viennes… Penses-tu que je devrais vendre?

—Vendre ta bijouterie?

—C'est Shirley qui insiste. Elle a eu peur pour moi, et…

—Elle te conseille de vendre?

—Oui.

Jocelyn ose à peine imaginer la réaction de Lydia quand elle apprendra que Christian veut se débarrasser de l'héritage légué par son grand-père.

—Shirley m'a dit qu'un de ses amis serait prêt à l'acheter, à condition de ne pas tarder.

—Pourquoi tout bousculer? Il n'y a rien qui presse.

—Je sais, c'est Shirley qui…

Christian se rendort en bafouillant ces derniers mots. L'infirmière arrive avec une seringue.

—C'est l'heure de son calmant.

Elle injecte le médicament dans le soluté puis replace les couvertures.

—Je dois vous inviter à partir, monsieur Verdier. Je ne voudrais pas qu'on me fasse des reproches.

—Des reproches?

—J'ai contourné les directives et vous ai permis de voir votre fils même si son épouse a insisté pour qu'il ne reçoive aucune visite.

—Je vois.

—S'il fallait que…

—Ne craignez rien, cette incartade restera entre nous.

Un sourire forcé, un clin d'œil complice, et Jocelyn repart, le cœur lourd, à peine consolé à l'idée de retrouver Paulette qui, en son absence, a remué mer et monde afin de dénicher deux billets pour cette pièce de Robert Lepage, qu'on annonçait pourtant à « guichet fermé ».

Elle s'était d'abord présentée à la billetterie, mais la caissière n'avait visiblement aucun penchant pour les miracles et son refus était sans appel. Elle allait repartir bredouille quand un monsieur est passé derrière elle.

—Excusez-moi, mademoiselle, pourriez-vous me dire qui est cet homme ?

—C'est le directeur du théâtre, madame… Mais madame… Non, madame…

Quand vient le temps, il faut savoir saisir sa chance. Trottinant derrière lui, Paulette a osé interpeller poliment cet inconnu en arborant ce sourire engageant qui donne envie de lui faire plaisir. De sa voix la plus douce, elle lui a raconté qu'elle venait de loin, qu'elle était de passage à Québec, qu'elle adorait le théâtre et ne pouvait imaginer s'en retourner chez elle sans avoir vu cette pièce qui… Visiblement charmé, le directeur lui a demandé combien de billets il lui fallait. Elle lui a répondu qu'un ami l'accompagnerait, et il a accepté de lui céder deux des places V.I.P. que le théâtre réserve aux invités spéciaux qui s'annoncent à la dernière minute.

Forte de sa victoire, Paulette rayonne de bonheur quand Jocelyn la retrouve à l'hôtel. Elle a revêtu une robe splendide.

—Je me suis payé une douce folie !
—Le mauve te va à ravir !
—Le rose aussi ! Attends de voir ma *jaquette* !
—Ah ! parce que j'aurai droit à la jaquette aussi ?
—Ne t'emballe pas, elle est modeste.

Jocelyn avait perdu l'habitude de partager le quotidien d'une femme rieuse. Sa mère l'était, ses sœurs aussi, mais Lydia n'avait pas cette qualité qui rend la vie plus agréable. Elle n'aimait pas le théâtre, non plus, et leurs soupers en tête-à-tête se terminaient la plupart du temps par une dispute, ou par un silence écrasant qui perdurait jusque dans la couchette.

—Dis donc, Jocelyn, tu ne portes jamais de cravate ?
—Jamais ! Les nœuds coulants, pour moi, c'est fini.

Empruntant la porte communicante, Paulette et Jocelyn se promènent d'une chambre à l'autre comme s'ils étaient chez eux.

—Et moi qui rêvais de te tenir en laisse.
—Désolé, tu devras t'y prendre autrement... Par le ventre, par exemple !
—Justement, j'ai réservé une table, ici même, à l'hôtel.
—Excellente idée !
—Ça nous laissera plus de temps pour nous rendre au théâtre.

Après avoir poussé les verrous de la porte communicante, Paulette et Jocelyn quittent chacun leur chambre, se rejoignent près de l'ascenseur et se prennent par la main pour se rendre à la salle à manger.

Et maintenant, place au théâtre !

Tandis que Paulette s'émerveille dès le lever du rideau, l'esprit de Jocelyn papillonne et s'envole constamment vers Christian. Perturbé, distrait, il essaie d'apprécier la pièce, mais le cœur n'y est plus. Et quand il applaudit les acteurs, pour la forme, il se demande encore quel chef-d'œuvre il a vu ?

—Quelle merveille ! Quel génie ! Quel talent ! N'est-ce pas, Jocelyn ?
—J'ai passé une soirée extraordinaire.

Après avoir pris sa douche, Paulette enfile sa nouvelle robe de nuit et le peignoir de ratine blanche qui était étalé sur son lit en rentrant du théâtre.

—Je pense que je vais l'acheter !
—Quoi donc ?
—La robe de chambre… elle me va bien, je trouve.

Les cheveux retenus par des pinces, Paulette tournoie devant son miroir en se hissant sur la pointe des pieds comme une jeune fille qui essaie sa première robe de bal. Encore grisée de théâtre, elle se remémore certaines scènes et bavarde à voix haute avec Jocelyn, qui s'est retiré discrètement dans sa chambre pour respecter leur intimité.

—Heureusement que je me suis procuré le programme !
—Qu'est-ce que tu dis ?
—Le programme de la soirée, une chance que je l'ai acheté !

—La robe de chambre ?

—Non, pas la robe de chambre, le programme !

—Quel programme ?

—Oh ! zut ! On ne va pas passer notre temps à se crier par la tête ?

Ses lunettes sur le bout du nez, Paulette surgit familièrement dans la chambre de Jocelyn avec deux bouquins dans les mains.

—Est-ce que je peux venir lire chez toi ?

—Bien sûr ! Qu'est-ce que tu lis ?

—Un nouveau roman…

Elle prend un des exemplaires et le tend à Jocelyn.

—Tiens, celui-là est pour toi !

—Le roman de Renaud ?

—Oui ! Je l'ai trouvé chez un libraire, et j'ai pensé que ça te ferait plaisir…

—Tu es gentille, merci beaucoup.

—Mais que se passe-t-il, Jocelyn, tu as l'air déçu ?

—La présentation est plutôt moche, tu ne trouves pas ?

—Pour ça, on ne peut pas dire que ce soit sobre et de bon goût.

—Et le titre : *Fils de personne…* Félix va vouloir le renier, c'est sûr.

—Le renier ? Allons donc, ce n'est qu'un titre, et qu'un roman.

—C'est que tu ne connais pas Félix.

Jocelyn examine le livre dans tous les sens en fronçant les sourcils.

— C'est bizarre, il n'est question nulle part de ce fameux prix littéraire…

— Vas-tu en parler à Renaud ?

— Non, pas maintenant, je préfère attendre qu'il m'en offre une copie.

— Dans ce cas, je n'aurais peut-être pas dû…

— Pas du tout, au contraire, quand viendra le temps, je serai mieux armé pour affronter l'auteur !

Très à l'aise, Paulette grimpe sur le lit voisin, tasse tous les oreillers dans son dos et glisse ses pieds sous l'édredon.

— Si je te dérange, tu n'auras qu'à me le dire et je retournerai chez moi.

Prisonnier sous les couvertures, Jocelyn se sent indécent, torse nu et en slip, lui qui ne s'est jamais retrouvé ainsi dévêtu en présence d'une femme, pas même de Lydia, qui exigeait qu'il garde son pyjama pour faire ce qu'elle appelait avec dédain « la chose ». Pourvu que la nature reste tranquille !

Calée dans une montagne d'oreillers, Paulette ne partage pas du tout les inquiétudes de son compagnon d'aventure. Absorbée par la lecture, elle pourrait bien y passer la nuit. Le roman de Renaud la passionne. Elle prend plaisir à découvrir ce qu'il avait à raconter sur sa jeunesse, sa relation avec sa famille, sa mère, son père, et ce personnage fictif surgissant d'un placard, qui se livre et dévoile des boas, des paillettes et des amours tumultueuses avec un bon copain, qu'il ne nomme pas, bien sûr, mais qui se reconnaîtra certainement. Parfois, le style change, le verbe se raffine, le ton devient *français*. Les personnages osent davantage, les scènes sont plus ludiques, plus fantaisistes, ce qui réveille chez Paulette une impression de déjà lu…

De temps en temps, Jocelyn jette un coup d'œil vers le lit voisin pour s'assurer qu'il ne rêve pas. Paulette y est toujours. Son livre lui a glissé des mains, mais ses lunettes sont restées accrochées sur le bout de son nez. Elle dort. Jocelyn termine la lecture d'un autre chapitre, marque la page avec un kleenex replié, puis éteint la lumière et s'endort à son tour.

Quand il se réveille, Paulette n'est plus là. Elle a tiré les couvertures et replacé les oreillers. Puis elle a regagné sa chambre et a défait l'un des deux lits, en prenant soin de bien froisser les draps pour que l'effet soit convaincant.

—Je peux entrer ?
—Bien sûr !

Jocelyn retrouve Paulette en train de se coiffer. Elle a remis sa robe blanche, repiqué sa fleur jaune et sera bientôt prête pour la tournée du Vieux-Québec. Jocelyn s'avance et l'embrasse sur la joue.

—Tu m'excuseras, j'ai la barbe longue.
—Et moi, je n'ai rien pour me maquiller.
—As-tu faim ?
—Non.
—Moi non plus.

D'un commun accord, ils quittent l'hôtel sans profiter du forfait « petit-déjeuner ». Ils sont libres, joyeux, et une belle journée les attend. Une belle journée pour…

—Regarde, Jocelyn, il y a une place, là-bas, au bout de la rue !

Ils descendent le grand escalier presque en courant, tant ils ont hâte de se retrouver dans la rue du Petit Champlain. Une rue si petite, si étroite, que les vitrines et les cœurs se frôlent parfois.

Chapitre 41

Tous les critiques semblent avoir découvert le roman de Renaud en même temps. Certains parlent d'un brouillon mal écrit, d'autres, d'un petit écrivain sans talent, mais tous s'accordent pour souligner à gros traits, preuves à l'appui, plusieurs extraits tirés directement des œuvres d'Alexandre Jardin, ce romancier dont Michel Bonneau lui avait parlé lors de leur première rencontre.

Ce jour-là, Renaud s'en souvient, il avait acheté *Le Zèbre* en se promettant de le lire jusqu'au bout. Mais depuis, ce bouquin traîne sur une tablette sans que jamais il ait eu envie de déplacer le signet qui marque la onzième page.

Assis sur son lit, Renaud découpe minutieusement tous les articles qui le concernent, sans se laisser blesser par les critiques désobligeantes qui l'accusent, à tort, d'avoir plagié un livre qu'il n'a même pas lu. Confiant que son éditeur va pouvoir éclaircir la chose, il arrive facilement à se convaincre qu'une mauvaise presse vaut mieux que pas de presse du tout.

La sonnerie de son cellulaire le dérange, mais il se rassure en lisant *Les Éditions Jactance* sur l'afficheur.

—Allô ?

Sans préambule, Michel Bonneau hurle sa colère.

—As-tu vu dans quel pétrin tu nous as foutus, petit con ?
—Qu'est-ce que j'ai fait ?
—Ce que tu as fait ? Tu oses me demander ce que tu as fait ? Mais réveille-toi, *sacrament* ! Tu nous as fourrés dans la *marde* !
—Je ne comprends pas ce que vous voulez dire.
—Quoi ? Tu as plagié les romans d'Alexandre Jardin et tu ne comprends pas ce que je veux dire ?

Michel Bonneau fulmine au bout du fil, prêt à renier son auteur pour mieux se disculper aux yeux des journalistes qui attendent ses commentaires.

—Sais-tu au moins ce que ça veut dire : « plagier », imbécile ?
—Si quelqu'un a plagié, ce n'est pas moi ! Avant que vous m'en parliez, je ne connaissais même pas Alexandre Jardin, et je n'ai jamais lu aucun de ses romans… jamais !
—Ah non ? Et quand je t'ai demandé si…
—Je vous ai répondu oui pour vous faire plaisir. Je pensais que c'était la meilleure chose à faire.
—Tu dis vraiment n'importe quoi ! Comment est-ce que je pourrais faire confiance à un tricheur de ton espèce ?
—Les journaux disent que vous allez tout leur expliquer…

—Leur expliquer quoi? Les preuves sont là! Penses-tu que je vais te couvrir? J'ai une réputation, moi! On me respecte, moi!

—En avez-vous parlé à France Choquette?

—Ne mêle surtout pas France Choquette à ça!

—Dans ce cas-là, qu'est-ce qu'on va faire?

—Toi? Rien! Tu ne fais rien! Tu prends ton trou et tu la fermes! Moi, je vais convoquer une conférence de presse!

—Est-ce qu'il va falloir que j'y sois?

—Es-tu malade?

—Pourquoi?

—Parce que je ne veux plus rien savoir de toi! Ta carrière est finie, mon bonhomme! Finie!

—Et mon roman?

—Ton roman? Tu veux savoir ce que je vais en faire de ton roman? Je vais rappeler toutes les copies en circulation, puis je vais les mettre au pilon au plus sacrant, en espérant que les éditeurs d'Alexandre Jardin ne nous poursuivront pas!

—Et s'ils poursuivent?

—Je t'enverrai la note!

Furibond, Michel Bonneau a raccroché avant même que Renaud n'ait eu le temps de saisir ce qui venait de se passer. Qui a plagié? Qui a *étoffé* son roman à son insu? Certainement pas son copain, puisqu'il n'a fait que corriger la première copie soumise au concours littéraire. Complètement brisé, Renaud voudrait n'avoir jamais entendu parler d'Alexandre Jardin.

Il empile les articles qu'il vient de découper et les range dans son sac à dos avec toutes les copies de son roman que

Michel Bonneau lui avait remises mais qu'il n'a jamais osé distribuer.

Le cœur gros, la tête basse, il quitte la maison sans faire de bruit et se dirige vers le *Petit Bedon Gourmand*. En chemin, il ressasse toutes les idées porteuses de doute qui l'habitaient ces derniers temps. Sa première rencontre avec son éditeur, cette terrible impression d'être petit, ignare, sans culture. Le bonheur de se sentir choisi, assombri par un simulacre de lancement, et la tristesse de se retrouver seul avec son éditeur, ivre mort, qu'il a dû jeter dans un taxi, comme un soûlon, après la fête. Le retour en métro, la jaquette, le titre… surtout le titre ! En pensant à son père, Renaud devient nerveux. Jamais Félix ne croira sa version des choses. Jamais il ne lui pardonnera d'avoir éclaboussé son nom. Et Arlette, sa triste mère, si dévouée, si douce, comment pourra-t-elle supporter que son fils soit ainsi bafoué, méprisé, rejeté ? Renaud se sent tout à coup vidé de tout espoir. Adieu l'écrivain célèbre ! Adieu les prix littéraires ! Adieu la renommée et la reconnaissance !

Subitement, tout bascule. Renaud se sent déprécié, écrasé, misérable. Plagiaire ! Voilà désormais ce que les gens diront de lui, jamais en face, mais dans son dos. Il les entend déjà murmurer et ricaner dans l'ombre en prononçant son nom. On le traite de tricheur, de menteur. En piétinant ses rêves, on se moque de ses prétentions : un écrivain, lui ? Un plagiaire, oui !

En passant devant une librairie où son roman trône dans la vitrine, il entre et achète les trois copies en stock, comme pour les protéger avant qu'on ne les détruise. La caissière, indifférente, ne le reconnaît pas.

Il s'arrête ensuite au bureau de poste, se procure du papier, des enveloppes, quelques timbres, puis s'installe sur un banc pour écrire…

Chapitre 42

Quand la chaleur l'indispose, Géraldine descend à la *Terrasse du Petit Bedon* pour lire son journal à l'ombre et manger des croissants avec...

— Un café crème ?

— Non, un bol de moka, avec deux sucres... comme d'habitude.

— C'est pourtant vrai, où ai-je la tête ?

— Tu as l'air soucieux, Victor ?

— Renaud n'est pas encore rentré, ce matin.

— Il n'a même pas téléphoné ?

— Non, rien, aucune nouvelle.

— Et son cellulaire ?

— Toujours fermé.

— As-tu eu l'occasion de parler à sa mère ?

— Non, pas encore, mais je comptais le faire, justement.

— À ta place, j'attendrais un peu, au cas où Renaud aurait une nouvelle blonde.

— Qui le tient en otage ?

— On ne sait jamais !

Depuis qu'elle est devenue à la fois sa locataire et sa voisine, Géraldine s'est donné pour mission d'égayer la vie de Victor en lui rendant visite le plus souvent possible. Parfois, en fin de soirée, elle l'invite à monter chez elle pour jouer aux cartes et manger des biscuits aux amandes trempés dans un grand bol de lait bien froid.

—J'ai dû manger un peu trop de biscuits hier soir, j'ai mal dormi.

Géraldine le dévisage avec un air moqueur.

—À cause des biscuits ?
—Non, tu as raison, quelque chose me tracasse.
—Quoi donc ?
—Je crois qu'Antonin est au courant…
—Au courant de quoi ?
—De la lettre.
—Oh ! mon Dieu !
—L'as-tu toujours ?
—Bien sûr, elle est chez moi, en sécurité.
—J'aimerais bien la récupérer.
—J'irai la chercher tout à l'heure.

Géraldine glisse discrètement ses doigts dans son décolleté pour sortir un kleenex et s'éponger le front.

—Mmm ! ça sent le parfum, Madame !
—Ça te gêne ?
—Au contraire !

Victor détourne la tête. Un client en profite pour attirer son attention.

—Votre addition ? Tout de suite, monsieur. Excuse-moi, Géraldine, les clients s'impatientent et mon pauvre Antonin ne fournit plus à la cuisine.

—Est-ce que je pourrais t'aider à servir aux tables ?

—Ça te plairait ?

—Certainement !

—Pourquoi pas ?

Sitôt dit, sitôt fait. Géraldine range son journal dans son sac, enfile un tablier et prend la place de Victor, qu'elle renvoie gentiment à ses fourneaux.

—Tu seras certainement plus utile là-bas !

Engageante, souriante, elle se plie facilement aux petits caprices des habitués, qui choisissent leur place et connaissent le menu par cœur. Certains clients s'étonnent de l'absence de Renaud, alors que d'autres s'en inquiètent. Soudain, l'un d'eux élève la voix.

—Si j'étais à sa place, moi aussi je me cacherais !

Et son voisin de table d'ajouter :

—Jamais je n'aurais pensé qu'il pouvait être hypocrite à ce point-là !

Alertée par leurs propos, Géraldine se rapproche.

—Qu'est-ce que vous racontez, messieurs ?

—À ce que je vois, vous n'avez pas lu votre journal à matin !

—Pas eu le temps, je sers aux tables !

—Paraît que votre serveur est un plagiaire ?

—Renaud ? Allons donc !

—C'est écrit dans le journal !

—Et vous croyez toutes ces sottises ?
—Moi, non, mais…
—Mais vous les répétez, par exemple !

Le ton monte. Le client insiste. Géraldine s'énerve. Victor intervient.

—Ça suffit ! On vous entend jusque dans la cuisine !
—Excuse-moi, Victor !
—Que se passe-t-il, Géraldine ?
—C'est à cause de Renaud…
—Qu'est-ce qu'il a fait ?
—Monsieur prétend que c'est un plagiaire.
—Plagiaire ? Qu'est-ce que ça veut dire « plagiaire » ?
—Ça veut dire, monsieur, que votre serveur aurait pigé dans le roman d'un autre, qu'il lui aurait volé ses idées, qu'il aurait triché !
—Renaud ? Tricher ? Jamais !
—Si vous ne me croyez pas, vérifiez dans le journal !
—Je me sacre bien de ce qui est écrit dans le journal ! Ce petit gars-là est honnête, franc, droit comme une épée, et je me battrais jusqu'au bout pour le défendre !
—Si ça vous amuse de défendre un tricheur !
—Messieurs, sortez d'ici ou je vous sors cul par-dessus tête !

Les deux clients quittent la table en maugréant et se défilent sans payer. Victor prend l'addition et la déchire sous les yeux de Géraldine, qui l'encourage avec admiration, tandis que les autres clients l'applaudissent.

Chapitre 43

Renaud jette plusieurs lettres à la poste après avoir posé ses lèvres sur chacune d'elles. Soulagé, presque souriant, il enfourche sa bicyclette et se remet en route pour une longue promenade qui le conduira au bord de la rivière. Éreinté par le poids de son sac à dos, dont les coutures risquent de céder de toutes parts, il s'assoit sur une pierre anguleuse comme il y en a des centaines qui font obstacle aux cascadeurs téméraires attirés par le bouillonnement du barrage.

Il fait un temps superbe. Une douce chaleur. Un vent discret. Une belle journée pour tomber en amour avec la vie…

Seul au milieu de ce minuscule désert de pierrailles, Renaud attend… Renaud hésite. La densité du brouillard qui l'entoure l'empêche d'apprécier la beauté du moment. L'amour ne fait plus le poids quand le cœur s'alourdit.

Hagard, les yeux dans le vide, Renaud trace en arcade le cours de sa triste existence : derrière lui, un rêve brisé…

autour de lui, le néant… et, devant lui, un mur! Un mur immense, inébranlable. Une masse imposante, impossible à détruire, impossible à franchir. Un monolithe de marbre, pareil à celui au cœur duquel Michel Ange, en piochant, a libéré *David*! Mais le mur de Renaud ne laisse voir aucune brèche, aucun cœur à atteindre, aucun chef-d'œuvre à libérer. Puisque sa vie est un désastre, sa carrière, un fiasco, et son avenir, un bloc stérile, il choisit librement de leur tourner le dos.

Anéanti, ravagé, Renaud se lève et s'avance en titubant sur les roches acérées. Le bruit assourdissant de la chute l'effraie autant qu'il l'interpelle. En grimpant sur le parapet, la peur l'étrangle, le temps d'un doute, puis s'estompe aussitôt, cédant la place à une confiance sereine. L'âme en apesanteur, le corps en déséquilibre, il s'arrête un instant pour contempler le ciel, invente une courte prière, puis se signe, *au cas où…*

En touchant l'eau, Renaud s'agite. Il sait nager. Un dernier soubresaut, mais de courte durée: lesté par tous ses livres, le poids de son sac à dos l'entraîne en tournoyant au cœur du tourbillon…

Chapitre 44

Hantée par ses cauchemars, Arlette a mal dormi. Étourdie, la tête lourde, elle espère profiter d'un court moment de solitude avant que Félix n'envahisse la cuisine et l'engage, contre son gré, dans des prises de bec stériles sur des sujets insignifiants.

—Espèce de con ! Espèce de petit *câlisse* de con !

Ça y est, c'est reparti ! Félix n'a pas encore franchi le dernier tournant du corridor, que déjà elle le sent prêt à chercher noise pour la moindre peccadille.

—Chut ! Pas si fort, tu vas réveiller Renaud.
—Le réveiller ? Il n'est pas là !
—Alors, pourquoi cries-tu ?
—Parce que j'en ai marre de me faire chier par un petit *ostie* de con qui n'en fait qu'à sa tête ! Non mais, as-tu vu dans quel état il a laissé sa chambre ?
—Je n'entre jamais dans sa chambre…
—Tu devrais !

404   *Belle journée pour tomber en amour…*

—Encore moins quand la porte est fermée.

—Elle n'était pas verrouillée !

—Qu'importe, tu devrais respecter son intimité.

—J'ai quand même le droit de savoir où est mon fils, non ?

—S'il n'est pas là, c'est qu'il travaille. Il part souvent très tôt, ces jours-ci.

—Il n'est pas rentré, la nuit passée, le savais-tu ?

—Et toi, comment le sais-tu ?

—J'ai trouvé tous ces journaux-là dans sa chambre !

—Ah bon ?

—Des journaux troués !

—Troués ?

—Datés d'hier !

—Ah c'est donc ça ! Je me proposais d'appeler notre camelot pour me plaindre, mais ce matin, le journal était là.

—Tiens, regarde-moi ça ! Des journaux, des journaux, des journaux partout !

Félix chiffonne rageusement toutes les pages et les jette en boules aux pieds d'Arlette.

—Sa chambre est un vrai bordel ! Si au moins il recevait des femmes, mais non, monsieur l'écrivain s'enferme tout seul dans son trou, pour écrire des petits romans à la con que personne ne lira jamais !

—Il a tout de même gagné un prix littéraire.

—*Bull shit* ! Il n'a même pas été foutu de nous le montrer, son maudit roman, *calvaire* !

Quand Félix gueule, Arlette devient sourde. Elle se penche, ramasse une à une les boulettes de papier, les défroisse, les replie, puis les dépose sur le bout du comptoir, calmement, sans s'impatienter. Sa cueillette terminée, elle remet la pile de journaux déchirés entre les mains de Félix, en lui imposant sa volonté d'une voix ferme.

—Sois gentil, va reporter tout ça... Et surtout, prends bien soin de...

Au grand étonnement d'Arlette, Félix obéit sans regimber avant même qu'elle ait terminé sa phrase. Il pénètre dans la tanière de Renaud, éparpille les journaux sur son lit et quitte la pièce en refermant la porte tout doucement. La chambre retrouve aussitôt son silence, son désordre et son mystère.

—Veux-tu des œufs ?
—Non, deux toasts et un café, ça va faire.

Assis côte à côte, Arlette et Félix déjeunent en silence, sans remarquer le magnifique rayon de soleil qui caresse le mur d'en face. Il y a des jours, comme ça, où, pour certains, la cueillette d'un instant n'a aucune importance.

Chapitre 45

Quand son emploi du temps le lui permet, Jocelyn s'offre une longue promenade avec Brutus, puis s'arrête à la *Terrasse du Petit Bedon* avant de se rendre à la morgue.

— Un croissant chaud ou une brioche ?
— Une brioche.
— Elles sont aux framboises, ce matin !
— Ce sont mes préférées !
— Café ou jus d'orange ?
— Allons-y pour le jus d'orange !

Victor va choisir deux brioches, les plus belles, et rapporte deux jus bien glacés.

— J'ai décidé de me gâter un peu, moi aussi !

Il tire une chaise et vient s'asseoir en face de Jocelyn qui s'émerveille comme un gamin en entendant le chant des cigales.

— Chut ! Écoute, elles chantent déjà… La journée sera chaude.

—Faut pas que j'oublie d'arroser mes plantes, elles s'étiolent quand il fait trop chaud.

—Tu as le pouce vert, mon vieux !

—Il paraît qu'il faut leur parler, alors je leur parle…

—À ce que je vois, c'est une bonne recette !

—Si tu savais tout ce qu'elles entendent !

Depuis ce que Victor appelle sa *crise de canicule*, les deux hommes sont devenus beaucoup plus proches, plus intimes.

—Renaud ne travaille pas ce matin ?

—Non. Et je ne sais pas à quelle heure il va rentrer.

—Dommage, j'aurais aimé lui parler.

—En fait, il n'est pas rentré depuis deux jours…

—Depuis deux jours ?

—Ouais. Dis-moi, as-tu lu les journaux ?

—J'espérais justement connaître sa version des choses.

—Pauvre Renaud, je ne peux pas croire qu'il ait triché.

—Moi non plus.

Après quelques gorgées avalées en silence, Jocelyn perçoit un certain malaise dans le regard de Victor.

—Qu'est-ce qui se passe, mon vieux, es-tu malade ?

—Non, mais, j'ai quelque chose à te demander…

—Quoi donc ?

—C'est au sujet de la lettre… tu sais, celle que Gigi m'a envoyée…

—Tu veux savoir si c'est moi qui en ai parlé à Antonin ?

—C'est toi ?

—Oui, j'y ai fait allusion, l'autre jour, par mégarde, sans en révéler le contenu, ça, je te le jure, mais…

—Je m'en doutais.

—Je te demande pardon, Victor, je croyais sincèrement qu'Antonin était au courant. Quand j'ai compris qu'il ne l'était pas, j'ai voulu me rétracter, mais le mal était fait.

—Il n'y a pas de mal, rassure-toi.

—J'ai été maladroit, je n'aurais pas dû...

—Au contraire, ça nous a fait du bien à tous les deux.

—C'est lui qui t'en a parlé ?

—Oui. Il a d'abord demandé à la lire...

—Quelle épreuve !

—Puis il m'a montré la sienne... mais je n'ai pas voulu la lire. J'ai pensé que ce serait trop dur, et pour lui, et pour moi.

—Tout ça à cause de ma maladresse !

—Bienheureuse maladresse, au contraire, puisqu'elle nous a permis de briser la glace. Figure-toi que nous avons passé des heures à nous faire des confidences...

Victor mord dans une autre bouchée de brioche avant de continuer.

—Quelle fin de soirée merveilleuse ! Quand nous nous sommes séparés, Antonin m'a serré dans ses bras et m'a dit : merci pour tout, *papa* !

Victor ne cherche même pas à dissimuler ses larmes en voyant arriver Antonin.

—Regarde un peu, Jocelyn, tu ne trouves pas que j'ai un fils extraordinaire ?

—Et moi, un gendre extraordinaire !

—Vous avez raison tous les deux, je suis un être *extra-ordinaire*... mais j'ai besoin de mon père pour terminer les quiches !

—Dans ce cas, je ne vous retarderai pas.

—Vous pouvez rester, Jocelyn, mon père n'en a que pour quelques minutes.

—Non, non, je dois partir, mes morts m'attendent !

—Moi, j'ai des sandwiches à faire avant de fatiguer la salade…

—Pauvre Antonin, tes journées sont trop longues !

—Ce sont plutôt mes nuits qui sont trop courtes ! Heureusement que vous prenez soin de mon chien !

—Merci de me le prêter, j'en profite.

Jocelyn s'apprête à partir, mais il s'arrête et tend l'oreille quand Antonin s'adresse à Victor en baissant volontairement le ton.

—Toujours aucune nouvelle de Renaud ?

—Si je me fie à son horaire habituel, il sera là vers dix heures…

—Je l'espère, je suis débordé.

Intrigué, Jocelyn revient vers eux.

—Dites-moi, est-ce que Renaud s'absente souvent ?

—Non, non, c'est un bon employé, rassure-toi, n'est-ce pas, Antonin ?

—Très bon, oui !

—Tant mieux. Saluez-le pour moi, et dites-lui que je le verrai ce soir. Il faut absolument que je lui parle. Il doit être effondré, le pauvre enfant.

S'élevant sereinement au-dessus des nuages, Jocelyn Verdier se dirige vers la morgue en remerciant la vie. Plus tard, il retrouvera Paulette. Ils iront ensemble au cinéma, puis ils rejoindront leurs amies pour souper, entre intimes, à la *Terrasse du Petit Bedon*. Quelle belle soirée ce sera !

Chapitre 46

La secrétaire se précipite vers Jocelyn dès son arrivée.

— Docteur Verdier, monsieur le directeur vous attend dans son bureau !

— Que se passe-t-il ?

— Je n'en sais rien, il demande à vous voir, c'est tout.

— D'accord, c'est bon, dites-lui que j'arrive.

Jocelyn se dirige vers l'ascenseur. La réceptionniste l'interpelle au passage.

— Docteur Verdier, j'ai une lettre pour…

— Déposez-la sur mon bureau.

— C'est que…

— Excusez-moi, je suis pressé.

Intrigué par cette convocation inattendue, Jocelyn s'éloigne rapidement sans remarquer l'air déconfit des deux femmes.

— Vous vouliez me voir, monsieur le directeur ?

— Entrez, entrez, je vous en prie.

Le directeur reçoit Jocelyn avec une accolade chaleureuse, un geste inhabituel chez cet homme un peu froid, capable de *gérer ses émotions*, comme il aime à le répéter à la fin de chaque réunion.

—Assoyez-vous, mon cher Jocelyn.

Jamais le directeur, si pointilleux sur le protocole, n'appelle aucun médecin par son prénom, abusant parfois du *Docteur* au point d'en être ridicule.

—Je vous sers un scotch ?
—Non, merci.
—Vous permettez ?
—Bien sûr.

Visiblement décontenancé, le directeur vide son verre d'un coup sec puis s'en verse un deuxième, avant d'aller se réfugier derrière son bureau.

—Mon cher Jocelyn, j'ai une bien triste nouvelle à vous annoncer.
—Quoi donc ?

Un silence prolongé finit par inquiéter Jocelyn, qui ne comprend pas pourquoi le directeur devient pâle comme un cierge.

—Votre… votre petit-fils…
—Que se passe-t-il ? Renaud a eu un accident ? Il est blessé ?
—Non, il n'est pas blessé… Il est mort…

Voilà, c'est fait ! La nouvelle importante étant dite, le directeur n'a plus qu'à contrôler ses états d'âme.

—Votre petit-fils s'est noyé, Docteur Verdier.

—Noyé ? Mais, voyons donc, c'est impossible !

—Les sauveteurs l'ont repêché dans la rivière…

—Quand ça ?

—Très tôt, ce matin. Nous avons reçu son corps tout à l'heure.

Abasourdi, Jocelyn refuse de croire ce qu'il entend. La bouche ouverte, il respire fort, s'agrippe aux bras de son fauteuil et répète sans arrêt, comme un mantra :

—Renaud, noyé… C'est impossible !

Puis, subitement, il se redresse avec une pointe d'arrogance dans le regard.

—D'abord, comment les sauveteurs ont-ils appris que quelqu'un venait de se noyer ?

—Un passant intrigué a signalé que quelque chose flottait dans la rivière.

—Et comment ont-ils su que c'était lui ?

Trop troublé pour affronter une telle douleur, le directeur se lève, va vers la fenêtre et regarde au loin, sans cesser de parler d'une voix morne.

—Renaud Verdier-Miller, c'est bien le nom de votre petit-fils, n'est-ce pas ?

Jocelyn secoue la tête affirmativement, sans répondre. Le directeur insiste.

—Et *Fils de personne*, ça vous dit quelque chose ?

—C'est le titre du roman qu'il vient d'écrire…

—Les plongeurs ont trouvé un sac à dos éventré, puis des livres…

—Des livres ?

—Plusieurs livres, tous pareils, éparpillés, à la dérive… C'est son nom et sa photo sur ses livres qui leur a permis d'identifier Renaud.

Le directeur quitte sa tour d'ivoire et vient s'asseoir dans le fauteuil juste en face de Jocelyn. Ému, il s'adresse à lui sur un ton presque affectueux.

—Jocelyn, écoutez-moi bien, ce que j'ai à vous dire sera difficile à entendre : votre petit-fils Renaud est mort noyé… *en se jetant volontairement dans la cascade.*

—Vous voulez dire qu'il s'est…

—Suicidé, oui.

Jamais Jocelyn n'avait encore ressenti la froideur de la mort se répandre dans ses veines au point d'en avoir le cœur glacé. Bouleversé au delà du concevable, il se laisse glisser tranquillement dans un univers nébuleux où plus rien n'a d'importance.

—Jocelyn ! Jocelyn Verdier ! Docteur Verdier, m'entendez-vous ?

Emmuré dans un silence douloureux, Jocelyn ne bouge plus. Cet état d'hébétude se prolonge durant plusieurs minutes. Puis, réagissant soudain comme s'il obéissait à une force inconnue, Jocelyn émerge de sa léthargie et s'adresse au directeur d'une voix autoritaire.

—Je veux le voir !

—Venez.

Visiblement soulagé, le directeur le prend par le bras et l'escorte jusqu'à la porte de son bureau.

—Attendez ici, ma secrétaire va vous raccompagner.

—Non, merci, je connais le chemin.

Courageux, vulnérable, Jocelyn Verdier s'avance à mains nues, sans épée, sans armure, prêt à affronter la mort dans ce qu'elle a de plus douloureux, de plus sournois… le suicide d'un adolescent sans espoir.

Chapitre 47

C'est l'heure du lunch, et Victor ne sait plus où donner de la tête. La *Terrasse du Petit Bedon* fourmille et plusieurs clients font la queue en attendant qu'une table se libère.

— Merci d'accepter de nous dépanner, Géraldine. Nous attendions Renaud vers dix heures, mais…

— Pauvre garçon, il se sent peut-être un peu gêné d'affronter les clients, à cause de son livre…

— Il pourrait au moins téléphoner !

— En as-tu parlé à sa mère ?

— Non, pas encore.

Le temps d'échanger quelques mots, le service ralentit et les clients s'impatientent.

— Regarde-moi ça, il faut faire quelque chose !

— Me permets-tu de tenter une expérience ?

— Fais tout ce que tu voudras, en autant qu'Antonin ait le temps de respirer !

Les idées saugrenues s'avérant souvent les meilleures, Géraldine décide d'improviser un service rapide. Elle installe une table d'appoint sur laquelle elle prépare elle-même des sandwiches et compose rapidement des boîtes à lunch. Un moyen simple et facile d'accommoder les gens pressés, de diminuer la file d'attente et d'offrir à certains clients le plaisir romantique d'aller pique-niquer en amoureux sur un banc du square.

La réaction des gens et la bonne humeur de Géraldine incitent Victor à rêvasser. Partant du principe que tout est possible, il pourrait facilement doubler la terrasse. Une idée qui pourrait s'avérer lucrative, si… À moins que… Reste à voir comment… Un coup parti, le square au complet s'agrandit… s'éclaire… devient stade ! Les yeux fermés, Victor entend des bravos… Mais le charme est rompu quand Géraldine le surprend à sourire béatement en la regardant travailler.

—Veux-tu bien me dire à quoi tu penses ?
—Je vois grand, Géraldine, je vois très grand !
—En attendant, viens donc m'aider à ranger la table.

Quand le facteur s'amène, Géraldine, rieuse, intercepte le courrier.

—Tiens, Victor, une lettre pour toi !

Malgré la lettre de rupture, malgré les insultes, Victor espère toujours que Gigi, repentie, lui écrira un jour pour lui annoncer son retour. Plein d'espoir, il s'assoit près d'une table encombrée que deux clients viennent de quitter. Sans cesser de lire, il fait signe à Géraldine de s'approcher.

—Et alors ?

Le regard de Victor s'embrume. Des larmes coulent le long de ses joues. Incapable de parler, il passe la lettre à Géraldine...

Cher Monsieur Victor,

C'est la dernière fois que je vous apèle comme ça. Vous avez été plus qu'un patron, presse qu'un père pour moi, et je voudrais que vous gardié un bon souvenir de moi. Je n'ai pas tricher, je vous le jurre. Si je vous ai déçu, je m'en escuse et vous demande de me pardonné. Je vous aime très fort, Antonin aussi, et tout les autres. Pensé à moi. Prié pour moi. De la-haut, je veilleré sur vous... Adieu.

Renaud

Alerté par les cris, Antonin accourt sur la terrasse. Géraldine se jette dans ses bras en hurlant. Victor, effondré, se cache la figure dans ses mains pour éviter que les clients ne le voient sangloter. Ébranlé, Antonin lit la lettre en tremblant, retient son souffle, puis éclate à son tour.

Un malheur ne nous atteint qu'à l'instant où il nous rattrape.

Chapitre 48

Habituée à leurs petites visites de courtoisie, la pharmacienne ne réagit pas quand deux policiers se présentent au comptoir des ordonnances. Elle les accueille poliment, presque familièrement, prête à répondre à toutes leurs questions concernant les voyous du voisinage.

—Je peux vous aider ?
—Nous voulons voir madame Verdier.

Impressionnée par l'air sombre et l'allure imposante des deux hommes, la jeune femme s'empresse d'aller prévenir Arlette, qui accepte de les recevoir avec une certaine réticence.

—Que puis-je faire pour vous, messieurs ?
—Madame Verdier ?
—C'est moi !
—Madame Arlette Verdier ?
—Je viens de vous le dire.
—Pouvez-vous nous recevoir... en privé ?

—À quel sujet ?
—C'est personnel.
—Venez avec moi !

Les deux hommes la suivent de près jusque dans son bureau.

—Excusez le désordre, je…

Elle empile à la hâte quelques factures, les jette dans un tiroir, referme son chéquier et gagne du temps en accordant de l'importance à mille petits gestes inutiles.

Aux aguets, près de la porte, les policiers l'observent sans oser dire un mot. Arlette leur paraît trop fragile, trop vulnérable pour recevoir à froid le coup qu'ils s'apprêtent à lui asséner. Pour parer le choc, ils décident d'inviter discrètement l'assistante d'Arlette à se joindre à eux, sans penser que l'arrivée de cette femme pourrait la perturber davantage

Déjà méfiante, Arlette s'énerve en l'apercevant. Elle flaire un piège et craint l'internement, l'enlèvement par surprise. Une technique hypocrite, sournoise, que Félix et Lydia ont déjà utilisée.

—Que me voulez-vous ? Que se passe-t-il ?
—Vous êtes bien madame Arlette Verdier ?
—Combien de fois faudra-t-il que je vous le dise ?
—La mère de Renaud Verdier-Miller ?

En entendant prononcer le nom de Renaud, Arlette perd tout contrôle.

—Il est arrivé quelque chose à mon fils ?… Renaud a eu un accident ?… Il est blessé ?
—Je vous en prie, madame, assoyez-vous !

Prise de panique, Arlette frappe à grands coups sur la poitrine du policier.

—Allez-vous finir par me dire ce qui se passe ?
—Votre fils…
—Parlez, bon sang ! Parlez ou je hurle !
—Votre fils s'est noyé, madame.
—Noyé ? Vous avez dit « noyé » ?

Rassurée, Arlette se met à ricaner nerveusement, en prenant son assistante à témoin.

—Tu entends ça ? Renaud, noyé ! Excusez-moi, messieurs, mais il y a une erreur : Renaud ne peut pas s'être noyé ! Oh ! mon Dieu, non, c'est impossible ! Il sait nager ! Il a même pris des cours et…
—Ce n'était pas une noyade.
—Comment ça, pas une noyade ? Vous venez de me dire que mon fils s'est noyé, et ce n'est pas une noyade ?
—Tout porte à croire que votre fils s'est suicidé, madame.

Personne ne pourra jamais décrire le hurlement profond que pousse une mère qui vient d'apprendre le suicide de son fils. Prostrée, Arlette gémit comme une bête égorgée. Tressaillant de tout son corps, elle se révolte contre Dieu, contre la vie, contre la mort…

—Non ! Non ! Je ne veux pas ! Je ne veux pas ! Je ne veux pas !

Soudain, Arlette se ressaisit et se lève en criant.

—Vous vous trompez, messieurs, ce n'est pas lui ! Renaud n'est pas mort ! Si mon fils était mort, je le saurais. Je le sentirais. Je suis sa mère !

—Madame.

—Allez-vous-en tous ! Laissez-moi tranquille !

—Venez, madame, nous allons vous ramener chez vous.

—Non ! Lâchez-moi ! Ne me touchez pas ! Vous n'avez pas le droit !

Affolée, Arlette quitte son bureau, fait quelques pas en titubant, puis s'écroule sur le plancher au beau milieu de la pharmacie. Recroquevillée, elle pleure sur elle-même, sur sa maternité trahie, et sur son enfant mort qui ravive, en mourant, la douleur de sa naissance.

—J'ai mal au cœur ! J'ai mal au ventre !

Marianne et Antonin s'amènent en coup de vent, alertés par la présence des policiers.

—Laissez-moi passer, je suis sa sœur !

—Et moi, son beau-frère.

Antonin se penche pour consoler Arlette, pendant que Marianne reçoit les confidences d'une cliente compatissante qui la croit au courant de toutes les rumeurs.

—Paraît que… paraît que… paraît que…

Chaque fois qu'une flèche empoisonnée touche la cible, une pointe acérée déchire la chair de Marianne, qui se sent tout à coup reliée à sa sœur adoptive par une douleur proche de l'osmose. Sa frayeur apaisée, elle va rejoindre Arlette et l'enlace tendrement. Quand les larmes se confondent, les mots sont inutiles.

Les policiers interviennent.

—Venez, madame, nous allons vous conduire chez vous.

Pour éviter d'effaroucher Arlette, Antonin propose de la ramener chez elle, dans sa propre voiture, tandis que deux agents les suivront de près.

Allongée sur la banquette arrière, Arlette pleure sans retenue. Elle voudrait mourir. Indolente, mollasse, elle se laisse glisser tout doucement vers un ailleurs sans fin où la vie sans Renaud n'a plus aucun but, aucun sens.

Soudain, Marianne brise le silence.

—Est-ce que Félix est au courant?

Incapable de répondre, Arlette ferme les yeux et ravale ses sanglots.

Chapitre 49

Ignorant la présence des policiers, Arlette passe la première, soutenue par Marianne et Antonin, qui aimeraient
mieux se voir ailleurs. Dès l'entrée, l'atmosphère est
étouffante. La maison est plongée dans la pénombre, et
ça pue le chou bouilli jusque dans le vestibule. Arlette
hésite, fait quelques pas, puis se fige en entendant de la
musique.

— C'est lui ! Je suis sûre que c'est lui !

Excitée, elle se précipite vers la chambre de Renaud,
certaine d'y retrouver son fils, heureux et bien vivant !
Mais, en poussant la porte, elle aperçoit Félix, étendu
sur le lit, au beau milieu des journaux défroissés qu'il
avait lui-même remis en place un peu plus tôt. La figure
bouffie par les larmes, Félix transcende sa peine en jouant
de l'harmonica. La lettre de Renaud a glissé sur le
plancher…

Mon cher papa,

Je n'es jamais été le fils donc tu rêvais, un sportif, qui aime le hockey, les chars et le « pitounes à grosses boules » qu'ont trouve sur les calandriers. Tout ça parce que tu avais peur que je devienne une « tapette ». Je suis gai, papa ! Si seulement tu m'avais regarder, tu tant serait aperçu et peut-être que tu aurait pu m'aimer pareille. Je voulais devenir écrivain, malgré mes faute d'ortograffes, mais ça non plus, tu ne l'axceptais pas. J'ai gagné un prix litéraire, pour te faire plaisir, mais ça n'a pas marché. Tu lira dans les journaux que je suis un plajiaire, un tricheur, mais ce n'est pas vrai ! Je te le jurre ! Je n'ai jamais tricher, ni copier sur personne. Pardone-moi, si je t'ai fais honte, je ne voulais pas.

Adieu, papa, je t'aime. Je vais veillé sur toi. Pense à moi, des fois, et prend bien soin de maman.

Ton fils Renaud.

P.-S. tu recevra mon buletin bientôt. J'ai peut-être rater mon année, mais ça n'a plus d'importance.

Fiévreux, tremblant, Félix se roule en boule, envahi et brisé par une douleur qu'il croyait pourtant avoir domptée. Insupportable retour des choses, le suicide de son fils le ramène directement à celui de son frère aîné. Sans espace temps. Sans recul. Sans nuance. Une mort inacceptable. Un deuil refoulé, mal vécu. Une souffrance si profonde, qu'aucun amour depuis n'a pu l'en consoler.

Il avait dix-sept ans, son frère en avait vingt. Excentrique, artiste, bohème, il jouait du saxophone dans un hôtel de passe, engagé à la petite semaine par un promoteur véreux qui, au lieu de le payer, lui fournissait de la drogue. Beau parleur, entouré d'amis, il passait ses soirées à séduire des paumées prêtes à vendre leur âme pour se retrouver dans son lit et partager un joint.

À cette époque, personne n'aurait pu deviner que ce garçon charmant avait un amoureux, surtout pas ses parents, qui se vantaient d'avoir un fils musicien dont les femmes étaient folles. Un matin d'hiver, un ami, très inquiet, a retrouvé les deux amants déchus enlacés dans leur lit. Des seringues et des bouteilles d'alcool traînaient sur le plancher. Sur la table de nuit, un papier griffonné à la hâte par une main malhabile : Ne nous jugez pas sans comprendre...

Et voilà que Félix se retrouve ce matin confronté à son destin : son frère et son fils réunis par le suicide. Ironie du parcours de deux êtres sensibles, inconnus l'un de l'autre, soumis aux mêmes préjugés rétrogrades d'un pauvre homme écorché qui s'était pourtant juré de mettre son fils à l'abri en lui cachant la vérité sur la mort de son oncle.

Arlette ramasse la lettre et la replie sans oser la lire. Surveillée de loin par les deux policiers, elle hésite un peu avant d'aller s'asseoir sur le bord du lit. Dès qu'il sent sa présence, Félix sort de sa torpeur et tente maladroitement de cacher son vieil harmonica, dont il n'avait plus joué depuis la mort de son frère. Cette fragilité malhabile émeut Arlette qui ressent le besoin de se pencher vers lui pour partager sa peine. Mais Félix se rebiffe et la repousse brusquement.

— Va-t'en, lâche-moi !

—Pourquoi, Félix ? Pourquoi ?

—Fous-moi la paix !

Pour ne plus être importuné, Félix ramène un oreiller sur sa figure. Toujours aux aguets, les policiers invitent Arlette à quitter la chambre. Elle obéit et s'apprête à refermer la porte quand Félix lui crie :

—Il y a une lettre pour toi, sur la table !

Sans perdre une seconde, Arlette se précipite dans la cuisine. L'enveloppe est là, bien en vue, appuyée sur le sucrier. Sans oser la toucher, elle relit plusieurs fois son nom, son adresse : les derniers mots d'une écriture familière… tracés avec amour… juste avant… Pour ne pas éclater, Arlette saisit la lettre et la glisse dans sa poche.

Après s'être assurés que Marianne et Antonin prendront la relève, les policiers s'apprêtent à partir.

—Non, messieurs, pas tout de suite, attendez !

Arlette s'accroche à eux et les poursuit jusque sur le balcon, en insistant pour qu'ils lui révèlent l'endroit exact où Renaud s'est noyé : le chemin escarpé, le parapet, la rivière, la cascade… et la façon dont ils l'ont trouvé, grâce à un inconnu qui passait par là.

Surmontant sa douleur, Arlette écoute attentivement, saisit tout, prend des notes, tandis que Marianne pleure en silence dans les bras d'Antonin.

—Voilà, madame, c'est tout ce que je sais.

—Merci, messieurs, merci pour tout.

Leur besogne enfin terminée, les policiers descendent le perron rapidement mais s'arrêtent net en arrivant sur le trottoir, un peu comme s'ils avaient oublié quelque chose. Après un court silence, le plus jeune des deux se retourne vers Arlette et l'oblige à faire face à la triste réalité.

— L'un de vous devra se rendre à la morgue pour identifier le corps.

Chapitre 50

Après avoir longtemps médité devant la dépouille de celui qu'il appelait affectueusement *mon grand*, Jocelyn s'est enfermé dans son bureau en insistant pour qu'on ne le dérange sous aucun prétexte.

Isolé dans une bulle, presque en état d'apesanteur, il tente de s'élever au-dessus des mesquineries de ce monde qui endurcissent le cœur de l'homme et réduisent ses espoirs en poussière. À quoi bon s'évertuer à trouver un coupable, puisque les jeux sont faits. Renaud a choisi la mort, le condamner n'y changerait rien.

Trop ébranlé pour pleurer, Jocelyn se console en invoquant affectueusement la douceur de ses souvenirs : Renaud bébé... Renaud enfant... Renaud adolescent... Renaud écrivain... STOP ! Le film se casse brusquement, il n'en verra jamais la fin.

L'écran s'éteint et Jocelyn se retrouve seul, face à lui-même, étourdi, siphonné, attiré dans un trou noir dont il ne peut jauger la profondeur. Il s'apprête à fermer les yeux pour se laisser glisser vers l'abîme quand son regard est attiré par la lettre que la secrétaire a déposée sur son bureau. Une lettre ordinaire, une écriture hachurée, maladroite…

Cher grand-papa,

Quand j'étais petit, tu me chantait « Au claire de la Lune, mon ami Pierrot, prête-moi ta plume pour écrire un mot », cette chanson-la me transportais, moi, qui rèvait d'écrire et d'avoir un ami. Aujourd'hui j'en ai un, il s'appèle Lucas, et nous sommes amoureux. Mais notre amour est impossible. Mon père ne sais pas que je suis gai. Ma mère non plus. Quant ils l'aprendrons, leur décepsion sera terrible. Et quant ils lirons les journaux, ce sera pire encore. Je suis sur qu'ils me reniros. On écrit que je suis un tricheur, un menteur, un plajiaire. Ce n'est pas vrai, grand-papa, je te le jurre. Je n'ai jamais copier mon roman sur personne. Les critique sont cruelle. Ma carrière d'écrivain est fini, avant même d'avoir commencer.

Ma chandelle est morte, je n'est plus de feu, plus de flame, plus de passion. Il ne me reste qu'a mourrir. Surtout ne pleurre pas. Surtout ne m'oubli pas. Je t'atendrai la-haut en te tendant les bras. Je t'embrasse, je t'aime.

Renaud

P.-S. La nuit, au claire de la Lune, tu me verra peut-être en train d'écrire avec la plume que m'aura prêter notre ami Pierrot. Pense alors a moi, et, si tu m'aime encore, ouvre moi ta porte et ouvre moi ton cœur… pour l'amour de Dieu !

Jocelyn s'effondre. Il n'a pas vu poindre le désespoir dans le regard de son petit-fils, n'a pas su deviner son désarroi, n'a pas pu l'aimer assez pour attiser la flamme, le raccrocher, le retenir, et pourtant…

La secrétaire frappe à la porte.

—Excusez-moi, Docteur Verdier, une certaine Paulette Robin demande à vous voir.
—Dites-lui d'entrer.

Paulette paraît, sereine, souriante, un peu timide, les yeux rougis.

—Excuse-moi, Jocelyn, je ne voudrais surtout pas te déranger.
—Me déranger? Toi?
—Je suis venue avec Marianne et Antonin pour…

Jocelyn bénit le ciel. Quelle que soit la raison de sa visite, Paulette arrive à point nommé pour soulager son âme en lambeaux.

—Ma chère, ma bonne, ma douce Paulette, si tu savais comme je suis heureux de te voir!
—J'ai pensé que tu aurais besoin d'un peu de réconfort.

La secrétaire frappe à nouveau pour laisser entrer Marianne et Antonin qui se figent comme deux pions près de la porte. Ni l'un ni l'autre ne semblent vouloir avancer. Marianne grelotte et claque des dents.

—Je ne veux pas y aller, papa.
—Aller où?
—Voir Renaud. J'ai peur. J'ai trop peur.
—Moi aussi, j'ai peur, Jocelyn.

Désigné «volontaire» malgré lui, Antonin panique à l'idée de retrouver son ami Renaud congelé au fond d'un tiroir.

—Les policiers nous ont dit qu'il fallait qu'on se présente ici pour identifier le corps.

—Et personne n'a pensé à moi?

—Bien sûr, papa, mais Arlette ne voulait pas t'imposer cette corvée.

—Une corvée? Identifier mon petit-fils, une corvée?

—Dans ce cas, est-ce que tu voudrais venir avec nous?

—Ne vous tourmentez plus, j'ai déjà vu Renaud et je l'ai identifié formellement, vous n'aurez qu'à signer.

Soulagée, Marianne se jette au cou de son père en pleurant. Antonin s'approche et les prend tous les deux par les épaules. Paulette se joint à eux pour former une grosse boule d'amour où la compassion de chacun adoucit la peine de l'autre. En les embrassant, tous les trois, Jocelyn réalise qu'il devra composer avec la peur et la douleur de ceux qui ne regardent jamais la Lune.

—Est-ce que Lydia a été prévenue?

Marianne réagit en pensant à sa mère. Quel choc! Quelle humiliation pour elle! Un suicidé dans la famille, elle ne s'en remettra jamais.

—Arlette a tenté de l'appeler à plusieurs reprises, mais ses messages restent sans réponse. Si elle ne rappelle pas, Antonin essaiera de la retrouver.

—J'irai l'attendre au Casino, s'il le faut.

—Au Casino?

—Maman joue beaucoup, tu sais.

—Ah bon ?

—Elle passe ses journées au Casino... et ses nuits dans les bras de Théodore. Et comme nous ne connaissons pas l'adresse de Théodore, aussi bien dire que nous ne la voyons jamais.

—J'espère au moins que ça la rend heureuse.

—Voyons, papa, pour elle, le mot bonheur n'existe pas : il y a les gens riches... et les autres !

Au même moment, le regard de Paulette croise celui de Marianne qui prolonge un sourire en grimace...

—Mon Dieu, ma belle, qu'est-ce que tu as ?

Complètement épuisée, Marianne se laisse choir dans un fauteuil.

—J'ai chaud ! Je veux m'en aller ! Rentrons vite, Antonin, j'ai hâte de me retrouver chez nous.

Ils sortent tous ensemble et se dirigent vers la voiture d'Antonin.

—Partez devant, mes enfants, je vais raccompagner Paulette !

Soudain, Jocelyn constate qu'il a oublié la lettre de Renaud.

—Attends-moi ici, je reviens tout de suite !
—Que se passe-t-il ?
—Je dois récupérer quelque chose d'important.

Il retourne à son bureau, prend la lettre, la replie et la range soigneusement dans la poche de sa chemise. Aussitôt, les battements de son cœur s'accélèrent, une grande paix l'envahit. Il se sent habité, réconforté, consolé.

Pressé de retrouver Paulette, Jocelyn s'avance vers elle en lui tendant la main jusqu'à ce que leurs doigts se joignent. Ils échangent un sourire, mais leurs yeux sont remplis de larmes.

— Merci d'être là, Paulette !

Ils s'embrassent affectueusement puis traversent le parking en silence. Un long et lourd silence qui leur permet de se recueillir en saisissant l'instant qui passe.

Jocelyn retient la portière pour permettre à Paulette de prendre place sur la banquette avant. Puis il jette un dernier coup d'œil vers le ciel, monte dans sa voiture et quitte la morgue en sifflotant *Au clair de la Lune…*

Chapitre 51

Finalement retrouvée par Antonin dans un salon chic du Casino, Lydia a encaissé la nouvelle stoïquement, dignement, au grand étonnement de Théodore, qui s'incline, bouleversé, devant tant d'abnégation.

— Je ne te savais pas si forte, Lydia !

— Qu'est-ce que tu croyais ? Je n'allais tout de même pas me mettre à pleurer devant ce *tatoué* !

— Quelle retenue ! Quel courage !

— Il ne s'agit pas de courage, Théo, mais de dignité !

— Une dignité exemplaire face à la mort !

— N'en mets pas trop, veux-tu ?

— Quand même, Renaud était ton petit-fils…

— Mon petit-fils ? Non, pas vraiment. Sa mère était une enfant de la crèche que j'ai adoptée par pure bonté. Renaud n'est donc pas de ma lignée, pas de mon sang.

— Excuse-moi, je l'ignorais.

— D'ailleurs il n'y a jamais eu aucun suicide dans ma famille… et je n'accepterai pas que notre nom soit traîné dans la boue, à cause de *ça* !

Lydia se dirige vers la sortie d'un pas si rapide que Théodore a du mal à la suivre. Quand finalement il la rejoint, elle l'apostrophe sur un ton sévère.

—Théo, je te défends de raconter cette histoire à qui que ce soit, tu m'entends ?

—À personne, ma beauté, c'est promis.

Énervée, elle part devant et saute dans un taxi sans même prendre le temps de lui dire au revoir.

Comme un toutou abandonné, Théodore reste figé sur place, prêt à attendre le retour de sa maîtresse, toute la nuit s'il le faut. Mais pourquoi faudrait-il qu'il l'attende dehors, alors que tant de jolies femmes s'excitent en pénétrant dans ce palais clinquant où l'odeur de l'argent leur fait perdre la tête ? Frénétiquement attiré comme par un aimant, Théodore s'engouffre avec elles dans le hall… et repère rapidement celle qui lui semble la plus esseulée, la plus *mûre*.

—Vous venez souvent au Casino ?
—Non, c'est la première fois.
—C'est bien ce que je pensais.
—Pourquoi ?
—Autrement, je vous aurais remarquée…

Il fait une chaleur accablante. Le ciel est lourd. Ça sent l'orage. Incapables de dormir, Arlette et Félix se promènent de long en large dans leur maison devenue trop grande, où toutes les lumières sont allumées, comme si la mort pouvait se tapir dans les coins sombres. Arlette a peur de la mort. Félix aussi, mais il le cache. Sans se regarder, sans se parler, ils arpentent le corridor en sens inverses et se rencontrent après chaque tournant.

La sonnerie du carillon les surprend. Félix va répondre.

—Ah c'est vous, belle-maman !

Heureuse de voir enfin arriver sa mère, Arlette s'avance pour l'embrasser, mais Lydia la repousse et se dirige vers la cuisine en les invitant tous les deux à la suivre.

—Nous n'avons pas de temps à perdre, allez, assoyez-vous !

Arlette et Félix obéissent sans comprendre. Debout devant eux, Lydia pose ses deux mains bien à plat sur la table, en attendant patiemment qu'on l'écoute.

—Mes pauvres enfants, vous devez être désemparés ! Avez-vous pensé aux funérailles ?
—C'est que…
—Ne vous inquiétez pas, je me charge de tout !
—Maman, c'est très gentil, mais…
—D'abord, il faut nier ! Cette histoire de suicide est absurde. Nous dirons que c'était…

S'éloignant de la table, Lydia va et vient dans la pièce en se tenant le front comme si elle élaborait un scénario dont elle improviserait l'intrigue au fur et à mesure que les mots viennent.

—Un accident… C'est ça, c'était un accident… un stupide accident… qui a coûté la vie à un jeune écrivain… bourré de talent… qui venait tout juste de décrocher un grand prix littéraire !
—Maman !

—Mes amis l'écriront, les lecteurs le croiront !

—Mais Lydia…

—Je vous en prie, Félix, ne m'interrompez pas !

Lydia s'éponge la figure nerveusement en prenant des airs de tragédienne.

—Il fait une chaleur, ici !

Félix s'empresse de lui apporter un verre d'eau. Une pause rafraîchissante qui permet à Arlette d'observer attentivement sa mère : ses yeux paraissent plus grands, sa bouche plus pulpeuse, et toutes ses ridules ont disparu, à croire qu'elle n'a jamais vécu, jamais ri, jamais pleuré.

—Les funérailles auront lieu…

Constatant qu'Arlette ne l'écoute plus, Lydia reprend sa phrase plus lentement et en haussant le ton.

—Je disais donc que les funérailles auront lieu en grandes pompes, à la Cathédrale ! Je me charge du cardinal, c'est un ami à moi. Il y aura des fleurs, beaucoup de fleurs !… Le chant ?… Petite musique de chambre, rien de trop lourd, avec un sopraniste invité… j'en connais un charmant qui fera très bien l'affaire ! Pour les invitations…

—Quelles invitations, maman ?

—Ne t'en fais pas, je vous aiderai, nous dresserons la liste ensemble… Et, pour le buffet…

—Le buffet ?

—Ne t'inquiète pas, ça ira, je m'en occupe, je connais un excellent traiteur ! Il faudra des bouchées, des petits fours, des dragées… Aimez-vous les dragées, Félix ?

Arlette n'en revient pas. Lydia planifie les funérailles de son petit-fils qui vient de se suicider, comme une marieuse américaine organise le mariage fabuleux d'une superstar. Profitant d'un court silence, elle décide d'intervenir sur un ton qu'elle n'a encore jamais employé pour s'adresser à sa mère.

—Maman, puis-je te rappeler que notre fils s'est suicidé ?

—C'était un accident !

—Ce n'était pas un accident, maman ! Renaud ne s'est pas aventuré sur un terrain glissant, il n'a pas trébuché sur une roche, il s'est jeté dans la cascade, volontairement, pour être certain de se noyer !

—Tais-toi, Arlette ! Je te défends de répéter des horreurs pareilles.

—Non, maman, je ne me tairai pas ! Je me suis tue trop longtemps. J'aurais dû m'interposer, écouter mon fils, le défendre. Renaud souffrait, et moi je me taisais. Je me taisais parce que j'avais peur ! Peur de toi, maman, qui régentais ma vie… Et peur de toi, Félix, qui m'écrasais, m'humiliais et me terrorisais ! Vous étiez de connivence, tous les deux, vous complotiez, vous chuchotiez, vous disiez que j'étais folle… En me poussant à bout, vous m'avez rendue folle ! Je le comprends aujourd'hui : ma folie, c'était vous !

Félix tente d'intervenir, mais Arlette reste ferme et s'adresse à Lydia sans lui donner la chance de détourner le regard.

—Les funérailles de Renaud auront lieu dans deux jours, et je veux qu'elles soient sobres et simples.

—Quelle inconscience !

—Quant à toi, maman, tu viendras si tu veux, mais je ne t'enverrai certainement pas d'invitation !

—Puisque c'est comme ça, tant pis, je ne viendrai pas !

Vexée, indignée, Lydia se retourne vers Félix, le regard rempli de rage.

—Non mais, vous l'entendez ? C'est insensé ! Une vraie poltronne !

—Je vous en prie, Lydia, essayez de rester calme.

—Rester calme ? Vous me dites de rester calme ? Mais c'est elle qui crie comme un putois !

—Lydia, n'insistez pas, voulez-vous ?

—Ah ! vous faites une belle paire, tous les deux ! Aucun respect, aucune morale, pas étonnant que votre fils…

—Se soit suicidé ? Allez, dis-le, maman, tu verras, ça soulage !

—Non, je veux dire… enfin… tout le monde savait que… que Renaud était…

— *Gai* ! Renaud était *gai* ! C'est un mot difficile à dire, n'est-ce pas, maman ?

—Mais qu'est-ce que c'est que cette façon de me parler ?

—Je te conseille de partir, maintenant, maman !

—Félix, défendez-moi, dites quelque chose !

—Excusez-la, Lydia, Arlette n'est pas dans un état…

—Je sais très bien dans quel état je suis et je demande à ma chère mère de bien vouloir sortir de ma maison !

—Appelez-moi un taxi, Félix ! Et ne vous dérangez surtout pas, je vais aller l'attendre dehors !

Insultée, Lydia s'engage dans le corridor en faisant le plus de tapage possible, puis elle sort en claquant la porte. Félix la rejoint sur le balcon.

—Excusez-la, Lydia, Arlette a du chagrin, elle ne pense pas ce qu'elle dit.

—Elle est folle, je le sais ! Mais vous, Félix ? Vous ?

—Moi, je reste dans mon coin, en attendant que l'orage passe.

—Comme vous êtes sage. Vous êtes un être d'exception, mon cher Félix !

Accoudés sur la rampe, ils attendent l'arrivée du taxi ensemble. Leurs bras se frôlent. Ils se rapprochent.

—Si vous avez besoin de parler, n'hésitez pas, je serai chez moi cette nuit.

—Vous êtes trop bonne.

—On ne se refait pas.

Le taxi s'arrête devant la porte. Félix aide Lydia à monter puis regarde la voiture s'éloigner. Séduit par sa beauté, grisé par son parfum, il se sent à la fois bouleversé et vaincu, comme un ancien amant reconquis par une ancienne maîtresse.

En rentrant, il trouve Arlette endormie dans le lit de Renaud. Les joues rougies, les cheveux en bataille, elle a l'air d'une enfant épuisée d'avoir pleuré. Félix lui enlève ses chaussures, rabat la couverture sur ses épaules et quitte la chambre sans oser retirer la lettre qu'elle retient fermement entre ses doigts crispés.

Chère maman,

Si douce et si fragile, je pars en emportant tes fantômes avec moi. Il ne t'importuneront plus jamais, je te le jurre.

N'ais plus peur de rien, ni de personne. Afirme-toi et ne laisse ni ta mère, ni mon père, te méprisée ou t'humiliée. Tu n'es pas folle! Tu es belle! Regarde-toi, redresse la tête et souri. Tu est très belle quant tu souri. J'emporte cette image avec moi.

On te dira sur mon conte des choses qui te ferons de la peine. Ne les crois pas, maman, je n'ai jamais tricher. Mon roman, je ne l'ai pas copier sur personne. Je ne sais pas se qui s'est passer, mais on m'accuse d'avoir plajié. Même si ce n'est pas vrai, ma carrière est fini pareille. Ça me fait trop mal. Je ne veux pas vivre en pensant que je ne serai jamais un écrivain.

Pardone-moi, maman, je ne suis pas le fils donc tu rêvais. Je suis gai et j'ai un amoureux qui s'appèle Lucas. Si tu t'en doutait, tu n'en parlait jamais. Moi non plus, je n'en parlait pas, parce que j'avais peur de vous dessevoir, papa et toi.

En ce moment, je n'ai pas peur. Ma décision est prise et je pars en paix. Pense a moi souvant. Ne m'oubli pas dans tes prière. Adieu, maman, je t'aime…

Renaud

Arlette dormait toujours quand Félix est parti pour aller retrouver Lydia.

Chapitre 52

Au Plaisir des Belles Dames… Plantée devant la porte, Arlette relit l'enseigne plusieurs fois, à voix basse, comme si les mots, ainsi répétés, pouvaient lui insuffler du courage. Prête à tout pour répondre aux désirs exprimés par Renaud dans sa lettre, elle a dû se faire violence pour rouler jusqu'au square, en espérant trouver la *Fontaine de Jouvence* à deux pas de sa pharmacie.

Malgré la splendeur du soleil et la beauté des fleurs qui l'entourent, la vitrine lui renvoie l'image d'une femme déprimée, démodée, sans attraits. Maigrichonne, aigrie, elle se sent moche et vieille, elle qui n'a pas encore quarante ans.

Regarde-toi, redresse la tête et souri. Tu est très belle quant tu souri.

Surmontant son angoisse, Arlette redresse la tête, accroche un sourire à ses lèvres gercées, et pousse la porte en affichant un semblant d'assurance.

—C'est pour un rendez-vous, madame ?

Occupée à plier des papillotes sur des mèches colorées, Iris pose la question sans se déplacer. Arlette, gênée, ne répond pas. Elle reste là, sidérée, clouée sur place, interloquée par les propos de deux clientes fraîchement coiffées qui s'attardent près de l'entrée.

—Paraît qu'y avait copié *toute* son roman dans le livre d'un autre…

—Ça prend du front !

—Du front ? Mets-en ! Y venait de gagner un prix littéraire !

—Y en a qui ont du culot, franchement !

—Mais son petit jeu a été découvert, tous les critiques l'ont descendu !

—Le pauvre garçon, y devait avoir honte.

—Ben plus que honte, y s'est pendu !

—Pendu ?

—Ben oui ! Son éditeur en a parlé à matin, tu l'as pas vu ?

—Ben non, je regardais Ricardo à l'autre poste.

—Que c'est qu'y a fait ?

—Des poitrines de poulet à l'orange…

—Du poulet à l'orange, ça doit être bon !

—Ç'avait l'air !

—Maudit, je m'en veux, je l'ai manqué !

—J'ai noté la recette, je vais te la donner.

Les deux femmes passent indifféremment du suicide de Renaud à la cuisine de Ricardo, sans se douter qu'Arlette hésite encore entre s'enfuir, s'évanouir… ou leur arracher la langue. Pour la première fois depuis la mort de son fils, elle conçoit l'influence néfaste des médias sur l'opinion de ceux qui gobent tout sans la moindre nuance. Ceux qui insinuent. Ceux qui colportent.

—Alors, c'est pour une coupe ou pour une mise en plis ?

En s'approchant, Iris reconnaît Arlette, qu'elle a croisée plusieurs fois à la pharmacie, sans jamais lui parler vraiment.

—J'ai appris, pour votre fils, c'est terrible.

Compatissante, Iris s'avance spontanément pour l'embrasser, sans penser qu'avec son tablier de caoutchouc et ses gants maculés de teinture rouge, elle a l'air d'une coiffeuse sanguinaire prête à assassiner une cliente, comme dans un film d'épouvante. Peu habituée aux témoignages d'affection, Arlette recule d'un pas.

—Oh ! mon Dieu ! J'ai taché votre robe ?
—Non, non, ça va.

Iris observe Arlette avec attention : une vieille robe brune, usée jusqu'à la trame, des gougounes déformées, une coiffure tristounette et un teint pâle à faire peur. Si elle s'écoutait, elle prendrait cette femme éplorée dans ses bras et lui proposerait…

—Une métamorphose.
—Quoi ? Vous voulez…
—Une métamorphose, oui. J'enterre mon fils demain, et je veux que, de là-haut, il me trouve belle.
—Pour être belle, vous serez belle, ça, je vous le promets ! En attendant, venez avec moi, je vais vous installer dans la pièce de repos. Vous pourrez consulter des revues à votre aise et me dire ensuite ce que vous préférez.

Arlette se laisse diriger docilement par Iris, mais en croisant à nouveau les deux commères, elle les aborde avec un aplomb qu'elle ne se connaissait pas.

—Mon fils ne s'est pas pendu, mesdames, il s'est noyé!

Voilà! La coquille est brisée, la vérité est rétablie et une nouvelle femme s'apprête à naître.

Calée dans un fauteuil confortable, les deux pieds posés sur un pouf, et un verre de limonade à la main, Arlette consulte les revues de mode qu'Iris Robin lui a prêtées, à la recherche d'un nouveau look digne de ce fils qui la remet au monde en la libérant de ses démons.

Chaque page qu'elle tourne lui renvoie l'image d'une femme magnifique, sensuelle, voluptueuse, qui ne lui ressemble pas. Vidée de tous ses charmes, Arlette n'est plus qu'une âme en miettes prisonnière d'un corps desséché. Un cœur déchiré. Un ventre vide. Un cri de douleur étouffé. Un ramassis de chair hurlante…

—Vous n'êtes pas trop fatiguée d'attendre?

En entendant la voix d'Iris, Arlette referme brusquement la revue et boit sa limonade d'une traite, comme une enfant surprise à quitter la table sans avoir vidé son verre de lait.

—Avez-vous choisi quelque chose?
—Non…

Un peu honteuse, Arlette tend à Iris une revue mouillée de larmes.

—Excusez-moi, je vais la payer.
—Ce n'est qu'une revue, oublions ça.

—Merci, madame.

—Je m'appelle Iris.

—Moi, c'est Arlette…

—On peut se tutoyer ?

—Si vous voulez… enfin, oui, si tu veux…

—C'est parfait, allons-y !

Après avoir tamisé l'éclairage et choisi une musique douce pour créer de l'ambiance, Iris invite Arlette à s'installer devant le miroir.

—Comme c'est bizarre, tes cheveux paraissent raides, pourtant ils sont naturellement bouclés !

—Bouclés ?

—Oui, oui, tu vas voir ! Je te propose une coupe assez courte, une coloration de base légèrement fauve, et quelques mèches plus claires pour allumer ton regard… Ça te va ?

Arlette pense à Renaud et baisse les yeux avant de répondre.

—Fais ce que tu voudras, je te fais confiance.

Avant ce jour, le mot confiance n'avait jamais fait partie du vocabulaire d'Arlette, qui a grandi avec un arrière-goût de méfiance dans la gorge, une fadeur amère, tenace, capable d'aciduler tous les bonheurs.

—Une coupe en dégradé va leur donner du corps !

Chaque mèche qui s'écrase sur le plancher ravive un mauvais souvenir : quand on la croyait folle, on lui rasait la tête. Quand Félix la violait, il lui tirait les cheveux… et quand sa mère…

—Arrête de bouger, ma belle, je vais rater ta frange !

—Excuse-moi.

Délestée tout doucement de son passé douloureux, Arlette commence à croire que la vie peut être belle. Ah ! si seulement elle avait pu le comprendre avant…

—Renaud serait peut-être encore vivant ?
—Pardon ?
—Le suicide de Renaud, crois-tu que j'y sois pour quelque chose ?

Prise de court, Iris ne sait pas quoi répondre. Si le métier de coiffeuse invite aux confidences, une maîtrise en psychologie n'est pas requise pour obtenir le diplôme. Prolongeant exprès le silence, elle feint de s'attarder sur un bout de mèche un peu rebelle.

—Iris, je t'ai posé une question.
—Excuse-moi, je ne t'ai pas bien entendue ?
—Le suicide de mon fils, crois-tu que ce soit ma faute ?
—Pourquoi me demandes-tu ça ?
—Parce que je me sens terriblement coupable.
—Toi, coupable ? Allons donc !
—Vois-tu, Iris, ma pire souffrance sera de ne pas l'avoir vu…

Arlette parle d'une voix monotone en se regardant fixement dans le miroir, comme si son regard pouvait le traverser. Iris décide de ne pas l'interrompre.

—Je ne l'ai pas vu, parce que j'ai eu peur… peur de mon fils… peur de la mort… peur de voir mon fils mort ! Une peur imprécise, irrationnelle, qui me condamne à porter le deuil d'un tas de cendres enfermé dans une urne.

Iris n'en peut plus, l'émotion est trop forte. Prétextant un coup de fil à donner de toute urgence, elle se retire dans la salle de repos pour pleurer à son aise et n'en ressort qu'une fois le temps de la coloration expiré.

Elle retrouve Arlette endormie, la joue appuyée sur son poing refermé. Crispée par la douleur, sa figure anguleuse paraît encore plus décharnée. Iris l'observe durant quelques secondes et la trouve émouvante, attachante, troublante même, dans son désir de se faire belle pour séduire son fils mort, au cas où il pourrait l'entrevoir de là-haut.

Iris toussote en tapant dans ses mains.

—Et maintenant, au lavabo, ma belle! Un bon shampoing, un traitement hydratant, et le tour sera joué. On ferme les yeux, on ne bouge pas... Et voilà, c'est terminé! Tes cheveux sont bouclés, ils ont du corps, ne reste plus qu'à les laisser sécher, la mise en plis se fera toute seule.
—Sans les brosser?
—Sans les brosser.

Iris apporte un miroir afin qu'Arlette puisse admirer sa nouvelle coiffure de tous les côtés.

—Qu'est-ce que tu en penses?
—Je ne sais pas, c'est tellement différent.
—Attends, viens avec moi.

Sans la brusquer, Iris la prend par les épaules et l'emmène devant la psyché qui décore l'entrée.

—Allez, regarde-toi! Tu voulais être belle, Arlette, tu l'es!
—C'est bien, mais... j'ai l'impression qu'il est trop tard.
—Trop tard?

—Renaud va avoir du mal à me reconnaître.

—Pas si tu penses à lui très fort.

Arlette s'attarde à fouiller dans son sac pour cacher ses larmes.

—Je te dois combien ?

—Rien.

—Comment ça, rien ?

—C'est un cadeau.

—Excuse-moi, mais je n'ai pas l'habitude de recevoir des cadeaux.

—On s'habitue vite, tu verras ! Et maintenant, si nous complétions ta métamorphose par une légère touche de maquillage, tu paraîtrais moins pâlotte !

—Il me faudrait une nouvelle robe, aussi.

Le temps d'un éclair, Arlette se rappelle l'affreuse robe beige avec ses boutons bruns à faire vomir. Non ! La nouvelle Arlette doit être assez forte pour se passer de sa mère.

—Connais-tu l'adresse d'une bonne boutique ?

—J'en connais même plusieurs !

Plusieurs, c'est trop. Arlette hésite. Iris s'en aperçoit.

—Veux-tu que je t'accompagne ?

—Et ton salon ?

—Tu étais ma dernière cliente, je suis libre comme l'air !

L'idée d'être conseillée par Iris réconforte Arlette. Elle se sent comblée par cette complicité naissante, elle qui n'a jamais eu d'amie.

Histoire de la détendre un peu, Iris lui propose d'abord une visite dans un salon spécialisé où on la traitera comme une princesse. Arlette se laisse dorloter, bichonner, chouchouter, mais avec un plaisir mitigé. Quand il n'en a pas l'habitude, le corps se raidit au moindre toucher.

Un peu de thé vert ? Quelques biscuits ? Une manucure ? Pourquoi pas ? Un soin des pieds ? Arlette hésite. Jamais personne n'a touché ses orteils ou caressé ses chevilles. Mais quand on l'invite à plonger ses pieds dans un bain de cire chaude, elle ressent un bien-être qu'elle ose à peine s'avouer. On enlève ensuite les cors, on masse les pieds, on polit les ongles… À chaque plaisir, Arlette se recueille un instant pour remercier Renaud.

L'initiation au maquillage lui révèle une Arlette qu'elle n'a encore jamais connue. Lydia l'a toujours trouvée laide, et comme sa mère était son seul miroir…

— Si seulement Renaud pouvait me voir !
— Je persiste à croire qu'il te voit.
— Je l'espère.
— Et maintenant, pensons vêtements !

Pour la dérider un peu, Iris entraîne Arlette au rayon des petites culottes.

— Il faut toujours prendre soin de ses fesses !
— Quelles fesses ? Je n'en ai plus, elles ont fondu.

Enfin un éclat de rire, avec retenue, mais sans excuse. Renaud avait raison, Arlette devient presque belle quand elle rit.

— Un nouveau soutien-gorge s'impose !

— Tu crois ?

— Les seins aussi sont importants.

Arlette en avait presque oublié les siens, écrasés sous sa robe brune.

— Je ne sais même plus quelle taille je fais.

— C'est un détail.

Les chaussures présentent toutefois un réel problème, Arlette a les pieds longs et très étroits. Iris lui conseille une chaussure beige ornée de cuir verni noir, un faux Chanel très seyant, indémodable.

— Avec le sac assorti, ce sera à la fois chic et très sobre !

— J'aimerais aussi des sandales pour tous les jours…

— Ne me dis pas que tu vas te débarrasser de tes affreuses godasses ?

— Je pensais les garder, au cas, mais finalement, je vais les jeter.

Pour être bien certaine de ne pas revenir sur sa décision, Arlette enfile ses nouvelles sandales en abandonnant ses vieilles gougounes dans la première poubelle venue.

Reste la robe…

— Surtout pas de noir !

— Pourquoi ?

— Parce que Renaud n'aimerait pas voir sa mère endeuillée comme une vieille pleureuse !

Après avoir essayé presque tous les vêtements de la boutique, Arlette opte finalement pour un tailleur de lin vert pâle et une camisole assortie.

—Pour les funérailles, ce ne sera pas trop…

—Ne t'inquiète pas, ce sera parfait !

La vendeuse, épuisée, n'en peut plus. Pourvu que la carte de crédit soit bonne ! Elle l'est ! Arlette appose sa signature avec un déchirement difficile à comprendre pour quiconque n'a jamais fréquenté à la fois les bas-fonds de la détresse et l'appel de l'espoir.

—Voilà votre sac, madame !

—Merci !

—C'est une belle journée, aujourd'hui, n'est-ce pas ?

—Une belle journée, oui…

—Quand il va vous voir, votre mari va tomber en amour avec vous !

Arlette sourit, prend son sac et rejoint Iris qui l'attendait près de la porte.

—Qu'est-ce qu'elle t'a dit ?

—Que mon mari allait tomber en amour avec moi !

—Félix va essayer de te flirter, tu vas voir.

—Félix ? Il va dire que je suis folle !

—Allons donc !

—Ma pauvre Iris, on voit bien que tu ne le connais pas.

—Tu as raison, je ne le connais pas sous cet angle.

Au nom de l'amitié, il y a des secrets qu'il vaut mieux garder pour soi.

—As-tu faim ? Je n'ai rien mangé depuis…

Elles aboutissent machinalement à la *Terrasse du Petit Bedon*, presque déserte depuis le suicide de Renaud. Victor embrasse Iris, mais ne reconnaît pas immédiatement Arlette, qui passe pourtant deux fois par jour devant chez lui.

—Excusez-moi, madame. Comment ai-je pu…? Votre coiffure, peut-être?
—C'est possible.
—Ma pharmacienne, la fille de mon ami Jocelyn…
—Et la mère de Renaud, oui.

Victor, du coup, se sent tout bête. Maladroit, étourdi, il ne sait plus quoi dire. Iris essaie de lui venir en aide.

—Moi, je prendrais un café crème avec du sucre, et un gâteau!
—Moi aussi!
—Puis-je vous suggérer un renversé aux pommes? C'était le dessert préféré de Renaud.
—Si c'est comme ça, je vous fais confiance!

Et voilà qu'aujourd'hui, Arlette Verdier se surprend à faire confiance pour la deuxième fois. D'abord à Iris, qui l'a coiffée et guidée si gentiment dans les dédales d'un monde qui lui était inconnu, puis à Victor, pour un simple renversé aux pommes, mais la confiance ne s'évalue pas, elle s'accorde spontanément, ou se retire, quand on l'a trahie.

Victor revient.

—Et voilà! Avec les compliments de la maison!

Le regard d'Arlette s'assombrit. Cette halte à la *Terrasse du Petit Bedon* lui rappelle qu'elle aurait pu s'y arrêter souvent pour bavarder avec Renaud, ou juste pour le plaisir de l'entrevoir, mais…

—C'est la première fois que je me retrouve ici, sur la terrasse.

—Tu ne rendais donc jamais visite à ton fils ?

—J'aurais pu, mais je n'ai jamais osé le faire.

—Pourquoi ?

—J'avais trop peur de rencontrer mon père avec *l'autre*.

—L'autre ? Quelle autre ? Tu veux dire Paulette ? Ma mère ?

—Ta mère ?

Complètement sonnée, Arlette a la désagréable impression de trahir Lydia en trinquant avec la fille de l'ennemie.

—J'espère que ce détail ne t'empêchera pas d'être mon amie ?

—Bien sûr que non, mais si jamais ma mère l'apprend…

—Elle l'apprendra, c'est tout !

—Tu as raison, il faut que je cesse de m'en faire pour rien.

Sentant qu'Arlette devient songeuse, Iris brandit joyeusement sa fourchette.

—Et maintenant, si nous goûtions à ce fameux renversé aux pommes ?

—Je veux bien, puisque c'était le dessert préféré de Renaud…

Après avoir mangé sans faim et bu sans soif, Arlette s'en retourne chez elle avec ses paquets enrubannés et sa beauté toute neuve. Dès l'entrée, la réalité s'impose. L'absence de Renaud devient une évidence : son lit encore défait, ses pantoufles et ses vêtements éparpillés ne sont là que pour brouiller les pistes en essayant de faire croire qu'il peut encore revenir.

Effrayée par la solitude, Arlette court s'enfermer dans sa chambre. Elle dépose ses sacs sur le plancher, relit deux fois la lettre de Renaud puis se jette à plat ventre sur son lit en hurlant son désespoir.

Chapitre 53

Incapable de bouger facilement son bras gauche, Christian n'arrive pas à réussir son nœud de cravate.

—Peux-tu m'aider, Shirley ?

—Hein ? Quoi ?

—Non, rien, laisse faire, je n'en mettrai pas, il fait trop chaud ! Je n'ai pas envie d'avoir la corde au cou.

Il retire sa cravate d'un coup sec et la jette en boule au fond de son tiroir.

—Non mais, veux-tu bien me dire pourquoi il faut s'étouffer avec un nœud coulant ridicule pour avoir l'air d'un homme ?

—De quoi tu parles ?

—De ma cravate ! J'ai décidé que je n'en mettrais pas.

—Mets-en, mets-en pas, je m'en *crisse*, mais sacre ton camp, j'ai la lumière dans la face !

Encore couchée, les cheveux ébouriffés, la bouche épaisse, Shirley éructe la bière de la veille en prolongeant exprès ses rots par des bâillements bruyants, pour bien faire comprendre à Christian qu'il est très tôt et qu'elle a encore sommeil.

—As-tu fini, *ostie*, dépêche-toi!
—Oui, oui, chérie, j'ai terminé, je pars… À moins que…

En dépit de tous les refus, nonobstant toutes les rebuffades, Christian, bon gars, caresse encore un dernier espoir quand il se penche pour embrasser Shirley.

—Tu ne veux pas venir, c'est sûr?
—Es-tu malade?
—Tu ne changes pas d'idée?
—Moi, changer d'idée? Tu me connais mal, Christian Verdier! Si tu penses que je vais aller me faire suer le cul sur un banc d'église pour un *ostie* de *tapette* qui nous regardait de haut, tu te trompes!
—Renaud est mort, Shirley!
—Pis, après? Un tricheur mort, c'est un tricheur pareil! Quand je pense que ta mère nous faisait chier avec son petit-fils «écrivain»! Elle doit en baver une *shot*, à matin, la vieille!
—Un peu de respect, ma chérie, veux-tu?
—Aye! *Wow!* Dans le cul, le respect! Ta famille, c'est toute une maudite gang de tricheurs, de menteurs, de…
—Shirley, tais-toi, ce n'est pas le moment!
—*Calvaire*, ouvre-toi les yeux! Ils me méprisent, puis je les déteste! Penses-tu que j'ai le goût de les fréquenter?
—Si tu ne le fais pas pour eux, fais-le pour moi.
—Pour toi? Toi aussi, t'es rien qu'un *ostie* d'hypocrite! Quand ça va mal, tu le sais, mais tu regardes ailleurs, tu fais semblant…

— J'essaie de voir le beau côté des choses.

— *Calvaire*, Christian, sors de ton 'tit nuage rose ! Je ne t'aime plus, tu le sais ! Je ne veux plus de toi, tu le sais ! J'ai un amant, tu...

— Non, Shirley, ça, je ne le savais pas !

Christian vient de recevoir une tonne de briques sur la tête. Une rage intérieure l'envahit. Il regarde Shirley et conçoit tout à coup qu'il pourrait l'étrangler. Cette impulsion dangereuse le perturbe. Il a peur de lui-même. Et quand elle lui apprend, en riant, l'identité de l'heureux élu, il se sent habité par une folle envie de l'étouffer avec son oreiller pour la faire taire en lui enfonçant de force ce nom-là dans la gorge.

Déjà prêtes depuis longtemps, les jumelles s'impatientaient dans la voiture.

— Qu'est-ce que tu faisais, Christian ?

— J'avais quelque chose à régler.

— Avec maman ?

— Oui, Pascale, avec ta mère.

— Elle ne vient pas ?

— Non, Constance, elle ne vient pas.

— Pourquoi ?

— Elle est trop fatiguée.

— Trop soûle, peut-être ?

— Tais-toi !

Christian boucle sa ceinture et s'accroche au volant en s'efforçant de rester calme. Les vrais assassins agissent-ils autrement ? Sont-ils nerveux ? Font-ils semblant ? Bien sûr, il n'a pas tué Shirley, mais il sait maintenant qu'il aurait pu le faire. Un élan assez fort pour qu'il se sente coupable et décide sur-le-champ de ne plus la revoir, jamais ! Ni Shirley, ni son amant, dont le prénom familier, martelé sans arrêt dans sa tête, résonne comme une cloche fêlée agitée par le vent.

Christian grimace. Pascale s'inquiète.

—Ton bras blessé te fait encore souffrir ?
—N'en parlons plus, c'était un accident.
—C'est quand même le voleur qui t'a poignardé, non ?
—Oui, Constance, mais...
—Et si maman ne s'était pas jetée sur lui...
—Ta mère ?
—Il aurait continué...
—Il t'aurait tué !
—Vous dites vraiment n'importe quoi.
—Arrête de nous prendre pour des cruches, Christian, on connaît la vérité !
—Quelle vérité, Constance ?
—Le voleur, les bijoux, le poignard... Tu n'as pas compris que c'était juste un coup monté pour te faire peur ?
—C'est ta mère qui t'a raconté ça ?
—Non, je l'ai entendue parler au téléphone.
—Avec qui ?
—Je ne sais pas. Maman parlait tout bas, mais j'ai tout compris... C'est vrai, je te jure ! Si tu ne me crois pas, demande à Pascale !
—C'est vrai, Christian. Moi aussi, j'étais là. Maman a dit : Arrête de *freaker*, les *tu sais quoi* sont en sécurité.
—Puis elle a ajouté : Ton *ostie de con* a failli tout gâcher ! Heureusement que *tu sais qui* va s'en tirer.
—D'après moi, c'était un complot.
—Pascale a raison, moi aussi je pense que c'était un complot.

—Bravo! Bravo! Agatha Christie et Sherlock Holmes dans la même voiture, je suis gâté!

—Si tu ne nous crois pas, confronte-la!

—Voyons, Constance!

En y repensant, Christian se rappelle certains détails flous.

—Mais pourquoi Shirley aurait-elle fait ça?

—Pour te faire peur, te bousculer, te forcer à baisser ton prix...

—Et faire plaisir à son...

—Ah parce que vous le saviez?

—Ça fait longtemps!

Cet homme-là, Christian le considérait comme un ami, un partenaire, celui-là même à qui il prévoyait vendre sa bijouterie. Une offre d'achat est déjà prête. Il la signera dès son retour. Un pacte avec Judas, qui le soulagera à la fois de son commerce... et de sa femme. Libre! Il sera libre, sans lien filial à préserver, sans héritage à perpétuer.

Soudain, Pascale le surprend à sourire.

—À quoi penses-tu?

—À mon père.

—À Jocelyn?

—Oui, c'est un homme libre, maintenant, mon père.

Cheveux au vent, chemise ouverte, Christian se sent profondément libre, lui aussi. Vitre baissée, il se grise de la chaleur, hume les odeurs du petit matin et contemple avec ravissement la campagne qui se réveille.

—Regardez, les filles, regardez comme c'est beau!

Indifférentes à la splendeur du monde qui les entoure, les jumelles se sont endormies. Au loin, un vieux clocher sonne l'angélus. Plus que quelques heures avant les funérailles. Christian y pense, machinalement, sans être triste. Mais voilà qu'au souvenir de Renaud, une paix profonde l'envahit, tandis qu'un vent nouveau vient lui caresser l'âme.

Chapitre 54

Théodore a garé sa voiture en retrait, afin de permettre à Lydia de surveiller l'entrée du salon funéraire sans être vue.

— Tu ne veux toujours pas descendre ?
— Pour prêter le flanc aux commérages ? Non merci !

Orgueilleuse jusqu'à la moelle, Lydia préfère se terrer plutôt que d'accepter l'inavouable.

— Quand je pense que je leur proposais une occasion en or de sauver l'honneur de la famille. Non, mais, te rends-tu compte ? Au lieu de cette cérémonie miteuse, je payais à Renaud des funérailles grandioses, célébrées à la Cathédrale, par le cardinal en personne !
— Tu es trop bonne, Lydia.
— Je le sais, mais que veux-tu, je suis comme ça !
— Ils auraient dû te remercier.
— Mes trois enfants sont des ingrats. Les deux miens ressemblent à leur père ; quant à l'autre… Qui peut savoir de qui elle tient ?

Victor s'amène avec Géraldine, puis Antonin avec Marianne. Aussitôt Lydia s'énerve et se révolte en constatant que sa fille semble un peu ronde.

—Quelle conne! Non, mais, quelle conne! Après tout ce que j'ai fait pour elle! Son maudit séjour en Suisse, c'est quand même moi qui l'ai payé!
—Tu as payé quoi?
—Ça ne te regarde pas.

La venue de Paulette, au bras d'Iris, fait bifurquer son attention. La colère de Lydia change de cible.

—Ça y est, c'est elle!
—Qui ça?
—La vache! La maudite vache!

Les yeux rivés sur le rétroviseur, Lydia surveille l'arrivée des deux femmes qui s'approchent lentement sans se douter qu'on les épie. Quand elles passent près de la voiture, Lydia pousse Théodore du coude.

—Regarde! Regarde, Théo, la *greluche* de mon mari!
—La plus jeune?
—Non, l'autre, la vieille!
—Oh! mon Dieu! Elle aurait besoin d'un bon lifting!
—Je ne comprends vraiment pas ce qu'il lui trouve.
—Au fait, où est-il, ton mari?
—Sûrement pas très loin…

Pour éviter toute équivoque, Paulette et Jocelyn ont décidé de se présenter aux funérailles chacun de son côté.

—Tiens, qu'est-ce que je te disais?

Jocelyn presse le pas, traverse la rue et s'engage dans l'escalier sans regarder autour.

—C'est encore un bel homme…
—Ça dépend du point de vue !

L'arrivée de Christian distrait Lydia et la réjouit un peu.

—Celui-là, c'est Christian, mon fils…
—Avec ses deux filles ?
—Non, ce sont les filles de… Ma foi, on dirait que sa *catin* n'est pas venue. Comme c'est curieux ! Christian ne sort jamais sans sa catin.

Soudain Lydia se penche pour éviter que Félix puisse reconnaître sa silhouette à travers les vitres teintées.

—As-tu perdu quelque chose ?
—Non, enfin oui, une boucle d'oreille… mais je viens de la retrouver !

S'entourant soigneusement de mystère, Lydia ne peut se permettre aucune confidence qui permettrait à Théodore de découvrir que son gendre lui a fait l'amour comme une bête quand il est venu la rejoindre chez elle, l'autre soir. Elle aurait voulu résister, mais les bouches s'attirent et les corps s'embrasent quand l'âme est à fleur de peau et la douleur insupportable…

—Allons-nous-en, Théo !
—Qu'est-ce qui t'arrive ?
—Je veux partir, c'est tout.

Lydia baisse la tête et pose ses doigts sur ses paupières pour écraser ses larmes. *Vieille pute !* Répudiée, humiliée, elle ne comprend toujours pas pourquoi Félix l'a traitée de vieille pute après l'avoir fait jouir jusqu'à l'extase, ni pourquoi, une fois débandé, il a quitté la chambre en lançant une poignée de monnaie sur le lit encore chaud.

—Ça va, Lydia ?
—Quand ça n'ira pas, je te le dirai.

Théodore démarre lentement, pour ne pas lui déplaire. Sur le chemin qui mène au cimetière, ils croisent Arlette qui ne les voit pas. Les yeux baissés, elle marche lentement en se traînant les pieds. Elle a rattaché ses cheveux bouclés et porte sa vieille robe brune avec ses sandales neuves.

Chapitre 55

Les habitués de la *Terrasse du Petit Bedon* et la majorité des marchands du square Roussel ont envahi la chapelle. Certains par curiosité, d'autres par sympathie, mais la plupart par respect pour Renaud, qu'ils côtoyaient tous les jours, sans même savoir qu'il écrivait.

Juste avant la fermeture des portes, deux dames d'un certain âge se glissent discrètement dans le dernier banc, tandis qu'une jeune femme inconsolable va s'asseoir à l'écart pour éviter qu'on la voie pleurer.

À l'heure dite, la cérémonie commence. Le célébrant, vêtu d'une longue cape blanche, monte sur l'estrade et s'installe derrière le micro.

— Mes frères, mes sœurs, recueillons-nous...

Arlette aurait préféré que la cérémonie se déroule sans évocation religieuse, mais, *étant donné les circonstances*, on lui avait rapidement fait comprendre que la présence d'un prêtre ferait taire les ragots tout en évitant de scandaliser les *vrais croyants* qui ne comprendraient pas qu'une mère aimante puisse refuser leurs prières à son fils qui vient de se… Incapable de prononcer *le mot*, le directeur du salon s'était contenté de pencher la tête.

Un jeune Noir, visiblement éprouvé, vient déposer l'urne funéraire sur un socle, juste à côté de la photo de Renaud. Intrigué, Félix se penche vers Arlette.

—Qui est-ce ?
—C'est Lucas, son amoureux.

Homosexuel et Noir, c'en est trop pour Félix, dont les préjugés encroûtés réfutent viscéralement les *tapettes* et les *nègres*. Outré par la présence de l'amant de son fils, il se lève brusquement, fonce vers la porte et quitte la chapelle en marmonnant des paroles obscènes. Stupéfait, Lucas cherche le regard d'Arlette qui, d'un geste compatissant, l'invite à venir s'asseoir à côté d'elle.

Indifférent et sourd à tout ce qui se passe autour, le célébrant s'élance alors dans une envolée lyrique vantant les mérites de Renaud, qu'il ne connaissait pas, en évitant toute allusion à l'*innommable* !

—Prions ensemble. Mon Dieu, entends nos prières et reçoit l'âme de ton fils Renaud dans ton Paradis… si ce n'est déjà fait.

Et pour rassurer les âmes sensibles, il complète son homélie en y glissant subtilement la belle histoire du larron repenti, sur la croix, à qui Jésus avait promis le Paradis… *malgré sa faute*.

Agacé par cette arrogante assurance et ce ton dramatique, Jocelyn se demande comment on peut être aussi orgueilleux, tout en se proclamant chrétien. Il s'interroge encore quand le célébrant initie une séance de purification en règle. Armé d'un rameau, il lance d'abord de l'eau bénite sur l'urne, jusqu'à ce qu'elle soit complètement recouverte de gouttelettes. Puis, se déplaçant rapidement d'un coin à l'autre, il asperge abondamment les gens, les fleurs, les plantes, même celles qui sont artificielles, et termine son tour de piste en éclaboussant le crucifix suspendu derrière la table. Après s'être assuré que rien n'a été épargné, il invite *tous ceux qui aimaient Renaud* à s'approcher pour recevoir la communion.

Une file se forme. Jocelyn sort de son banc et se retrouve juste derrière Lucas, anéanti, brisé jusqu'à ne plus savoir ni où il est, ni où il va.

— Le corps du Christ !
— Amen !
— Le corps du Christ !
— Amen !

Quand arrive le tour de Lucas, le prêtre lui tend l'hostie en murmurant *Le corps du Christ !...* mais, au lieu de répondre *Amen*, Lucas, distrait, répond mollement *Merci man !* Choqué, le prêtre retient l'hostie entre ses doigts crispés et apostrophe Lucas assez fort pour que tout le monde l'entende :

— *Cou'donc*, toi, as-tu fait ta première communion ?

Gêné, humilié, Lucas vire les talons et retourne à sa place sans communier. Arrive alors le tour de Jocelyn.

— Le corps du Christ !
— Amen !

Affrontant le regard du prêtre, Jocelyn prend son hostie, la brise en deux, et lui dit le plus calmement du monde :

—Jamais Jésus n'aurait agi comme vous venez de le faire.

Puis il va retrouver Lucas et lui tend la moitié de son hostie.

—Partageons le pain en mémoire de Renaud.

Il suffit parfois d'un geste de compassion pour que naisse l'espoir dans le regard d'un être accablé. Cette communion partagée avec Jocelyn a permis à Lucas de se sentir non seulement accepté, mais aimé, comme si le cœur de Renaud s'était incarné dans celui de son grand-père.

—Merci, Docteur Verdier.
—Appelle-moi Jocelyn, mon grand !

En prenant spontanément la défense de Lucas, Jocelyn ignorait qu'il venait de regagner le cœur de sa fille. Naturellement timide et réservée, Arlette a quitté la chapelle la tête haute, forte et fière, au bras de son père avec Lucas à ses côtés. C'est à lui, son nouveau fils, qu'elle a confié la tâche de rapporter l'urne, sous prétexte de vouloir la garder quelques jours avant la mise en niche.

Premier sorti, Victor tente de rassembler tout le monde, comme ces notables d'une autre époque qui se rencontraient sur le parvis après la messe.

—Mes amis, pour rendre un dernier hommage à Renaud, un buffet vous attend à la *Terrasse du Petit Bedon* !

Paulette s'éclipse discrètement avec Iris et Géraldine, pendant que Jocelyn s'attarde pour saluer quelques connaissances. Soudain, une main gantée se pose délicatement sur son épaule.

— Bonjour, Docteur Verdier !

Cette voix-là lui est familière. Il se retourne et reconnaît sa sœur Thérèse, accompagnée de leur sœur Huguette… Il ne les a pas vues depuis tellement longtemps. Elles ont vieilli, bien sûr, mais le regard est resté le même. Et ce sourire ! Le sourire de leur mère, qui le faisait craquer lorsqu'il était enfant.

— Vous deux ici, je crois rêver !
— Nous voulions être avec toi, mon petit frère.
— Merci, Thérèse, votre présence me touche beaucoup.
— Pauvre Jocelyn, quelle terrible épreuve, un si bête accident !
— Non, Huguette, ce n'était pas un accident… mais un suicide !

Les deux sœurs se regardent avec stupéfaction. Bouleversées, elles se jettent dans les bras de Jocelyn qui les console affectueusement en leur racontant la belle histoire de ce Pierrot qui, désormais, vit dans la Lune.

— La vie est tellement courte, tellement fragile.
— Tu as raison, Jocelyn. C'est ce que je me répète tous les jours depuis la mort de mon mari.
— Ton mari est mort, Thérèse ?
— Oui, subitement, le mois passé.
— Tu ne le savais pas ?
— Mais non, Huguette, je t'assure.

—Voyons donc, j'ai moi-même appelé Lydia pour…

—Lydia et moi, nous ne vivons plus ensemble.

—Oh! Mon Dieu!

Thérèse pousse un « Oh! Mon Dieu! » qui oscille entre : « Oh! Mon Dieu! Quel malheur! » et « Oh! Mon Dieu! Ne me dis pas que tu t'es enfin décidé! » Pour sa part, Huguette privilégie la deuxième version.

—Lydia m'avait pourtant promis de te faire le message.

—Huguette et moi aurions tellement aimé que tu sois près de nous.

—J'y serais allé, c'est sûr.

—Déjà que ta présence nous avait beaucoup manqué à la mort de notre Louison, qui a espéré ta venue et prononcé ton nom jusqu'à son dernier souffle.

—J'aurais voulu, mais je n'ai pas pu me libérer, Lydia était…

Jocelyn s'arrête. Il avait presque oublié la crise d'angoisse que Lydia lui avait faite quand il lui avait appris qu'il devrait s'absenter quelques jours pour se rendre au chevet de sa sœur. Et cette affreuse migraine qui la rendait folle d'inquiétude? Il n'allait pas la laisser seule? S'il partait, elle allait en mourir, c'est sûr! Accrochée à ses basques, Lydia jouait la pauvre épouse souffrante avec un talent inouï. Malheureux, déchiré, Jocelyn se sentait terriblement coupable. En s'arrachant le cœur, il avait finalement cédé au chantage et s'était résigné à rester au chevet de sa femme qui s'en était trouvée instantanément et miraculeusement guérie.

—Mais nous reparlerons de tout cela plus tard! Pour l'instant, je vous enlève et vous emmène au *Petit Bedon*!

—Es-tu certain que nous sommes invitées?

—Plus que certain. Allez, venez !

Ils s'apprêtent à partir quand la jeune femme éplorée se rapproche de Jocelyn.

—Vous êtes le grand-père de Renaud, n'est-ce pas ?
—Oui, madame. Que puis-je faire pour vous ?
—Vous ne me connaissez pas, mais tout ça, c'est ma faute.
—Que voulez-vous dire ?
—J'étais réceptionniste aux Éditions Jactance…
—Vous ne l'êtes plus ?
—Non, monsieur Bonneau m'a congédiée.
—Pourquoi ?
—C'est moi qui ai recopié les extraits du livre d'Alexandre Jardin, dans le roman de votre petit-fils.

Ces mots ont été prononcés tout doucement, dans un souffle. Pourtant, Jocelyn reçoit cet aveu comme un choc. Il se sent mal. Il devient blême. Ses deux sœurs observent la scène sans rien comprendre. Elles font signe à Marianne de s'approcher.

—Ça va, papa ?
—Oui, oui, ça va ! Attendez-moi, je reviens tout de suite !

Pressé de trouver un endroit pour s'asseoir, Jocelyn entraîne la jeune femme dans le hall d'entrée du salon funéraire et déniche deux fauteuils dans un coin retiré.

—Et maintenant, racontez-moi tout, je vous en prie !
—Mon patron, monsieur Bonneau, l'éditeur de la maison, m'avait demandé d'étoffer le roman de monsieur Verdier-Miller…

—Pourquoi s'adressait-il à vous ?

—C'est France Choquette qui s'occupait de ça, d'habitude, mais comme elle était malade, monsieur Bonneau m'avait fourni quelques romans d'Alexandre Jardin dans lesquels il avait encadré plusieurs passages dont je devais me servir pour *enrichir* le texte de notre nouvel auteur.

—C'est donc lui qui…

—Non, c'est moi qui ai fait une erreur.

—Une erreur ?

—J'étais réceptionniste et n'avais pas été formée pour ce genre de travail. Au lieu de maquiller les emprunts, ou de m'en inspirer, j'ai recopié textuellement les passages soulignés par monsieur Bonneau, et les ai insérés un peu partout dans le roman de monsieur Verdier-Miller.

—C'est incroyable !

—J'ai même oublié de changer le nom d'un personnage très connu, dans un des dialogues d'Alexandre Jardin. C'est ce détail-là qui a mis le feu aux poudres.

—Personne n'a revu le texte ? Personne ne l'a relu ?

—La correctrice était trop occupée à corriger les fautes. Le temps pressait. France Choquette s'énervait. Monsieur Bonneau nous bousculait…

—Et pendant ce temps, notre cher Renaud souffrait.

—Quand j'ai appris qu'il s'était suicidé, j'ai décidé de venir vous avouer ma faute. C'est moi qui ai tout bousillé, tout gâché…

Jocelyn pose sur la jeune femme un regard compatissant.

—Ne vous accablez pas, je suis sûr que vous êtes une bonne personne.

Il lui prend la main et l'aide à quitter son fauteuil. Ils se dirigent ensemble vers la sortie d'un pas tranquille. Au moment de passer la porte, elle se retourne vers Jocelyn.

—Je vous demande pardon, monsieur.

—Pour le pardon, c'est à Renaud qu'il faut vous adresser… mais, d'après moi, il vous l'a déjà accordé.

Jocelyn l'accueille dans ses bras et la serre contre lui, comme il serrait Renaud quand il le voyait triste.

—Vous ne m'avez pas dit votre nom, madame ?

—Une réceptionniste, ça n'a pas de nom, monsieur.

Jocelyn n'en apprendra pas plus. La jeune femme s'éloigne et disparaît de sa vue sans regarder derrière.

Marianne délaisse ses tantes pour venir à la rencontre de son père.

—Qui était-ce ?

—Une copine de Renaud.

—Qu'est-ce qu'elle voulait ?

—Me dire combien elle l'aimait.

—Comme c'est gentil.

Rassurée, Marianne repart avec Antonin, et Jocelyn conduit ses sœurs au square Roussel, tandis qu'Arlette entraîne Lucas vers une destination inconnue.

Chapitre 56

Lucas ne se sent pas du tout rassuré par l'attitude d'Arlette, qui conduit sa voiture comme si elle était seule sur une piste de course.

—Où allons-nous ?

—C'est une surprise.

Suivant fidèlement les renseignements indiqués par les policiers, Arlette se dirige tout droit vers la rivière que Renaud avait choisie pour son dernier repos.

—Tiens, prends l'urne, je m'occupe du reste.

Lucas part devant. Arlette le suit avec un grand sac. Ils s'approchent de la rive en se tenant par la main pour ne pas trébucher sur les roches. Arrivés à proximité du barrage, ils s'arrêtent. Arlette fait signe à Lucas d'ouvrir l'urne.

—Allons-y, je suis prête !

Arlette sort de son sac une pirogue en papier de riz, fabriquée en cachette, et demande à Lucas d'y transvider les cendres de Renaud. Munie d'une longue branche, elle pousse ensuite son bateau improvisé dans la rivière jusqu'à ce que le courant l'entraîne vers le barrage. La fragile embarcation tangue un peu, vacille, puis chavire avant de faire finalement naufrage, avalée par un bouillon.

Debout, l'un près de l'autre, Arlette et Lucas regardent couler leur petit navire en récitant à voix haute *Le Vaisseau d'Or* d'Émile Nelligan, qu'Arlette a recopié sur une retaille de papier de riz…

> *Ce fut un grand Vaisseau taillé dans l'or massif :*
> *Ses mâts touchaient l'azur, sur des mers inconnues ;*
> *La Cyprine d'amour, cheveux épars, chairs nues,*
> *S'étalait à sa proue, au soleil excessif.*
>
> *Mais il vint une nuit frapper le grand écueil*
> *Dans l'Océan trompeur où chantait la Sirène,*
> *Et le naufrage horrible inclina sa carène*
> *Aux profondeurs du Gouffre, immuable cercueil.*
>
> *Ce fut un Vaisseau d'Or, dont les flancs diaphanes*
> *Révélaient des trésors que les marins profanes,*
> *Dégoût, Haine et Névrose, entre eux ont disputés.*
>
> *Que reste-t-il de lui dans la tempête brève ?*
> *Qu'est devenu mon cœur, navire déserté ?*
> *Hélas ! Il a sombré dans l'abîme du Rêve !*

Un moment de silence, un trou dans l'eau qui se referme, un souvenir qui disparaît pour renaître dans l'Éternité.

Accroupis sur les roches, les deux complices ramassent du sable et de la poussière pour remplacer les cendres.

—Ce sera notre secret, Lucas.

Dans quelques jours, Arlette retournera au salon funéraire pour mettre son fils en niche. En mère éplorée, elle insistera pour poser ce geste elle-même et toucher l'urne une dernière fois. Puis elle reviendra chez elle en emportant la clef.

Chapitre 57

Dans le recoin le mieux ombragé de la terrasse, Géraldine a fait dresser un buffet digne de la réputation du *Petit Bedon Gourmand* et de la renommée de Victor Delcourt, qui se promène de table en table pour s'assurer que le service est impeccable.

Peu à peu le chagrin prend une pause et le ton monte à mesure que les conversations s'animent. Bientôt l'atmosphère vire à la fête et, avec un rien d'imagination, certains invités pourraient croire que le fantôme de Renaud déambule parmi eux avec son grand tablier blanc et son plateau comme un bouclier.

Encore troublé par la confession qu'il vient d'entendre, Jocelyn hésite à reprendre sa place sous l'escalier comme si de rien n'était, lui qui n'a pas trouvé le courage de revenir s'attabler à la *Terrasse du Petit Bedon* depuis la mort de son petit-fils. Percevant un malaise, Paulette lui vient en aide en accueillant chaleureusement ses deux sœurs, une pensée délicate qui permet à Jocelyn de se recueillir un instant avant de les rejoindre.

De temps en temps, Géraldine vient faire un tour sur la terrasse pour s'assurer que les invités ne manquent de rien et consoler Victor qui cache sa peine sous ses grands airs de gars jovial.

— Pas trop fatiguée, ma *belle grosse* ?
— Avec Iris et Marianne, tout est sous contrôle, mais Antonin aurait besoin d'un sérieux coup de main.
— Quand Renaud s'occupait du service, je pouvais l'aider, mais là…

Soudain, Victor voit venir Lucas, désœuvré et un peu perdu parmi tant d'inconnus qui devinent son chagrin sans pouvoir en saisir l'ampleur.

— Hé ! mon gars ! Ça te dirait de nous donner un coup de main ?

Sans même lui laisser le temps de réfléchir, Victor lui lance un tablier et l'invite à se mettre au travail.

— Fais rapidement le tour des tables, ramasse les verres vides et vérifie tous les plats du buffet…
— Oui monsieur.
— S'il manque quoi que ce soit, adresse-toi à Géraldine.
— Bien, monsieur.

En enfilant le tablier de Renaud, Lucas transcende sa tristesse et accomplit instinctivement tous les gestes qu'il faut.

— Madame, il n'y a plus de terrine de canard, ni de salade niçoise.

—Va prévenir Antonin et dis-lui que Victor arrive tout de suite.

—Bien, madame.

—En passant, je m'appelle Géraldine.

—Bien, madame.

Trop gêné pour se reprendre, Lucas s'empresse d'aller regarnir les plats. Géraldine se tourne vers Victor.

—Dis donc, il est bien, ce garçon, tu ne trouves pas ?

—Il me rappelle un peu Renaud… en plus sombre, évidemment.

—Et si tu l'engageais ?

—Faudrait d'abord voir s'il est libre, mais dans ma tête c'est déjà fait.

Sous l'escalier, le cercle s'agrandit. Jocelyn et ses sœurs se retrouvent entourés de Paulette, de Christian, de ses deux filles, et finalement d'Arlette, qui se joint à eux si discrètement que personne ne semble avoir remarqué son absence.

Personne, peut-être, à part Félix, qui après avoir quitté la chapelle sur un coup de tête, est venu se réfugier sur un banc, dans un coin retiré du parc, d'où il peut surveiller les allées et venues de sa femme, sans être obligé de côtoyer tous ces gens qu'il n'a aucune envie de fréquenter. Particulièrement Lucas, dont la seule vue l'indispose. Arlette le materne. Elle lui parle, lui prend la main, il n'aime pas ça.

Soudain Iris se pointe sur la terrasse et interpelle Arlette en faisant de grands signes. Heureuses de se retrouver, les deux nouvelles amies se rejoignent et s'embrassent affectueusement, un peu trop intimement au goût de Félix, qui se sent rejeté sans même entendre ce qu'elles se disent.

—Je croyais que tu porterais ton tailleur vert !

—C'était mon intention, mais le zip s'est coincé.

—Coincé ?

—Oui, et comme je n'avais rien d'autre, j'ai dû remettre ma *maudite robe brune* !

Quand il la voit sourire, elle qui ne sourit jamais, Félix voudrait soustraire Arlette au regard de quiconque serait tenté de poser les yeux sur elle.

—Et ton mari, il a dû avoir tout un choc ?

—C'est le moins qu'on puisse dire.

En fait, le choc, c'est Arlette qui l'a reçu. Incapable de saisir le sens profond de sa métamorphose, Félix a d'abord été surpris de la voir si bien coiffée, si bien vêtue et si sûre d'elle, quand elle a quitté la chambre pour se rendre aux funérailles de leur fils. Bandé comme un taureau, il s'est jeté sur elle, l'a poussée sur le lit, a déchiré sa jupe et l'a prise violemment, comme le maître soumet la bête pour s'assurer qu'elle est domptée.

—J'ai tellement mal, Iris, si tu savais…

Arlette se jette en sanglotant dans les bras d'Iris qui la console et la berce tout doucement. Une scène de tendresse, banale en soi, qui, vue de loin, paraît suspecte aux yeux de Félix. Rongé par la jalousie, attisé par la passion, il souffre au point qu'il ne sait plus laquelle des deux femmes il désire, laquelle des deux femmes il déteste. Des idées de vengeance l'envahissent. Une rage cruelle bouillonne en lui. Aveuglé par la colère, il perd la tête. Il devient fou. Sans réfléchir, il part comme une flèche, traverse le square en courant, fait irruption sur la terrasse, attrape Arlette par le bras, la gifle, lui crache au visage et tente de la faire basculer en lui tirant les cheveux. Iris tente de s'interposer, mais Félix la repousse brutalement en la traitant de «chienne».

Avec l'aide de Christian, Jocelyn réussit finalement à libérer sa fille sans pouvoir apaiser la fureur de Félix, qui s'enfuit à toutes jambes en voyant arriver Victor.

Chapitre 58

Comme un pavé lancé dans la mare, la colère de Félix a rejailli sur tout le monde, éclaboussant la plupart des invités, qui se sont éclipsés sans même prendre le temps de remercier Victor pour son accueil et sa générosité. Seuls les intimes sont restés là, ébranlés, certes, mais fidèles, prêts à se serrer les coudes pour prolonger dans la paix cette journée triste et troublante.

Huguette et Thérèse ont accepté l'invitation de Jocelyn. Elles se mêlent au groupe aisément et Marianne en profite pour retrouver ses tantes qu'elle fréquentait, hélas, trop rarement.

— Passerez-vous quelques jours avec nous ?
— Hélas, non, ma chérie. Je repars pour Vancouver ce soir.
— Et moi je retourne à Val-d'Or dès demain.
— Déjà ?
— Hé oui, Jocelyn, déjà ! Mais Thérèse reviendra bientôt, car nous avons décidé de faire un grand voyage ensemble.

—Quel genre de voyage, ma tante ?

—Nous passerons d'abord quelques semaines à Paris, puis nous terminerons le mois de décembre à Prague…

—J'ai entendu dire que Noël, à Prague, c'était fabuleux !

—Tu devrais venir avec nous, mon petit frère !

Pour toute réponse, Jocelyn se contente d'en rêver. Trop longtemps privé de la présence de ses sœurs, il appréhende maintenant le moment de les quitter. On partage un moment, on promet de se revoir, mais la vie est éphémère et le bonheur, fragile.

Derniers baisers, dernières caresses, Jocelyn voit Thérèse et Huguette s'éloigner avec une immense tristesse. Pourquoi a-t-il fallu que Renaud meure pour que ces deux êtres, autrefois si proches, reviennent vers lui après tant d'années ? Et pourquoi faut-il qu'à nouveau elles s'en aillent ? Inépuisable bouleversement des choses. La vague se forme, se gonfle, se redresse puis s'écrase avec fracas sur le cœur, lacérant l'âme de déchirures que la mer cicatrise sans jamais les guérir.

—On meurt sans espérance en regardant derrière…

La voix douce de Paulette ramène Jocelyn à la réalité. Il passe son bras autour de sa taille. Elle pose sa tête sur son épaule. Protégés, seuls au monde, ils savourent la plénitude d'un éternel moment de grâce.

Debout dans l'embrasure de la porte, les deux poings fièrement posés sur ses hanches, Victor Delcourt jette un coup d'œil autour de lui en se disant qu'il ne pourrait rêver d'instant plus agréable. Il fait une chaleur douce. Le soleil se couche au bout de la rue, les lampadaires s'allument et les amoureux commencent à envahir le parc. Plus tard, il sortira son accordéon et les fera danser en pensant à Renaud, qui n'aurait certainement pas voulu que cette soirée soit déprimante.

Soudain, longeant les boutiques, il aperçoit Arlette et Christian qui reviennent d'une longue promenade. Ils marchent très lentement, en se tenant par la main, sans savoir que Victor les observe. Parle-t-elle de Renaud, ou de Félix? Parle-t-il de Shirley? À mesure qu'ils approchent, leur chagrin devient palpable. Visiblement, ils ont pleuré. Craignant d'être indiscret, Victor retourne à ses fourneaux avant que les deux promeneurs ne le surprennent.

Le retour d'Arlette rassure Iris qui s'inquiétait de son absence.

—Où étais-tu?

—Là-bas, dans le parc, avec Christian. J'avais besoin de parler à quelqu'un.

—Je comprends.

—Non, Iris, ce soir, crois-moi, personne ne peut comprendre.

—Pourquoi dis-tu ça?

—Parce que j'ai joué à l'autruche trop longtemps. Le puzzle est incomplet, il vous manque des morceaux.

Iris entraîne Arlette vers une table à l'écart.

—Tu as l'air épuisée!

—Épuisée, lessivée, vidée…

—Tu devrais peut-être aller dormir?

—Non, pas tout de suite. Pour l'instant, j'ai terriblement besoin des autres. Depuis la mort de Renaud, la maison est devenue trop grande. La solitude me hante, mais la présence de Félix m'effraie davantage. J'ai peur de lui et n'ai plus personne pour me défendre.

— Dis-moi, Arlette, est-ce que Félix te tabasse souvent ?

Arlette baisse la tête, sans répondre. Iris se permet d'insister.

— Est-ce que Félix te bat, Arlette ?
— Ses coups les plus sournois sont invisibles.

Antonin, Christian et Lucas viennent s'installer à la table voisine au moment même où Victor s'amène avec des tartes :

— Attention, mes amis, c'est très chaud !

Lucas s'empresse d'ajouter une chaise, et le cercle des uns s'agrandit en empiétant sur le territoire des autres.

— Assoyez-vous, monsieur Victor !
— Mais, Lucas…
— Reposez-vous, je m'occupe du service.

Lucas sert à chacun une généreuse pointe de tarte.

— Ne vous inquiétez pas, Christian, j'en ai gardé pour les jumelles.
— Au fait, où sont-elles, mes filles ?
— Là-bas, dans le parc. Elles promènent Brutus.

Géraldine s'éponge le front avec une serviette de table.

— Ma foi, on dirait qu'il fait de plus en plus chaud !

Paulette plisse le nez.

— Vous ne trouvez pas qu'il y a une drôle d'odeur ?

—C'est vrai, on dirait que…

Jocelyn n'a pas le temps de terminer sa phrase que Brutus, traînant sa laisse, arrive en jappant sur la terrasse et file tout droit vers Géraldine.

—Non, non, pas ce soir, mon toutou ! Pas ce soir, j'ai trop mal aux jambes !
—Au pied, Brutus !

Même en usant d'autorité, Antonin n'arrive plus à calmer son chien, qui s'épuise en allers-retours entre le parc et la terrasse, en aboyant de toutes ses forces. Pascale et Constance lui courent après sans pouvoir le rattraper.

Soudain, alertée par Brutus qui ne cesse de bondir devant elle, Pascale lève la tête et pousse un cri strident : des flammes jaillissent derrière le *Petit Bedon Gourmand*.

—Christian, regarde, il y a le feu, là-bas, dans la ruelle !

Au même moment, l'assistante d'Arlette chasse les clients de la pharmacie en hurlant.

—Allez ! Dépêchez-vous ! Sortez ! Le feu dévore l'arrière-boutique !

Victor appelle les pompiers. C'est la panique ! La fumée devient dense et s'infiltre partout. Géraldine, énervée, tente de monter chez elle, mais un pompier lui barre la route.

—Hé, madame ! Allez-vous-en, le balcon risque de s'écrouler !

Encore inoccupé, le futur appartement de Jocelyn n'est plus qu'une boule de feu qui s'échappe par les fenêtres et vient lécher la brique.

—Oh! Mon Dieu! Regardez!

Horrifiée, Iris vient d'apercevoir des lueurs rouges réfléchies par les miroirs suspendus dans la vitrine. Le salon de coiffure brûle aussi.

Les pompiers demandent du renfort et Victor ne sait plus où donner de la tête : il faut d'abord faire sortir les gens, les rassembler, les compter. Antonin et Christian frappent à chaque porte en criant.

—Au feu! Faites ça vite! Sortez!

À mesure qu'ils descendent, Lucas invite les voisins à se regrouper au fond du parc. Plusieurs prient, d'autres pleurent. L'excitation de certains frôle l'hystérie. Paulette se charge de rassembler les enfants. Constance essaie d'amadouer une petite fille effrayée par les jappements de Brutus et Pascale aide une vieille femme qui a perdu son chat. Un vieillard a du mal à lacer ses chaussures. Un autre a oublié ses dentiers dans sa chambre…

Munie de son cellulaire, Marianne tente d'avertir les propriétaires dont les boutiques sont déjà fermées. Impossible de rejoindre Lydia.

On entend un « boum » énorme. Alerte générale! Tous les pompiers sont sur les dents. Les murs du *Petit Bedon Gourmand* viennent de s'écrouler, tandis qu'Iris voit son salon dévoré par les flammes.

Protégée par Jocelyn, Arlette regarde brûler sa pharmacie sans trouver la force de réagir. Anéantie, pétrifiée, elle attend la fin de l'incendie comme on attend la fin du monde.

Un pompier s'avance vers Pascale avec un chat mort dans les bras. La vieille femme se met à crier.

—Grébiche ! Mon Grébiche !

—Est-ce le chat que vous cherchiez ?

—Oh oui, monsieur, c'est mon bébé, mon Grébiche, mon tout-petit !

—On l'a trouvé sous un balcon, intoxiqué par la fumée.

La vieille femme prend son chat et l'enroule dans son chandail comme pour le réchauffer. Puis elle va s'asseoir sur le dernier banc du parc, loin des flammes, en invitant Pascale à la suivre.

—Je vais vous raconter l'histoire de Grébiche !

Trop émue pour la contrarier, Pascale l'écoute sans oser la bousculer. Son récit terminé, la vieille femme dépose son chat sur les genoux de sa jeune voisine qui se retrouve, bien malgré elle, en train de prier et de pleurer la mort d'un gros matou qu'elle ne connaissait pas.

Pendant ce temps le feu fait rage avec une vigueur inépuisable. Entraînée par Brutus, Constance court jusqu'au bout du parc, contourne le brasier, et suit le chien qui l'entraîne vers la ruelle.

—Pas si vite, Brutus !… Où cours-tu ?… Où m'emmènes-tu ?… Qu'est-ce qui se passe ?

Projetée près d'une clôture à plusieurs mètres des ruines du *Petit Bedon Gourmand*, Géraldine pousse des gémissements que personne ne pouvait entendre, à part Brutus qui s'agite autour d'elle en jappant sans arrêt.

—Géraldine, qu'est-ce qui t'arrive ?

L'ampleur des brûlures est terrifiante. Affolée, impuissante, Constance pousse un cri, se reprend, puis s'agenouille dans les débris qui entourent Géraldine.

—Prends courage, les autres arrivent, on va t'aider !

Constance repart en criant.

—Victor, je vous en prie, venez vite !
—Que se passe-t-il ?
—Brutus a retrouvé Géraldine !
—Géraldine ? Où est-elle ?
—Dans la ruelle, elle est…

Piloté par Constance, Victor accourt vers Géraldine qu'il appelle à grands cris, comme pour se rassurer lui-même.

—Géraldine ! Géraldine ! C'est Victor ! M'entends-tu, Géraldine ? Je suis là, Géraldine ! Géraldine…

Victor a eu si peur, qu'en la voyant il fond en larmes.

—Ne t'inquiète pas, on va s'occuper de toi !… Tu es sauvée !… Je suis là !

Mais Géraldine ne l'entend pas. Rapidement, les ambulanciers prennent la relève et la transportent avec mille précautions après lui avoir injecté un calmant pour apaiser sa souffrance.

Le cœur de Victor palpite encore, quand le chef des pompiers vient à sa rencontre.

—Ces incendies sont de nature criminelle.
—Quoi ?

—On a trouvé des bidons d'essence aux trois endroits.

—Des bidons ? De l'essence ?

—Aux trois endroits, oui. Reste à savoir qui a mis le feu ?

Encore sous le choc, Victor refuse de croire ce qu'il vient d'entendre, mais le pompier insiste.

—Dites-moi, monsieur Delcourt, soupçonnez-vous quelqu'un ?

Sans que personne s'y attende, Arlette se dégage des bras de Jocelyn et se dirige tout droit vers cet homme imposant en le regardant droit dans les yeux.

—Je soupçonne mon mari, monsieur !

Chapitre 59

La maison est plongée dans une noirceur inquiétante. Dès l'entrée, une forte odeur d'essence confirme les soupçons des policiers.

— Soyez prudente, madame ! Restez à l'écart... N'avancez pas !

— Que personne n'entre ! Que personne n'approche ! Hé, vous deux, occupez-vous d'elle !

Obéissant aux ordres des policiers, Jocelyn et Christian font tout ce qu'ils peuvent pour retenir Arlette, mais elle s'agite et se met à hurler.

— Félix ? Félix, es-tu là ? Félix, réponds-moi ! C'est moi, Arlette !

— Madame, je vous ai dit de...

Énervée, elle déjoue la consigne, s'aventure dans le portique et pousse le bouton du commutateur.

— Il n'y a pas d'électricité !

Le policier réagit aussitôt. Il saisit Arlette par les épaules, bouscule Jocelyn, repousse Christian et les force tous les trois à se réfugier sur le trottoir.

—Attention! N'allumez aucune allumette, la moindre étincelle pourrait tout faire sauter!

Dans ses cauchemars les plus fous, Arlette n'aurait jamais pu envisager un scénario aussi horrible : elle arrive seule, se retrouve dans le noir, fait craquer une allumette et…

—Poussez-vous, madame, les pompiers s'en viennent!

Masqués, lampes de poche à la main, les pompiers font rapidement le tour des pièces du rez-de-chaussée avant de s'engager dans l'escalier qui mène au sous-sol. Ils descendent quelques marches, puis remontent aussi vite.

—O.K., c'est beau! On l'a trouvé!

Après avoir échangé quelques mots avec les pompiers, les policiers invitent Arlette, Jocelyn et Christian à se rapprocher.

—L'odeur venait effectivement du sous-sol.
—Vous avez retrouvé mon mari?
—Oui, madame…
—Dans le sous-sol?
—Oui, madame…
—Et l'odeur?
—Ses pantalons sont imbibés d'essence.
—C'est bien ce que je pensais!
—Ce que vous pensiez?
—Il dormait?
—Non, madame, il ne dormait pas.

—Mais vous dites que vous l'avez trouvé…

—Soyez courageuse, madame ! Nous l'avons retrouvé mort… pendu, sous l'escalier !

Arlette pousse un râle puis se met à rugir comme une hyène. Son corps blessé se recroqueville, se roule en boule puis s'écrase sur le balcon comme une poche de sable mouillé.

Les policiers appellent à l'aide. Urgence-santé arrive rapidement sur les lieux, un jeune médecin se penche pour examiner Arlette.

—Son cœur est bon !

Il se relève et s'adresse à Jocelyn.

—Vous êtes son mari ?

—Non, docteur, je suis son père.

—Elle est comme ça depuis longtemps ?

—À peine quelques minutes.

—A-t-elle reçu un choc important ?

—Un tremblement de terre, suivi d'une irruption volcanique, suivie d'un tsunami, est-ce assez important pour vous, docteur ?

Chapitre 60

Il y a des jours que l'on voudrait pouvoir effacer, des jours de violence et de mort soulignés à l'encre rouge sur l'ardoise du temps...

Jocelyn a passé plusieurs heures difficiles au chevet d'Arlette, qui hurlait sa rage et refusait obstinément que les médecins lui viennent en aide. Craignant qu'on la maîtrise de force ou qu'on l'interne contre son gré, elle s'accrochait au cou de son père en le suppliant de la protéger. Plus elle criait *Je ne suis pas folle*, plus l'infirmière insistait pour lui donner cette *maudite piqûre* dont elle redoutait par expérience les effets secondaires: *dégoût, haine* et *névrose*... Ces trois mots l'effrayaient, ces trois mots lui rappelaient Nelligan qu'on avait interné parce qu'il était poète... Incompris, mal aimé, Renaud aussi rêvait d'écrire. On ne l'a pas enfermé, mais il est mort pour rien. Depuis le suicide de Félix, Arlette en est certaine. Son fils souffrait, comme elle souffrait aussi, de vivre sous le joug d'un tyran hypocrite qui les rabaissait insidieusement tous les deux en jouant les dandys pour séduire sa belle-mère.

—Papa, je t'en supplie, aide-moi à sortir d'ici !

Les yeux d'Arlette imploraient Jocelyn avec une impuissance qui le bouleversait. Il retrouvait dans ce regard la petite fille tremblotante qui se réfugiait dans ses bras quand Lydia la grondait. Sensible à sa prière, Jocelyn a signé un désistement et ils sont repartis ensemble.

—Si tu veux, tu peux venir t'installer chez moi, mon confrère ne revient qu'à la fin du mois et la chambre d'amis est libre.

—Non, merci, pas ce soir.

—Veux-tu aller dormir chez ta mère ?

—Surtout pas !

—À l'hôtel, alors ?

—Non, je veux retourner au square.

—Tu ne préfères pas attendre à demain ?

—Si je dois exorciser mes démons, autant les affronter tout de suite !

—Mais il fait nuit, Arlette !

—Je t'en prie, ramène-moi au square, papa !

Un square désert comme un champ de bataille après la défaite. Une odeur suffocante. Un silence effrayant. Et des ombres… Partout, des ombres… Aux aguets, derrière les rideaux, le cœur serré, la peur au ventre, les voisins du quartier surveillent le pyromane.

Arlette avance courageusement mais se fige en constatant l'ampleur des dégâts.

—Oh ! Mon Dieu ! Non !

Inquiet, Jocelyn la saisit par la taille et l'oblige à s'asseoir sur un banc.

—Veux-tu partir ?

—Non, c'est très dur, mais je n'ai pas le choix, je dois faire face.

Le brasier n'a rien épargné. Les pertes sont énormes. Félix avait abondamment arrosé les escaliers et les sorties de secours, si bien que les trois commerces ne sont plus que de tristes squelettes dont les contours fantomatiques, faiblement éclairés par la lune, ajoutent un caractère macabre à l'atmosphère déjà lugubre.

—J'ai tout perdu, papa ! Tout perdu !

Effondrée, Arlette se jette en sanglotant au cou de Jocelyn, qui retrouve instinctivement les mots qu'il employait quand elle était enfant.

—Ma pauvre chouette ! Ma toute petite !

—J'ai peur, papa !

—Ne crains rien, ma chérie, je suis là !

Jocelyn pose sa joue sur la tête d'Arlette, qui ne se cambre pas, qui ne résiste pas.

—Depuis la mort de Renaud, mon âme est suspendue au-dessus d'un gouffre.

—C'est ça, le deuil, Arlette. Ton âme attend que tu la reprennes.

—Mon fils est mort, mon ventre est vide…

—Donne-toi du temps.

—Je n'ai plus d'espoir, papa !

—Tu es vivante !

—Mais, sans Renaud, je ne suis rien.

—Tu n'es pas rien, tu es sa mère, Arlette ! Il a vécu parce qu'il venait de toi, et il vivra en toi aussi longtemps que tu l'aimeras.

—Souvent, en rêve, je me sens attirée vers l'abîme. Je vais mourir… je veux mourir… je meurs… je glisse dans un tunnel sans issue et sans fin…

—Quand le deuil est profond, la noirceur de la nuit nous paraît éternelle, mais toute brume se dissipe, et de l'aube renaît la lumière.

—Pour moi, il n'y a plus d'aube, plus de lumière, le malheur me poursuit et la douleur m'étouffe.

—Partage ta peine, Arlette.

—Avec qui ?

—Avec moi, par exemple.

—Non, c'est trop dur, papa, tu ne peux pas comprendre.

—Est-ce vraiment ce que tu crois ?

—Non. Pardonne-moi, je dis vraiment n'importe quoi.

—J'aimais Renaud plus que tout au monde…

—Je le sais.

—Et je t'aime aussi plus que tout au monde, ne l'oublie jamais. Tu es ma fille, mon enfant *choisie*, ma petite Arlette, celle par qui je suis devenu père, puis grand-père… Te rends-tu compte du beau cadeau que la vie m'a fait quand tu m'as souri pour la première fois ?

—Je t'aime, papa !

—Moi aussi, ma douce, ma belle douce !

Le vent s'élève, Arlette frissonne.

—J'ai froid ! J'ai tellement froid !

Jocelyn retire son blouson et le pose sur les épaules de sa fille. Un geste intime, un moment de tendresse. La vie les séparait. La douleur les rapproche.

—Viens, ma belle, allons retrouver les autres.

Main dans la main, ils se dirigent vers la *Garderie Tournicoti*, en évitant de regarder derrière.

En passant, ils croisent Christian, qui les attendait, caché dans la ruelle, parce qu'il avait trop peur de rentrer seul chez Marianne.

—Il y a longtemps que tu es là ?
—Moi ? Oui… euh… non… j'arrivais, justement.
—Curieuse coïncidence. Dis-moi, comment ça s'est passé après notre départ ?
—Oh ! bien ! Très, très bien !
—Je m'en voulais un peu de te laisser cette tâche ingrate.
—Voyons, papa, je ne suis plus un enfant !

Christian n'est plus un enfant, mais il s'est senti abandonné quand Jocelyn a dû se rendre à l'hôpital avec Arlette. Incapable de regarder passer la civière transportant le corps de Félix, il s'est retiré dans un coin du balcon, face au mur, comme un enfant en pénitence. Les yeux fermés, les poings serrés, il tremblait. Ses dents claquaient. Il a retenu son souffle durant de longues minutes, puis il s'est empressé d'aller verrouiller la porte, tandis que le fourgon de la morgue démarrait dans son dos.

Trop perturbé pour faire la part des choses, il a ensuite erré durant des heures dans les rues du quartier, en réfléchissant sur la mort, sur la violence, sur la fragilité de l'amour : Renaud s'est suicidé, Félix a tout saccagé avant de se pendre et Shirley l'a trompé. Ce malheur-là, en l'humiliant, l'emportait sur tous les autres. Il se sentait ridicule, méprisé, rejeté. C'est dans cet esprit-là qu'il est revenu vers le square.

Chez Marianne, tout semble calme, mais la fébrilité est palpable dès l'entrée. Les jumelles dorment sur le tapis du salon, tandis que Victor, épuisé, ronfle et ronchonne, étendu sur un tas de coussins éparpillés sur le plancher.

Regroupées dans la cuisine, Marianne, Iris et Paulette paraissent surprises de les voir revenir tous les trois. Marianne apostrophe son frère.

—Je pensais que tu irais coucher à l'hôtel…

—Je peux m'en aller si tu veux.

—Ma maison n'est pas une auberge. Déjà que Victor et les jumelles…

—Marianne, ça suffit !

—Je suis chez moi, papa ! Je reçois qui je veux, quand je veux et comme je veux !

—Ça ne te donne pas la permission d'être mesquine.

Paulette s'approche de Jocelyn.

—Nous avons eu des nouvelles de Géraldine.

—Où est-elle, Géraldine ?

—À l'hôpital ! Elle a été gravement brûlée, tu ne le savais pas ?

—Mais non !

—On a dû la plonger dans un sommeil profond…

—C'est donc si grave ?

—Elle souffrait beaucoup, mais elle devrait guérir assez rapidement, du moins c'est ce que l'infirmière a dit à Victor...

—Est-ce que ses brûlures laisseront des cicatrices ?

—Probablement, oui ! Mais, Dieu merci, elle est vivante !

—Comment est-ce arrivé ?

—Personne ne le sait exactement, mais elle se trouvait dans la ruelle quand les balcons se sont effondrés.

—La pauvre fille ! Qui a dit que la vie n'était qu'un long fleuve tranquille ?

Antonin et Lucas sortent du bureau de Marianne.

—Impossible de rejoindre Lydia. J'ai tout essayé, Lucas aussi. Nous lui avons laissé plusieurs messages à la maison et sur son cellulaire... qui était fermé, comme toujours.

—Au fait, que s'est-il passé, ce matin ? Lydia n'était pas là !

—Non, papa, c'est moi qui lui avais suggéré de ne pas venir, pour lui éviter l'opprobre d'une épreuve qu'elle jugeait inavouable.

La réponse d'Arlette surprend tout le monde.

—Pauvre Lydia qui ne sait rien encore des tristes événements que nous venons de vivre.

Jocelyn ose à peine imaginer le chagrin qu'elle aura quand elle apprendra tout ce qui vient de se passer. Bouleversé, il jette un coup d'œil vers Arlette, qui toussote plusieurs fois avant de continuer.

—J'ai quelque chose de terrible à vous annoncer.

La nouvelle du suicide de Félix produit une onde de choc qui se répercute dans toute la maisonnée. Victor se réveille en sursaut et les jumelles accourent, ameutées par les hurlements des femmes et leurs cris de gorge effrayants.

Quand trop de drames arrivent en même temps, ils s'amalgament et n'en font qu'un… et celui-là, soudain, englobait tous les autres.

Chapitre 61

Dix jours se sont écoulés depuis le suicide de Félix. Le temps d'un long séjour à Las Vegas, durant lequel Lydia s'est étourdie dans sa passion du jeu. Elle a perdu un peu d'argent, mais Théodore en a gagné beaucoup, plus que beaucoup, énormément, assez pour décider de s'offrir le yacht de ses rêves. Lydia s'y voyait déjà... mais le retour a été brutal.

Tout va très bien, Madame la Marquise! Finalement rejointe au téléphone par Marianne, Lydia a appris successivement tous les malheurs, sans aucun ménagement, peut-être même avec un peu de reproches. Où étiez-vous, Madame la Marquise, pendant que le château brûlait? Que votre gendre se suicidait?... *Mais à part ça, Madame la Marquise, tout va très bien, tout va très bien!*

À son chevet depuis des heures, Théodore n'arrive toujours pas à deviner comment il doit s'y prendre pour consoler Lydia. Quand il s'approche, elle le repousse. Quand il s'éloigne, elle l'interpelle, le rabroue, le traite de sans-cœur et le retient auprès d'elle jusqu'au prochain sanglot, jusqu'à la prochaine crise.

Tout y passe : l'incendie, l'héritage de son père, l'ingratitude des enfants, le départ de Jocelyn, la grossesse de Marianne, la folie d'Arlette, le suicide de Renaud et celui de Félix, cet être d'exception, qui l'adorait, la vénérait…

—Lui seul me comprenait, Théo !

S'il était au courant d'une certaine nuit torride, Théodore pourrait lui rappeler que cet *être d'exception* l'a répudiée grossièrement en la traitant de *vieille pute* ! Mais la mort atténue les affronts pour ne conserver que le côté *givré* des souvenirs. Cet amour impossible, magnifié, sublimé, s'inscrira désormais dans l'évocation des passions éternelles : Roméo et Juliette… Antoine et Cléopâtre… Félix et Lydia…

—Théo, fais-moi couler un bain très chaud ! Appelle mon esthéticienne ! Et prends rendez-vous chez mon coiffeur ! Dis-leur que je veux être reçue tout de suite ! Tu m'entends, Théo ?

—Tout de suite ?

—Évidemment ! Je ne vais pas me présenter devant tout le monde avec cette tête-là !

—Mais de qui parles-tu ?

—N'insiste pas, Théodore, je sais ce que je fais !

Aucune tornade n'arrive à déplacer autant d'air que Lydia, quand elle décide de prendre les choses en main. Plongée dans un bain parfumé, elle se ressaisit, téléphone à Marianne et organise sur-le-champ une réunion de famille, comme on convoque une conférence de presse, en insistant pour que Jocelyn y soit.

—Demande à ton tatoué de nous préparer quelque chose, je ne sais pas, moi, des sandwiches, des pâtés... Mais, ma chérie, je sais très bien que le *Petit Bedon* a brûlé !... Oh non, écoute, si ça t'ennuie, appelle un traiteur !... Ne t'inquiète pas, je paierai la note !... Quoi ?... Oh ! mon Dieu, non ! Surtout pas de pizzas ! Un peu de dignité, quand même !

En quittant la salle de bains, Lydia cache ses cheveux encore humides sous un bandeau de coton zébré. Puis elle enfile une robe blanche imprimée de fleurs noires, choisit des chaussures rouges et des bijoux assortis.

—Ça va, Théo, je suis prête ! Allez, fais vite, mon coiffeur m'attend !

Elle camoufle ses yeux bouffis derrière d'énormes verres fumés et monte dans la voiture en détournant la tête.

Chapitre 62

Marianne rejoint Christian sur son cellulaire alors qu'il se rendait chez son notaire.

—Une réunion de famille? Voyons, Marianne, tu n'y penses pas? Aujourd'hui, j'ai un tas de choses à faire: je vends mon commerce, je vends ma maison et je n'ai pas l'intention de me retaper trois heures de route pour satisfaire les caprices de ma mère!... Marianne, je t'en prie, arrête de crier, je n'ai jamais dit que c'était ta faute!... Marianne, calme-toi!... Écoute, je vais voir ce que je peux faire.

Pour y arriver, Christian devra abréger son rendez-vous chez le notaire et compléter les transactions à distance pour ne pas retarder la signature des contrats.

—Tout ce branle-bas pour une lubie!... Mais si, parfaitement, une lubie!... Évidemment, que ça m'embête!... Ne panique pas, je vais m'arranger! D'accord, à seize heures, je serai là!... Oui, oui, c'est promis... Ne t'inquiète pas, j'irai à l'hôtel!... Non, tu ne tiens pas une auberge, je sais...

Inutile d'insister, Marianne, j'ai compris ! … C'est ça, au revoir !

Courbaturée, mal réveillée par les éclats de voix de sa sœur, Arlette se retrouve en pyjama, dans la cuisine de Marianne, sans trop comprendre ce qui vient de se passer.

—Une réunion de famille ? Pourquoi ?

—Si tu veux plus de détails, rappelle-la, moi je me contente de faire le message.

—Une réunion de famille ! Non mais, crois-tu que ce soit le moment ?

—Essaie de lui expliquer ça !

—Tu aurais pu la dissuader, refuser de nous recevoir, je ne sais pas, moi !

—Elle nous aurait tous convoqués chez elle !

—As-tu déjà rejoint Christian ?

—Je viens de lui parler, il viendra vers seize heures.

—À seize heures, ça ira.

—Elle souhaite également que papa soit présent.

—Un souhait ?

—Disons plutôt « un ordre ».

—Je vois !

—Papa travaille à la morgue, ce matin, peux-tu l'appeler ?

—Que moi j'appelle à la morgue ?

—Pourquoi pas ? Il y a un problème ?

—C'est que…

—Félix a déjà été incinéré, ce n'est donc pas lui qui va répondre !

—Tu es cruelle, Marianne !

—Pour une fois que je te demande un service…

—Tu as raison, excuse-moi, je vais l'appeler.

—Dis-lui bien que c'est *elle* qui a insisté pour qu'il vienne...

—Je n'y manquerai pas.

—Et qu'elle lui en voudrait beaucoup si...

—Non, pas question pour moi de lui dire ça.

Agacée, Arlette jette un coup d'œil à l'horloge.

—Oh! mon Dieu, je vais être en retard! Est-ce qu'il te reste un peu de café?

—Il y a un restaurant à deux rues d'ici!

—Merci de me le rappeler.

—Je suis généreuse, mais mon hospitalité a ses limites!

—Excuse-moi, je ne voulais pas...

—Je ne tiens pas un refuge...

—Rassure-toi, je te paierai ce que ça vaut!

—Ce n'est pas une question d'argent, mais de principe!

—De toute façon, je prévois partir dès ce soir.

—Tant mieux! En passant, n'oublie pas de ranger les couvertures, de laver les draps et de me rendre mon pyjama...

—Oui, *maman*!

L'expert en sinistres attendait déjà Arlette devant la pharmacie en ruine. Un constat factuel, une analyse méticuleuse visant à justifier froidement toutes les sommes qui sont en cause.

—Faudra nous présenter un inventaire détaillé des pertes.

—J'y travaille avec mon comptable.

Pourvu que Félix n'ait pas falsifié les factures. Arlette regrette d'avoir confié la gérance de ses affaires à son mari pour lui permettre de toucher un salaire à même les revenus de la pharmacie.

—Un vérificateur viendra bientôt consulter vos livres.

—Quand ?

—Je ne sais pas, il prendra rendez-vous avec vous.

Arlette essaie de rester digne, mais sa souffrance devient insupportable. Ses émotions logent à fleur de peau. Elle voudrait s'égratigner, se lacérer jusqu'au sang et crier la rage qui monte en elle chaque fois qu'elle repense à Félix. S'il avait pu se pendre avant, Renaud serait peut-être encore vivant !

—Au revoir, madame.

—Au revoir, monsieur.

Une poignée de main plutôt mollasse, un signe de tête, un sourire affecté, et l'inspecteur repart, satisfait. Il a fait son boulot sans compassion, sans empathie, sans se soucier des états d'âme de la *sinistrée* qu'il avait devant lui.

—Tu t'en es bien tirée, ma grande !

—Papa ? Qu'est-ce que tu fais là ?

—J'ai pris quelques jours de congé pour être avec toi.

—Ça tombe bien, je dois faire un saut à la maison et je craignais d'y aller seule… C'est à cause des souvenirs, tu comprends ?

—Ce sera donc la première fois ?

—Oui. J'ai engagé une équipe de spécialistes pour compléter le nettoyage.

—As-tu l'intention de garder cette maison ou de la vendre ?

—Je ne veux plus l'habiter, c'est sûr, mais ce n'est pas facile de vendre une maison où quelqu'un s'est suicidé… Oh ! à ce propos… J'ai fait un rêve fou dont je te parlerai volontiers si tu m'offres un café.

En se promenant dans le quartier, ils découvrent un petit bistrot invitant.

— Ici, papa, ça te va ?
— C'est parfait !

Ils s'installent au soleil pour profiter encore un peu de l'été qui s'étire en empiétant tranquillement sur l'automne. Et c'est en commandant un café crème que Jocelyn constate à quel point il était devenu dépendant de la *Terrasse du Petit Bedon*. Il s'y arrêtait souvent pour le petit-déjeuner, y prenait presque tous ses soupers et y passait parfois des soirées entières, juste par habitude.

Ses rencontres quotidiennes avec ses trois amies, l'omni-présence chaleureuse de Victor, la gentillesse d'Antonin et le souvenir de Renaud occupent subitement toutes ses pensées, au point d'en oublier la présence d'Arlette, qui lui raconte son rêve en croyant qu'il l'écoute.

— Ainsi, je faisais d'une pierre, deux coups, tu com-prends...
— Euh... deux coups ?
— Mais oui, je restais propriétaire de la maison et la louais pour une somme symbolique à un groupe de bénévoles et de psychologues capables d'aider les jeunes qui ont des idées suicidaires, de même qu'aux proches de ceux qui sont déjà passés à l'acte, ou qui menacent de le faire.
— Tu voyais tout ça dans ton rêve ?
— Enfin, pas tout, mais, en y repensant... Oh oui ! Main-tenant ça me revient : « Centre Renaud-Verdier-Miller », c'était écrit en lettres lumineuses sur la façade, et les télé-phonistes répondaient sans arrêt : « Centre R.V.M. Bonjour ! »

C'est vrai, je te jure, je les entendais très clairement dans mon rêve !

— Voyais-tu Renaud ?

— Non, Lucas…

— Lucas ?

— Oui, dans mon rêve, c'était Lucas qui me guidait.

En prononçant le nom de Lucas, Arlette sourit et son regard s'anime pour la première fois depuis la mort de son fils.

— T'ai-je dit que Lucas aimerait devenir psychologue ? Comme ses notes sont bonnes, je lui ai suggéré de demander une bourse.

— C'est un excellent conseil.

— S'il l'obtient, je vais l'aider, tout comme j'aurais aidé Renaud.

— Tu as raison, ce garçon-là m'a l'air sincère.

— Et mon rêve ? Dis-moi ce que tu penses de mon rêve.

— Il n'est peut-être pas si bête.

— C'est drôle, en me réveillant, ce matin, j'avais tout oublié. Puis tout à coup, ça m'est revenu, comme ça, en t'en parlant !

— Si jamais tu as besoin d'un coup de main pour le réaliser…

— Tu serais un excellent bénévole. Tu pourrais aider les grands-parents qui doivent faire face à un suicide.

— Quelle épreuve déchirante.

Jocelyn pose sa main sur celle d'Arlette, le temps d'un silence qu'elle s'empresse de meubler.

— Oh oui, j'oubliais ! Maman est finalement de retour.

— Et comment a-t-elle pris les choses ?

—Stoïquement, comme toujours. Elle nous a tous convoqués chez Marianne, cet après-midi, à seize heures pour une réunion de famille...

—C'est classique.

—Oui, et elle veut que tu y sois.

—Moi ?

—Elle a beaucoup insisté, paraît-il.

—Allons bon, qu'est-ce qu'elle mijote encore ?

—Sans doute veut-elle organiser les funérailles de Félix.

—Mais c'est toi que ça regarde, non ?

—Bof ! si peu. C'est pour ça que j'attendais qu'elle revienne.

D'une chose à l'autre, la conversation se prolonge, si bien qu'Arlette et Jocelyn reviennent à la maison juste à temps pour recevoir les ouvriers qui arrivent en bande, armés de balais, de guenilles et de masques. En les apercevant, Arlette se sent fléchir. Hésitante, tremblante, elle tend sa clé à Jocelyn.

—Vas-y, papa, je ne m'en sens pas le courage.

Quand il revient vers la voiture, Jocelyn retrouve Arlette en train de griffonner des plans sur un petit bout de papier, en mordillant nerveusement son stylo.

—Regarde, je pourrais faire abattre les deux murs du sous-sol, aménager une grande salle de réunions et construire trois studios assez grands pour accueillir des cas spéciaux. J'ajouterais une salle de bains, des douches et des lits d'appoint pour accommoder certains jeunes...

—À ce que je vois, tes idées vont vite !

—Plus vite que tu ne le crois.

Ce projet, Arlette en parle déjà comme s'il était prêt à être mis en chantier, alors qu'elle ne sait même pas où elle ira coucher ce soir.

Chapitre 63

Depuis ce qu'il est convenu d'appeler « *les événements* », le square Roussel fourmille de curieux qui viennent constater de visu la véracité des photos publiées dans les journaux. Encerclées par des rubans jaunes, les trois boutiques calcinées font tout à coup figure de monuments dans ce parc habituellement fréquenté presque uniquement par les résidants du quartier.

Victor Delcourt, qui, pas plus tard que tout à l'heure, se remémorait entre deux sanglots les jours heureux du *Petit Bedon Gourmand*, se console subito en constatant que des inconnus se bousculent pour admirer ce qu'il en reste.

— Ne vous inquiétez pas, mes amis, le *Petit Bedon Gourmand* sera reconstruit très bientôt ! Plus spacieux ! Plus moderne ! Vous y trouverez de nouveaux plats cuisinés, des produits raffinés, des pâtes fraîches, des épices…

Comme le phénix renaît de ses cendres, le *Petit Bedon Gourmand* ressuscite et s'anime dans l'esprit des passants, complètement subjugués par le pouvoir évocateur de cet intarissable idéaliste.

— Nous agrandirons également la *Terrasse du Petit Bedon*! Elle sera ouverte à l'année et protégée durant l'hiver par de grandes fenêtres hermétiques.

Encouragé par les Oh! et les Ah! d'un attroupement sans cesse croissant, Victor s'emballe et modifie son projet à mesure qu'une idée nouvelle vient le titiller.

— Nous engagerons un aide-pâtissier… deux autres cuisiniers… et nous ajouterons au menu des sushis… des makis… et des sashimis…

Victor n'en a jamais mangé, mais ces trois mots *exotiques* sonnent doux à son oreille, démontrent l'étendue de sa culture et témoignent de sa grande ouverture sur le monde.

— Il y aura de la musique, des lampions, et…

Complètement euphorique, Victor discourt encore quand Lydia descend de voiture, à l'autre bout du square.

Flanquée de Théodore, qui ploie sous le poids des dossiers nécessaires à la réunion de famille, elle traverse le parc en biais pour s'approcher des ruines de sa première station : le *Petit Bedon Gourmand…*

— Allons, dégagez! Poussez-vous! Laissez-moi passer!

Sans s'excuser, sans même prendre le temps de le saluer, Lydia fonce dans la foule et s'adresse à Victor en le pointant du doigt.

— Monsieur Delcourt, nous avons des affaires très urgentes à régler!

—Quel genre d'affaires, madame ?

—Des affaires personnelles... et privées !

—Je ne comprends pas.

—Vous comprendrez, soyez sans crainte. Je vous attends chez Marianne dans une demi-heure, arrangez-vous pour ne pas être en retard !

Ses désirs étant des ordres, Lydia vire les talons et continue sa visite officielle sans offrir à Victor l'occasion de discuter.

Deuxième station : *Au Plaisir des Belles Dames*. L'immeuble a été complètement ravagé par les flammes. Les lavabos brisés, les miroirs éclatés et les fauteuils éventrés sont ensevelis sous un amoncellement de briques recouvertes d'une suie collante mouillée d'eau sale qui pue l'essence, la fumée, et les produits de beauté dont les bouteilles ont éclaté.

—N'approche pas, Théo, l'odeur est insupportable !

Tous les murs se sont écroulés. Tous, à part le mur de briques délavées qui portait l'empreinte du gros diamant. Réfractaire aux miracles, Lydia y voit quand même un signe qui l'oblige à rester digne du nom qu'elle porte.

Ce diamant, Edgar Roussel l'avait fait dessiner expressément pour sa femme, qui était son seul amour, sa pierre précieuse, sa force. Quand sa mère est morte, Lydia a hérité à la fois du diamant et du symbole. Son père l'appelait *mon bijou*, et pour la protéger du monde, l'enfermait dans un écrin, au couvent des Ursulines.

Un moment de recueillement, quelques larmes vite séchées, un soupir refoulé, et Lydia émerge de la brume comme si rien ne s'était passé.

—Je ferai démolir tout ça !

En s'éloignant, elle croise Iris, la dépasse puis se retourne brusquement.

—Madame Robin, j'ai à vous parler !
—Je vous écoute.
—Non, pas ici, venez me rencontrer à la garderie dans vingt minutes !

L'énergie de Lydia semble n'avoir aucune limite. Elle marche vite, si vite que Théodore, essoufflé, a du mal à la suivre.

—Ces dossiers sont très lourds, ma beauté !
—Tu ne vas pas tout de même pas me demander de les porter ?
—Non, non, bien sûr, mon cœur, mais j'aimerais bien me reposer un peu.
—Va t'asseoir là-bas, sur le banc !

Pendant que Théodore reprend son souffle, Lydia trépigne pour bien lui faire comprendre qu'elle ne supporte pas les fainéants.

Troisième station : la *Pharmacie Arlette Verdier…* Il n'y a rien à voir, tout est brûlé ! Les assurances vont devoir payer. Payer pour la mort de Renaud, payer pour la mort de Félix, et payer pour la pharmacie. Lydia comprend très vite que sa fille adoptive touchera un gros magot.

—Allez, dépêche-toi, Théodore, on y va !

Quatrième et dernière station : la *Garderie Tournicoti…* Le ciel se couvre, le temps est à l'orage et la chaleur humide rend l'atmosphère électrisante. Pour éviter de salir sa maison,

Marianne a décidé de parquer tout le monde dans la salle de jeu de la garderie.

—Est-ce que je peux au moins ouvrir les fenêtres ?
—Non, papa !
—Pourquoi ?
—À cause de l'odeur, ça me donne la nausée.
—Il fait très chaud !
—Rapproche-toi du ventilateur.
—Tu n'as pas l'air climatisé ?
—Surtout pas, je déteste !

Jocelyn se retient d'ajouter : *comme ta mère*, un détail qui ne ferait qu'envenimer les choses.

En s'éloignant, Marianne fonce sur Christian qui tourne en rond comme un lion en cage. Nerveux, impatient, il s'accroche à son cellulaire et répond aux messages-textes qu'on lui envoie presque aussi vite qu'il les reçoit.

—Dis donc, toi, tu ne vas pas rester branché durant la réunion de famille ?
—Arrête, Marianne, tu me fais chier !
—Imbécile !

Vexée, rongeant son frein, elle se dirige vers Antonin qui bavarde avec Victor tout en complétant le buffet.

—… ça va me donner le temps de compléter la décoration de sa chambre…

Sans se soucier de les interrompre, Marianne s'avance vers eux en tapant dans ses mains…

—Allez, grouillez-vous, faites ça vite !
—Oui, oui, chérie, on arrive tout de suite !

—Mais dis-moi, de quoi parlais-tu, Antonin ?

—De Jacob. Je parlais de Jacob. J'annonçais à papa que son petit-fils revient de vacances la semaine prochaine, et…

—J'espère que tu n'as pas l'intention de me l'imposer !

—Te l'imposer ? Mais c'est mon fils !

—Peut-être, mais ce n'est pas le mien, et dans les circonstances…

Victor comprend d'instinct qu'il y a anguille sous roche. Antonin baisse la tête sans répliquer.

—Allez oust, Antonin ! Arrête de niaiser et va te changer ! Enfile ta chemise bleue, celle que j'ai déposée sur ton lit, avec la cravate assortie !

—Oh non, Marianne, pas de cravate, il fait chaud !

—Fais ce que je te dis et ne ronchonne pas ! Allez, dépêche-toi, maman s'en vient !

—Méfie-toi, Antonin, les femmes nous tiennent par la cravate !

—Oh toi, Christian Verdier, ne te mêle pas de ça !

Menton tendu, poings sur les hanches, Marianne affronte son frère avec une arrogance qui permet à Christian de constater que la *poupée de chiffon* se *Lydianise* en vieillissant.

—Excusez-moi, est-ce que je suis en retard ?

Aussi discrète qu'imprévue, l'arrivée d'Iris indispose Marianne, qui la reçoit en maugréant.

—Veux-tu bien me dire ce que tu viens faire ici ?

—J'ai un rendez-vous.

—Désolée, c'est une réunion de famille !

—C'est ta mère qui m'a ordonné de venir !

—Décidément, ma chère mère a invité beaucoup de monde !

Victor riposte sur un ton cinglant.

—Si ça te dérange, Marianne, tu n'as qu'à le dire, je peux partir !

—Mais non, Victor, ça ne me dérange pas, mais elle aurait pu m'avertir. Après tout, je suis chez moi, ici !

Alertée par les éclats de voix de sa sœur, Arlette ose à peine dépasser le pas de la porte, tant elle se sent angoissée à l'idée de plonger dans un panier de crabes où chacun ne vise qu'à arracher les pattes de l'autre. Aussitôt qu'elle l'aperçoit, Marianne l'apostrophe froidement.

—As-tu vu l'heure ?
—J'ai fait aussi vite que j'ai pu.
—Tu n'es pas seule ?
—Je me suis permis d'inviter Lucas.
—Maman le sait ?
—Non, Marianne, maman ne le sait pas !

Venu contre son gré, Lucas voudrait s'en aller, mais Arlette le retient.

—Ne pars pas, Lucas, j'ai besoin de toi. Tu me serviras d'oreiller si je veux dormir, et d'alibi si je veux m'enfuir. Comme tu vois, tu risques de m'être très utile.

Pour s'éloigner du bruit, Jocelyn s'est retiré discrètement à l'étage, dans un coin du salon d'Antonin, en quête d'un fauteuil confortable. C'est là que Lucas le trouve, quelques minutes plus tard, les deux pieds sur un pouf et un livre à la main.

—Ah! Jocelyn, vous êtes là! Je vous cherchais.

—Je voulais m'éloigner du tintamarre.

—Qu'est-ce que vous lisez?

—Le récit d'un voyage à Prague.

—C'est bon?

—Invitant!

Jocelyn libère le pouf et tend son livre à Lucas, qui le feuillette avec précaution, presque avec vénération.

—Je te le prêterai, si tu veux.

—J'aimerais beaucoup.

Iris et Arlette viennent les interrompre.

—Enfin un havre de paix à l'abri du regard de ma chère sœur.

—Il ne faut pas lui en vouloir, Arlette, il fait très chaud, elle est enceinte…

—Papa, ne tourne pas le fer dans la plaie, veux-tu?

—Excuse-moi, ma chérie, je ne voulais pas te blesser.

—Je n'aurais jamais dû venir à cette fichue réunion de famille!

—Ce n'est quand même pas la faute de Marianne si Lydia…

—C'est maman qui a insisté, je le sais, mais cette rencontre m'est très pénible… Je suis au bout du rouleau… Je n'en peux plus… Vous ne pouvez pas comprendre!

Prise de panique, Arlette éclate. Ses muscles se tendent. Elle résiste, s'agite et tremble comme si son âme allait la quitter. La vie la tue! Elle doit choisir: mourir ou vivre? S'agrippant à Lucas, elle cherche à reprendre haleine, retient son souffle puis s'écroule sur le sol en pleurant.

—Pourquoi, Renaud ? Pourquoi m'as-tu laissée toute seule ?

À genoux, les bras pendants, Arlette sanglote comme une pietà surprise d'avoir encore des larmes.

—Mon ventre est vide... je ne suis plus rien... plus personne...

Impuissant, malheureux, Jocelyn essaie maladroitement de consoler sa fille. La douleur les unit, leurs larmes s'entre-mêlent, mais les mots ne viennent pas. Soudain, n'y tenant plus, Lucas se penche vers Arlette et la soulève comme une noyée fragile qu'un sauveteur ramène dans ses bras vers la plage. Il pose sa joue noire contre sa peau si blanche et la berce tout doucement jusqu'à ce qu'elle soit calmée.

—Maman... maman...

En entendant Lucas l'appeler *maman*, Arlette ouvre les yeux et lui offre un sourire. Ce simple mot murmuré à son oreille valait à lui tout seul tous les cadeaux du monde.

—Merci, Lucas. J'ai cru entendre la voix de Renaud, et ça m'a fait du bien.

Iris se sent à la fois indiscrète et privilégiée d'être témoin d'une scène aussi touchante, aussi intime. Un clin d'œil de Jocelyn la réconforte.

—Ton amitié lui est précieuse, Iris.

Rassurée, elle se rapproche d'Arlette et lui pose discrètement la question qui la chicote.

—As-tu déniché un appartement ?
—Oui... Non... Enfin, peut-être... Je ne sais pas...

—Tu ne sais pas ?

Arlette ne répond pas. Tous les appartements visités lui semblent trop grands, trop luxueux, trop clairs, à croire qu'elle cherche à s'enfermer dans une cellule humide et sombre pour expier l'infanticide dont elle s'accuse.

—Mais, alors, où dors-tu ?
—Marianne m'hébergeait jusqu'à ce matin, mais ce soir, je veux dormir ailleurs.
—Où ça, ailleurs ?
—Chez le confrère de mon père, il y a une chambre d'amis alors, pour quelques jours…
—Pourquoi ne viendrais-tu pas t'installer chez moi ? Je n'ai plus de salon, plus de travail, mais j'ai toujours mon appartement.
—Je pleure tout le temps, c'est fatigant.
—Moi aussi je pleure, alors ?

Jocelyn se rapproche et les prend toutes les deux par la taille.

—À ce que je vois, nous pleurons tous !

Cette remarque arrive enfin à les faire sourire. Réconfortée, Arlette cherche le regard d'Iris.

—Si ton offre est sérieuse, je veux bien aller chez toi pour quelques jours.
—Pour plusieurs, si tu veux.
—Mais à une condition…
—Laquelle ?
—Je fournis les *kleenex* pour nous deux !
—Et moi, je te promets que tu vas manger, ma vieille ! Faut la remplumer, cette Arlette-là !

Jocelyn consulte sa montre.

— Lydia sera là dans cinq minutes.

— Dépêchons-nous, avant que ma sœur s'énerve.

Lucas précède Arlette et lui tient la main pour l'aider à descendre, tandis que Jocelyn entraîne Iris à l'écart.

— As-tu des nouvelles de Géraldine ?

— Je l'ai vue avant-hier.

— Comment va-t-elle ?

— Beaucoup mieux. Ses brûlures sont sérieuses mais moins graves qu'on le croyait. Elle devrait quitter l'hôpital bientôt.

— Vas-tu l'héberger chez toi ?

— Non, finalement, ma belle grosse m'a dit qu'on lui avait proposé un endroit très calme pour prolonger sa convalescence…

Victor les attendait au bas de l'escalier.

— Mes amis, j'ai préparé un de ces buffets à faire damner le Diable !

— Parlant de Diable, cette rencontre avec Lydia me coupe l'appétit.

— De toute façon, ta fille refuse qu'on y touche avant l'arrivée de sa mère.

Victor retourne à la cuisine en se dandinant joyeusement, comme il le faisait aux beaux jours du *Petit Bedon Gourmand*. Étonné par cette gaieté nouvelle, Jocelyn en fait part à Iris.

— Peut-être a-t-il appris le retour de Gigi ?

—Son retour ? Aucune chance ! Elle a un nouvel amant très riche, ils vivent à Toronto et fréquentent le milieu des grands couturiers.

—Comment le sais-tu ?

—Antonin m'a parlé d'une lettre dans laquelle Gigi demandait une pension, la maison et la moitié du *Petit Bedon Gourmand*… sans savoir ce qu'il en reste, évidemment.

—Mais elle va ruiner Victor !

—Non, pour une fois, notre ami va se défendre.

—Se défendre comment ?

—Ils n'ont jamais été mariés !

—Tu veux dire que…

Trop tard. Marianne sonne la fin de la récréation en prenant ses grands airs…

—Attention ! Il est seize heures. Chéri, aide-moi à rassembler tout le monde.

Bien rasé, cravaté, Antonin porte sa chemise bleue et a troqué son jean pour un élégant pantalon gris. En l'apercevant, Arlette ose passer une remarque.

—Pour l'amour du ciel, Antonin, enlève ta cravate, on crève !

Marianne réagit violemment.

—Toi, mêle-toi de tes affaires ! Antonin, ce n'est pas ton mari, c'est le mien !

D'un geste discret, Jocelyn invite Arlette à ne pas répliquer. Marianne devient de plus en plus nerveuse.

—Arrêtez ! Taisez-vous !

Nerveux, les *convoqués* attendent l'arrivée de Lydia avec agitation, comme s'il s'agissait d'une surprise-partie à laquelle ils n'avaient pas envie d'être invités. Marianne surveille par la fenêtre.

— Ça y est, elle s'en vient !

Encore quelques secondes... la porte s'ouvre... et la voilà !

Chapitre 64

— Bon, j'espère que vous êtes tous là ! Je n'ai pas l'intention de m'attarder ici bien longtemps.

Pressée d'en finir avec cette corvée, Lydia passe devant et bouscule Théodore, qui s'enfarge dans la mallette et laisse tomber quelques dossiers.

— Ça commence bien !
— Excuse-moi, ma beauté, je vais tout ramasser !
— Dépêche-toi, Théo, je suis pressée… En passant, je vous présente Théodore !

Sans embrasser personne, sans aucun geste d'affection, Lydia monopolise la table en étalant devant elle plusieurs chemises cartonnées, de couleurs différentes.

— Théo, viens t'asseoir près de moi, tu me passeras les dossiers à mesure que je te les demanderai !

Rigoureuse, bien organisée, Lydia mène l'assemblée comme un directeur de compagnie à l'heure du bilan annuel.

—Commençons d'abord par le dossier rouge! Le vôtre, monsieur Delcourt!

—Le mien, madame?

—Oui, monsieur! J'aimerais savoir ce que vous comptez faire.

—Qu'est-ce que vous voulez dire?

—À ce que je vois, vous n'avez plus d'emploi, n'est-ce pas?

—Pour le moment, non, mais…

—Votre fils Antonin non plus?

—Je ne vois pas le rapport?

—Je veux savoir comment vous allez vous y prendre pour rembourser l'hypothèque de ce duplex dont vous êtes le seul et unique endosseur?

—Ce n'est qu'une question de temps. Nous allons toucher les assurances et reconstruire le *Petit Bedon*! Au besoin, nous prendrons des arrangements avec la banque…

—Pour les duplex, la banque, c'est moi! Par l'entremise de mon notaire, j'ai investi l'argent et garanti l'emprunt.

Insulté, Antonin s'insurge.

—Mais vous n'aviez pas le droit!

—Une mère a tous les droits pour protéger sa fille!

—Ce qui signifie?

—Ce qui signifie que, même sans travail, vous devrez continuer de rembourser régulièrement votre hypothèque, faute de quoi je me verrai dans l'obligation de bloquer systématiquement toute demande de prêt ou d'hypothèque que votre père ou vous-même pourriez être tentés de contracter pour effectuer la reconstruction de votre… *Petit Bedon*!

Marianne n'en croit pas ses oreilles.

— Voyons, maman, tu ne vas pas nous faire ça ? Antonin est ton gendre !

— Pas encore ! Et c'est de ce détail dont je voulais vous parler, justement !

— Quel détail, maman ?

— Ton mariage !

— Mon mariage ?

— Et ta grossesse ! La rondeur de tes hanches te trahit, ma fille, à moins que tu aies avalé un melon ?

Marianne rougit, intimidée comme une adolescente surprise à *frencher* un beau garçon sans la permission de sa maman.

— J'aurais dû t'en parler, mais… j'attendais l'occasion.

— Me prends-tu pour une gourde ?

— Bien sûr que non !

— Alors, à quand le mariage ?

Pris de court, Marianne et Antonin se regardent sans oser répondre. Partageant leur malaise, Victor décide d'intervenir.

— Je pense, madame, que dans les circonstances il vaudrait mieux…

— Que ce mariage ait lieu le plus rapidement possible !

— Mais, maman…

— Je vous donne huit jours, pas un de plus ! Vous m'entendez ? Je veux que dans huit jours la chose soit faite ! Et ne vous inquiétez pas pour les bans, je m'en occupe ! Le curé de ma paroisse vous accordera une dispense… moyennant un généreux don pour ses œuvres, évidemment… Mais bon, ça ne sera quand même pas la première fois que je ferai l'aumône !

—Et l'hypothèque, maman ?

—Mariez-vous d'abord, nous en reparlerons ensuite !

Quand il s'agit d'argent, Lydia ne fléchit jamais. Elle ne ressent aucune émotion et n'éprouve aucune empathie envers ceux qui l'entourent. Seul Félix arrivait parfois à l'amadouer, mais Félix est parti et Lydia se retrouve isolée, sans allié, sans soutien, sans complice. Elle se rabat sur Théodore, qui l'incite à jouer, entretient sa beauté et obéit à ses ordres aussitôt qu'elle claque des doigts.

—Dossier suivant ! Théo, passe-moi la chemise rose !

—Voilà.

—Merci ! À votre tour, madame Robin !

Inquiétée par le regard que Lydia pose sur elle, Iris essaie de se rassurer en se rapprochant d'Arlette.

—Madame Robin, vous avez, comme nous tous, subi les conséquences de cet incendie malheureux qui nous a privés d'un patrimoine irremplaçable. Je tiens cependant à souligner que vos pertes, aussi importantes soient-elles, sont beaucoup moins appréciables que les miennes, considérant votre statut de locataire qui vous met à l'abri des coûts exorbitants de la reconstruction de cet édifice inestimable dont j'avais hérité de mon père.

—Où voulez-vous en venir ?

—Je tenais simplement à vous faire savoir que je n'ai pas l'intention de vous dédommager de quelque façon que ce soit pour une catastrophe que vous avez en quelque sorte provoquée !

—Provoquée ?

—Parfaitement! Dès le premier jour, vous avez voulu compromettre mon gendre en élaborant des stratagèmes douteux pour couvrir vos dépenses extravagantes!

—Mais...

—Ne niez pas, madame, je sais tout!

Iris cherche un appui dans le regard d'Arlette qui lui caresse la main pour lui redonner du courage. Ce geste trop intime invite Lydia à écraser dans l'œuf une amitié qu'elle ne supporte pas.

—Avant de vous rencontrer, Félix Miller était un homme intègre, un mari fidèle, un être d'envergure, honnête, franc, sans malice... et vous l'avez ensorcelé, madame!

—Ensorcelé?

—Vous avez même essayé de le violer!

—Moi?

—Vous l'attiriez dans l'arrière-boutique dans l'espoir d'assouvir vos bas instincts!

—Mais elle est folle!

—C'est lui-même qui me l'a dit!

—Lui?

—Il me racontait tout, vous savez!

—Mais il n'y avait rien à raconter, puisqu'il ne s'est jamais rien passé!

—Heureusement qu'il a su résister, le pauvre homme!

—Vous dites vraiment n'importe quoi!

—Sous vos airs distingués, vous n'êtes qu'une canaille, madame! Une intrigante! Une coiffeuse de bas étage!

Estomaquée, Iris se retourne vers Arlette.

—Réveille-moi, Arlette, je rêve!

—Non, tu ne rêves pas, elle est comme ça.

Sentant que son emprise risque de s'émousser, Lydia décoche son dernier coup.

—Je vous chasse de ce quartier, madame Robin, et j'userai de tout mon pouvoir pour que vous n'y reveniez jamais !

Jusqu'ici, Jocelyn se contentait d'observer la scène sans s'interposer entre Lydia et Iris, qui encaissait bravement les coups.

—Ça suffit, Lydia, tu as déjà fait assez de mal comme ça !

—De quoi te mêles-tu, Jocelyn Verdier ?

—Je me mêle de ce qui me regarde. Iris est mon amie et je n'accepterai jamais que tu la traites de cette façon !

—Oh ! Regardez, les enfants ! Je vous présente votre papa ! Celui qui a brisé notre famille ! C'est émouvant, n'est-ce pas ? Cette femme est la fille de sa *maîtresse*, et il voudrait que je la vénère !

—Arrête, Lydia, tu vas trop loin !

—C'est vrai, maman, tu exagères !

—C'est ça, prends sa part, Arlette, et fais-moi regretter de t'avoir adoptée !

—Dis-toi bien que si j'avais eu le choix, je ne t'aurais jamais choisie comme mère !

Les mots sont sortis tout seuls. Arlette voudrait les retirer, s'excuser, mais il est trop tard pour revenir en arrière. Si seulement Lydia la regardait avec un peu d'amour, elle pourrait s'avancer vers elle, se jeter dans ses bras, lui demander pardon… Mais Lydia s'occupe déjà d'autre chose.

—Bon, je reviendrai sur ce dossier plus tard! Passe-moi le dossier vert, Théo! C'est le tien, Christian!

—J'espère que je ne me suis pas déplacé pour rien…

Profitant d'une petite pause, Iris se penche vers Arlette et lui parle tout bas.

—Viendras-tu quand même dormir chez moi?

—Si tu veux encore de moi, bien sûr!

—Pour ce qui est de…

—Chut!

—Je t'expliquerai…

—N'insiste pas, Iris, je te crois.

—Mais…

—Allez, sauve-toi!

—Je t'attendrai dans le parc.

Iris embrasse Arlette, attrape son sac à main et s'éloigne discrètement.

—Qui vous a autorisée à partir, madame Robin?

Sans riposter, sans cesser de sourire, Iris ouvre la porte, fait demi-tour et pointe vers Lydia un doigt d'honneur bien manucuré, sans doute le premier qu'on lui ait adressé avec autant d'audace.

—Retiens-moi, Christian, je vais la tuer!

—Tu la tueras demain, maman, je suis pressé!

—Trop pressé pour défendre ta mère? Je m'en souviendrai, Christian Verdier!

Le dossier vert ne contient presque rien. Lydia l'a apporté pour la forme, pour ne pas avoir l'air brouillon ou mal préparée.

—Euh… bon… Au sujet de la bijouterie de ton grand-père…

—Je l'ai vendue !

—Mais de quoi parles-tu ?

—De ma bijouterie ! Je l'ai vendue à l'amant de ma femme, qui a aussi racheté la moitié de ma maison !

Christian se demandait comment annoncer cette nouvelle à sa mère, et voilà, c'est fait ! Sans hésiter, sans bégayer, le serpent enroulé au fond de sa gorge depuis des jours s'est dénoué sans douleur puis a glissé hors de sa bouche, naturellement, sans l'étouffer.

Exhibant l'offre d'achat dûment signée, Christian célèbre sa libération devant tout le monde, sans tenir compte de la colère de Lydia, ni de sa figure cramoisie, qui s'empourpre davantage à cause de la chaleur.

—Ouvrez la porte, bon Dieu ! On étouffe, ici !

Marianne fait signe à Antonin d'obéir à Lydia, au grand ravissement des autres, qui suffoquaient sans se plaindre.

—Allons, Christian, passons maintenant aux choses sérieuses ! Cette vente rapide pourra s'annuler facilement, j'en parlerai à mon notaire et…

—Tu ne parleras à personne, maman, cette offre est ferme et je n'ai pas l'intention de revenir sur ma décision !

—Tu es complètement cinglé, mon garçon ! Je parie que c'est ton père qui t'a mis cette idée folle en tête ?

—Papa n'y est pour rien, il ne le savait même pas !

—Et l'autre bijouterie ?

—Quelle autre bijouterie ?

—Celle de ton grand-père…

—Celle du salon de coiffure qui n'existe plus ?

—Tu la voulais, dernièrement, rappelle-toi !

—Quand elle tenait debout, oui ! Mais, je ne vois vraiment pas ce que je pourrais en faire maintenant qu'elle est réduite en cendres !

—Bon. Puisque tu n'en veux pas, tant pis ! Je ferai raser le terrain et céderai l'héritage de mon père à un *pur étranger* qui y construira des condos !

Trémolos dans la voix, larme à l'œil, Lydia joue le grand jeu en espérant une réaction qui ne vient pas. Christian regarde ailleurs, Arlette s'en contrefiche et Marianne se pince le nez en espérant ne pas vomir.

—Tu vois, Théo, mes trois enfants sont des ingrats !

Résignée, Lydia lui tend le dossier vert et réclame le dossier blanc qu'elle réservait pour la fin.

—Viens ici, Arlette !

Lucas aide Arlette à rapprocher sa chaise. Impatiente, Lydia hoche la tête et regarde Théodore avec un air découragé.

—Allez, aboutis, Arlette, nous n'avons pas toute la soirée !

—Excuse-moi, maman, je suis très fatiguée.

—Nous le sommes tous, n'est-ce pas, Théo ?

—Bon, ça va, que me veux-tu ? Je suis prête.

—Je veux te parler de Félix… ou plutôt des funérailles de Félix !

—Félix a toujours dit qu'il ne voulait pas de funérailles.

—Qu'importe, je lui en organiserai quand même ! Après tout, il y a une limite à empiler les scandales dans une famille ! La mort de Renaud était suspecte, d'accord, mais j'aurais pu changer la donne et offrir à mon petit-fils la cérémonie qu'il méritait. Mais non, te fichant d'humilier les tiens, tu as préféré laisser courir cette épouvantable histoire de suicide au lieu de faire valoir son talent d'écrivain !

—Ne reviens pas là-dessus, maman, je me sens trop fragile.

—Fragile ! Fragile ! Tu as toujours été fragile ! Fragile et folle au point de négliger les besoins intimes de ton mari !

—Laisse-moi partir !

—Pas étonnant qu'il t'ait trompée avec cette…

—Ta gueule, Lydia !

—Tu ne me parleras pas comme ça, Jocelyn Verdier !

Tandis que ses parents s'engueulent, Arlette se cramponne à sa chaise pour ne pas défaillir.

—Revenons-en aux funérailles, maman.

—Que tu le veuilles ou non, les funérailles de ton mari auront lieu jeudi prochain… en présence des cendres.

—Ça ne m'intéresse pas.

—Dans ce cas, confie-le-moi !

—Je ne te le confie pas, je te le donne.

—La cérémonie sera toute simple, sans flafla…

—Flafla ou pas, je n'irai pas !

—Ça, je m'en doutais, mais j'ai besoin de ta signature pour disposer des cendres.

—Tu l'auras.

—Écoute-moi bien, Arlette : je veux… que dis-je, je veux ? J'exige que les cendres de notre cher Félix soient déposées dans la même niche que celles de son fils !

—J'admire ton sens de la famille.

—Apparemment, je suis la seule à l'avoir.

Si elle s'écoutait, Arlette attraperait Lucas par la main et l'entraînerait jusqu'à la rivière pour aller raconter cette histoire invraisemblable à Renaud : les cendres de Félix Miller côtoyant un tas de poussière et de sable… Mieux vaut en rire.

—En passant, j'ai également l'intention d'offrir à Félix une urne digne d'un homme de son envergure ! Et, pour que l'harmonie soit parfaite, je pensais faire transvider les cendres de Renaud dans une urne identique !

Arlette bondit comme une tigresse, prête à décoiffer Lydia à coups de griffes.

—Je te défends de toucher à l'urne funéraire de Renaud ! Tu commettrais un sacrilège que je ne te pardonnerais jamais !

—Ça va ! Ça va ! Puisque c'est comme ça, ton fils restera enfermé dans sa boîte à biscuits ! Je n'aurai qu'à demander qu'on la mette en retrait pour ne pas déparer l'urne de bronze que je compte offrir à Félix.

Lydia referme le dossier blanc et le lance violemment sur le plancher. Puis elle se penche vers Théodore, en minaudant comme une adolescente.

—Est-ce que tu m'aimes, Théo ?
—Oui, ma beauté !

Ravie, elle se redresse, replace sa robe et s'éponge le front avant de s'adresser à Jocelyn.

—Approche un peu.
—Quel jeu joues-tu, Lydia ?
—J'ai insisté pour que tu viennes…

—Je ne comprends toujours pas pourquoi.

—Je voulais que nous soyons réunis, pour une fois, tous ensemble, afin que tu comprennes à quel point tu as brisé nos vies !

—Brisé vos vies ?

—Avant ton départ, nous étions une famille heureuse, harmonieuse, sans problèmes…

—C'est bizarre, mais je ne m'en souviens pas. J'étais trop malheureux, sans doute.

—Toi ? Malheureux ? Allons donc !

—Personne ne peut jauger le malheur des autres.

—Tu as tout gâché, tout saboté !

—Où veux-tu en venir, Lydia ?

—Renaud est mort à cause de toi !

Arlette sursaute.

—Maman, ne répète jamais ça !

—Ne te mêle pas de ça, veux-tu ?

—Renaud était mon fils, et il aimait papa !

—Quoi qu'il en soit, nous ne sommes pas là pour parler d'amour, mais d'affaires.

—De quelles affaires veux-tu parler, Lydia ?

—Je veux savoir où tu t'en vas.

—Probablement au bout du monde.

—Imbécile, je parlais de ton travail !

—J'ai décidé de prendre ma retraite.

—J'espère que tu ne comptes pas sur moi pour te faire vivre ?

—Vois-tu, je n'y pensais même pas.

—Tant mieux, parce que j'ai entamé des procédures de divorce…

—Tu as bien fait, je suis d'accord.

—Comme tout m'appartient et que tu as renoncé au patrimoine, tu n'auras droit à rien, évidemment ! Pour ce qui est du forfait à payer pour m'avoir répudiée, humiliée…

—Lydia, je t'en prie, ce n'est ni l'endroit ni le moment.

—Nous avons des comptes à régler, aussi bien les régler tout de suite.

—Nos avocats s'en occuperont.

—Attends de voir ce que ça va te coûter !

—N'importe quoi pour me débarrasser de toi, ma chère *vipère* !

Jocelyn n'a pas prononcé *vipère* assez fort pour que Lydia l'entende, mais le dire à mi-voix lui a procuré une certaine jouissance.

Pendant que Théodore range les dossiers, Lydia les observe tous avec un sourire narquois.

—Mes enfants, à présent que tout est réglé, je peux vous annoncer une grande nouvelle !

—Désolé, maman, je dois partir si je veux être de retour à Québec ce soir !

—Assieds-toi, Christian !

Le suspense perdure un peu trop longtemps au goût de Marianne.

—Tabarnouche maman ! Aboutis !

—Un peu de patience, j'y arrive.

Lydia prend Théodore par la main pour l'attirer vers elle.

—Allez, mon chéri, viens plus près !

Jocelyn retrouve la Lydia séduisante qui roucoulait chaque fois que Félix l'approchait.

—Mes enfants, je vous annonce officiellement, aujour-d'hui, que Théodore et moi, nous allons nous marier… aussi-tôt que mon divorce sera prononcé !

Visiblement, Théodore ne s'en doutait même pas. C'était en quelque sorte une surprise que Lydia avait mijotée en cachette, certaine qu'il allait bondir de joie et la couvrir de compliments, de caresses…

—Es-tu content, mon amour ?
—Bien sûr, ma beauté, bien sûr.
—En passant, Théo est chirurgien-plasticien… C'est un vrai médecin, lui, qui s'occupe des vivants, pas des morts !
—Merci de le souligner, Lydia.
—Et ce n'est un secret pour personne que la beauté est la médecine de l'heure ! Si tu m'avais écoutée, nous serions riches, Jocelyn !
—Tandis que maintenant, il n'y a que toi qui l'es !
—De toute façon, si jamais l'une de mes filles avait recours à ses services, il lui ferait un très bon prix, n'est-ce pas, Théo ?
—Un prix d'ami, oui, oui, bien sûr.
—Ton nez trop long, Arlette, tes oreilles décollées… Tu devrais en profiter !

N'ayant rien à offrir en pâture à un plasticien affamé, Christian décide de tirer sa révérence.

—Au revoir tout le monde !
—Ne t'inquiète pas, Christian, j'appellerai mon notaire dès demain !
—Non, merci, maman ! Au cas où tu ne l'aurais pas remarqué, je suis un grand garçon et j'ai l'intention de me débrouiller tout seul.

—Et les filles ? Qu'adviendra-t-il des filles ?

—Ce ne sont plus des enfants, maman ! Si elles en ont envie, je les prendrai avec moi de temps en temps, si Shirley est d'accord, évidemment.

—Pour un peu d'argent, elle te les vendrait !

—Ce que tu peux être méchante, des fois.

—Je pourrais l'être encore plus, méfie-toi.

Faisant fi des menaces apocalyptiques de Lydia, Christian sort en claquant la porte. Inquiet, Jocelyn décide de le suivre.

—Attends, Christian !

—Inutile d'insister, papa, je ne veux plus la voir !

—Qui te parle d'insister ?

—Elle a le don de me pomper l'air !

—Viens, marchons un peu…

—Il faut que je parte !

—Rien ne presse, tu partiras plus tard.

Fougueux, Christian pique à travers le parc, tandis que Jocelyn s'attarde pour obliger son fils à ralentir le pas. S'installe alors entre eux un silence ordinaire, qu'ils apprécient sans doute puisqu'ils ne le brisent pas.

Soudain, Christian s'arrête et se tourne vers Jocelyn.

—Dis, papa, est-ce que je pourrais venir avec toi ?

—Où ça ?

—Au bout du monde !

L'intonation, le regard, tout dans l'attitude de Christian rappelle à Jocelyn le petit garçon qui voulait toujours suivre son père. Pour éviter de s'attirer des ennuis, Jocelyn devait lui conseiller de s'adresser à sa mère, qui répondait invariablement *non* !

—Quand ce sera le temps, je t'en reparlerai.
—Promis ?
—Promis ! Et maintenant, allons rejoindre Paulette !
—Où est-elle ?
—Ici, dans le parc, quelque part. Elle m'attend.
—C'est sérieux, vous deux ?
—L'amitié est la chose la plus sérieuse du monde.

Au tournant ils sont rattrapés par Arlette et Lucas qui longeaient les vitrines. Intrigué, Jocelyn les arrête.

—Que se passe-t-il ? Avez-vous le diable aux trousses ?
—Non papa, mais nous avons dû nous faufiler par la sortie de secours pour ne pas attirer l'attention de maman qui s'engueulait avec Marianne pour une histoire de buffet…

Une discussion banale qui s'envenime et risque de virer en bagarre parce que Marianne insiste avec autant d'acharnement que Lydia se campe sur ses positions.

—Mais maman, c'est toi qui m'as demandé, ce matin, de…
—D'appeler un traiteur et de commander un buffet, oui, c'est exact !
—Et tu as dit que tu allais le payer !
—C'est vrai ! Mais tu ne vas tout de même pas me demander de payer pour un buffet qui n'a pas été servi ?
—Ce n'est pas ma faute, ils sont tous partis !
—Ça, ce n'est pas mon problème !
—Mais, maman…

—Marianne Verdier, arrête de pleurnicher, tu m'exaspères !

Abandonnant sa fille à ses petits problèmes culinaires, Lydia vire les talons et claque des doigts pour signifier à Théodore qu'elle veut partir.

—Allez, viens, mon chéri, nous n'avons plus rien à faire ici !

En sortant, Lydia pousse la porte si fort que le bruit réveille Victor, qui dormait à poings fermés, étendu sur un matelas d'enfant. Décoiffé, un peu froissé, il monte retrouver Antonin, qui se cachait dans sa chambre pour éviter d'être pris à témoin entre Marianne et sa mère.

—J'ai l'impression d'en avoir manqué des bouts.
—Ne t'en plains surtout pas.

Marianne les rejoint sur ces entrefaites. Antonin remarque qu'elle a les yeux rougis.

—Que se passe-t-il, ma chérie, tu as pleuré ?
—Laisse-moi tranquille !
—Est-ce que ta mère est partie ?
—Enfin ! Oui !

Navré de voir sa bru aussi triste, Victor essaie de détendre l'atmosphère.

—J'espère au moins qu'elle a apprécié le buffet ?

Marianne et Antonin se regardent, un peu gênés d'avouer à Victor que personne n'a goûté au délicieux festin qu'il avait préparé.

—Est-ce qu'il y a des restes, au moins ?

—Des restes? Il n'y a que ça, papa!

—Qu'est-ce que tu veux dire?

—Personne n'a mangé.

—Absolument rien?

—Le buffet n'a même pas été servi!

Offusquée, enragée, Marianne pleure, peste et se déchaîne contre Lydia.

—Elle a refusé de payer la note!

—Voyons donc, Marianne, ce n'est pas grave.

—Mais oui, Victor, c'est grave! Ma mère avait promis!

—Et alors? Puisque c'est moi qui l'ai payé, ce buffet…

Victor se rend dans la cuisine, ouvre toute grande la porte du réfrigérateur et leur tend les plats les uns après les autres.

—Allez-y, servez-vous, prenez ce que vous voulez! Profitez-en, sinon ce buffet-là va se perdre!

—Non, merci papa, je n'ai pas faim.

—Moi non plus.

—Tant pis! Si vous n'en voulez pas, je l'emporte!

Victor remballe tous les plats avec des yeux brillants de gourmandise.

—J'en connais qui vont se régaler…

Chapitre 65

Le cœur lourd, les épaules basses, Victor contourne les ruines du *Petit Bedon Gourmand* sans s'attarder, certain que ses amis l'attendent patiemment, regroupés sur des bancs, à l'extrémité du parc.

Heureux de les retrouver, Victor s'avance vers eux en poussant des Ho! Ho! Ho! bien sentis pour les faire rire. Il marche en se trémoussant comme un Père Noël en vacances qui transporterait sur son dos de quoi faire un gros réveillon.

— Avez-vous faim ?

Les sourires le confirment.

— Mes amis, je vous invite tous à venir chez moi pour partager le buffet que Lydia a refusé de payer !

Cette bonne idée enchante Jocelyn, qui craignait bien que ses amis conservent un arrière-goût amer de cette réunion-combat où chacun a reçu des coups sans pouvoir se défendre.

—Iris connaît le chemin… passez par le côté, je serai dans la cour !

Pareil au *vrai* Père Noël, Victor disparaît en coup de vent.

—Finalement, je ne retournerai pas à Québec ce soir.
—La gourmandise te perdra, Christian !
—Vois-tu, ma chère Iris, ce n'est pas tant la gourmandise que la jouissance de déguster ce délicieux repas que notre mère a refusé de payer… et que je rembourserai volontiers de ma poche, juste pour la faire chier !

Christian termine sa phrase en serrant les dents. Sa colère sourde inquiète Paulette, qui lève la main comme à l'école.

—Excusez-moi, sans vouloir offenser Christian, j'aurais envie de proposer autre chose !

Iris la regarde avec un sourire amusé.

—Quoi donc, maman ?
—Puisque nous allons tous en profiter, pourquoi ne pas nous cotiser pour rembourser un peu Victor ?
—Ma mère a raison, Christian, ça nous permettrait à tous d'évacuer notre rage contre Lydia tout en nous bourrant la face !

Paulette ouvre son sac à main et en sort une pochette de velours dans laquelle elle garde toujours un peu de monnaie.

—Je me charge de tenir la cagnotte, et je vous prête ma poche, elle nous servira de *petit cochon* ! Mettez-y ce que vous voulez, je ne regarderai pas, je suis discrète.

Vaincu, Christian éclate de rire.

—Ah ! si Paulette nous prête sa poche, je me sens déjà généreux !

—Christian !

—Voyons, papa, faut bien rire un peu !

Arlette et Lucas se sont retirés du groupe. Iris décide d'aller les rejoindre.

—Allez, vous deux, venez avec nous !

—Je ne sais pas si je devrais.

—J'insiste !

—Est-ce que Lucas est invité ?

—Victor a dit : tout le monde !

Instinctivement, chacun pressent que cette réunion sera peut-être la dernière avant longtemps. Ils s'y rendent donc joyeusement, bien décidés à faire de cette soirée un souvenir heureux.

La maison de Victor est juchée sur une butte offrant une vue imprenable. Ce soir, on voit la Lune, immense, orangée, magnifique ! Un clin d'œil qui rappelle à Jocelyn le souvenir de Renaud, et de leur cher ami Pierrot.

Arlette aussi pense à Renaud, elle y pense nuit et jour, entend sa voix, sent sa présence… Heureusement qu'il y a Lucas pour la ramener un peu sur Terre.

—Je t'ai versé un verre de champagne !

—Tu es gentil.

Victor a pris soin de décorer les plats pour ajouter une certaine ambiance à ce repas improvisé. Quand Paulette lui a tendu la cagnotte, il a ri de bon cœur, mais comme elle insistait, il n'a pas voulu la décevoir.

—Mes amis, vos dons seront les premiers sous que je mettrai dans la caisse, quand nous rouvrirons le *Petit Bedon Gourmand.*

Iris et Paulette allument des dizaines de bougies éparpillées un peu partout, tandis que Jocelyn remplit les verres. Quand le décor est prêt, Victor invite tout le monde à se rapprocher.

—Attendez-moi un instant, j'ai une très belle surprise pour vous !

Il disparaît un instant, puis revient vers eux en poussant la chaise roulante de Géraldine. Joyeux, Brutus leur tourne autour.

—Je vous amène de la grande visite !

Toujours attachante, Géraldine n'a perdu ni son charme ni son sourire, mais son beau visage et son cou resteront marqués à jamais de profondes cicatrices qui semblent la rendre encore plus belle aux yeux de Victor.

—Mes amis, je vous présente *mon miracle*, la nouvelle Géraldine, la femme que j'aimais sans le savoir, et que j'ai failli perdre !

Cette déclaration d'amour touche profondément tous ceux qui les aimaient déjà. Jocelyn, surpris, interroge Iris.

—Tu le savais ?
—J'avais promis de ne rien dire.
—Et Brutus ?

—Antonin lui en a fait cadeau… Après tout, elle lui doit la vie !

—C'est un héros, on devrait lui offrir une médaille.

Paulette se penche vers Géraldine mais ose à peine lui caresser la main.

—Je ne te fais pas mal ?

—Au contraire, si tu savais comme ça me fait du bien !

Entourée, aimée, la *vedette* reçoit toutes ces marques de tendresse avec reconnaissance. Elle craignait tant qu'on la rejette ou qu'on la fuie. Soudain, elle voit venir Arlette qui, tête baissée, pleure en silence.

—Pardonne-moi, Géraldine !

—Te pardonner ? Mais pourquoi ?

—Parce que c'est Félix qui…

—Félix est mort et Dieu s'en charge.

—Je me sens terriblement coupable.

—Non, Arlette, tu n'es pas coupable ! Pas coupable, m'entends-tu ? Pas coupable du suicide de Renaud ! Pas coupable du suicide de Félix ! Pas coupable non plus de l'incendie qui a fait de toi une victime au même titre que les autres ! Ne t'accable pas, ma belle, les remords ne servent à rien, crois-moi !

Arlette se penche vers Géraldine pour l'enlacer, en évitant de frôler sa joue. C'est la première fois qu'elle ose un geste intime envers cette femme qu'elle ne fréquentait pas.

—Si jamais tu as besoin de parler, de partager ta peine, viens me voir. Je ne sors pas très souvent, tu comprends, le regard des curieux me dérange. Je m'y habituerai sans doute un jour, mais pour l'instant, ma laideur m'intimide.

—Si tu te voyais avec mes yeux, tu ne te trouverais pas laide, je t'assure.

—Tu es gentille.

Victor sort son accordéon et un vent de nostalgie effleure tout le monde.

—Si ma musique vous rend tristes, n'hésitez pas à me le dire. Toi d'abord, Arlette !

—Tout me rend triste, mais j'adore l'accordéon.

—Avec ta permission, je vais chanter la pomme à mon amoureuse !

Victor entonne sa première chanson et, peu à peu, ils se mettent tous à fredonner.

—*Le cœur devient moins lourd, quand on est en amour...*

À la troisième chanson, Arlette a retrouvé son calme. Assise en retrait, elle se sent prête à partager son rêve avec Lucas, qui l'écoute et s'emballe à mesure qu'elle lui révèle certains détails.

—Arlette, quel que soit le projet que tu proposes, j'embarque !

—Il nous faudra recruter une équipe de bénévoles, dénicher des spécialistes compétents et les gagner à notre cause...

—Et pour l'argent ?

—L'argent viendra en son temps, sois sans crainte.

Piquée par la curiosité, Iris vient se joindre à eux.

—Mais qu'est-ce que vous complotez, tous les deux ?

—Arlette me présentait un projet fantastique !

—Racontez-moi, je veux tout savoir.

La conversation s'anime et le projet prend vie quand Iris propose ses services pour aménager et décorer la maison d'Arlette. Elle apporte des idées modernes et conçoit un intérieur invitant, propice aux rencontres intimes avec les psychologues ou les travailleurs sociaux.

—Nous aménagerons un salon chaleureux, plus discret, pour recevoir les parents endeuillés! Qu'en penses-tu Arlette?

—Ce volet-là m'intéresse particulièrement! Je saurais bien leur en parler, moi, du chagrin, de la colère, du déni... puis de l'espoir qui m'habitera peut-être un jour.

—Et moi, quand je serai devenu psychologue, je pourrai en aider quelques-uns en leur parlant d'homosexualité et d'amour... surtout d'amour!

—Est-ce qu'une bonne coiffeuse, pourra vous être utile?

—S'il s'agit d'une femme dynamique, ouverte aux autres, et généreuse par surcroît...

—Ma chère Arlette, mon cher Lucas, vous ne pouvez pas savoir comme cette nouvelle aventure me tente! Depuis le départ de ma fille, je vis le deuil d'une enfant enterrée, sans être morte... Alors, dites-moi, par où allons-nous commencer?

Bercés par une valse lente, Paulette et Jocelyn se permettent de danser, juste pour le plaisir de se rapprocher et de converser tout bas en se tenant par la taille.

—Thérèse et Huguette m'ont invité, et j'ai décidé d'aller les rejoindre à Prague.

—Seras-tu parti longtemps?

—Je ne sais pas, quelques semaines, quelques mois…

—Un peu comme un pèlerinage ?

—Oui, un long pèlerinage qui me remettra face à moi-même. Après tout ce que nous venons de vivre, j'ai grand besoin de me détacher, de…

Passant par là, Christian interrompt Jocelyn.

—N'oublie pas que tu as promis de m'emmener avec toi, papa !

—Non Christian, je ne l'oublie pas. Si Prague t'attire, tel que promis, nous partirons ensemble.

—Bientôt ?

—Plus vite que tu ne crois, mon gars.

—N'importe quand, je suis prêt !

Christian retourne au buffet et Victor continue de charmer Géraldine.

Paulette et Jocelyn ne dansent plus. Pour être un peu seuls, ils ont rapproché deux chaises sous un énorme saule qui pourrait facilement servir de parapluie… mais la nuit est si belle.

—Je m'ennuie de ma petite-fille, tu sais, Maëlle me manque énormément.

—Pourquoi n'irais-tu pas la voir là-bas ?

—Parce qu'il faudrait que je parte avec l'Homme !

—Avec l'Homme ? Pourquoi ?

—Parce que, chez eux, une femme ne peut même pas sortir de chez elle sans être escortée par son mari, son frère ou par un mâle de sa parenté.

—Et l'Homme, qu'est-ce qu'il en dit ?

—Il accepterait de m'accompagner, je crois, mais…

—Qu'est-ce qui te retient ?

—La peur de froisser ma fille. Iris lui en veut encore, surtout depuis qu'elle soupçonne que Maëlle est enceinte.

—Maëlle lui en parle dans ses lettres ?

—Non, bien sûr ! On ne parle jamais de ces choses-là, là-bas, mais une mère aux aguets sait lire entre les lignes, et une fille avisée sait coder ses messages.

—Raison de plus pour t'inciter à partir. Iris te fait confiance, Maëlle t'adore, et tu connais ce coin de pays. Quoi de mieux pour rassurer la petite ?

Ils se taisent. Un ange passe. Paulette caresse doucement l'épaule de Jocelyn.

—Et toi, à quoi penses-tu ?

—À Renaud. Je pense à lui chaque fois que je regarde la Lune.

—On ne sait jamais ce que la vie nous réserve.

—Où serons-nous dans un an, Paulette ?

—Dans un an ? Tu seras à nouveau grand-père, et je serai vraisemblablement arrière-grand-mère !

—Dans un monde en péril, chaque enfant est porteur d'espoir.

—C'est bon de te l'entendre dire.

Ils se lèvent, vont vers le jardin et s'attardent un instant pour contempler le ciel étoilé. Jocelyn prend Paulette dans ses bras et l'embrasse tendrement sur la bouche.

—Dis-moi, Paulette, crois-tu vraiment qu'il soit trop tard ?

Pour toute réponse, Paulette prend l'offensive d'un baiser plus sensuel. Surpris, Jocelyn la retient près de lui.

—Que dirais-tu d'une nuit de tendresse ?
—Dans un hôtel chic ?
—Très chic !
—Comme ça, tous les deux, sans bagages ?
—Ce ne sera pas la première fois qu'ils hébergeront deux vieux fous !

Taquinés par les premières lueurs de l'aube, Paulette et Jocelyn se réveillent dans les bras l'un de l'autre, sans se cacher, sans se sentir coupables, conscients de partager ce doux moment d'intimité avant que la vie ne les sépare.

Quand il aura visité Prague, quand elle reviendra de ce pays sans nom, ils se retrouveront certainement, quelque part. Peut-être amis ? Peut-être amants ? Libres et heureux d'avoir osé chacun leur aventure.

— Vite, Jocelyn, c'est l'heure !

Enroulés dans un drap assez grand pour les envelopper tous les deux, ils s'approchent de la fenêtre en riant, heureux comme deux enfants émerveillés par la beauté du monde.

— *Matin, fais lever le Soleil…*

Paulette chante, la ville s'éveille, et les buildings réflé-chissent subitement toutes les couleurs du prisme.

— Le soleil, la lumière, les reflets… c'est magique !
— L'arc-en-ciel du matin, comme la vie, sans commen-cement ni fin !
— Regarde, Paulette, le ciel est clair…
— Il fera chaud… il fera doux…
— Quelle belle journée pour tomber en amour !

marcelyneclaudais@hotmail.com